The Secret Pearl
by Mary Balogh

秘密の真珠に

メアリ・バログ
山本やよい［訳］

ライムブックス

Translated from the English
THE SECRET PEARL
by Mary Balogh

First published in the United States by Signet.

Japanese translation published by arrangement with
Maria Carvainis Agency, Inc.
through The English Agency (Japan) Ltd.

秘密の真珠に

主要登場人物

イザベラ・フルール・ブラッドショー……先代ブロックルハースト男爵の娘
アダム・ケント……リッジウェイ公爵
マシュー・ブラッドショー……フルールの親戚。現ブロックルハースト男爵
ダニエル・ブース……フルールの友人。副牧師
ミリアム・ブース……フルールの友人。ダニエルの妹
ホブソン……マシューの従僕
トマス・ケント卿……アダムの腹違いの弟
シビル……リッジウェイ公爵夫人
パメラ……公爵家の娘
ピーター・ホートン……アダムの従僕

1

ドルリー・レーン劇場の外にたむろしていた人々は、すでに夜の闇のなかへ消えていた。二人の人間を乗せた最後の馬車が通りの向こうへ遠ざかるところだった。徒歩で劇場にやってきたわずかな人々はとっくに家路についていた。

残っているのは一人の紳士だけのようだ。黒っぽいマントをはおり、シルクハットをかぶった長身の男性。いましがた走りさった最後の馬車に同乗するのをことわり、歩いて帰ることにすると友人たちに告げたのだった。

だが、通りに残っているのはその紳士だけではなかった。彼があたりを見まわすと、劇場を背にしてひそやかにたたずむ人影が目に入った。その女のマントは夜の闇より淡い色だった。もっと幸運な、あるいは、もっと魅惑的な仲間に先を越された街娼だろう。今宵、上流の客をつかまえるチャンスを逃してしまったのかもしれない。

女は身じろぎもしない。彼のほうを見ているのかどうかは、あたりが暗いため判断がつかなかった。ふつうなら、腰をくねらせて近づいてくるとか闇のなかから出てきて微笑するとか、彼を呼び止めて誘いの言葉をかけるとかするはずだ。客のいそうな場所を見つけるために急いで立ち去るという選択もある。

だが、女は何ひとつしなかった。

彼のほうは立ったまま女を見て、予定どおり一人で歩いて帰途につこうか、それとも、予定外の戯れの一夜を送ろうかと迷っていた。女の姿ははっきりとは見えない。若いのか、魅力的なのか、美人なのか、清潔なのかもわからない。そういう女だったら、予定を変更してもいいのだが。

しかし、女は無言でじっと立っているだけで、それ自体が彼の好奇心を煽《あお》った。

女のほうへゆっくり近づくと、暗い色を帯びた目が闇のなかから彼を見ていた。マントをはおっているが、ボンネットはかぶっていない。髪はうなじできちんと結ってある。何歳ぐらいなのかわからない。色っぽくしなを作る様子も、誘いの言葉をかけてくる様子もない。

彼は女の一メートルほど手前で足を止めた。女の頭が自分の肩までできていることに気づいた。平均よりわずかに背が高いようだ。身体つきはほっそりしている。

「一夜の相手をしてもらえるかな？」

女はわかるかわからない程度にうなずいた。

「値段は？」

女はためらい、金額を口にした。彼はしばらくのあいだ無言で女を見つめた。

「で、部屋はこの近くに？」

「部屋はありません」女は言った。その声は柔らかで、彼が予想していたようながさつな響きも、下町のコックニー訛りもなかった。

彼は細めた目で女を見た。最初の予定どおり、一人で物思いにふけりながら歩いて家路につくべきだった。商店の軒先で街娼を抱くなどというのは、彼のやり方ではない。

「つぎの通りに宿屋がある」そう言うと、向きを変えてそちらのほうへ歩きだした。

女が横に並んでついてきた。言葉は交わさなかった。女は彼の腕をとろうとしなかった。彼のほうも腕を差しだそうとしなかった。

女は彼のあとから〈雄牛と角亭〉という宿屋の混雑した騒々しい酒場に入り、彼が上の階の部屋をとって料金を前払いするあいだ、背後で黙って立っていた。彼が階段をのぼると、あとからついてきた。足音があまりにひそやかだったので、彼は階段をのぼりきる前に軽く身をねじって、女がうしろにいることを確認せずにはいられなかった。

女を先に部屋に通して、背後のドアを閉め、かんぬきをかけた。階下から持ってきたロウソクを壁の燭台に立てた。酒場から離れても、喧噪はほとんど弱まらなかった。

娼婦は部屋の中央に立ったまま、彼を見ていた。まだ若い。ただし、少女という年齢ではない。もともと美人に違いないが、いまはやつれて顔色が悪く、唇がかさかさにひび割れ、茶色の目の下にくまができている。髪はくすんだ赤い色で、艶《つや》も張りもない。うなじで簡単なシニョンにまとめてある。

彼はシルクハットとマントをはずした。女の視線が彼の顔に向けられ、左の目尻から始まって頬を横切り、唇の端を通って顎まで続く醜い傷跡をなぞっていくのを目にした。黒に近い乱れた髪、深い色の目、大きなワシ鼻も含めて、自分の醜さを痛感した。しがない娼婦の前で自分を醜いと感じたことが腹立たしかった。

大股で部屋を横切ると、女が自分でマントを脱ぐ様子もなかったので、その淡いグレイのマントのボタンをはずして脇へ放り投げた。

意外にも、マントの下はブルーの絹のドレスだった。長袖で、胸をほどほどに見せていて、ハイウェスト。飾りは何もついていない。しかし、清潔ではあるが、型崩れしていて、しわも寄っている。何週間か前に、女の身体に満足した客から贈られ、以来、毎晩着ているのだろう。

女の顎がわずかにあがった。じっと彼を見ている。

「服を脱ぐんだ」

女があまりに静かで、青春時代と軍隊時代に抱いたどの娼婦ともひどく違っているため、彼は落ち着きをなくして言った。火の入っていない暖炉のそばに置かれた背もたれの硬い椅子に腰をおろし、細めた目で女を見守った。

女はしばらくじっとしていたが、やがて服を脱ぎはじめ、脱ぐたびにたたんで横の床に置いていった。彼を見つめるのはすでにやめて、自分のしていることに視線を向けていた。最後のシュミーズ一枚になったところで、初めてためらいを見せ、足もとの床に視線を落とした。しかし、それも頭から脱ぎ、これまでと同じようにたたんで、衣類の山の上に置いた。

腕を左右にゆるく垂らして、ふたたび彼を見た。その視線は前と同じく無表情で、揺るぎもしない。

ひどく痩せている。ガリガリだ。だが、ほっそりと長い脚や、ヒップの形や、細すぎるウエストや、つんと上を向いた固い乳房には、それをながめる紳士の胸をときめかせる何かがあった。彼はここで初めて、女を買うことにしてよかったと思った。ずいぶんご無沙汰だ。

「ヘアピンを抜いて」彼は命じた。

すると、女は細い腕をあげて言われたとおりにし、身をかがめて、衣類の山の横に丁寧にヘアピンを置いた。身体を起こすと、肩に、顔のまわりに、そして、背中のなかほどまで、髪が流れ落ちた。清潔だが艶のない髪。赤でもなく、金色でもない。女は片手をあげ、彼に視線を据えたまま、口に貼りついた髪をどけた。

彼は肉欲の疼《うず》きに襲われた。

「ベッドに横になって」ふたたび命じて、椅子から立ち、自分も服を脱ぎはじめた。

女は布団をきちんと折り返すと、ベッドの片側に横たわった。脚をそろえ、腕を左右に置き、てのひらをマットレスにつけている。身体を覆い隠そうとはしなかった。顔を横に向けて彼を見守っていた。

彼は服をすべて脱いだ。左半身と左脚に残る紫色の醜い傷跡を娼婦の目から隠そうとするのを、潔しとしなかった。鏡に映した姿でさえ見るに耐えず、自分でも顔がゆがむほどだから、いきなりこれを見せられた者は震えあがるに違いない。ところが、女は傷跡に目を向けたあと、落ち着き払って彼の顔に視線を戻した。

勇気のある女だ。いや、金を手にするまでは、どんなにおぞましい客でも失うわけにいかないのだろう。

彼は腹を立てていた。娼婦を買った自分に腹を立てていた。何年も前にきっぱりやめたはずだったのに。娼婦の前で傷跡を気にして恥じる自分にも腹を立てていた。そして、感情をみごとに抑えて彼への嫌悪をいっさい顔に出そうとしない女に腹を立てていた。もし嫌悪の表情を見せたなら、こちらも女を手荒に扱えただろうに。

そう思った自分がいやになり、さらに怒りが募った。

身をかがめて女の二の腕をつかみ、ベッドにまっすぐ横たわっていた彼女を斜め向きにさせた。ヒップを抱えてひきよせると、女はベッドの縁で膝を曲げて、足先を床につけた。

女の腿のあいだに手をすべりこませ、脚を広げさせた。膝を使ってその脚をさらに大きく広げ、自分の脚を曲げてベッドのへりにつけた。そして、女の腿の付け根に指をあてがい、左右の親指で秘部を広げた。

女の視線が下に落ち、彼がしていることを見つめた。

彼は自分の位置を定めると、いっきに女の身体を貫いた。

女の喉の奥で衝撃の叫びがあがるのを耳にし、女が上下の唇を一度に嚙んで目を閉じるのを見つめた。身を守ろうとして女の全身の筋肉がこわばるのを感じた。女のなかに深く自分を埋めたままじっと待ち、物憂げな目で見守っていると、やがて女は震える息を洩らし、こわばった筋肉の力を抜こうとした。女の目は彼に据えられたままだった。

彼は女の身体の下に両手をすべりこませ、マットレスに横たえて上からのしかかり、女を買ったそもそもの目的である快楽をむさぼった。女の奥深くに入りこんだ彼が激しく動くあいだ、女は腕を左右に広げ、身体の力を抜いてじっとしたまま、彼の顔の傷跡に視線を走らせ、彼の目を見つめていた。途中で一度、視線を落として、彼のしていることを見守った。さきほど彼がベッドの上で女を斜め向きにしたせいで、髪が女の片側に広がっていた。

女のなかに自分を解き放った瞬間、彼は目を閉じて、女の顔に頭をもたせかけた。髪に女の息を感じた。至福の弛緩状態のなかで、名状しがたい後悔に襲われた。

身を起こして女の身体から離れた。ベッドの裾と向かいあった洗面台へ行き、水差しに入った冷たい水をひび割れた器に注ぎ、布きれを浸して絞ってから、ベッドに戻った。「さあ」と言って、布きれを女に差しだした。女は両膝をぴったり合わせただけで、あとはまったく動いていなかった。足先がいまも床についていた。目はあけたままだった。「これで身体を拭きなさい」彼は血がついた女の腿に視線を落とした。

女は片手を出して布きれを受けとろうとしたが、手の震えがひどくてベッドに落としてしまい、顔を背けて目を閉じた。彼は女の手をとって、てのひらを上に向け、布きれをのせてやった。

「拭きおえたら、服を着るといい」と言って、自分も服を着るために女に背中を向けた。

布のすれあうひそやかな音が背後から聞こえてきたので、女が自制心をとりもどして言われたとおりにしているのだろうと察した。しばらくして、彼がうしろを向くと、女はマントの三つのボタンをはめようとしているところだったが、手の震えがひどすぎて、うまくできずにいた。彼は二、三歩近づくと、女の手を脇へどけ、ボタンをはめてやった。

女の肩越しにふと見ると、シーツの端のほうが血でひどく汚れていた。彼が乱暴に女の身体を引き裂いてしまったのだ。

「いつから食事をしてないんだ？」

女はマントのしわを伸ばし、そちらに視線を落とした。

「わたしが質問したときには、答えてもらいたい」彼はそっけなく言った。

「二日前」

「で、何を食べたんだ？」

「パンを少し」

「この商売を始めようと、今日決心したばかりかね？」

「いえ。きのうです。でも、お客さんがつかなかったので……」

「そりゃそうだろう。客をつかまえる方法も知らないようだから」

彼はシルクハットをとると、かんぬきをはずして部屋を出た。女もあとに続いた。彼は階段をおりたところで足を止め、騒々しい酒場を見まわした。遠くの隅に空いたテーブルがあった。ふりむき、女の肘をつかんで、そちらへ向かった。行く手に立っていた連中はみな、上等の服と傷跡のあるきびしい顔を目にしたとたん、あわてて脇へどいた。

部屋に背を向ける形で女をすわらせ、自分は向かいにすわった。二人のあとをついてきて、膝を折って彼にお辞儀をした給仕女に、料理をひと皿とエールの大ジョッキを二杯持ってくるよう命じた。

「おなかはすいてません」女は言った。

「いいから、食べなさい」

女はそれきり何も言わなかった。給仕女が皿を運んできた。ほかほかの大きなミートパイと、バターを塗った分厚いパン二切れがのっていて、彼は皿を娼婦の前に置くよう給仕女に指示した。

娼婦が食べるのを見守った。ひどい空腹なのは明らかだが、がつがつ食べないよう気をつけている様子だった。いまだに震えの止まらない指がパン屑と肉とパイ皮で汚れると、あたりを見まわしたが、ここはもちろん安宿なので、ナプキンなどというものは置いてない。彼がポケットから麻のハンカチを出して渡すと、女は一瞬ためらったのちに受けとり、指を拭いた。小さく礼を言った。

「きみの名前は？」

女は口のなかのパンを嚙みおえた。「フルール」ようやく言った。

「ただのフルール？」彼はテーブルの表面を指でゆっくり叩いていた。反対の手にエールの大ジョッキを持っていた。

「ただのフルールよ」女は静かに言った。

彼は女が最後のパン屑まで食べてしまうのを、無言で見つめていた。

「おかわりはどう？」

「いえ」女はあわてて彼を見あげた。「けっこうです」

「エールは？」

「いえ、けっこうです」

彼が勘定を払い、二人で宿屋を出た。

「商売に使える場所がないと言ったね。家がないのかい？」

「ええ。間借りしてます」

「送っていこう」

「いえ」女は〈雄牛と角亭〉の玄関のところであとずさった。

「ここからどれぐらい？」

「そんなに遠くないわ。二キロぐらい」

「だったら、二キロの四分の三のところまで送っていこう。きみは世間知らずだ。女が一人で通りを歩いていたら、どんな目にあうかわからない」

女は投げやりに小さく笑った。そして、うつむいたまま、足早に通りを歩きはじめた。彼も横に並んで歩きながら、貧しさがもたらす絶望というものを間接的にではあるが生まれて初めて知り、ロンドンでいちばん新しい娼婦となったこの女に比べれば、自分の悩みや不幸などとるに足らないものだと思いはじめた。

「ここでけっこうです」職業斡旋所という看板を出している薄汚い店の外の角で足を止めて、

ついに女は言った。

「働き口はないのかね？」

「ええ」

「探してみた？」

女はふたたび小さく笑って彼を見あげた。「これが最後の手段だったってことがおわかりにならないの？　餓死するのがいやだから、最後にひとつだけ残されたものを売ることにしたのよ」

女は向きを変えてそそくさと歩き去ろうとした。彼の声に足を止めた。

「何か忘れているのではないかな」

女はふりむいて彼を見た。

「支払いがまだだ」

「ご馳走してくださったわ」

「きみの処女とひきかえに、ミートパイ、パン二切れ、そして、ビールがジョッキに半分。それが公正な取引と言えるだろうか」

女は何も答えなかった。

「ひとつ助言しておこう」女の手をとって硬貨を何枚か握らせながら、彼は言った。「自分を安売りしてはだめだ。あんな値段を言ったら、馬鹿にされ、手荒な扱いを受けるだけだ。まあ、わたしの扱いは手荒ではなかったと思うが。きみならその三倍の金がとれる。値段を高くすればするほど、客から大切に扱ってもらえるのだよ」

女は握りしめた手を見おろし、向きを変え、それ以上ひとことも言わずに歩き去った。

紳士はその場に立って、じっと考えこみながら女の姿を見送ったが、やがて向きを変え、上流人士が暮らす、もっと慣れ親しんだ通りへ向かって大股で歩きはじめた。


翌日、イザベラ・フルール・ブラッドショーは自分の部屋から出なかった。ベッドからもほとんど出ずに、横になったまま、雨漏りのしみが広がった天井や、大昔の塗料がみすぼらしくはがれているくすんだ茶色の壁を、憂鬱《ゆううつ》な思いで見つめていた。身につけているのはシュミーズだけ。一着しかない絹のドレスは、この部屋でたったひとつの椅子のこわれた背に丁寧にかけてある。

フルールはこの日、生まれて初めて絶望を知った。そこから抜けだすだけの気力も活力ももうなかった。この一カ月のあいだに絶望しかけたことはあったが、気力をふりしぼって希望にすがりつき、生き延びてみせるという頑固な決心にすがりついてきた。

上の階に住んでいるお針子見習いのサリーが、いつものように、正午にフルールの部屋のドアをノックした。しかし、フルールは返事をしなかった。サリーはたぶん、おしゃべりしたいのだろう。そして、粗末な食事のお裾分けをしようというのだろう。いまのフルールは話し相手も慈善もほしくなかった。

生き延びてきた。これからも生き延びていくだろう――たぶん。しかし、生き延びるのはかならずしも喜ばしいことではなく、恐ろしい絶望の深みへ人をひきずりこむこともあるのだと、フルールは悟っていた。

この日はとぎれとぎれに出血があった。痛みがひどくて、処女を喪失したあとの激痛に身悶えしながら耐えた。

しかも、これは終わりではない。始まりにすぎない。初めてとった客は気前よく金を払ってくれた。フルールが望んだ額の三倍も。おまけに、食事までさせてくれた。これだけあれば、たまった家賃が払えるし、何日かは食べるのにも困らない。でも、そのあとはまた外に出て、新しい職業に精を出さなくてはならない。

わたしは娼婦。フルールは疲れた表情で目を閉じて、天井の光景を閉めだした。娼婦に身を落とすことへの恐怖はすでに消えた。救いの手が差しのべられることを心の奥底で信じて、避けがたい運命から逃れられるかもしれないというわずかな希望を持つことも、すでにやめていた。

わたしは娼婦。紳士の相手をすることに同意し、宿屋までついていき、命令されて、男が見守る前で服を脱ぎ、裸でベッドに横たわり、男が服をすべて脱ぐのを見つめ、脚を開いて、その奥にある秘密の場所で男が快楽をむさぼるのを許した。自分の身体を男に使わせ、かわりに男のお金を受けとった。

こんな商売に身を落とすことになった事情を、心のなかで冷静に思い返した。年をとり、醜くなり、病気になって、最下層の客すらとれなくなるまで、あるいは、もっとひどい運命に見舞われるまで、この商売を続けていかなくてはならない。

以前なら考えただけで恐怖と嫌悪を抱いたはずの世界に、自分も入りこんでしまった。わたしは娼婦。売春婦。街の女。

吐き気が治まるまで、何度も生唾を呑みこんだ。

一週間もしないうちに、ふたたび劇場の外に立つことになるだろう。新たな客を得ることを願ういっぽうで、その成功を恐れながら。

わたしの扱いは手荒ではなかったと思う――フルールが初めてとった客、肌が浅黒くて恐ろしい感じのあの紳士が、ゆうべ、そう言った。どこかの男から手荒なことをされたらどうしよう。ゆうべのことを思いだしたとたん、恐怖でふたたび全身が熱くなり、じっとり汗ばんだ。紳士の手――指が長くて爪がよく磨いてある美しい手――で脚を開かせられ、膝で動きを封じられ、親指であの部分をいじられ、広げられた。大きくて硬い彼のものが柔らかな秘肉に触れたときの光景と感触。つぎの瞬間、猛烈な勢いで深く貫かれ、衝撃と痛みで死んでしまうのではないかと思った。いっそ死ねればいいのにと思った。

望みもしないのに、さまざまな光景が浮かんできた。彼の身体の片側と片脚に残っている変色したケロイド状の傷跡。恐ろしいほど強靭な胸と肩と腕の筋肉。広い胸からへその下へ向かって逆三角形をなしている黒っぽい胸毛。鷹に似た鋭角的な顔には、射るような鋭い光をたたえた深い色の目と、つんととがった鼻と、端整な目鼻立ちを損なう傷跡。男は両手でフルールのヒップを包み、猛烈な勢いで深く攻め立てても逃げられないよう、しっかり押さえこんでいた。

　こうした記憶を払いのけるエネルギーも、気力も、いまのフルールにはなかった。それに、記憶の彼方へ追いやろうとしても無意味なだけ。生き延びるためのお金と交換に、そういう男たちに身体を差しだすことを、わたしは職業にしたんだもの。ゆうべのことを記憶に刻みつけ、ほかの男たちから同じ扱いを、いや、ひょっとしたらもっとひどい扱いを受けることになっても、それに耐えていかなくてはならない。

　仕方がないでしょ？　わたしがしなきゃいけないのは、生か死かという単純な選択ではなく、生か、苦痛に満ちた緩慢な餓死かという選択。絶望のどん底に突き落とされた今日のような日でも、苦しみから逃れるための手段として自殺を考えることはけっしてない。

　ならば、選択の余地はない。残された唯一の手段を駆使して食べていかなくては。ほかに仕事の口はない。経験もないし、推薦状もない。そのことは職業斡旋所のミス・フレミングから耳にたこができるぐらい言われている。娼婦になるのなら、どちらも必要ない。必要なのは、若くてスタイルのいい女の身体だけ。それと、気丈さ。

　わたしは娼婦。すでに一度、身体を売った。買ってくれる男がいなくなるまで、何度も何度も売るしかない。その思いと行為の両方に早く慣れなくては。

　それに、娼婦としてでも生きていけるなら、幸せと思わなくては。見つかったときには、さらにみじめな恐ろしい運命が待っている。名前だって変えた。以前のわたしにつきまとっていた恐怖は、不慣れな境遇のなかで餓死を前にしながら生きていく現実の不安に比べれば、たいしたことではなくなっている。でも、安心してはいられない。見つかる危険はつねにある。とくに、ドルリー・レーン劇場の外に毎晩のように立ち、ロンドンの上流階級の人々に姿を見せることになるのなら。

マシューがロンドンにきたら？　それに、キャロラインとアミーリアはわたしより先にこの街にきている。

その夜遅くサリーがドアをノックし、名前を呼んだときも、フルールは天井を見つめたまま、返事をしなかった。


リッジウェイ公爵アダム・ケントは、ハノーヴァー広場の近くにある屋敷の書斎で大理石の炉棚に片肘を突き、指の関節で歯を軽く叩いた。

「どうだった？」屋敷に戻り書斎に入ってきたばかりの秘書に向かって、公爵は深い色の目を細めた。

秘書は首をふった。「残念ながらだめでした、閣下。手がかりが少なすぎます。女の名前しかわからないというのでは」

「だが、珍しい名前だぞ、ホートン。すべてのドアをノックしてまわったのか」

「三つの通りと三つの広場をまわりました」憤懣《ふんまん》を隠そうと努めながら、ピーター・ホートンは言った。「女はたぶん、偽名を使ったのでしょう、閣下」

「たぶんな」公爵は同意した。顔をしかめて考えこんだ。あの女は今夜も劇場の外に立つだろうか。職業斡旋所——あそこへ仕事を探しに行ったことはあるのだろうか。新たな職業を選んでスタートを切ったいま、果たしてほかの仕事を探そうとするだろうか。ロンドンのあの界隈に住んでいるのではないかもしれない。彼女が告げた名前はたぶん偽りだ。こちらが質問したとき、すぐには返事をしなかった。

「明日から数日間は、これまでのような骨折りをしなくてもいいぞ」不意に心を決めて、公爵は言った。「わたしのために新しい召使いを雇ってくれ。仕事の種類は、きみがいいと思うものならなんでもかまわない。家庭教師あたりにするかな。うん、彼女に務まりそうだときみが判断すれば、家庭教師として雇うことにしよう。あの女なら大丈夫だろう。きみが今日調べてまわった通りに近いところに、職業斡旋所がある」

「家庭教師?」秘書は公爵に向かって眉をひそめた。

「うちの娘のために」公爵は言った。「もう五歳だからな。娘の教育を始めることに妻は乗り気ではないが、そろそろ乳母《ナニー》以外の人間もつけてやったほうがいい」

ピーター・ホートンは咳払いをした。「僭越ながら、閣下、女はたしか娼婦のはず。お嬢さまにそのような女を近づけてよいものでしょうか」

公爵が返事をしなかったので、雇い主の表情を鋭敏に読みとることのできる秘書は、自分はこの国でもっとも裕福な貴族の一人に仕える身分の低い雇い人にすぎないのだと、自らに言い聞かせた。

「明日からしばらく、その職業斡旋所に通ってくれ。もう通わなくてもいいとわたしが言うまで。そのあいだ、わたしはせっせと劇場に通うとしよう」

ホートンがお辞儀をすると、公爵は不意に炉棚から離れ、あとは何も言わずに部屋を出ていった。階段を二段ずつのぼって自分の部屋へ向かった。

〝どんな娼婦もかつては処女だった〟。詩人のウィリアム・ブレイクが何かにそう書いている。もしくは、そのような意味のことを書いている。処女を奪ったことに特別な罪悪感を持たねばならない理由はどこにもない。女が娼婦の道を選んだ以上、誰かがやらなくてはならなかったことだ。彼が最初の客ではなく、二人目の客だったなら、罪悪感を持つこともなく、この朝までに彼女のことを忘れ去っていただろう。技巧に長けているわけではなく、色っぽさもない女だった。もう一度会いたいと彼に思わせるような魅力はどこにもなかった。

あんなにもひどい出血があるものだとは、夢にも思わなかった。そして、処女を奪われた瞬間の女の痛みを目の当たりにし、肌で感じた。

知っていれば、べつのやり方ができたのに。その気にさせ、優しく愛撫し、ゆっくり慎重に入っていって、痛みをもたらす障壁を巧みに通り抜けただろうに。だが、現実には、彼女と自分自身の両方に腹を立てていた。両方を貶めたくて、彼女を見おろすように立ち、自分が支配者であることを見せつけた。

だが、こちらが思いやりを示す必要はまったくない。女が自ら進んで身体を売り、自分がそれを買った。言われた値段の三倍の金を支払った。欲望を解き放った瞬間の一時的な快感のほかは、なんの満足も得られなかった。罪悪感を持つ必要はどこにもない。

なのに、ゆうべも、今日も、あの女のことが頭から離れない——痩せた身体、血色の悪い顔、目の下のくまとひび割れた唇、静かで凛とした物腰。貧しさと絶望ゆえに女が卑しい街娼にまで身を落としたことが、彼の頭にこびりついて離れなかった。

責任を感じないではいられない。女が静かに運命を受け入れたことを、そして、血を流したことが頭から離れない。

果たしてもう一度見つけだせるだろうか。どれぐらいの期間、捜すことになるだろう？ リッジウェイ公爵ともあろう者が、大きな目と、洗練された物腰と声を持つ街の女を捜そうとするなんて。

フルール。ただのフルールよ。女はそう言った。

2

フルールの住まいの近くで職業斡旋所を経営しているミス・フレミングは、フルールに対していつも尊大で偉そうな態度をとっていた。鼻にかかった声で物憂げに話す様子は、〝もううんざり〟と言っているかのようだ。フルールにいつも尋ねる――貴婦人のコンパニオンにしろ、女店員にしろ、皿洗いのメイドにしろ、あなたがてきぱきこなせるという保証がどこにあるの？　誰かの推薦状がないことには、うちに求人があったとしても、この斡旋所の評判を危険にさらしてまで、あなたを面接に行かせるわけにはいかないわ。

「でも、仕事に就かないことには、推薦状ももらえないじゃありませんか」フルールは一度言ってみた。「それに、誰かが機会をくれなければ、仕事に就くこともできないし」

「知りあいのなかに、あなたを推薦してくれそうなお医者さんはいないかしら」ミス・フレミングは訊く。「弁護士さんは？　牧師さんは？」

フルールはダニエルのことを思い、心に痛みを感じた。ダニエルなら推薦状を書いてくれるだろう。フルールのために、彼の妹と力を合わせて村に学校を作ろうとしてくれた。結婚する気でいてくれた。でも、いまは遠く離れたウィルトシャーにいる。それに、結婚する気も、フルールを教師として雇う気も、推薦状を書く気ももうないだろう。あんなことがあって、わたしが逃げだしてしまったのだから。

「いえ」フルールは答えた。

娼婦になった五日後にふたたび職業斡旋所を訪ねたのは、ほかにどうしようもなかったからだ。ドアをあけて斡旋所に入ったときは、べつに何も期待していなかった。ただ、このままだと、今夜はドルリー・レーン劇場か、上流の紳士がたむろして一夜の快楽を求めるどこかほかの場所へ出向くしかないことがわかっていた。所持金が底を突いてしまった。

出血はすでに止まり、痛みも消えていた。しかし、自分の身体が受けた行為への嫌悪と恐怖が膨らむばかりで、そのせいで吐き気が消えない。娼婦の暮らしに慣れることができるかしら。いつかはただの職業とみなせるようになるのかしら。痛みも何も気にせずに、二日目の晩も街に出て、恐怖に心をわしづかみにされる暇もなく身を売ったほうがよかったのかもしれない。

「わたしにできる仕事が何かないでしょうか」揺るぎなき冷静な視線をミス・フレミングに向けて、静かな声でフルールは訊いた。苦労続きだった子供時代と少女時代を通じて、心のなかの痛みや落胆をけっして顔に出さない訓練を積んできた。

ミス・フレミングは苛立たしげな表情をよこし、いつもの冷たい返事をしようとするかに見えた。ところが、目が鋭く光って、渋い顔になった。つぎに、ずり落ちた眼鏡の位置を直して見下すような笑みを浮かべた。「そうね、となりの部屋に紳士がいらっしゃるわ、ミス・ハミルトン。雇い主のお嬢さまのために家庭教師を雇いたいとかで、面接にいらしてるの。あなたにもいくつか質問しようとお思いになるかも。あなたは年齢が若いし、推薦状はないし、権力者の知りあいは一人もいないようだけどね。ちょっと待ってて」

フルールは自分が両手をきつく握りあわせ、爪がてのひらに食いこんでいることに気づいた。呼吸が乱れていて、まるで一キロ以上も走ったあとのようだった。家庭教師。いえ、だめよ。望みなんか持ってはだめ。たぶん、会ってももらえないだろう。

「こちらへどうぞ、ミス・ハミルトン」となりの部屋のドアのところで、ミス・フレミングが事務的に言った。「ホートン氏がお会いになるそうよ」

フルールはしわの寄った絹のドレスと、くすんだ色のマントのことが、そして、ボンネットのないことが、ひどく恥ずかしくなった。身につけているのは、逃げだしたときから一カ月以上も着たままのドレス。地味な形に結った髪も、目の下のくまも、荒れた唇も恥ずかしかった。唾を呑みこみ、ドアを通り抜けた。背後でミス・フレミングがドアを静かに閉め、そのままドアに貼りついた。

「ミス・フルール・ハミルトン？」大きなテーブルの向こうにすわった男性が、フルールの頭から爪先までを鋭い目でゆっくり点検した。

フルールはじっと立ったまま、視線を返した。男性は若くて、はげ頭で、痩せている。わたしのこの外見では不合格だというなら、抑えても抑えきれない希望が大きく膨らんでしまう前にそう言ってほしい。

「はい」フルールは答えた。

椅子を勧められたので、背筋を伸ばし、顎をひいて、腰をおろした。

「家庭教師を雇うために面接をおこなっているところです」男性は言った。「わたしの雇い主はケント氏といって、ドーセットシャーに住んでいます。五歳になるお嬢さんがいます。家庭教師になれるだけの能力がご自分にあると思われますか」

「はい。十一歳まで家庭で教育を受けまして、そのあと、オクスフォードシャーの寄宿学校に入りました。どの科目も優秀な成績でした。フランス語とイタリア語を不自由なく話せますし、ピアノフォルテを弾くこともできますし、水彩画の心得もあります。文学と歴史とクラシック音楽には昔からとくに関心を持っておりました。針仕事も多少はできます」

フルールは相手の質問にできるだけ具体的に、正直に答えた。こめかみで血がドクドクいっている。両手を膝の上できつく握りしめ、相手に見えないところで両手の指を交差させた。お願い、神さま——心ひそかに祈った。ああ、お願いです、神さま。

「わたしからあなたの出身校に連絡をとれば、いまのお話を校長先生が裏づけてくださるでしょうか」男性が訊いた。

「はい、大丈夫だと思います」でも、お願いだからやめて。フルール・ハミルトンという名前を出しても、向こうにはわからないだろう。そんな卒業生はいないと言うだろう。

「ご家族と経歴について少し話していただけませんか、ミス・ハミルトン」ついにホートン氏が言った。

フルールは彼を見つめ、唾を呑みこんだ。「父は紳士階級の人間でした。負債を抱えたまま亡くなりました。わたしは職を求めてロンドンに出てくるしかありませんでした」

お父さま、許して。心のなかで亡き父に詫びた。

「……になりますか」

「えっ？」と、フルール。

「どれぐらいになりますか」男性が繰り返した。「ロンドンに出てこられてから」

「一カ月とちょっとです」

「どのような仕事に就かれたのでしょう？」

フルールはしばらく無言で彼を見つめた。「お金が充分にあったので、これまでは働かずにすみました」

マントの下のくたびれた絹のドレスに男性が視線を走らせるあいだ、フルールはじっとすわっていた。この人にはわかってるのね。きっとそう。この一週間、苦しみと零落の日々を送ってきたことを、どうすれば他人に隠しとおせるというの？　嘘だってことは、きっとばれてる。娼婦をしてたこともきっとお見通しね。

「推薦状は？」男性が訊いた。「何かお持ちではありませんか」

虚しい希望であることは最初からわかっていた。本音を言えば、希望など抱いていなかった。「ありません。働いたことがないので。紳士の娘として暮らしてきたのです」そう答えて、おひきとりくださいと言われるのを無言で待った。

しかし、残酷にも希望が燃えあがっていた。お願い、神さま。フルールは祈った。お願いです、神さま。ああ、お願い。

だが、こなければよかったとも思った。こんな幻のような希望なんて、持たずにすめばよかった。

「……いただきましょう」

「えっ？」ふたたびフルールは言った。

「お望みなら、この仕事に就いていただきましょう」

フルールは目をみはった。「でも、ケント氏と直接お話ししなくてもいいのでしょうか」

「氏はわたしの判断を信頼しています」ホートン氏は言った。

「では、ケント夫人のほうは？　わたしの面接をご希望ではないのでしょうか」

「夫人はお嬢さんと一緒にドーセットシャーに住んでおられます。この仕事に就くことをお望みですか、ミス・ハミルトン」

「はい」フルールは答えた。爪の一本がてのひらに食いこんでいた。「はい、ぜひ。よろしくお願いします」

「フルネームと住所を教えていただく必要があります」男性は紙をひきよせ、羽根ペンをとってインク壺につけた。きびきびした事務的な態度だった。「数日中に、ドーセットシャー行きの乗合馬車の切符をあなたに渡し、ウォラストンの町で誰かがあなたを出迎えてケント氏の住まいであるウィロビー館までお連れするよう、手配しておきます。さて、多少の支度金をお渡ししておくように言われております。家庭教師にふさわしい服装を整えていただくために」顔をあげ、ふたたびフルールに視線を走らせた。「何か質問はありますか？」

フルールは麻痺したようにすわったまま、ありえない話に、信じがたい話に耳を傾けていた。わたしが家庭教師になる。田舎に移り、五歳の子供の教育をまかされる。まともなドレスとボンネットと靴を買うお金がもらえる。立派な家で立派な家族と暮らす。

本当のことを知ったら、ホートン氏はどう言うかしら。どんな目でわたしを見るかしら。ホートン氏に知られたらどうなるの？　ケント夫妻に知られたら？　一家の実務を担当するホートン氏が子供の家庭教師として娼婦を雇ったことを知ったら、夫妻はどう思うだろう？

ホートン氏が立ちあがると同時に、フルールも椅子から立った。「わたしのほうからお尋ねしたいことはべつにございません」

「数日中に乗合馬車の切符をお渡ししましょう、ミス・ハミルトン」ホートン氏は首を軽く傾けて、話が終わったことを示した。「では、今日はこれで」

フルールはぼうっとしたまま部屋を出て斡旋所をあとにした。ミス・フレミングの横を通りすぎたとき、愛想よく会釈をされたが、それもほとんど意識になかった。

斡旋所の奥の部屋では、ピーター・ホートンが唇をへの字にして、主人の愛人が出ていったばかりのドアをにらんでいた。

……あんな女のどこがいいのかわからない。痩せっぽちで、顔色が悪くて、目鼻立ちは平凡だし、艶のない赤い髪をしている。もう少し体重が増えれば、けっこういいスタイルにな

人が拾った娼婦にすぎない。しかし、結局のところ、何日か前の晩にドルリー・レーン劇場の外でご主人が拾った娼婦にすぎない。

ロンドンの屋敷にいるときですら、ご主人が愛人を持ったことは一度もなかった。なのに、今回の女は、べつに用意した家にこっそり囲い、閣下が好きなときに訪れて楽しむわけではない。ウィロビー館へ送られ、閣下の妻子と同じ屋根の下で暮らすことになる。娘の家庭教師になるのだから。

閣下も変わったお方だ。わたしはご主人を尊敬し、その下で働くことを誇りに思っているが、それでも、ご主人にはどこか変わったところがある。あの愛人などより奥方さまのほうが十倍も美人なのに。

妻と愛人がひとつ屋根の下で暮らす。おもしろいことになりそうだ。たぶん、閣下は近いうちに、田舎に戻って家庭生活の幸福に浸ることが望ましいと決心するだろう。

ピーター・ホートンはかすかに笑って首をふった。とにかく、ひとつだけたしかなことがある。痩せっぽちの赤毛のフルールがあらわれるのを四日も待ちつづけたあとで、ようやくこの部屋とミス・フレミングの間の抜けた愛想笑いから解放されるのは、喜ばしいことだ。

フルールはホートン氏ともう一度、短時間だけ顔を合わせてから、六日後に乗合馬車でロンドンをあとにした。手にした控えめなサイズのトランクには、きちんとたたんだブルーの絹のドレスとグレイのマントのほかに、地味ではあるが実用的な新しい衣服と装身具が何点か入っていた。

道中は長く、乗り心地の悪い馬車に揺られながら、大柄で怒りっぽくて風呂にも入っていない乗客にはさまれて窮屈な思いをしたことが何度もあった。しかし、文句を言うつもりはなかった。これ以外の選択肢など、考えただけで耐えられない。

この旅に出ることがなかったなら、昼のあいだ狭い部屋に閉じこもり、夜は娼婦稼業に精を出すことになっていただろう。すでに何人もの客をとり、たぶん最初の客の言葉が真実だったことを思い知らされていただろう。ほかの男から手荒な扱いを受けていたかもしれない。そして、最初の客みたいに気前よく金を払ってくれる男はおそらくいなかっただろう。そうなれば、毎晩商売をするしかない。

そう、文句を言ってはならない。あとはケント夫妻に真実を知られないよう祈るのみだ。でも、知られる心配がどこにあって？　真実を知っている男性はこの世に一人だけ。二度と会うことはない。ただし、一生のあいだ、わたしの悪夢にあらわれるだろうけど。

もちろん、ケント夫妻に知られると困る真実はほかにもある。ロンドンとそこで味わった恐怖が遠ざかるにつれて、もうひとつの真実がふたたび心に重くのしかかり、フルールは無意識のうちにおずおずとあたりを見まわしていた。

広々とした田園地帯に出たせいか、ホブソンの死顔が前より頻繁に頭に浮かんでくるようになった。大きくむいた目、ガクッと開いた顎、驚きを浮かべた土気色の顔。この二カ月足らずのあいだ、意外なことに、夢のなかでこの顔にうなされることはあまりなかった。しかし、それはもちろん、ロンドンの貧民街で生き延びなくてはいけないという、さらに大きな恐怖を抱えていたからだろう。

いまでは、目ざめているときでも、うなされそうだ。

ホブソンを殺してしまった。わたしは娼婦、おまけに人殺し。わたしが誰なのか、どういう人間なのかを知ったら、馬車に乗った人たちはどうするかしら。どんなことを言うかしら。そう思ったら、なんだか愉快になった。ぞっとするほど愉快だった。

「何がおかしいんだい、ねえちゃん」自分の身体ぐらいの大きさの籠を抱えた豊満な女が向かいの席から尋ねた。

フルールはあわててまじめな顔になった。「街道のこの部分を通りすぎるころには、わたしたちみんなが馬車の揺れでゼリー状になってるんじゃないかって、ふっと思ったんです」そう言って微笑した。

この返事がみんなに受けた。乗客全員が活気づき、いま通っている街道の補修工事を責任持っておこなうべき行政に対して、口々に不満を述べはじめた。

いいえ、わたしは人殺しじゃない。自分にそんなレッテルを貼ってはだめ。あの男を払いのけようとしたら、倒れて暖炉の角で頭を打ち、死んでしまった。あれは事故だった。わたしは自分の身を守ろうとしただけ。あの男はマシューの合図を受けて、わたしを羽交い締めにしようとした。わたしは逃れようとしてもがいた。

マシューは倒れた男を調べたあとで、〝人殺し〟という言葉を使った。その言葉と、土気色の死顔を目にしたショックのせいで、わたしは自分の計画どおりに動くのをやめ、あわてふためいて逃げだしてしまった。

フルールはそのことを考えまいとした。追っ手などかからなかったかもしれない。結局、あれは事故だったとマシューが説明したかもしれない。たとえ追っ手がかかったとしても、いまごろはもう捜索も中止されているだろう。あるいは、見つからずにすむかもしれない。七週間も前の出来事だもの。どうあれ、ロンドンにいるあいだは安心していられた。

フルールはまたしても笑みを浮かべそうになった。安心だなんて!

幼いミス・ケントの姿を、そして、父親と母親の姿を想像しようとした。住み心地のいい屋敷と、愛で結ばれた仲のいい家族を心に描いた。わたしの両親と幼かったわたしもそんな家族だった。一家に迎えられ、家族の一員のように扱ってもらう自分の姿を想像しようとした。

ケント氏の一家を欺くことになるけど、かならず埋めあわせをしよう。ホートン氏の質問への返事は正直ではなかった。ロンドンにきてからどんな仕事に就いたのかと尋ねられたとき、お金が充分にあったので働かずにすんだと答えた。ひとつだけ見つかった職業のことは話さなかった。

でも、もう忘れることにしよう。人に話す必要はない。誰かに話す義務があるとすれば、それは未来の夫だけ。でも、この先、結婚する気になれるとは思えない。いまのところは。

ダニエルのことをちらっと考えたが、彼の優しい笑顔と金色の髪と牧師の服装を頭から払いのけた。状況が違っていれば、ダニエルと結婚し、生涯幸せに暮らしたかもしれない。彼のことを愛していた。

でも、状況は違っていない。彼のところにはもう戻れない。たとえ、マシューはあの死を殺人とは呼ばなかったという知らせが不意にこちらの耳に入ったとしても。もう戻れない。わたしは汚れた女になってしまった。一瞬、後悔に襲われて目を閉じ、やがてその目をあけて、揺れながら通りすぎていく馬車の窓の景色を見つめた。いや、正確に表現するなら、馬車のほうが揺れながら景色のなかを通りすぎていくのだ。

新しい生活が始まる。そんな日が迎えられたことに、ホートン氏が面接をおこなっていた時期にミス・フレミングの職業斡旋所を訪ねたことに、永遠の感謝を捧げなくては。ホートン氏があと五日早くあらわれてくれればよかったのにと、痛切に思うけれど、そうはならなかったのだし、事実は変えようがない。新しい人生と新たなスタートに恵まれたことに感謝の念を忘れてはならない。感謝を示すために、一家にとって最高の家庭教師になれるようがんばろう。

ブロックルハースト卿マシュー・ブラッドショーは、ロンドン滞在中、セント・ジェームズ・ストリートで独身者用の住まいを借りることにした。せわしない社交シーズンが続くあいだ、母親と妹のそばで暮らす気になれなかったのだ。ただ、二人にはいちおう事件のことを報告に行った。少しも驚かないわ――彼の母親は冷ややかに言った――イザベラがろくな人間になりそうもないことは、最初からわかっていたもの。

マシューは最初のうち、ロンドン滞在が長くなるとは思っていなかった。あの日、イザベラは怯えきってウィルトシャーの屋敷から姿を消した。牧師館まで捜しに行ってみたが、ブース牧師のところへも行っていなかった。ロンドンへ出たに違いない。イザベラがどこかへ逃げるとしたら、ロンドンしか考えられない。ぼくの母親か知りあいに泣きつくはずだ。もっとも、ロンドンに彼女の知りあいはあまりいないが。イザベラが故郷を離れたことはほとんどない。ぼくの母親が彼女を邪魔にして寄宿学校へ追いやった五年間はべつとして。

すでに一カ月以上も捜索を続け、あちこちに問いあわせをしているが、イザベラに関する手がかりはまったくつかめなかった。もちろん、ぼくの母親のところに逃げこんでもいない。そんなことを期待するなんて、こっちも考えが甘かった。

とうとう、最後の手段に訴えることにした。フルールがロンドンを去った二日後の朝、マシューのところの客間に脚を広げて立っている赤ら顔の男がいた。あまり清潔とはいえないクラヴァットを首に巻き、垢じみた帽子を両手でしきりにまわしているその男は、ヘンリー・スネドバーグといって、〝ボウ・ストリート・ランナーズ〟と呼ばれる初期の警察隊の一員だった。二人はしばらく前から話しこんでいた。

「状況を推測しますに、おそらく」スネドバーグが断言した。椅子を勧められてもことわり、自分の時間は貴重な財産なのだと説明した。「貧しい地区に身を隠して、働き口を探しているのでしょう」

「すると、捜索は絶望的だな」ブロックルハースト卿は言った。「まさに干し草のなかで針を捜すようなものだ」

「いやいや」スネドバーグは片手をあげて、日焼けした太い首のうしろを掻いた。「わたしならそんなことは言いません。職業斡旋所というものがあります。淑女ならば、そうした斡旋所のひとつを、もしくはいくつかを利用しようと考えることでしょう。わたしに必要なのは斡旋所のリストだけで、たしかどこかにしまってありますから、それを持って捜すことにします。殺人の罪で官憲に追われているわけですね」

「それから、窃盗未遂でも」ブロックルハースト卿は言った。「一家に代々伝わる宝石を盗んで逃げようとしたのだ」

「ほう。とんでもない女ですな。ただちに全力で捜索にとりかかるとしましょう。向こうは必死にあがいているはずです。あっというまに見つけだしてみせます。ご安心ください。どんな名前を名乗っている可能性があるか、お尋ねしてもよろしいですかな？」

ブロックルハースト卿は眉をひそめた。「偽名を使っているというのかね？」

「多少なりとも知恵があれば、そうするでしょう。ただ、まったく新しい名前を考えだすことはめったにないものです。その女性のフルネームと、母親の名前と旧姓、それから、あなたのお屋敷にいる召使い何人かの名前、友人と知人何人かの名前を教えてください」

ブロックルハースト卿は眉を寄せて考えこんだ。「フルネームはイザベラ・フルール・ブラッドショー。母親の名前はローラ。旧姓マクスウェル。お付きのメイドはアニー・ロウ、親友はミリアム・ブース」

「お屋敷の家政婦の名前は？」

「フィリス・マシスン」

「祖母の名前は？」

ブロックルハースト卿は考えた。「父方の祖母の名字はハミルトン。名前はたしか、レノーラだ。母方の祖母のほうはわからない」

「お宅の執事の名前は？」

「チャップマン」

「それらを参考にして捜してみましょう」最後に、スネドバーグは言った。「何か見つかるでしょう。かならず。さて、女性の外見を知りたいのですが」

「背は高いほうだ。ほっそりしている。目は茶色。髪は赤みがかった金色」

「さぞみごとな髪でしょうな」スネドバーグはそう言いながら、依頼人をじっと見た。

「そう」ブロックルハースト卿は部屋の向こうへ虚ろな視線を向けた。「みごとな髪だ。日の出と日没がまざりあったような色をしている」

スネドバーグは咳払いをした。「なるほど。すると、美しい方ですね」

「そう、もちろん」ブロックルハースト卿は相手に視線を戻した。「すばらしい美女だ。ぜひ見つけだしてほしい」

「治安を守る者として、承知しました。たとえあなたの親戚であろうとも、お宅の召使いを殺害した罪で裁判を受けねばならないのですから」

「そう、そのためにも」両脇で手を開いたり閉じたりしながら、ブロックルハースト卿は言った。「見つけだしてくれ」

スネドバーグは優美とはいいがたいお辞儀をして、それ以上何も言わずに大股で部屋を出た。


「ミス・ハミルトンですね？」

ウォラストンで乗合馬車をおりたとき、洗練されたブルーのお仕着せに身を包んだ若者に声をかけられ、フルールは驚いてそちらを見た。「はい」と答えた。

「ネッド・ドリスコルといいます」若者は言った。「お迎えにあがりました。お荷物はどこでしょう？」

「これ一個だけです」フルールはトランクを指さした。

若者の服装はじつに洗練されていた。そして、羽根一枚の軽さしかないかのようにトランクを持ちあげて、乗合馬車が停まっている宿の石畳の前庭を大股で横切り、扉に紋章がついている馬車のほうへ向かった。

わたしが連れて行かれるのは、こぢんまりした屋敷でしょ？　そして少人数の家族よね？

「ケント氏の召使いの方ですよね？」フルールは馬番の若者のあとを追いながら尋ねた。

「この馬車がそうですの？」

若者はふりむき、愉快そうにフルールに笑いかけた。「ケント氏？　そういう呼び方は、ご本人の耳に入れないほうがいいですよ。ぼくやあなたからすれば、〝閣下〟ですからね」

「閣下？」フルールは膝の力が抜けてしまいそうな気がした。

「リッジウェイ公爵です」馬番は不思議そうにフルールを見た。「知らなかったんですか」

彼女のトランクを馬車の後部にしっかりくくりつけた。

「リッジウェイ公爵？　きっと、どこかで手違いがあったのね。わたしはケントというご夫妻のお嬢さんの家庭教師に雇われたんです」

「レディ・パメラ・ケントと言わなきゃ」馬番は手を差しのべて、フルールが馬車に乗るのを助けた。「あなたを雇ったのはホートン氏でしょう？　閣下の個人秘書ですよ。きっとあなたに冗談を言ったんだ」

冗談。馬番が御者台にのぼるあいだに、フルールは馬車の座席に腰をおろし、わずかのあいだ目を閉じた。わたしの雇い主がリッジウェイ公爵？　名前だけは聞いたことがある。この国でもっとも裕福な貴族の一人として知られている。マシューが公爵の腹違いの弟と知りあいだ。トマス・ケント卿。ケント！　同じ名字なのに、これまで気づきもしなかった。

気づくべきだった。もっと用心すべきだった。マシューがわたしの雇い主の弟を知っている！　でも、わたし自身は会ったことがない。向こうもわたしのことは知らないはずだし、いまは偽名を使っているから、それにも聞き覚えはないはず。影にいちいち怯えていてはだめ。

ウィロビー館。ホートン氏から、雇い主の住まいはそこだと聞かされた。でも、頭の働きというのは奇妙なもの。すでに心のなかでケント一家のイメージを鮮明に描きだしていたため、こぢんまりした屋敷だと思いこんでいた。でも、ウィロビーのことなら知っている。イングランドで最大の荘園のひとつで、国内でもっとも壮麗な屋敷と庭園があることで有名だ。

やがて、自分をとりまく新たな事実になじむ暇もないうちに、馬車は苔むしてツタが垂れさがった庭園の高い塀に沿って走り、巨大な石の門柱のあいだを抜け、ライムの木々に縁どられた曲線を描く並木道に出た。

道の左右には、ゆるやかに起伏する芝地が広がっていた。オークや栗の木々が点在している。草を食む鹿の群れがちらっと見えた。やがて、馬車はガラガラと橋を渡り、フルールは橋の下の急流が段々状の小さな滝になっているのに気づいた。しかし、もっとよく見ようとしてそちらを向いた瞬間、べつのものに注意を奪われた。

橋を渡った先には、ライムの並木はもうなかった。なだらかな起伏を見せる広々とした芝地があるだけで、視界をさえぎるものがないため、大邸宅がはっきり見えた。その壮麗さに、フルールは思わず息を呑んだ。

屋敷の正面部分はとても長かった。低い翼が左右に伸び、中央に高い三角形の切妻壁《ペディメント》のついた玄関がある。玄関の列柱はコリント様式の精緻な縦溝彫りに飾られている。ペディメントの後方に大きな天窓があり、円屋根がそびえている。屋根の周囲の欄干には、石像、胸像、花瓶、壺が並んでいる。

そして屋敷の前には大理石の大きな噴水があって、剪定された生垣と、咲き乱れる花と、生い茂った葉のあいだで水を噴きあげていた。

フルールは自分が生まれ育ったヘロン邸のことを――いまはマシューのものだが――贅沢な屋敷だと思ってきた。でも、この館に比べたら、田舎のコテージのようなものだ。

こぢんまりした屋敷と仲のいい少人数の家族という夢はもうおしまいね――クッションに頭をもたせかけてフルールが思っているうちに、馬車は馬蹄形をした大理石の外階段の前で止まった。正面玄関と主階《ピアノ・ノビーレ》へ続く階段だ。

しかし、フルールを迎え入れるためにあけられたのは、外階段の下にある両開きドアのほうだった。このドアは召使いの居住区へ続いている。ドアのところでフルールを迎えた召使いが軽くお辞儀をし、家政婦のレイコック夫人が私室でミス・ハミルトンを待っていると伝えてから、そちらへ案内してくれた。

まるでこの人が公爵夫人みたい――レイコック夫人に会って、フルールは思った。ほっそりした身体をシンプルだが優美な黒の服に包み、銀色の髪を高くきれいに結いあげている。召使いの身分であることを示すのは、腰につけた鍵束だけだ。

「ミス・ハミルトン？」家政婦はフルールに片手を差しだした。「ウィロビー館にようこそ。ロンドンからの旅は長くて退屈だったことでしょう。今日ご到着だと、ホートン氏から連絡がありました。公爵さまがレディ・パメラのために家庭教師を雇うことになさって、ほんとによかったわ。お嬢さまにはそろそろ、年配の乳母では与えられない刺激と活動が必要ですもの」

フルールが家政婦の手を握ると、しっかりした握手が返ってきた。「ありがとうございます。いい教育ができるよう、最善を尽くすつもりです」

「容易なことではないでしょうね」レイコック夫人はそう言いながら、フルールに椅子を勧めた。「お茶はいかが、ミス・ハミルトン？　疲れたお顔だわ。それにこれから、公爵夫人とのあいだに、たぶん、ひと悶着《もんちゃく》あるでしょうから」

フルールはレイコック夫人に問いかけるような視線を向けた。

「公爵夫人付きのメイドのアーミティジがこっそり教えてくれたんだけど、公爵さまが事前の相談もなしに家庭教師を送りこんでらしたのを、奥方さまはこころよく思ってらっしゃらないそうなの」カップにお茶を注ぎ、フルールに渡しながら、家政婦は言った。

「まあ、そんな……」

「いいえ、心配しなくていいのよ。ここの主《あるじ》は公爵さまで、その公爵さまがお嬢さまの将来を考える時期にきたと判断なさったのだから。さあ、ミス・ハミルトン、ご自身のことを少し話してくださいな。わたしたち、仲良くやっていけそうね」

3

ピーター・ホートンはリッジウェイ公爵宛の郵便物に目を通し、公爵が出席の返事を出しそうだと思われる招待状を脇にどけていたが、公爵が屋敷に入ってくると、その姿が書斎にあらわれる前からすでに、公爵の不機嫌を察知していた。正確な言葉は聞きとれなくとも、声の調子を聞いただけで、そのときの機嫌がわかる。

公爵が書斎に入ってくると同時に立ちあがったホートンは、軽く足をひきずっている様子に気づいたが、公爵が苛立たしげに片手をふったので、ふたたび椅子に身を沈めた。ふだんなら、いかに辛くとも足をひきずらないよう我慢する人なのに。

「何か重要なことは?」郵便物の山のほうを頭で示しながら、公爵は尋ねた。

「殿下から晩餐の招待状がきております」ホートンは言った。

「摂政殿下? 言い訳をこしらえてくれ」

「王室からの晩餐とカード遊びの招待ですぞ」秘書は咳払いをした。

「ああ、わかっている。言い訳を頼む。妻から何か連絡は?」

「何もございません、閣下」郵便物の山に視線を落として、ホートンは答えた。

「ウィロビーに帰ることにする」公爵はぶっきらぼうに言った。「いや、待てよ。明日の夜はデニントン夫妻とオペラに出かける約束だった。夫妻の姪のエスコートを頼まれたのだ。それをべつにすれば、キャンセルできない約束はひとつもない。そうだな？　出発は明後日だ」

「承知しました、閣下」大股で書斎を出ていく公爵の背中を見送る。あの愛人が乗合馬車で送りだされてからちょうど二週間になる。閣下は偉大なる忍耐心を発揮してじっと待ち、ついに、あとを追う口実を見つけたわけだ。ピーター・ホートンはひそかに笑みを浮かべた。

リッジウェイ公爵は左脚と左半身に痛みがあるにもかかわらず、いつものように階段を二段ずつのぼった。無意識のうちに左の目と頬をさすっていた。湿度が高いせいだ。天候が悪くなると、いつも古傷が疼きだす。

シビルにも困ったものだ！　四年前、やむなくシビルを叱責し、呆れるほど不謹慎な行動をやめさせて以来、夫と一緒にロンドンに出ることを彼女は拒みつづけている。なのに、彼がロンドンで一人きりの平和な日々を何カ月か送るたびに、妻は盛大なカントリー・パーティを開く決心をするようだ。貴族社会で芳しくない評判の立っている男女に、ロンドンを離れてドーセットシャーまで出かけるよう声をかけ、それに応じた者を残らず招待する。

パーティの計画を夫に知らせる必要があるとは、ほとんど思っていない。公爵がそれを知るとすれば、偶然によるものだ。二年前には、帰宅して初めて知ったこともあった。多数の客が招かれていたが、すでに全員が帰ったあとで、紳士が一人だけ残っていた。その紳士は自分が泊まっていた客用の寝室を出て、親切にも部屋係のメイドの労力を軽くしてやり、公爵夫人の寝室に移っていた。

公爵は帰宅後一時間もしないうちに、その紳士を追いだした。紳士のほうは、今後少なくとも十年間は、ウィロビーにもロンドンにも顔を出さないようにという忠告を、心に刻みつけたようだった。

それから、公爵は召使いとその家族の前で、礼儀作法というものについて妻をきびしく叱責し、夫人もついには真っ青になり、涙に暮れることとなった。涙を浮かべた彼女はふだんよりさらに美しく見える。そして、夫の冷酷さ、妻をないがしろにする態度、横暴さなど、昔から不満に思っている点を並べたてて、彼を非難した。

今回、公爵がシビルのパーティのことを知ったのは、紳士クラブ〈ホワイツ〉でサー・ヘクター・チェスタートンに会ったときだった。チェスタートンは硬い襟芯を着けているため息苦しそうな口調ではあったが、招待されたことを喜んでいる様子だった。

「このところ、ロンドンにいても、たいしてすることがなくてね。若い子に色目を使うぐらいかな。母親連中がヒルのように娘に貼りついてるから、色目を使うのが関の山さ。ぼくを招待してくれるなんて、シビルもいい人だ」

「ああ」公爵は冷ややかに微笑した。「妻は客をもてなすのが好きでね」

こうなったら、わたしもウィロビーに戻らなくては。最初の予定より何週間も早くなるが。

公爵は自分の化粧室のベルの紐をひき、従者がやってくるのを待つあいだに上着を脱いだ。

召使いたちのために、そして、パメラのために、自分が戻らなくてはならない。シビルと友人たちの乱痴気騒ぎを召使いに見せるわけにはいかない。

くそっ！　ネッククロスをほどいて脇へ放り投げた。以前はシビルを愛していた。遠い昔に愛していた。可憐で華奢な金髪の美女。のちにワーテルローの戦いと呼ばれることになる戦闘の始まりをベルギーで待つあいだ、つねに彼女のことを夢に見て、彼女に焦がれていた。記憶に刻みつけられたシビルの輝くような笑み、甘い愛の言葉、彼の求婚に恥ずかしげによこした承諾の返事、初心《うぶ》な可愛いキスを心の支えにして生きてきた。

くそっ！　シャツのいちばん上のボタンをひっぱり、ちぎれたボタンが部屋の向こうへ飛んで洗面台に置かれた陶製の鉢にカチャンとぶつかるのを見守った。

「誰かに命じて、このいまいましいボタンをしっかり縫いつけさせろ」不運にもその瞬間にドアから入ってきた従者に向かって、公爵はわめいた。

しかし、この従者は公爵の少年時代から仕えてきた人物で、従卒として戦地へも同行し、スペインとベルギーで個人的に身のまわりの世話をしている。少々のことではびくともしない。

「脚と脇腹に痛みがおありのようですね、閣下」従者は陽気に言った。「この天候ですから、そうではないかと思っておりました。横になってください。マッサージいたしましょう」

「それでどうやって、わたしのシャツのボタンがとれるのを防げるというのだ？」

「大丈夫ですよ、閣下。すなおに言うことを聞いてください。さあ、横になって」

「乗馬服を出してくれ。公園で馬を走らせてくる」

「マッサージが終わってからにしましょう」従者の口調ときたら、子供に話しかける看護婦のようだ。「ウィロビーに戻るのですね」

「ホートンのやつが喜ばしいニュースを広めているようだな」化粧室の長椅子におとなしく身体を伸ばしながら、公爵は言った。従者が服を脱がせて、力強い慣れた手つきでマッサージにとりかかった。これがいつも痛みを和らげてくれる。「故郷に戻れるのがうれしいかね、シドニー？」

「それはもう」従者はきっぱりと言った。「すなおにお認めになるなら、閣下もうれしく思っておいでのはず。ウィロビーは昔から、閣下にとって世界でいちばんお気に入りの場所でした」

そう。そうだった。いずれはすべて自分のものになることを自覚して大きくなった。ウィロビーへの愛は彼の心に深く刻みこまれている。学校時代も、大学時代も、軍隊にいたあいだも、ウィロビーは彼とともにあった。長男で跡継ぎであったにもかかわらず、そして、父親と周囲のほぼすべての者が反対したにもかかわらず、彼は頑固に軍職を購入し、歩兵連隊に入った。

ウィロビーは彼の血のなかに染みこんでいた。そのために戦ったのだ――ウィロビーのために。イングランドの縮図とも言うべき故郷のために。

だが、いまの彼はウィロビーに戻るのがいやでたまらなかった。シビルがいるからだ。子供のころに夢見ていた暮らしは、そこにはもうないからだ。

だが、それでも戻らなくてはならない。そして、心の奥には、それを喜んでいるひねくれた部分があった。晩春と夏のウィロビー——目を閉じると、心の底から愛しさがこみあげてくる。故郷を遠く離れて思いを馳せるとき、いつも感じることだ。

それに、パメラがいる。シビルはパメラを過保護にし、夫が子供に近づくのを嫌っているくせに、じつはそれほど可愛がっていない。娘の相手をしてやることはほとんどない。パメラには父親が必要だ。そして乳母以外の者が。

いまは乳母以外の者がいる。家庭教師がいる。

フルール。

働き口を与えてやって良心の痛みを和らげたあと、彼はフルールのことを頭から払いのけた。家庭教師として適任だと思われると、ホートンが保証してくれた。ホートンのことだから、面接は徹底的におこなったはずだ。

フルールのことは考えたくなかった。二度と会いたくなかった。思いだすのもいやだった。シビルを裏切ったのはあのとき一度だけ。とは言え、そもそも夫婦生活というものがほとんどないのだが。

なぜフルールをウィロビーへ送りこんだのだろう？　領地ならほかにもある。そのどこかへ召使いとして送りこむだけでよかったはず。

なぜウィロビーへ？　妻の住む屋敷。彼自身も住む屋敷。そこへ、彼の娘の家庭教師として。

娼婦がパメラの教師。

「もう充分だ」目をあけて、公爵は言った。「わたしを眠らせる気か」

「そのつもりでした」シドニーは陽気な笑顔を見せた。「閣下がお休みになれば、癇癪《かんしゃく》をぶつけられずにすみますので」

「無礼なやつだ」公爵は身体を起こし、目をこすりながら言った。「乗馬服を出してくれ」

フルールがウィロビー館に到着した日は、生徒となる少女にも、公爵夫人にも会えずじまいだった。乳母をお供にして、午後からどこかの家を訪問に出かけたようだ。

「クレメント夫人はね、奥方さまのお小さいころの乳母でもあったのよ」家政婦のレイコック夫人が説明した。「二人はとても仲がいいの。奥方さまと同じように、あの人もあなたに腹を立てるでしょうね、ミス・ハミルトン。でも、給料を払ってくれるのは公爵さまだってことを、心に刻んでおかなきゃだめよ」強い口調だったので、フルールは、その事実を心に刻みつけておかねばならない召使いは自分だけではないらしいという印象を受けた。

公爵閣下は屋敷を留守にしている様子だった。面接にあたったホートン氏が公爵の個人的な秘書であるなら、公爵は社交シーズンのあいだ、ロンドンに滞在しているのだろう。いつこちらに戻る予定なのか、家政婦は知らなかった。

「でも、奥方さまがまたしてもパーティを計画中だという噂を耳にすれば、戻ってこられるに決まってますよ。そうそう、大々的な舞踏会もあるのよ」非難するような口調だった。だが、この話題はそこで打ち切りになった。奥方さまがお留守のうちに、お屋敷の上の階をちょっと案内してあげましょう、と家政婦は言った。

屋敷のなかはすばらしく豪華で広々としているので、フルールは驚きに目をみはりながら、ほとんど口も利けずに、レイコック夫人のあとをついていくだけだった。公爵の書斎と、家族の居室と、事務仕事のための部屋はピアノ・ノビーレにあり、勉強部屋と、子供部屋と、小さな部屋が並ぶ召使いの居住区はその上の階にあった。フルールは自分に与えられた部屋をすでに見ていた。勉強部屋のとなりにあって、明るくて風通しのいい正方形の小さな部屋だった。屋敷の裏の芝地と木立が見渡せる。ロンドンで借りていた部屋に比べれば、まさに天国だ。

屋敷内の見学はまず、正面にある円天井の大広間から始まった。円天井のすぐ下に採光用の天窓があって、光が降りそそぎ、天井そのものには宙を舞う天使の絵が描かれている。天窓の下のほうに回廊がめぐらされている。

「大きなパーティのときは、あそこがオーケストラ席になるのよ」家政婦が説明した。「舞踏会が開かれるときは、ロング・ギャラリーとサロンのドアをすべて開け放って、広々とした舞踏室にするの。奥方さまが計画してらっしゃる舞踏会の日が雨だったら、その光景が見られるわ。天気がよければ、湖畔で舞踏会が開かれて、戸外の催しだから、わたしたちも参加できるのよ。でも、悪天候の場合は、もちろん邸内になりますけどね」

フルールは上に目をやり、オーケストラが席についている様子と、柱に囲まれた円形広間に音楽が響きわたる様子を想像しようとした。夜会のための衣装をまとい、宝石をきらめかせ、笑いさざめき、ダンスに興じる人々を想像した。微笑が浮かんだ。ああ、わたしには幸せな日々が待っている。公爵夫人とレディ・パメラの乳母のことをレイコック夫人がちらっと言っていたけど、でも、わたしは幸せになれる。ぜったい幸せにならなきゃ。地獄の淵まで行って、無事に戻ってきたんだもの。

ロング・ギャラリーは屋敷の表側にあって、片方の翼の端から端まで延びていた。片側は細長い窓ばかりで、どの壁龕《へきがん》にも古代ローマの胸像が飾ってある。漆喰仕上げの折上げ天井と装飾帯のおかげで、天井の高さと豪華さがとても印象的だ。窓と向かいあった長い壁面には、金箔仕上げの額に入った肖像画がいくつもかかっている。

「公爵さまの一族は何代も続くお家柄なのよ」レイコック夫人が言った。「細かいことは公爵さまご自身に説明していただくといいわ、ミス・ハミルトン。ウィロビーに関して公爵さまのご存じないことは何もないから」

フルールは、ホルバイン、ヴァン・ダイク、レイノルズの絵がかかっていることに気づいた。これだけの絵画を収集した先祖を持つのは、きっとすてきなことだろうと思った。現在のリッジウェイ公爵は八代目にあたると、レイコック夫人が教えてくれた。

「みんな、お世継ぎの誕生を待ってるのよ」夫人の声がややこわばった。「でも、いまのところ、お子さまはレディ・パメラ一人なの」

事務仕事のための部屋と客用寝室の大部分は、ロング・ギャラリーの向こう側にあるそうだ。ただし、フルールはそこへは案内してもらえない。

広いサロンは広間の奥にあり、ちょうど屋敷の中心に位置していて、二階分の高さがあった。壁の掛け布はユトレヒト産の真紅のベルベット。同じ布を張ったずっしりした椅子が壁ぎわにバランスよく配置されている。ペディメントのついたドア枠も、天井の蛇腹も、炉棚もすべて金箔仕上げで、天井には何かの神話からとった戦闘場面が描かれている。なんの場面か、レイコック夫人にはわからないそうだ。壁には豪華な額に入った大きな風景画が何点もかかっている。

ダイニングルームと、客間と、書斎と、その他の部屋と、家族の居室は、ギャラリーの翼と逆方向へ延びている翼のほうにあるという。

フルールはこのすべてに畏敬の念を抱いた。彼女自身も大きな屋敷で育った。父親がその主《あるじ》だったが、フルールが八歳のときに宿屋で火事にあい、母と一緒に亡くなってしまった。家屋敷も、貴族の称号も、父のいとこ（マシューの父親）のものになり、フルールは被後見人という立場になった。その人はフルールに親切ではあったが、あまり気にかけてくれず、その妻と娘には邪魔にされていじめられ、マシューには最近まで無視されていた。

フルールが育ったヘロン邸は、イングランドを代表する豪邸のひとつではない。だが、ウィロビー館のほうは明らかにそうだ。フルールはこぢんまりした屋敷と少人数の家族という夢が失われたのを残念に思いつつも、興奮に包まれていた。この壮麗な屋敷で暮らすのだ。

屋敷の華やかな日常の一部となり、公爵夫妻の幼い令嬢の教育をまかされるのだ。

やはり幸運に見放されてはいなかった。最近のさまざまな出来事の埋めあわせとして、天国のような日々を少しだけ味わえるのかもしれない。

「庭の散歩にお誘いしようかと思ったんだけど」家政婦は言った。「とってもお疲れのようね、ミス・ハミルトン。上へ行ってしばらく休息するといいわ。たぶん、奥方さまがあとでお呼びになるでしょうから。レディ・パメラにひきあわせようと思ってらっしゃるかもしれない」

フルールはホッとして自分の部屋にひっこんだ。困惑するばかりだった――この二カ月間の出来事に。一週間ほど職業斡旋所から足が遠のいていたのに、突然こんなにすばらしい働き口が見つかった幸運に。そして、その働き口がけっして平凡なものではなかったという予想外の展開に。ここまでの旅は長く疲れるものだった。

また、この日の朝、大きな不安のひとつが消えたばかりだった。妊娠せずにすんだ。

部屋の窓辺に腰をおろして、安らぎに満ちた外の景色と、カーテンをそよがせ、頬をなでるそよ風を楽しみながら、フルールは思った――二カ月前に想像していたよりも、はるかに大きな幸運に恵まれた。

悪くすると絞首刑になっていたかもしれない。いまもその危険はある。でも、考えないことにしよう。今日がわたしの新たな人生の始まり。八歳のとき以来、みじめな暮らしを続けてきたけど、これからはぜったい幸せになってみせる。

ドレスを脱ぐと、きちんとたたんで椅子の背にかけ、シュミーズ一枚でベッドカバーの上に横たわった。ロンドンの部屋とは大違いね――ベッドを覆った絹の天蓋を見あげ、きちんと片づいた清潔な室内を見まわして、ふたたび思った。遠くから小鳥のさえずりが聞こえるのをべつにすれば、フルールのまわりにあるのは静寂だけだ。

目を閉じ、至福に満ちたまどろみの世界へ漂っていった。そして、ふたたびあの男を目にした――浅黒くて鋭角的なきびしい顔、目の端から顎へかけて走る紫色の傷跡。フルールにのしかかり、暗い冷たい目で彼女の目をじっと見つめる。

男の手が伸びてくる。最初は腿のあいだに、そして、もっともひそやかな場所に、それから、身体の下に。そして、男のあの部分が火のように熱く、無慈悲に、彼女の身体を奥まで貫く。引き裂かれる感覚が生々しくよみがえる。

「娼婦」男はフルールに言った。「このレッテルをはがせるとは二度と思うな。いまのおまえは娼婦。いくら遠くへ、あるいは、いくら急いで逃げようと、死ぬまで娼婦のままだ」

「いいえ」フルールは床につけた足に力をこめ、ベッドの上で首を横にふって、強靭な彼の手から逃れようとした。そうすれば、男はわたしの身体の奥に入ってこられなくなる。「いいえ」

「これは強要ではない。おまえが自ら進んでわたしに身体を売ったのだ。わたしから金をもらうつもりで」

「だって、飢え死にしそうだから」フルールは男に訴えた。「二日前から何も食べていなかったの。生き延びなきゃいけないから」

「娼婦」男は低くつぶやいた。「これが楽しいからだ。おまえはこれを楽しんでいる。そうだろう？」

「いいえ」男が彼女のなかで快楽をむさぼるあいだ、身体を押さえつけている強靭な手から逃れようとして、フルールは身をよじった。「いいえ」

いいえ。いいえ。わたしにはもう何も残っていない。尊厳もない。プライバシーもない。身元もない。服も脱がされた。男の膝とたくましい腿で、脚を大きく広げさせられた。わたしという存在の芯の部分にまで入りこまれた。いいえ。

「……いいえ。いいえ。いいえ！」

汗ばみ、震えながら、ベッドに身を起こした。いつもの夢。夜ごと訪れる夢。眠りの世界に入ったとたん、目の前に浮かんでくるのはホブソンの死顔であって然るべきなのに、じっさいはそうではなかった。そこに登場するのは、フルールにのしかかってきた醜い傷跡のある紳士。フルールが人に差しだすことのできる、あるいは売ることのできる、たったひとつ残された財産を奪った男。

フルールは疲れた身体でベッドを降り、顔の火照《ほて》りを静めるために窓の前に立った。永遠に忘れ去ることはないの？　彼の姿を。彼の感触を。

本当にあんなことを言われたの？　いまのフルールには思いだせなかった。しかし、じっさいに口に出さなくとも、男の顔と身体がそう言っていた。

あれほど醜い不気味な男はどこにもいないだろうと、フルールは思った。でも——記憶がよみがえった——料理を注文して、食べるように勧めてくれた。そして、わたしが劇場の外で告げた金額の三倍も払ってくれた。わたしの意に反することはひとつもしていない。

それに、冷たい布を渡してくれた。そのおかげで、わたしは血を拭きとり、痛みを和らげることができた。

フルールは両手に顔を埋めた。忘れなくては。誰かの善意が与えてくれた新たな人生というこの贈り物を、すなおに受けとらなくては。

「まあ、上手に描けたわね」リッジウェイ公爵夫人は身をかがめて娘の頰にキスをし、母親に見せようとして娘が差しだした絵に笑顔を向けた。「もちろん、その女に会いますとも、ナニー。乳母のあなたのほうが偉いということと、パメラがいやがることはいっさいさせてはならないことを、はっきり伝えておかなくては」

「向こうはこの午前中にお嬢さまに会うつもりでいるようですよ、奥方さま」乳母が言った。「レディ・パメラは朝のうちは子供部屋で静かに過ごすのがお好きだと、わたしから説明しておきました」

「今日、家庭教師に会わなきゃいけないの、ママ?」不機嫌な顔で子供が訊いた。「パパがその人をよこしたの?」

「わたしを怒らせたくてやってるんだわ。そう思わない?」公爵夫人は乳母に言った。「わたしの計画を耳にして、嫌がらせのつもりで、堅苦しい家庭教師を送りこんできたんだわ。でも、わたしだってお友達に会う権利があるはずよ。そうでしょ？　夫と同じように。夫はロンドンで社交シーズンを楽しんでいる。わたし一人がこちらで退屈な日々を送ればいいとでも思ってるのかしら。終わりのない退屈を紛らすためのお友達がわたしにも必要だと思ってはくれないのかしら」公爵夫人は乾いた咳をして、ハンカチに手を伸ばした。

「きのう、マントをお召しになるよう申しあげましたでしょ」乳母は言った。「太陽が照っていても、まだ春になったばかりですからね。お気をつけにならないと、いつまでたっても悪寒が消えませんよ」

「うるさく言わないで、ナニー」公爵夫人は不機嫌に言った。「この咳は冬からずっと続いてるのよ。あなたの言いつけに従って、いつも暖かく着こんでいたのに。パーティのことが耳に入ったら、あの人、こちらに帰ってくるかしら」

「きっとそうですわね。いつもそうですもの」

「わたしが楽しんだり、お友達に会ったりするのが、夫はおもしろくないのね。あんな人、嫌いだわ、ナニー。大嫌い」

「シーッ。レディ・パメラの前でそんなことおっしゃってはいけません」

公爵夫人は子供に目を向け、柔らかな黒っぽい巻毛に手を触れた。「では、わたしの部屋へ呼んでちょうだい。そのミス・ハミルトンという女を。雇ったのはアダムかもしれないけど、ここではわたしに従ってもらいますって、はっきり言っておかなくては。だって、アダムは――」

「シーッ」乳母がきっぱりと言った。

公爵夫人は子供の頬にもう一度キスをすると、午前用のドレスの裾をひるがえして部屋を出ていった。

子供は母親が出ていくのを悲しそうに見送った。「ママ、絵を気に入ってくれたかしら」

「もちろんですとも」乳母は身をかがめて子供を抱きしめた。「お嬢さまのことも、お嬢さまがなさることも、お母さまは大好きなんですよ」

「パパも気に入ってくれるかしら。おうちに帰ってくるんでしょ?」

「お帰りになるまで、絵を大切にしまっておきましょうね」乳母は言った。

しばらくしてフルールが公爵夫人の居間に案内されたとき、部屋には誰もいなかった。フルールはドアを一歩入ったところに静かに立ち、両手を前で組んで待った。小さいけれど、まことに贅沢な造りの部屋だった。楕円形で、円天井に絵が描かれ、金箔仕上げのほっそりしたコリント様式の柱は、上にエンタブラチュアと呼ばれる華やかな装飾がついている。壁は象牙色で、淡い赤と緑とピンクと金箔を使ったパネルがあしらわれ、繊細な女らしさを漂わせている。

あまり待たされずにすんだ。部屋の反対側のドアが開いて、優美なブルーのモスリンのドレスを着た小柄で華奢な貴婦人が入ってきた。シルバーブロンドの髪を柔らかくカールさせて結いあげ、頭の上と顔の脇に巻毛が揺れている。絶世の美女で、二十六歳という年齢より若く見えるとフルールは思った。

「ミス・ハミルトンね？」公爵夫人が訊いた。

フルールは膝を折って挨拶した。「はい、奥方さま」

ふと気づくと、公爵夫人の淡いブルーの目がフルールの頭から爪先までを無遠慮に見つめていた。

「うちの娘の家庭教師として、夫に送りこまれてらしたのね？」その声は甘く静かだった。

フルールは軽く頭を下げた。

「五歳の娘にはまだ勉強の必要はないということが、おわかりにならないの？」

「でも、幼いお子さまでも、一日じゅう本を前にしてすわる以外に学べることはいくらでもございます、奥方さま」

公爵夫人の顎がつんとあがった。「わたくしの意見に逆らうおつもり？」と訊いた。声も表情もにこやかで、言葉と矛盾していた。

フルールは無言だった。

「夫があなたを送りこんできた。夫とはどういうご関係かしら」

フルールは赤くなった。「公爵さまにはまだお目にかかっておりません。職業斡旋所でホートン氏の面接を受けたのです」

公爵夫人はふたたびフルールを上から下まで見つめた。「すでにご推察とは思いますけど、娘に教育が必要かどうかについて、わたくしは夫の意見に反対です。幼くて繊細な子供だから、あの子に必要なのは母親の愛情と乳母の世話だけなの。役にも立たない知識をあの子の頭に詰めこむのはやめていただきます、ミス・ハミルトン。それから、あなたへの指示はレディ・パメラの乳母であるクレメント夫人が出します。あなたは屋敷の召使いの一人であることをわきまえ、勉強部屋にいる必要のないときは、ご自分の部屋か召使いの休憩室にいてください。わたくしから特別な呼びだしがないかぎり、この階には出入りしないように。わかりました？」

夫人はこのすべてを軽やかな愛想のいい声で告げ、そのあいだ、大きなブルーの目でじっとフルールを見ていた。幼い子が成長して離れていくのを恐れているのね――横柄な言葉をかけられたにもかかわらず、フルールはいくらか同情を覚えた。

「はい、奥方さま」

「下がってくださってけっこうよ。クレメント夫人同席のうえで、娘と三十分ほど過ごしてください」

しかし、フルールが向きを変えて去ろうとしたとき、夫人がふたたび声をかけた。

「ミス・ハミルトン、けさの服装と髪形は合格だわ。今後もわたくしが合格点をつけられる服装をしてくださるよう期待しています」

フルールはふたたび頭を下げてから部屋を出た。いま着ているのは、新たに買ったドレスのひとつ。白いレースの小さな襟がついたグレイの地味なもので、髪はひっつめにしてうなじでシニョンに結っていたので、公爵夫人が何を言いたいのかよくわかるような気がした。

つまり、公爵さまは若い召使いに手を出すようなタイプなの？　だから、ロンドンにいる公爵とどんな関係だったのかを、夫人が気にしているの？　フルールは公爵がロンドンにずっと滞在してくれるよう、心の底から願った。

公爵夫人の言葉と態度をかすかな寒気とともに思い返してみて、夫人にも乳母にも家庭教師を歓迎する気はないという意思表示をされたのだと、フルールは思った。でも、文句は言えない。二人とも敵意をむきだしにしたわけではないのだから。杖を手にして、風通しの悪い勉強部屋に一日じゅうレディ・パメラを閉じこめておくつもりなどないことを理解してもらえれば、向こうの態度も和らぐだろう。


スネドバーグは長い一日の仕事を終えたところだった。セント・ジェームズ・ストリートの屋敷の客間ですなおに椅子にすわり、ポートワインの勧めにまで応じた。

「恐れ入ります」と言って、屋敷の主の手からグラスを受けとった。「歩きづめだったので、足がくたくたですし、質問のしすぎで喉がからからです。ええ、見つかりました、ミス・フルール・ハミルトンと名乗っています。あれだけ一致点があれば、別人のはずはありません。外見も一致していますし」

情報を提供してくれた職業斡旋所のミス・フレミングも、部屋を貸していた家主の女も、フルール・ハミルトンのことを、とても地味な赤みがかった髪をした、とても地味な顔立ちの若い女だと言っていたが、それは伏せておくことにした。人殺しで宝石泥棒であろうとも、依頼人が彼女に惹かれていることを、スネドバーグは見抜いていた。女にのぼせあがった男というのは、ときに詩的になろうとも、許してやらねばならない。〝日の出と日没がまざりあったような色〟とはねえ、よく言うよ。ヘドが出そうだ。彼は心のなかで悪態をついた。

「それで？」ブロックルハースト卿は口へ運ぼうとしたポートワインのグラスを途中で止め、スネドバーグを鋭い目で見ていた。有能という評判にもかかわらず、スネドバーグが一回目の報告にくるまでに一週間以上かかった。

「ドーセットシャーに住むケント氏という人物の娘の家庭教師として雇われました。雇ったのは……」スネドバーグは思わせぶりに言葉を切った。「彼女がくるのを職業斡旋所で四日間も待っていた紳士です。赤毛のフルールがくるのを。彼女はすでにそちらへ向けて発ちました」

ブロックルハースト卿は眉をひそめた。グラスはいまも口から十センチほどのところで止まったままだ。

「ドーセットシャーにケントという家がそうたくさんあるとは思えません」スネドバーグは言った。「調べてみて、その人物を特定できないか、やってみます」

ブロックルハースト卿はポートワインを飲みながら、じっと考えこんだ。「ケント？　まさか、リッジウェイではあるまいな」

「リッジウェイ公爵のことですか」スネドバーグは片手をあげてうなじを掻きながら尋ねた。

「公爵の名字がケント？」

「ぼくは公爵の母親違いの弟と知りあいだった」ブロックルハースト卿は言った。「ドーセットシャーに屋敷があった。ウィロビー館だ」

スネドバーグ氏は小指を耳に突っこんだ。「はっきりしたことがわからないか、調べてみます。すぐ捜しだしてみせますよ。大船に乗った気でいてください」

「フルールか」グラスのなかで揺れる酒を見つめて、ブロックルハースト卿はつぶやいた。「ぼくの父と母がその名前で呼ぼうとしなかったため、子供のころ、あの女はよく癇癪を起こしたものだった。両親が亡くなるまで、そう呼ばれていたようだ。すっかり忘れていた」

「さよう、おっしゃるとおり、そのケントでしょう」スネドバーグはグラスに残った酒をいっきに飲みほして立ちあがった。「公爵と家庭教師に関して、できるかぎり探ってみます」

「早く見つけだしてもらいたい」ブロックルハースト卿は言った。

「急いでやります」スネドバーグは歯切れよく言った。「おまかせください」

「最高の人材としてきみが推薦された。なのに、たったこれだけ探りだすのに、ずいぶん長くかかったものだな」

スネドバーグは賞賛に対しても、批判に対しても、意見を差し控えた。軍隊調の敬礼をすると、きびきびした足どりで部屋を出た。

4

ウィロビー館での最初の二週間、フルールが激務に追われることはけっしてなかった。乳母であるクレメント夫人の指示に従うよう命じられていたが、この乳母も公爵夫人と同じく、幼い少女が教育を受けることに賛成ではない様子で、午前にしろ、午後にしろ、一時間ほど授業をする許可が出れば、新米家庭教師にとっては幸運というものだった。

どうにも落ち着かなかった。役立たずの召使いとして解雇されるのではないか、公爵とホートン氏が帰ってきたとき、給料に見合うだけの仕事をしていないことを知られるのではないか、と少々不安だった。しかし、気を楽にして最善を尽くすようにという家政婦のレイコック夫人の助言に従うことにした。レイコック夫人はまた、公爵さまが帰宅なさればすべてうまくいく、奥方さまが計画中のパーティのことを耳にされれば、お帰りになるに決まってるから、と言ってフルールを安心させようとした。

そのうち、フルールも新たな環境に慣れ、心地よく暮らせるようになった。静けさと安らぎに満ちた時間が充分にあるおかげで、以前の恐怖を忘れ去り、古い傷も癒えてきた。追ってくる者はいないかと恐る恐る背後を窺《うかが》いたくなる衝動に駆られたりせずに、一日を無事に終えることもあった。また、傷跡のある鷹のようなあの顔がのしかかってきて、彼女を娼婦と罵《ののし》り、身体のなかに入ってこようとする夢を見ないで、ひと晩ぐっすり眠れることもあった。

食欲も出てきて、失った体重をいくらかとりもどすことができた。髪には豊かさと艶がよみがえったようだ。目の下のひどいくまも消えた。頬に血の気が戻ってきた。筋肉に力がみなぎり、ふたたび若さを感じはじめていた。

その二週間のあいだ、レイコック夫人が時間を見つけては、広い庭園の散歩に誘ってくれた。フルールは散歩のたびに、家政婦との静かな会話から、この新たな住まいと雇い主の一家のことをあれこれ知るようになった。

「ここは何年も前に、自然の美をイメージして造られたのよ」レイコック夫人は庭園について語った。「見晴らしのいいあらゆる場所から景色が楽しめるようにと、湖を造り、滝をこしらえ、木々を植えたの。わたしに言わせれば、愚かなことですけどね、ミス・ハミルトン。お金持ちの庭園を設計して大儲けする人たちの助けがなくたって、自然は自分の力で美を生みだすことができるんですもの。わたし自身は、花がたくさん咲いた平坦な整形式庭園のほうが好きだわ。ま、あくまでもわたしの意見だけど」

フルールは庭園も、なだらかな起伏を描いて果てしなく続くかに思われる芝地も、木立も、大いに気に入った。カーブを描く並木道や、石造りの神殿や、その他の飾りものの建築物も気に入った。いつまでも散策を楽しむことができ、景色にも、その景色がもたらす安らぎに満ちた感覚にも、けっして飽きることのない気がした。

レイコック夫人から聞いた話によると、公爵はイングランドの軍隊に入って、スペインで、そして、ワーテルローで戦ったという。亡くなった父親の跡継ぎという身分だったし、ベルギーへ発ったときにはすでに爵位を継いでいたのだが。

「ご自分の義務を回避するようなことはけっしてなさらない方だったの」家政婦は言った。「もちろん、責任をまっとうするために安全な故国に残って生きていくことこそが、公爵たる者の義務だと言う人々もいましたよ。でも、公爵さまは戦争においでになった」

「そして、無事に戻ってらしたのね」フルールは言った。

レイコック夫人はためいきをついた。「恐ろしい日々だったわ。あの怪物がエルバ島から逃げだしたせいでふたたび戦いに赴くことになるまでは、とてもお幸せだったのよ。奥方さまと婚約なさったばかりで、あ、当時の奥方さまはジ・オナラブル・ミス・シビル・デズフォードと呼ばれておいでで、公爵さまはほんとにお幸せそうだった。何年も前から仲のいいお二人だったけど、公爵さまが恋に夢中になられたのはその何カ月間かのことだったの」

「でも、ようやく奥方さまのところに戻ってらしたわけでしょ。幸せな結末を迎えたのね」

「公爵さまは死んだものと、みんなが思いこんでいたの」レイコック夫人は言った。「戦死の知らせが届き、公爵さまの従卒をしていた男が打ちひしがれて戻ってきた。何年も公爵さまにお仕えしていた男なの。あのころのことは思いだすのも辛いわ、ミス・ハミルトン。まず、先代の公爵さまが亡くなられ、つぎは坊ちゃま……あら、坊ちゃまだなんて！」レイコック夫人はクスッと笑った。「いやだわ。もう三十歳の誕生日を過ぎてらっしゃるのに」

二人はいま歩いてきた小道のそばで錬鉄のベンチにすわり、木々の向こうに広がる三日月形の湖をながめた。小さな島があり、その中央に円屋根の休憩所が見える。

「トマス卿が爵位をお継ぎになったのよ」レイコック夫人は話を続けた。「母親違いの弟さん。見た目は似てるけど、性格的には大違い。トマス卿のほうが好きだという人もいるわ。陽気で笑顔のすてきな人だから。でね、奥方さまと、つまり当時のミス・デズフォードと婚約の運びとなったの」

「そんなに早く？　でも、戦死の知らせが誤りだったことも、ほどなくわかったんでしょう？」

「まる一年かかったのよ」家政婦はためいきをついた。「死んだと思われ、着ているものを戦場ですべてはぎとられてしまったから。フランス人やベルギー人ってほんとに野蛮ね。でも、まっとうな夫婦がいて、まだ息があるのに気づき、コテージに連れ帰って看病してくれたの。かなりの重傷だったそうよ」家政婦は首をふった。

「意識不明の状態だか、高熱だかが、何週間も続いたの。それに、記憶のほうもあやふやになってたし。自分が誰なのか、何カ月も思いだせなかった。ようやく記憶が戻ってからは、自分は公爵だといくら言っても、誰にも信じてもらえなかった。見つかったときは裸だったんですものね、お気の毒に」

「それじゃあ、こちらではまる一年のあいだ、死んだものと思われていたの？」

「公爵さまが帰ってらした日のことは、生涯忘れられそうもないわ。まだ脚がご不自由で、変わり果てたお姿だった。一生忘れられませんよ」

「トマス卿はどうなったの？」黙りこんで湖を見つめている家政婦に、フルールは訊いた。

「出ていかれたわ。公爵さまがお戻りになった三カ月後に、黙って姿を消してしまった。ひとつの屋敷のなかに二人分の居場所はないから、出ていくように公爵さまがトマス卿に命じたんだと言ってる人もいる。それは違うと言う人もいる。どちらが本当なのか、わたしにはわからないわ。でも、トマス卿は二度と帰ってこなかった」

「そして、公爵さまは結局、いまの奥方さまと結婚なさった」フルールは言った。「幸せな結末を迎えたわけね」

「ええ」レイコック夫人は立ちあがり、黒いドレスのひだをなでつけた。「奥方さまは公爵さまと結婚なさった。ただ、トマス卿が出ていかれたあと、お父さまとこちらにいらしてそれを知ったときには、泣きくずれてしまわれてね、召使いたちの噂話を禁じるのがひと苦労だったわ。わずか三カ月前には、公爵さまはお屋敷に戻ったことがうれしくてたまらない様子で、馬車からおりる奥方さまを両腕で抱きとめ、世界じゅうに見せびらかすみたいにくるくるまわしてらしたのに」

二人はそれぞれの思いにふけりながら散策を続けた。フルールは思った――公爵さまがそんなにここを愛しているのなら、そして、妻を愛し、強い責任感を持つ人だというなら、長いあいだ家を空けるなんて妙なことね。

もちろん、フルールは四六時中自由に過ごしているわけではなかった。毎日二時間ずつ授業をしていた。黒っぽい髪をした小柄な瘦せっぽちの子供を相手に。しばしばすねた表情を浮かべるのが癖にならなければ、将来はきりっとした美人になるだろう。母親にはまったく似ていない。きっと、父親に生き写しに違いない。

扱いにくい子供だった。本を見るのも、お話を聞くのも、針を持つのもいやがり、絵を描かせれば注意散漫なために紙と絵の具を無駄に使い、散らかしたものを片づけるように言うと、すぐにすねてしまう。

フルールは忍耐強く接しようとした。なんといっても、まだ赤ん坊のようなものだし、幼い子供のつねとして、母親と乳母が味方についていることを承知しているに違いない。フルールは子供から学習意欲をひきだそうと心がけた。

勉強部屋に古いピアノフォルテがあった。ある日の午後、授業をしようとしてもパメラがやる気を見せないため、フルールはピアノフォルテの前にすわって弾きはじめた。演奏を続けていたとき、ふと気づくと、子供がスツールのそばにじっと立っていた。

「あたしも弾きたい」フルールの指がようやく止まったところで、パメラが言った。

フルールは微笑した。「弾き方を知ってる？」

「ううん。弾きたい。どいて」

「〝お願いします〟って言葉をつけなきゃ」

「どいて！　あたし、弾きたいの」

「〝お願いします〟」フルールはもう一度言った。

「召使いのくせに」パメラは生意気な口調で言った。「どいて。いやなら、ナニーに言いつけてやる」

「喜んでどきますとも」フルールは言った。「あなたが命令するんじゃなくて、丁寧に頼んでくれればね」

パメラは勉強部屋に持ってきたみすぼらしい人形を腹立ちまぎれにひっぱたこうとして、そちらへ飛んでいった。

フルールはひそかにためいきをつき、ふたたび静かにピアノフォルテを弾きはじめた。さまざまなことが思いだされた。キャロラインとアミーリアはフルールの両親の死によって、突然、ヘロン邸のレディ・ブロックルハーストと、ジ・オナラブル・ミス・アミーリア・ブラッドショーという身分になったため、横柄にいばりちらすようになった。そして、フルールの生まれ育った家なのに、厚意で置いてやっているのだと言わんばかりに、フルールに対しても横柄な態度をとった。アミーリアはフルールが使っていた中国風の内装の愛らしい寝室を自分のものにし、屋敷の裏手にある粗末な部屋へフルールを追いやったのだった。

ときたま、生徒とうまくいく日もあった。ある日の午前中、母親の訪問に同行できるというので、パメラははりきっていたが、午餐の時間になってから、公爵夫人が熱を出し、午後は安静にしているよう医者に言われた、という知らせが子供部屋に届いた。

パメラと一緒に午餐をとっていたフルールは、子供の顔に浮かんだ落胆の表情と、目ににじんだ涙と、プッと膨れた震える唇に気づいた。この子が母親と一緒に過ごせる時間はほとんどない。しかし、落胆のいちばんの理由は、チェンバレン家の子供たちと愛犬に会えないことにあるのを、フルールは知っていた。

「わたしがレディ・パメラを連れて、あちらのお子さんたちに会いに出かけてはいけませんか？」子供の耳に入らないところで、クレメント夫人に訊いてみた。

拒絶されるものと覚悟していたが、乳母は考えこむ様子でフルールを見て、奥方さまに伺ってくると言った。三十分もしないうちに、パメラの顔が明るく輝いて可愛いと言ってもいいほどになるのを、フルールは目にすることができた。その場で飛び跳ねて大はしゃぎだったので、ついには乳母がパメラの顔を両手ではさみ、興奮しすぎないようにと注意した。

フルールは思った――やっとひとつだけ、この生徒の信頼を得られそうなことができた。

支度ができるとすぐに、二人は外に出た。すでに馬車が待っていた。パメラが座席に腰をおろして、窓の外を過ぎていく景色をながめ、門番の妻に手をふり、チェンバレン家の愛犬のことをしきりに話す姿を見て、フルールは笑みを浮かべた。

「犬を飼いたいけど、ママがだめだって言うの」パメラは言った。「猫も。ウサギも」しばらくあとにつけくわえた。

この子を教えるようになってから初めて、子供らしい面を見ることができた――フルールは思った。

チェンバレン氏は妻に先立たれた四十歳ぐらいの男性で、彼の妹と、三人の子供と一緒に優美な屋敷で暮らしていた。ドーセットシャーへの旅の途中でわたしが夢に見ていた、こぢんまりした邸宅のイメージそのものね、とフルールは思った。妹のミス・エミリー・チェンバレンは、きれいに分け目をつけた黒っぽい髪にレースの室内用キャップをつけた、三十代半ばのエレガントな女性だった。フルールはその彼女に、公爵夫人の体調がすぐれず、子供どうしで遊ぶ機会を失いそうだと知ってパメラが落胆していたことを説明した。一時間ほど召使い用の区画で待たせてほしいと頼んだ。

「召使い用の区画ですって?」ミス・チェンバレンは笑った。「そんなことに耳を貸すわけにはいきませんわ、ミス・ハミルトン。あなたがレディ・パメラの家庭教師をなさる方なのね。噂に聞いておりました。よろしければ、子供たちが遊んでいるあいだ、ダンカンとわたしと一緒にお茶をどうぞ」

フルールが案内されるままに客間へ行くと、ほどなくチェンバレン氏もやってきた。氏はフルールにお辞儀をした。家庭教師風情とお茶を飲む羽目になっても、ムッとした様子はまったく見受けられなかった。

「しばらくしたら、われわれの会話は犬の吠える声にかき消されてしまうことでしょう」チェンバレン氏は言った。「犬たちも気の毒に、子供部屋へ連れていかれて、遊び相手をさせられることになる。レディ・パメラが遊びにくると、いつもそうなんですよ。ほかの子や動物と遊ぶ機会があまりないのでしょうね」

「それに、馬は危険だと教えられているし」受け皿にのせたカップをフルールに渡しながら、ミス・チェンバレンがつけくわえた。

チェンバレン氏が妹に笑顔で言った。「一人っ子というのは過保護にされがちだからね。アダムがもっと家にいてくれるといいんだが。舞踏会のときに帰宅するかどうか、聞いておられますか」

「あいにくですが、存じません」フルールは答えた。

「アダムがいないと、雰囲気も違ってくるでしょうな。だが、ウィロビー館の舞踏会はつねに、最高に豪華な催しと言われています。邸内と屋外とどちらが豪華かに関して、近隣の意見は五分五分に分かれているようです。エミリーは屋外のほうがはるかにロマンティックだと信じている。そうだろう？」

「ええ、ロマンティックですとも、もちろん」ミス・チェンバレンは言った。「でも、屋外のほうが豪華かどうかとなると、ちょっと疑問ね。大広間から音楽が流れ、壁の燭台のすべてでロウソクが燃え、リッジウェイ公爵家の祖先たちの肖像画に見守られて、ロング・ギャラリーをそぞろ歩くほどすてきなことはありませんのよ、ミス・ハミルトン。いまのお仕事にやりがいを感じてらっしゃいます？」

フルールはこの兄妹と会話をし、花壇を散歩して、心地よい一時間を過ごした。二階から騒々しい歓声が聞こえてきても、兄妹はまったく動じる様子がなかった。

「怪我や、髪のひっぱりあいや、そういったことの心配は、雇った乳母にまかせてあります」パメラが自由にふるまえるよう願う気持ちをフルールが口にすると、チェンバレン氏は言った。「少々の騒音ぐらい、わたしは平気です」

「本の世界に没頭するおかげでしょ、ダンカン」妹が言った。「兄が本を読んでるときはね、ミス・ハミルトン、耳もとで〝ワッ〟て叫んでも気がつかないのよ」

一時間のあいだ、フルールは人間らしさをとりもどしたような気がした。いえ、〝とりもどした〟という言葉はふさわしくないわね——屋敷に戻るため、渋るパメラを馬車のほうへ連れていく途中で、フルールは思った。ヘロン邸で暮らしていたころから、敬意のこもった扱いを受けたことは一度もなかった。

「いずれかの午後に、今度はこちらがうちの子たちを連れてお邪魔することにします」フルールに手を貸して馬車に乗せながら、チェンバレン氏は言った。「レディ・パメラを連れてきてくださってありがとう、ミス・ハミルトン。この子にとって楽しい外出だったことでしょう。それから、お訪ねくださったことにもお礼を申しあげます」

「授業をなさる時間がいつなのか、わたしは存じませんけど」エミリー・チェンバレンが言った。「自由な時間もきっとおありだと思います。いつでもかまいませんから、お出かけくださいな。お目にかかれるのを楽しみにしております」

「ねえ、聞いて、ランダルが椅子によじのぼろうとして、犬にお尻を咬まれたのよ」動きだした馬車のなかで、パメラがフルールに話した。「犬を興奮させすぎだって、あの子たちの乳母が言ってたわ」パメラはクスッと笑った。「でも、とってもおもしろかった！」

フルールは一緒に笑ったが、パメラを抱きしめたくてたまらない気持ちは抑えこんだ。まだ早すぎる。

数日後、約束どおり、チェンバレン氏が妹と子供たちを連れて訪ねてきた。ミス・チェンバレンが公爵夫人とお茶を飲んでいるあいだに、氏が子供たちを連れて上の階へ行くと、パメラはちょうど勉強部屋で算数をやっている最中だった。

「恐縮ですが」ドアのノックに応えたフルールに、チェンバレン氏は言った。「永遠のお怒りを買うのを覚悟のうえで、ミス・ハミルトン、わが家の三人組と遊んでもらうためにレディ・パメラの授業を早めに終わらせてくださるよう、お願いしてもよろしいでしょうか。明日はきっと、今日の二倍がんばって勉強するでしょうから。どうだい、パメラ?」

「もちろん!」パメラは勢いよく立ちあがり、熱っぽく叫んだ。

「このお嬢ちゃんは嘘つき名人でもありますがね」チェンバレン氏は笑みを浮かべて、小声でフルールに言った。「子供はみなそうです。外へお誘いしてもよろしいですか。外ならば、子供たちが飛び跳ね、金切り声をあげ、口喧嘩を始めても、われわれ大人の耳が破壊される心配はありません」

「すばらしいお考えですわ」フルールは答え、先に立って階下におりると、屋敷の裏手のドアから外に出て、遠くの木立まで続く芝地に立った。歩きだしてからチェンバレン氏が腕を差しだしたとき、フルールはためらった。子供たちは、チェンバレン家の子供の一人が握りしめていたボールを追いかけて、先に走っていってしまった。こんなことをしていいの? わたしはただの召使いなのよ。この人はお客さまよ。

フルールは彼の腕に手をかけた。

「ゆっくり歩いていけば」チェンバレン氏は言った。「子供たちはずっと先へ行ってしまい、こちらは不作法な言葉や意地悪な侮辱に耳をそばだてなくてはという義務感に駆られずにすむでしょう。子供たちを相手にするときの最上の方法は、わたし自身の経験から知ったことですが、見ざる、聞かざる、言わざるに徹することです。それから、もちろん、頼れる乳母と、同居してくれる辛抱強い妹を持つこと。さあ、今度はご自身のことを聞かせてください。どういうわけでこちらに？」

フルールは事実に嘘をまぜた話をするしかないことにやましさを覚えた。

「舞踏会には出られますか」しばらくあとでフルールに暇《いとま》を告げ、三人の子供を呼びにいくために向きを変えたとき、チェンバレン氏が言った。「わたしと踊っていただきたい、ミス・ハミルトン」

わたしだって踊りたい……。パメラの手をひいて上の階の子供部屋に戻り、紅潮した子供の頬と乱れた髪を見た瞬間のクレメント夫人の冷ややかな視線に耐えつつ、フルールは心からそう思った。置きっぱなしの本を片づけるために勉強部屋に戻り、算数の教科書を胸に抱きしめてくるっとまわった。

忘れていた若さと幸せをとりもどし、希望で胸をいっぱいにするって、ほんとにいい気分。おまけに、魅力的な紳士から舞踏会で踊ってほしいと申しこまれた。といっても、もちろん、未来への期待に心が揺れたわけではない。ごく軽い戯れの言葉以外はおことわり。結婚なんてもちろん論外。軽い戯れの言葉程度で止めておかなくては。それで充分。

やがて、ついに公爵の帰宅が決まった。ある日の午後、パメラがその知らせを持ってきた。いつもなら重い足どりで入ってきて、不機嫌な顔でいることが多いのに、その日は勉強部屋に駆けこんできた。

「パパが帰ってくるのよ」パメラは得意げに言った。「ママのとこに、いまパパから手紙が届いたの。二、三日じゅうに着くそうよ。ママのお客さまがいらっしゃる前に帰ってきたいんだって」

いまから一週間もしないうちに、公爵夫人の招待した二十人近くの客が到着することになっている。到着予定日は舞踏会の前日。

フルールは微笑した。「まあ、よかったこと。お父さまが帰ってらしたら、あなたもうれしくてたまらないわね」

「ううん。ツンツンすると思う」

「えっ、そうなの？　どうして？」

「ずっと家にいなかったんだもん。それに、先生を送りこんできたし」

フルールはひそかに苦笑した。ずいぶん仲良くなれたと思っていたのに。それは勉強部屋の外だけのことだったようね。ローマは一日にしてならず、と自分に言い聞かせなくてはならなかった。

「アルファベットの本を見てみない？」フルールは提案した。

よう」

「あたし、頭が痛い」パメラは言った。「お絵描きのほうがいい」

「お父さまにあげる絵？　とてもすてきな思いつきね。でも、まず、十分だけ本を開きましょう」

戦いに突入だ。

「パパに頼んで、先生のこと追いだしてもらう」

「あら、そう？」フルールはパメラの横にすわり、席を立とうとする少女の腕をそっと押さえた。「この字を覚えてる？」

「リンゴ《アップル》のA」パメラは字のほうを見もせずに言った。「これは簡単。あとの字は覚えてない。頭痛がするの」

やれやれ――フルールは思った――公爵さまにクビにされても仕方がないわね。日に二時間しか仕事をしてないし、そのときでさえ、この子を教えるのは頑固なラバをひっぱって進もうとするようなもの。

でも、クビになることや、そのあとどうなるかといったことは、考えないようにしよう。ふたたび闇のなかへ突き落とされるわけにはいかない。幸福と生きる喜びが味わえるのは、ほんとにすてきなことだもの。

ホートンは貴重な人材だった。リッジウェイ公爵の秘書になって五年以上たつ。公爵がベルギーから帰国するのとほぼ同時に仕えはじめたのだった。そして、公爵は日々の事務仕事を処理するうえで、ますますホートンを頼りにするようになっていた。この男は分別があり、勤勉で、口が堅い。

ホートンの資質のなかに、公爵がほかの何にも増して高く買っているものがひとつあった。それは雇い主の気分を察し、それに応じて自分の態度を決めるという才能だった。ロンドン滞在中は、二人で一緒に食事をとるし、幅広い分野にわたって会話をすることが多い。しかし、公爵が静寂を望むときには、秘書は会話を続ける必要なしと判断する。

今日のホートンは、ウィロビーに向かう馬車のなかで静かにすわり、窓の外の景色をながめ、沈黙を通していた。

公爵はそれに感謝した。心のなかにふたたび、愛と郷愁の痛みが生まれていた。馬車はいま、古い庭園の塀のそばを走っていた。もうじきライムの茂る並木道に入る。帰ってきたことを実感するだろう。男はみな、自分の家に対してこういう気持ちを抱くのだろうかと、公爵は思った。まるで自分という存在の一部のような気がする。

六年前のあの日が、ことさら強く思いだされた。長い悲惨な不在を経て、ようやく帰郷したときのことだ。彼の姿を見て門番の妻が泣きだし、エプロンで涙を拭った。膝を折って彼に挨拶するしわだらけの顔が笑みに包まれていた。彼は片手をあげて挨拶に応え、笑顔を見せた。召使い全員がテラスに出てきて彼を迎えた。万歳を叫ぶ者までいた。召使いたちの喜びは作りものではないと、公爵は確信できた。

そして、トマス。ここで思い出がいくらか輝きを失った。考えもしなかった——愚かなことだが、公爵が亡くなったとされていた期間がトマスにとって何を意味していたかを、公爵は考えもしなかった。トマスは一時的にリッジウェイ公爵となり、そして、ただのトマス・ケント卿に戻ってしまった。

トマスが自分になついていると、公爵はずっと思ってきた。性格が違うし、母親も違うが。トマスは父親の再婚相手の産んだ子だった。たぶん、なついてくれていたのだろう。ただ、自分のものだと思っていた爵位と領地をいきなり奪い去られた打撃に耐えきれなかったのだろう。

そして、その同じ日に、公爵はシビルに再会した。シビル、記憶をとりもどして以来、何週間も夢に見てきた女。ふたたび腕に抱くことができた——ほんの一瞬。以前よりさらに美しくなっていた。

考えるのはよそう。わが家に帰ってきた。そこにシビルがいるという事実にもかかわらず、彼の胸は興奮でいっぱいだった。

どっしりした両開きの玄関扉の前に馬蹄形の外階段があり、そのてっぺんに家政婦のレイコック夫人と執事のジャーヴィスが立っていた。なつかしい顔。レイコック夫人は公爵の記憶にあるかぎり昔からウィロビー館で家政婦をしていたし、ジャーヴィスは長年この屋敷に奉公し、従僕からいまの地位にまで出世した。執事になったのは四年前のことだ。

レイコック夫人は膝を折って挨拶し、ジャーヴィスは身体を傾けてお辞儀をした。執事にとりたてられたその日から、誰が見てもわかるほどしゃちほこばったお辞儀をするようになった。公爵は笑顔で二人の挨拶に応えた。

シビルは外にも出てこないし、玄関広間にも姿を見せなかった。ご自分の居間におられます、とレイコック夫人が報告した。

公爵が夫人の居間へ出向いたのは一時間近くたってからだった。しわだらけの旅装のままの夫に挨拶されるのを、シビルが喜ぶはずはない。そこで、まず風呂に入って着替えをした。

夫人は居間の寝椅子にもたれていた。夫が入ってきても、身体を起こそうとしなかった。

「アダム」かすれた声で言って笑顔を見せた。かつて彼が恋に落ちたときと変わらず美しく、華奢で、つぶらな目をしたシビル。「快適な旅でした?」

キスしようとして公爵が身をかがめると、シビルは頬を差しだした。「元気だったかい、シビル?」公爵は訊いた。妻の頬が紅潮していた。

「元気よ。退屈してるけど。ゆうべは、サー・セシル・ヘイワードのお宅で晩餐会があって、新しく購入した狩猟用の馬にまつわる話や猟犬の自慢話を聞かされたの。早めに失礼したわ。あくびが抑えきれなかったから」

「あの男は典型的な田舎紳士だからね」笑みを浮かべて、公爵は言った。「悪寒は治まったかい?」

シビルは肩をすくめた。「大騒ぎする気じゃないでしょうね? ナニーに騒がれるだけでうんざり」

「ならば、わたしからナニーに礼を言っておかなくては。パメラはどうしてる?」

「元気よ。かわいそうに、無理やり勉強させられてるけど。あの家庭教師を解雇してちょうだい、アダム。どういう気まぐれで、あんな女を送りこんできたの？」

「教えるのが下手なのかね？」

「パメラはまだ幼すぎて、勉強部屋で何時間も過ごすのは無理だわ。それに、あの子、家庭教師のことが嫌いなの。あの女とどういう関係なのか教えていただきたいわ、アダム」

「ホートンに探してもらったんだ。ところで、招待客はチェスタートンのほかに誰がいるんだい？」

「ほんのわずかよ。あなたがいないから、ここの暮らしがとても退屈だったの」

「一緒にロンドンにくればよかったんだ。きみがそれを断わったんじゃないか。きみとパメラを連れていきたかった。あの子にロンドンを見せてやりたかった」

「でも、わたしがよその紳士に笑顔を見せたとたん、あなたは嫉妬深い夫を演じるわけでしょ？　いつもそうなんだから、アダム。わたしが楽しく過ごすのを見るのがいやなのね。今回もまた、わたしの楽しみをぶちこわすために帰ってらしたの？　わたしが招待した方たちに渋い顔を向けるおつもり？」

「そうしたほうがいいかね？」

「意地の悪い人」大きなブルーの目に涙をためて、シビルは言った。「舞踏会のことをご存じだったの？」

「舞踏会？」

「お客さまが到着した翌日の夜、舞踏会を開く予定なの。さまざまな人を招待したわ。呼ばれなくて気を悪くする人がいるのでは、という心配はご無用よ」

「わたしが留守のあいだに舞踏会の計画を立てたわけか。近隣の人々が妙に思うんじゃないかな」

「あなたがことあるごとに楽しみを求めてロンドンへ行ってしまうのを、わたしにどうして止められて？　誰もがわたしに同情していることでしょう。舞踏会は戸外でやるつもりよ。オーケストラを雇ったわ。小島の休憩所で演奏してもらうの。ダンスフロアは湖の西側に用意するつもり。いつもの場所よ。それから、ランタンの注文も軽食の準備もすんだわ。雨にならないといいけど」

「四日後に開催？　今日、打ち明ける気になってくれてうれしいよ、シビル。不意打ちは嫌いなのでね」

「わたしのほうは、その皮肉な口調が嫌いよ。そんな口調でわたしに話すことは、昔はなかったのに。いつも優しくしてくれた。愛してくれた」シビルは咳きこみはじめ、そばにあったハンカチをとった。

「この部屋、ずいぶん暑いわね」苛立たしげに言った。「そろそろ横になりたいわ。お医者さまからもっと身体を休めるようにって言われてるの。あなたはどうせ、わたしから離れて、ご自分の好きなようにしたくてたまらないでしょうし」

「ベッドまで行くのに手を貸そう」公爵は妻のほうへ身をかがめた。「きみの具合がすっきりしないとわかっていれば、医者を連れてきたんだが。ハートリー先生に診てもらっても、はかばかしくないようだな」

「わたしの具合を尋ねる手紙など、一度もくださらなかったじゃない。ここで静かに休んでいるだけで充分よ、アダム」

〝さわらないで〟。言葉にはしなかったが、妻の態度がそう言っていた。差しだされた夫の手からわずかに身をひいた。夫の支えを拒んだ。夫が挨拶のキスをしようとすると頬を差しだした。しばらくして、妻の部屋を出たとき、公爵は顎をこわばらせていた。〝さわらないで〟。昔からのなじみの言葉。口にされることもあれば、ほのめかされるだけだったこともある。

パメラはまだ授業中だろうか。それとも、子供部屋のほうに？　見にいくとしよう。娘に会いたくてたまらなかった。

5

フルールはパメラにお話を読んで聞かせていた。子供がうわの空なのはわかっていた。パメラは一時間以上も前に、乳母と一緒に子供部屋にいたとき、父親が屋敷に到着するのを窓から目にした。ところが、一階に駆けおりて父親を出迎えたかったのに、乳母が許してくれず、そのあとすぐに勉強部屋へ追いやられたのだった。

父親がきてくれればいいのにという焦燥と、どうでもいい、べつに会いたくないから、という強情な思いのあいだで、パメラは心を引き裂かれていた。

むっつりと不機嫌な顔をしていることの多い子だが、フルールはときどき、パメラを腕に包んで強く抱きしめ、あなたは愛されてるのよ、大切にされてるのよ、忘れられてはいないのよ、と安心させてやりたくなる。

忘れられた者の気持ちをフルールは知っている。彼女自身が経験したことだ。ただ、この子ほど幼いころの話ではない。すでにある程度の年齢になっていて、両親にはなんの責任もないことだと納得できた。両親は溺愛してくれた、両親にとって世界でいちばん大切なのは娘のわたしだったという思いを、つねに心の支えにすることができた。

パメラの状況のほうが、たぶん、わたしのときより深刻だわ。母親はめったに娘に会いにこない。会いにきたときは猫可愛がりするけれど。父親は何週間も留守にしている。

でも、ようやく帰ってきた。勉強部屋の外の廊下に男性的な力強い足音が響き、クレメント夫人に話しかける深みのある声が聞こえた。フルールはパメラのために安堵の息をついた。少女の顔が輝いて、めったに見せない表情に変わり、愛らしい熱っぽさが浮かんだので、フルールは父と娘が二人だけになれるよう、そっと立ちあがって部屋を横切り、本を片づけはじめた。

ドアがあいて、子供らしい歓声があがった。フルールは笑みを浮かべると、本を丁寧に棚に戻した。正直なところ、緊張していた。リッジウェイ公爵！　とても気位の高い人だろうと、ずっと想像していた。

「パパ、パパ！」パメラが金切り声をあげた。「パパのために絵を描いたのよ。それから、あたし、歯が抜けたの。ほら、見える？　おみやげはなに？」

深みのある男性的な笑い声があがった。チュッとキスの音がした。

「みやげが目当てだったのか。パパに会えてうれしいのかと思ったのに、パメラ。みやげがあるとどうして思ったんだい？」

「ねえ、おみやげは？」あいかわらずの金切り声。

「あとでね。歯がないと、おまえ、斜めに傾いてるように見えるぞ。かわりに大きな歯が生えてくるのかな？」

「あとでっていつ?」

リッジウェイ公爵はふたたび笑った。

フルールはふりむいた。緊張していた自分を恥ずかしく思った。わたしは男爵の娘。男爵家の屋敷であるヘロン邸で生まれ育った。公爵の前で萎縮しなきゃいけない理由はどこにもない。背筋を伸ばし、両手を前で重ねて、くつろいだ様子に見えるよう願いつつ、視線をあげた。

公爵は娘を抱きあげ、娘が首にしがみついてきたので笑っていた。傷跡のある頬が、フルールのほうを向いていた。

フルールは不意にトンネルに迷いこんだような気がした。冷たい風が吹き抜ける長い暗いトンネル。風の音が聞こえる。なのに、呼吸するための空気がない。

公爵が部屋の向こうからフルールと視線を合わせた。冷気が彼女の鼻孔に入りこみ、頭のほうへ広がった。風の音がワーンという不明瞭な響きに変わった。手が冷たくなり、汗ばみ、頭から百万キロも離れてしまったように感じられる。

「ミス・ハミルトン?」リッジウェイ公爵が娘を床におろして、フルールのほうに二、三歩近づいた。軽く頭を下げた。「ウィロビー館にようこそ」

フルールは深く規則正しい呼吸をしばらく続ければ、視野が正常に戻り、血がふたたび頭のほうへ流れるだろうと思った。呼吸のことだけを考えた。吸って。吐いて。急がないで。焦らないで。

「このすべてにご満足いただけていると思うが」公爵は勉強部屋のなかを示した。

ゆっくり呼吸するのよ。恐慌に陥ってはだめ。気絶してはだめ。気絶しないで！

「パパ」パメラが父親のズボンをひっぱっていた。「おみやげ、なんなの？」

鋭い光をたたえた深い色の目がフルールから離れて、自分の娘を見おろした。笑みを浮かべたが、フルールから見える側の口もと――傷跡のある側――は動かなかった。

フルールはどす黒い恐怖に包まれ、一瞬、息が止まりかけたが、呼吸を正常に戻そうと努めた。

「一緒に下におりて、見にいくとしよう」公爵が言った。「でないと、パパはゆっくり休むこともできない。ロンドンからこちらにくるあいだ、シドニーがそのみやげのことで文句を言いどおしだった。おまえが気に入ってくれるといいんだが」

公爵は娘のほうへ片手を差しだした――爪がきれいに磨いてある長い指。

ゆっくり。吸って。吐いて。

「シドニーはバカだもん」これがパメラの意見だった。

「おまえのその意見がシドニーの耳に入ったら、あの男がどう言うか、考えただけでパパはガラガタ震えてしまう」

「シドニーはバカだもん。シドニーはバカだもん」パメラは歌うように言いながら、クスッと笑って父親の手をとった。

深い色の目がふたたび自分に向けられるのを、フルールは感じた。彼女自身の視線はパメラに据えられたままだった。

「ハミルトン先生にも一緒にきてもらって、おまえをここまで連れて帰ってもらおうね。ナニーが捜索隊を出す前に」

フルールは公爵の先に立ってドアを通り抜け、廊下では横に並んで歩き、大広間へ続く階段の片方へ向かった。

「さあ」公爵が階段の上で声をかけ、空いたほうの腕をフルールに差しだした。しかし、フルールは喉の奥から不明瞭な声を出しただけだった。階段をおりるときには、公爵となるべく距離を置こうとしたため、ドレスが壁をこすったほどだった。公爵はパメラのほうを向き、そのおしゃべりに聴き入っていた。

フルールは大広間を横切る自分たちの足音のこだまに耳を傾け、従僕がさっと出てきて玄関扉をあけたときの流れるような動きに目をとめ、大理石の外階段をおりながら段数を数え、そして、曲線を描いて廏《うまや》へ続く並木道では、丸石を足の下に感じた。

身体にじかに訴えかけてくる感覚に神経を集中させた。よけいなことを考えないためには、そうするのがいちばんだ。

「どこ行くの？　なんなの？」パメラは父親の手を握ったまま、はずむような足どりで横を歩いていた。

「もうじきわかる。気の毒なシドニー」

「バカなシドニーよ」

おみやげは子犬だった。鼻面のずんぐりした小さなボーダーコリー。鼻のまわりの毛が白くて、頭と首に斜めの縞《しま》が入っている。脚二本とおなかが白。あとはすべて黒。

子犬は藁《わら》を敷きつめた間に合わせの囲いに入れられたのが気に入らない様子で、歩こうとするたびにころんでいた。不満そうに大きな声で吠え、母犬を求めていた。

「わあ！」パメラは父親から手を離すと、立ったまま言葉もなく子犬を見つめていたが、やがて囲いのそばに膝を突いて、小さな犬を抱きあげた。子犬はすぐさま鳴きやんで少女の顔をなめたので、少女は鼻にしわを寄せ、横を向いてクスクス笑った。

「シドニーは顔をなめられ、指を咬まれながら、ロンドンから旅をしてきたんだよ」公爵は言った。「それに、何度もズボンをビショビショにされた」

「すてき」パメラはこのプレゼントをうっとり見つめた。「あたしのね、パパ？　あたしだけのものね？」

「シドニーはほしがらないに決まっている」

「この坊やをあたしの部屋へ連れてくわ。坊やと一緒に寝る」

「男の子じゃなくて、女の子だよ」公爵は言った。「それに、家のなかで飼ったりしたら、ママとナニーから文句が出るぞ」

しかし、パメラは聞いていなかった。子犬と遊び、鋭い小さな歯で指をかじられて笑っていた。

フルールは肩をひき、顎をあげ、手を握りあわせて、パメラと子犬に視線を向けていたが、公爵が自分のほうを向いて視線を走らせるのを感じた。

「感づいていなかったのかね？」公爵は静かに尋ねた。

フルールは動けなかった。筋肉ひとつでも動かしたら、全身がバラバラになってしまいそうだった。

「感づいていなかったんだね」公爵はそう言って、娘のそばに膝を突いた。

子犬は排泄のしつけがすむまで厩に置いておき、パメラは授業や休息に差し障りのない範囲でいつでも好きなときに子犬を見にいっていい、ということになった。しつけができたら、家に連れて入ってもかまわない。ただし、母親がヒステリーの発作を起こしたり、シドニーが怒り狂ったりすると困るので、ピアノ・ノビーレへの出入りは禁止。

公爵は厩に残り、フルールは彼の娘の手をひいて、息も継がずにしゃべりつづける少女を屋敷に連れて戻った。ワンちゃん、すっごく可愛い。あのワンちゃんを見たら、チェンバレンさんとこの子たちが羨ましがるわ。おすわりと、お手と、そばについて歩くことを教えなきゃ。パパって、この広い世界で最高にすてきなパパだと思わない？

フルールは少女を連れて、さっきと逆のコースをたどった。外階段をのぼり、大広間を通り抜け、アーチをくぐり、階段をのぼり、廊下を通って子供部屋まで行った。そこでクレメント夫人が待っていた。新たな聞き手を得て、パメラのおしゃべりのスピードと声のトーンがあがった。

「今日の授業は終わりです、ミス・ハミルトン」乳母が横柄に言った。

フルールはためらうことなく自分の部屋に戻ると、背後のドアを閉めてそこにもたれ、目を閉じた。そうすれば外の世界を閉めだせるかのように。

それから、急いで部屋を横切ってクロゼットへ行き、寝室用便器の上に身をかがめて、胃が空っぽになって痙攣《けいれん》し、ヒリヒリするまで、何度も吐きつづけた。

「公爵はロンドンを離れました」うだるように暑い五月のある日、スネドバーグはブロックルハースト卿に報告した。スネドバーグの顔は茹でたロブスターにそっくりだった。「秘書のホートン氏を連れて。これで決まりですね。ミス・フルール・ハミルトンを雇ったのは、あの公爵ですよ」

「彼女に違いない。すると、いまは公爵の屋敷にいるわけだ」ブロックルハースト卿は言い、大判のハンカチで顔の汗を拭くスネドバーグに、眉をひそめて非難の表情を向けた。「どんな口実を作って屋敷に押しかければいいだろう？　トマス・ケント卿の居場所はまだわからないのか？」

「そちらの線はまだ調べておりません」スネドバーグは言った。「しようと思えばできますが、果たして必要でしょうか。その若き貴婦人が殺人の罪で追われているなら、治安判事たるあなたの許可を得たうえで、わたしが逮捕状を持ってただちにそちらへ出向き、連れ戻します。わたしから逃げることはぜったいできません。ご安心ください。あなたが彼女の首にロープをかけ、すぐさま彼女の脚が宙で揺れることになるでしょう」

ブロックルハースト卿はかすかに身を震わせた。

「トマス・ケント卿を見つけてくれ。もしくは、礼儀知らずと思われずにあの屋敷に押しかける方法を考えてくれ。それできみの仕事は終わりだ。連れ戻すのはぼくがやる」

「でしたら、あちらへ出向いて彼女を連れてくればすむことです」うなじの汗を拭き、サイドボードのデカンターに物欲しげな目を向けながら、スネドバーグは言った。「公爵家の家庭教師が人殺しで宝石泥棒だったら、口実など必要ありませんよ」

「ご苦労だった」ブロックルハースト卿はスネドバーグに冷たい目を向けた。「この件はぼくのやり方で進める。ぼくの求める情報を持ってこい。そしたら料金を払ってやる」

「ウィロビー館でパーティがあるそうです。招待客リストを入手し、そのなかに、まだ出発せずにロンドンにいる人が誰かいないか、調べてみましょう」

「一刻も早くやってくれ」ブロックルハースト卿は明るい表情になった。客を帰らせるために立ちあがった。

「おまかせください。トマス卿がイングランドに戻っているなら、捜しだしてみせます」

ブロックルハースト卿はふたたび一人になると、部屋を横切り、グラスに酒を注いでから、デカンターを両手に持って渋い顔で見つめた。

イザベラに違いない。だが、リッジウェイ公爵家で家庭教師をしている？　雇ったのは公爵の秘書で、四日も職業斡旋所にいすわり、イザベラがあらわれるのを待っていた？

どういうことだ？　リッジウェイかほかの誰かがイザベラに手をつけたのなら……デカン

ターを持つ彼の手がこわばった。

イザベラを見つけださなくては。どんな犠牲を払っても、かならずあの女を思いどおりにしてやる。いまの彼女は当然、こちらの思いどおりに動くしかない。と言っても、こっちから彼女を脅そうとしたことは一度もないが。必要だとは思わなかったから。

愚かな女だ。イザベラの強情さにはいつも呆れたものだ。彼女の理屈というのがどうにも理解できなかった。イザベラはどうにも理解できなかった。もちろん、恋する女に理性はない。そして、イザベラはあのダニエル・ブースという腰抜けにのぼせあがっていた。だが、副牧師にすぎない聖職者のどこがいいのか、さっぱりわからない。長い手足、カールした金髪、ブルーの目――世間知らずの女はそれだけでうっとりするのだろう。

ブロックルハースト卿は目を閉じて、日の出と日没を思わせるイザベラの金髪を思い浮かべ、絹のような髪に指をからめるところを想像し、その香りを感じた。

くそっ。だが、これでようやく彼女を好きにできる。向こうも思い知るだろう。脅す必要があるなら、やってやる。ぶらさがったロープを想像するのは愉快なことではないだろう。あとであらためて、その埋めあわせをするとしよう。

屋敷に戻った翌日の朝早く、外のテラスに立ち、なつかしい庭園を見渡したリッジウェイ公爵は、二日後には客が多数押しかけてくることを思い、腹立たしさを感じていた。

ウィロビー館に客を迎えるのは大好きだった。音楽会や大舞踏会を主催するのも、近隣の人々を招いて晩餐とカードゲームでもてなしたり、歓談したりするのも大好きだった。ときには客に泊まってもらうのも楽しみだった。しかし、陽気なバカ騒ぎだけが目当ての連中――シビルのようなタイプの連中――で屋敷がいっぱいになるのはうんざりだ。招待客リストにはすでに目を通していた。今回もこれまでとなんの変わりもないようだ。

彼は屋敷の安らぎと静けさを人生におけるほかの何よりも愛していた。なのに、それが奪い去られ、しかもいつまで続くかわからない。シビルが招く客ときたら、いったん押しかけてきたら、辞去する潮時などまったく考えない連中ばかりだ。

公爵はテラスをゆっくり横切って屋敷の横へまわり、裏の芝地と菜園と温室へ向かった。自由の身になれるなら何を差しだしても惜しくない――心が無防備になった瞬間、ふと思ったが、すぐさま、パメラの姿と子犬を見たときのはしゃぎようが頭に浮かんだ。子犬がすぐに大きくなることを公爵が説明したにもかかわらず、パメラは子犬の名前を〝チビ〟にすると言って聞かなかった。公爵はそれから、娘の眠そうな顔と、くしゃくしゃの髪を思いだした。ゆうべ、娘がもうベッドに入っているとは思いもせずに、顔を見にいったときのことだった。自分にすがりついてくる娘の温かな腕と、濡れたキスと、質問を思いだした。

「またいなくなったりしないよね、パパ」

「当分家にいる予定だよ」公爵は娘を安心させた。

「約束する？」

「するとも」細い小さな身体を抱きしめ、キスをして、公爵は言った。「さあ、もうお休み。

また明日」

だめだ。子供には安全な家と両親を持つ権利がある。お世辞にも模範的とは言えない両親であっても。おのれの心の平安のために娘を長いあいだ放っておいたのは間違いだった。

公爵はハッと足を止めた。屋敷に飾る花々が栽培されている広い花壇のあいだを、一人の女性がゆっくり歩いていた。

彼の記憶にある姿とはまったく違っていた。じつを言うと、きのうの午後、彼女を目にした瞬間、ホートンが勘違いをしてべつの女を雇ったのかと思ったほどだった。だが、もちろん本人だった。じっくり見て、納得した。

この何週間か、彼女のことを考えるたびに浮かんできたのは、顔色が悪く、痩せていて、けっして美人とは言えず、魅力などほとんどない姿だった。もちろん、脚は長くほっそりしていて、ヒップは形がよく、乳房はつんと上を向いていた。しかし、どう見ても魅力に乏しい女だった。零落した良家の子女だろうと、公爵は推測した。理由はわからないが、救いの手を差しのべなくてはという義務感に駆られた。

そして、こうして救いだした。

公爵の記憶にある姿とは違っていた。体重が増えたおかげで、衣服の上からでも、身体の線が魅惑的になったのがわかる。顔色がよくなり、健康的な艶が出てきた。目の下のくまも、やつれた感じも消えている。そして、くすんだ地味な赤だと記憶していた髪が、いまは火のような金色に輝いている。

ミス・フルール・ハミルトンは息を呑むほど美しい女だ。きのう、そのことに気づいたとき、公爵は感嘆しつつも困惑に包まれた。

ひとつだけ、彼が記憶しているとおりの点があった。いまもやはり、大理石の彫像のようだ。冷ややかで、よそよそしく、反応を示さない。初めて出会ったときもほとんど口を利かなかった。ただ、彼が女の身体から快楽を得ているあいだ、彼女がその動作のひとつひとつをじっと見ていたことが、いまになって思いだされた。きのうもほとんど口を利かなかった。膝を折ってお辞儀をすることすらなかった。

階段をおりるときに彼が腕を差しだすと、向こうはあからさまな恐怖と嫌悪を目に浮かべて彼から離れた。それにしても、相手は召使いなのに、自分はなぜ腕など差しだしたのか。〝さわらないで〟。公爵は唇を固く結んだ。すくみあがったあの様子ときたら、シビルの手本になれるほどだ。

公爵はミス・ハミルトンのほうへ歩いていった。そばまで行く前に、彼の接近に向こうが気づいたことを知った。もっとも、表情には何も出ていなかったし、彼のほうを見ることもなかったが。

「おはよう、ミス・ハミルトン」公爵は二メートルほど手前で足を止め、静かに声をかけた。

ミス・ハミルトンは彼の記憶にあるとおりの落ち着いたまっすぐな視線を彼に向けた。

「きみも早朝が好きかね？」公爵は訊いた。「戸外に出るのにもっともすばらしい時間帯だと、わたしはいつも思っている」

「あなたの愛人にはなりません」ミス・ハミルトンは落ち着いた低い声で言った。

「ほう？　失礼だが、こちらからお願いしただろうか」

「明らかではありませんか。きのう、お目にかかった瞬間にわかりました。あなたの愛人にはなりません」

「娘の家庭教師として雇ったつもりだが。きみのエネルギーのすべてをその仕事に注いでもらいたい」

「ぞっとします。奥さまがいらっしゃるのに。わたしをここに連れてきて、奥さまとお嬢さまの暮らす家に住まわせた。日に数時間、お嬢さまの勉強をみることになっている。そして、その条件のもとで、あなたの娼婦になるよう求められている。あの晩、代金をたっぷり払い、食事をさせてくれたのは、そのためでしたの？　そうすれば、あなたに恩を感じるとでもお思いになったの？　もとの貧しい暮らしに戻っても、あなたに触れられるのはもうごめんだわ。ぞっとします」

公爵はこの女に腹を立てた。激怒した。なんと無礼な。先祖代々伝わるこの屋敷にパメラの家庭教師として彼女を招いたのは、木立のなかや屋根裏部屋で快楽のひとときを持ちたいという魂胆があったからだ、などと非難するとは。

「ひとつはっきりさせておこう、ミス・ハミルトン」公爵は背中で手を組んで、静かに言った。「きみを雇うよう、わたしが秘書に命じたのは、きみが必死に働き口を求めていたからだ。あのとき選んだ職業以外のものをね。家庭教師にふさわしい能力を備えているので雇うことにしたという秘書の報告を聞いて、わたしはホッとした。きみがわたしの召使いで、給料も住込みの条件も満足のいくものであることには、同意してもらえると信じている。わたしには召使いと関係を持つ習慣はない。女が必要なときは、そのために奉仕してくれる者を雇い、それに見合うだけの金を払う。わかってもらえただろうか」

ミス・ハミルトンは赤くなったまま、何も答えなかった。

公爵の目が細くなった。「前に一度、わたしが質問したときには答えてもらいたい、ときみに言ったような気がする。さあ、答えるんだ」

「はい」蚊の鳴くような声で、ミス・ハミルトンは言った。顎をあげて、彼をじっと見ていた。「はい、公爵さま」

公爵は軽く頭を下げた。「散歩を続けてくれたまえ。ではこれで」

いまきた道を大股で戻っていった。つい癇癪を起こし、気持ちが乱れたために、せっかくの早朝の散歩が台無しだ。しかし、公爵は軍隊で過ごした年月に感謝した。腹立ちは言葉のみで発散させるという規律を、軍隊が教えてくれた。

本当は、女の腕をつかみ、頭がぐらぐらするまで揺すぶってやりたかった。女を傷つけてやりたかった。

テラスから離れて、湖へ続く芝地を横切った。そして、歩調をゆるめ、心を静めた。士官としての経験から、灼熱の怒りに我を忘れるのではなく、心を静めて氷のような論理のもとで考えることを学んでいた。

さきほどのミス・ハミルトンの言葉が本心からのものなら――明らかにそのようだが――彼女があっぱれな勇気を示したことは認めねばならない。身分が低く不安定な立場にある女が公爵に面と向かって盾突くのは、容易なことではないだろう。だが、ミス・ハミルトンはそれをやってのけた。

彼女なりに推測した公爵の魂胆に対して、倫理的な憤りを示した。倫理観を持った娼婦？いや、ありえなくはない。逆に、身分が高くても倫理観の欠如している女性もいる。

〝ぞっとします〟と、ミス・ハミルトンは言った。わたしがどんな行動に出るかを想像して、そう言ったのだろうか。それとも、わたしという人物そのものを嫌悪しているのだろうか。

少なくとも部分的には後者であることを、公爵は疑わなかった。あの夜、彼女の前で衣服をすべて脱ぎ捨てた。負傷して以来、誰の前でも一度もしなかったことだ。そして、彼女の前に立ち、行為のあいだじゅう、全身を彼女の目にさらしていた。

わざとやったことだと、いま気がついた。六年ものあいだ抱えこんできた痛みと、自意識と、鬱屈のすべてからわが身を解放したのだ。どこかの女に自分を見せたいと、ずっと思ってきた。嫌悪を顔に出すことも、自分を拒むこともできない立場の女に。

そして、彼女がテストに合格した。勇気あるフルール。彼女にとっては、わたしの想像をはるかに超える重大な出来事だったはずだが、彼女の視線は揺るがなかった。事の重大さに気づいたときには、もう手遅れだった。

そう、彼女はわたしに嫌悪を抱いた。そんなに意外なことだろうか。気にすべきことだろうか。おおぜいの召使いの一人にすぎないのに。彼女が働き口を探していたし、どう見ても娼婦としてはやっていけそうになかったので、雇うことにしただけだ。姦淫《かんいん》の罪と、堕落と破滅の道へ女を追いやった責任の両方を、自分なりに償ったつもりだ。

気にすることはない。責任をとったのだから、彼女のことはもう忘れよう。パメラの家庭教師として失格ならば、ほかの領地のひとつへ移し、何かべつの仕事をさせればいい。

公爵は立ったまま湖を見つめ、土地が、屋敷が、彼の心に昔のような魔法をかけてくれることを願った。

6

パメラは子犬の二、三メートル手前で足を止め、膝を突いて、子犬が駆け寄ってくるのを待った。子犬が丈の高い草に脚をとられ、体勢を立て直してふたたび走りだす前にころんだのを見て、笑いころげた。

子犬を抱きあげると、仰向けに寝ころがった。自分の顔に近づけてなめさせてやり、クスクス笑いつづけた。

外に出たのは絵を描くためで、しかも、パメラを屋敷から連れて出る許可を得るために、乳母のクレメント夫人にフルールから懇願しなくてはならなかったのだが、いまここで絵を描くようパメラに命じることは、フルールにはできなかった。乳母が許可してくれたのは一時間だけ。パメラのはしゃぐ姿を見たことはほとんどない。チェンバレン家の子供たちと遊んでいたときと、きのうの午後、父親が帰宅したときぐらいのものだ。

公爵のことを思いだして、フルールは身を震わせた。

「見える？」笑い声がやんだところで、フルールは言った。「小島に休憩所があって、湖にその姿が映り、木々に囲まれてるのが見えるでしょ。あなたの言ったとおりね。とってもすてきな絵が描けるわ」

「痛っ！」パメラがふたたび笑った。「咬んじゃだめ、チビ」

「それとも、今日はチビが草むらをころげまわってる姿を描きましょうか」フルールは提案した。

「うん」パメラは目を輝かせてフルールを見た。「この子、おもしろいと思わない、ハミルトン先生？　パパってすてきよね？」

「もちろんだとも」フルールの背後で声がした。「しかし、どういうことだ？　何も描いてない紙と乾いた絵筆。おまえの髪についているのは草かな、パメラ。ドレスにもたくさんついてるぞ。ナニーがどう言うだろう？」

「きっと怒るわ」パメラは言った。「パパ、こっちにきて、チビの鼻をさわってみて。冷たいのよ」

　リッジウェイ公爵はフルールの横を通りすぎ、娘のそばで膝を突いた。

　フルールはイーゼルの前に立ったまま、自分が氷に変わっていくのを感じた。けさ、あんなことがあったあとなので、この先ずっと公爵と顔を合わせずにすむよう願っていた。けさはとんでもない侮辱を受けたような気がした。

　あのとき、公爵は激怒していた。口から出る言葉のひとつひとつが、ふりおろされる鞭のようだった。彼が数年にわたってウェリントン公のもとで歩兵連隊の士官を務めていたことを、いやでも思い知らされた。公爵は真実を語ったのだと、フルールも信じるに至った。

家庭教師として雇ったのは、フルールを哀れに思ったからだ。彼女がほしいからではなかった。

なのに、顔を合わせるなり、〝あなたの愛人にはなりません〟と言ってしまった。リッジウェイ公爵ともあろう人に向かって！　わたしの雇い主なのに。思いだすだけで顔から火が出そうだ。

パメラが犬と遊んでいるあいだに、公爵が立ちあがり、フルールのほうを向いた。

「娘をここに連れてきたのは、絵を描くためだろう？」と訊いた。

「はい、公爵さま」

「なのに、描くように命じていないではないか」

「お嬢さまが子犬と遊ぶのに夢中ですので、公爵さま」

「きのう、決めたはずではなかったかね？　子犬が勉強の妨げになってはならないと」

「はい、公爵さま」フルールは深い色をした彼の目の奥深くを見つめ、高い背丈と、広い肩と、黒髪と、鷹のような顔立ちに恐怖を覚えてすくみそうになるのを、必死にこらえた。そして、頬の醜い傷跡を見つめ、身体に刻みつけられたさらにひどい傷を思いだした。「幼い子を教えるときは、あらかじめ立てておいた学習計画に固執しないほうがいい場合もあると思います。今日の午後は、子犬の歯を話題にし、お嬢さまの歯と同じように小さなサイズなのはなぜか、途中で抜けてしまうのはなぜか、といったことを話しました。犬の頭の形と、成長につれてそれがどう変化していくかについても話しました。お屋敷の馬番たちがどんな方法で犬をしつけて家のなかで飼えるようにするのか、といった説明をしました。それから――」

「きみを解雇しようとしたわけではない」公爵は言った。「もっとも、なかなかいい答えではあったが。絵画の授業の目的はなんだったのかね？」

「コリント式の柱とペディメントについて説明し」休憩所のほうに視線を向けて、フルールは答えた。「それから、水に映るとすべてが逆さまになることも教えるつもりでした。でも、お嬢さまはまだ五歳です、公爵さま。今日の主な目的は、新鮮な空気を吸うことと、絵の具の使い方を練習することでした」

フルールはつんと顎をあげた。公爵が叱責したいならすればいいと思った。この子が自分から何かをしたがるなんて、めったにないことだもの。

「それもいい答えだ。いい答えを返すのがきみの特技かね？」

そんな質問には答えようがなかった。

「あの休憩所が屋敷の正面部分をミニチュアサイズにした複製であることは、きみも気づいていると思うが」

「馬蹄形の外階段だけは省略されていますけど」フルールは眼下の湖のほうへ視線を向けた。

「内部も同じですか」

「そっくりだ。円天井に描かれた絵に至るまで。だが、休憩所のほうにはギャラリーがついていない。庭園のすべてのものと同じく、絵のような美しさを生みだすために建てたのだから。だが、園遊会のときは演奏用の場所として使われる。三日後に迫った舞踏会のときも、オーケストラが使用することだろう。きみも参加を許されていることは聞いているね?」

「はい、公爵さま」

公爵は向きを変えて娘に話しかけた。「水辺まで歩こう。あそこからだと、休憩所がもっと立派に見える。そして、遠くに橋が見えるし、滝のようなものも見える。子犬を抱っこしておやり、パメラ。遠くまで歩かせるのはまだ無理だ」

「でも、そろそろお屋敷に戻る時間です」フルールは言った。

深い色の目が彼女に向けられた。片方の眉があがった。「誰がそのようなことを?」

フルールは自分が赤くなるのを感じた。「クレメント夫人が待っておいでです、公爵さま」

「ナニーが? だったら、待たせておけばいい。そうだろう?」

勾配のゆるい小道が曲線を描いて湖まで延びているが、パメラはそちらを通らずに斜面を駆けおりた。フルールが斜面をおりるのを助けようとして、公爵が片手を差しだした。

フルールはふたたび、あのトンネルのなかにいた。闇と冷たい空気が襲ってくる。見えるのは手だけ。長く美しい指。この指が腿のあいだにすべりこみ、大きく押し開き、それから、強引にあの部分を広げて、貫くための準備をした。

公爵は手をひっこめ、フルールから顔を背けた。「ゆっくりおりたほうがいい」と言った。

「湖に落ちるのがいやなら」

そこでフルールはようやくトンネルを抜けだし、無理に脚を動かし、公爵のあとから斜面をおりて下の小道まで行った。子犬が固い地面におろしてもらったのを喜んで、ぐるぐるまわっていた。

屋敷に戻るまでに、さらに一時間かかった。湖畔を散策し、さっきとはべつの場所でふたたび斜面をのぼった。公爵はレイコック夫人よりはるかに知識が豊かで、さまざまな説明をしてくれた。庭園を設計したのは有名な造園家のウィリアム・ケント。「同じ名字だが、血のつながりはない」とつけくわえた。彼の祖父が設計を依頼し、それ以前にあった直線の並木道と大きい平らなパルテール庭園はとりこわされた。

「おそらく、祖母が激怒したことだろう。まさに十八世紀に生きる貴婦人だったからね。屋敷に付属する整形式庭園が広ければ広いほど、所有者に箔がつくと信じている人だった」

公爵が子犬を抱いて歩きながら、鼻の上の柔らかな毛並みをなでてやると、子犬は彼の胸に身体をすりよせ、そのうちに寝てしまった。そこで、公爵は犬をフルールに渡してから、甲高い叫び声をあげて広い芝地を走りまわるパメラを追いかけ、草の上に押し倒し、パメラのほうは倒れたまま大笑いして手足をばたつかせた。

屋敷の前のテラスに戻ったときには、父も娘もひどい格好になっていた。

「もうじきママのお客さまがやってくるの、パパ?」パメラが訊いた。

「明後日だ。遅れてくる人が誰もいなければ」

「女の人たちに会えるかしら」

「会いたいのかい?」

「会ってもいい？　ママはだめだって言いそう。ぜったいそうよ」

「ママが正しいかもしれないな」娘の手を離し、フルールが抱いている子犬のほうへ手を伸ばしながら、公爵は言った。「わざわざ会うほどの人たちじゃないと思うよ、パメラ」

「でも……」パメラは言った。

「そろそろ家に入ろう」公爵は顔をあげてフルールの目を見つめた。彼自身の目はきびしく、片手がフルールの肌をかすめて子犬の腹の下へ伸びた。公爵はさっと子犬を抱くと、そのまま一歩下がった。「チビはわたしが厩へ返しにいってくる」

「あっ」フルールは言った。「イーゼルと絵の具を置いてきてしまいました。走ってとりに戻らなくては」

「召使いに命じてとりにいかせればいい」公爵は苛立たしげに言った。「きみがわざわざ行く必要はない」

フルールはパメラの手をとって子供部屋まで連れていった。少女はくたびれていて、服は汚れ放題、ひどい格好だった。クレメント夫人がそれを見落とすはずはなく、さっそく文句を言いはじめた。

十分後、フルールは自分の部屋の窓辺に立ったが、容赦ない叱責で耳がじんじんしていた。たぶん、公爵夫人のもとにつぎのような報告が届くだろう――ミス・ハミルトンが不届きにも命令に背いて、約束の一時間を過ぎてもお嬢さまを外で遊ばせておりまして、ようやく連れて戻ってきたときには、お嬢さまはカカシよりひどい格好になっておいででした。ぐったり疲れたご様子からすると、明日はきっと、具合が悪くなることでしょう。

フルールは窓のすぐ近くに立ち、芝地を見渡した。安らぎという誤った印象を与える芝地。この芝地を見て、平和だと思っていた。天国だと思っていた。気がゆるみ、幼い子供のころから感じたことのなかった幸せに浸るようになっていた。

解雇される前に出ていったほうがいい？

でも、どこへ行けばいいの？　何をすればいいの？　ウィロビー館にきてから何不自由なく暮らしてはいるが、まだ給料をもらっていない。服を買うために渡された支度金も硬貨が数枚残るだけになった。ロンドンに帰る旅費にもならない。

ロンドンのことを考えたとたん、震えが走った。あそこで待っている未来はひとつだけ。悪夢のような出来事のなかで、フルールの神経はいまも麻痺したままだった。この勤め口を与えてくれたのは、フルールの悪夢を恐怖で満たした男だった。結局、幸運なチャンスではなかったのだ。男が雇ってくれたのは、わたしを哀れんだから。とにかく、あちらはそう言った。信じていいものかどうか、わたしにはわからない。

そして、今日になって突然、これまで忘れていたあの恐怖がよみがえってきた。わたしを追ってくる者がいる？　いまも？　つかまれば縛り首？　事故だったとしても？　正当防衛だったとしても？　人を殺せば、どういう事情だったかに関係なく、縛り首になってしまうの？　ううん、そんなはずはない。

でも、目撃者はマシューしかいない。しかも、マシューは男爵で、治安判事でもある。彼の証言でわたしは有罪となるだろう。ホブソンの死体から顔をあげて、わたしを〝人殺し〟と呼んだのだから。

縛り首になる。手と足を縛られ、頭に袋をかぶせられ、首にロープが巻かれる。

窓からあわてて顔を背けた。

そんなこと考えちゃだめ。ダニエルのことも。固く決心した。考えないようにしよう。しかし、優しい笑顔と、ブルーの目と、柔らかな金色の髪が浮かんできた。そして、黒い聖職者の服をまとった、ほっそりした長身の姿も。

一度もキスしてくれたことがない。手にキスするだけだった。わたしはずっと望んでいたのに、一度だけせがんだときも拒まれた。婚礼の日まで純潔でいてほしい。優しい笑顔で、ダニエルは言った。

キスしたら純潔ではなくなるの？　フルールは目を閉じ、うなじできっちり結ったシニョンからヘアピンを抜いた。

わたしがしたことを知ったら、ダニエルは厭《いと》わしく思うだろう。悲しい目でわたしを見るだろう。許してくれるかしら。ええ、きっと。姦淫した女をキリストが赦したように。でも、わたしがほしいのはダニエルの許しではない。彼の愛と、わたしを守ってくれる腕がほしい。安らぎがほしい。

でも、安らぎはどこにもない。この二週間、あるはずだと自分に言い聞かせてきたけれど。人を殺し、二度と故郷に戻れなくなった。つかまれば絞首刑。おまけに、あんなことをしてしまった――リッジウェイ公爵と。そして、いまは籠の鳥みたいに、公爵の屋敷に囚われている。

もつれた髪をブラシで乱暴にといた。この屋敷にどれだけ長くいようと、公爵と何度顔を合わせようと、その顔を見るたびに、暗黒の恐怖と吐き気のしそうな嫌悪に襲われることだろう。

公爵がいくらエレガントな装いをしようとも、わたしの目に映るのはつねに、〈雄牛と角亭〉のあの部屋で見た姿だけ――長身、筋肉質、裸体、胸からへそまで逆三角形に続く黒っぽい毛、おぞましい紫色の傷跡、恐ろしいほど大きくなって、わたしを刺し貫き、激痛を生み、徹底的に蹂躙《じゅうりん》したあの部分。

弱さと貧しさと絶望にあえぐ女を容赦なく支配した、露骨な男の欲望。

頭のなかでは、公爵を嫌悪するのは理不尽なことだとわかっていた。フルールが請求した額よりもたくさん払ってくれた。あの食事や今回の働き口を親切に与えてくれた。

しかし、彼にはやはり身の毛がよだつ嫌悪を覚え、お金も計画もなしに屋敷を飛びだしたくなる――二カ月以上前に、ヘロン邸から逃げだしたときのように。

ブラシを手にしたまま、ふたたび目を閉じ、子犬の毛を優しくなでる公爵の指を思い浮かべた。吐き気をこらえるために、何度か唾を呑みこまなくてはならなかった。

翌朝、リッジウェイ公爵は夫人の居間のドアをノックした。しばらく待つと、夫人付きのメイドが彼を部屋に通し、膝を折ってお辞儀をし、そっと出ていった。夫人が彼を呼んだのだった。こうして呼ばれないかぎり、公爵が妻の私室に入ることはめったにない。

「おはよう、シビル。気分はどうだね？」公爵は部屋を横切り、妻の両手をとってキスをした。妻はいつものように頰を差しだした。

「楽になったわ。夜のあいだ少し熱っぽかったけど、けさはずいぶん楽よ」シビルは彼に握られた手をひっこめた。ほっそりと華奢な手。かつての彼はこの手をとって唇をつけるのが好きだった。

「くれぐれも気をつけてくれ。また冬のときみたいに具合が悪くなっては大変だ」

「ミス・ハミルトンにお給料を払って解雇するよう、ホートンに指示しておいたわ」大きなブルーの目で公爵を見て、息を切らしながらシビルは言った。「ところが、ホートンったら、まずあなたに相談しなきゃって言うのよ。どうするおつもり、アダム？」

「きみが家庭教師の解雇を望む理由を教えてもらいたいね。家庭教師が何をしたんだ？ それとも、何をしそこねたんだ？」

「わたしが言ってるのはホートンのことよ」シビルの目に涙があふれた。絹とレースで仕立てた、流れるようなデザインの真っ白なローブを着ている。金髪が背中にふんわり垂れている。息を吞むほど美しい――公爵は冷えた心でそう思った。ベルギーへ発つ彼が心を残していった、あのうら若き乙女のころと同じく、いまもガラスのように繊細だ。「ホートンがわたしにあんな口の利き方をするのを、あなた、お許しになるの？」

「ホートンはわたしの個人秘書だ。わたしの指示だけに従うことになっている。それを忘れて、あいつがこちらにひとことの相談もなく屋敷内の誰かの命令に従うようなことがあれば、わたしは即刻ホートンをクビにする」

シビルは真っ赤になった。「では、わたしより秘書のほうが大切だとおっしゃるのね。以前はそうじゃなかったわ。かつてはわたしを愛してくれた。というか、わたしはそう信じていた。どうやら、だまされていたようね」

「そろそろわかってくれてもよさそうなものだが。何か問題があれば、直接わたしに相談しなさい。そうすれば、いやな思いをせずにすむ。有能な秘書たる者は、二人の人間の命令に従うことはできないんだよ。ミス・ハミルトンの何が気に入らないんだ?」

「お尋ねになる必要なんてないと思いますけど」シビルは両手でハンカチをねじりながら言った。「あの人に出ていってもらいたいの。それで充分でしょ。娘の世話をするのにふさわしい人だとは思えないわ。解雇してちょうだい、アダム」

「きみも知っているように」公爵はためいきをついて言った。「もっとも身分の低い召使いであろうと、正当な理由がないかぎり、解雇するつもりはない。召使い階級の者たちが貧困ぎりぎりのところで生きていることに、きみが気づいているかどうか、わたしにはわからないが、こちらの単なる気まぐれで召使いを解雇するようなことは、ぜったいにできない」

「気まぐれですって!」シビルの目が大きく開き、ふたたび涙でいっぱいになった。「わたしはあなたの妻なのよ、アダム」

「そう」公爵は妻をじっと見据えた。「わたしの妻だ。そうだね？」

シビルは目を伏せ、寝椅子の端に優雅に腰をおろした。「わたしはリッジウェイ公爵夫人よ」静かに言った。

「そう名乗ったほうが正確だな」公爵の声にはうんざりした響きがあった。「二人でつねにこのような会話をしなくてはならないのかね、シビル？　わたしはつねに暴君を装わなくてはならないのかね？　皮肉を言ってすまない。ミス・ハミルトンの何が問題なんだ？」

「あの人は、きのうの午後、パメラを連れて外に出たのよ。風が冷たくて、太陽がぎらぎら照りつけていたというのに。ミス・ハミルトンにうるさくせがまれて、ナニーも仕方なく、一時間だけということで承知したの。なのに、戻ってきたのは二時間以上もたってからだった。パメラは服を汚し、くたびれはて、けさは具合が悪くてベッドから出ることもできないのよ。かわいそうに。ミス・ハミルトンはわざとナニーに逆らったんだわ、アダム。いくらあなたでも、あの女をかばうことはできなくてよ」

「みんな、わたしと一緒にいたんだ。ミス・ハミルトンは早く屋敷に戻るつもりでいたが、わたしが許可しなかった」

シビルは鋭い視線を公爵に向けた。「あの女があなたと一緒に？」ハンカチを唇に持っていった。「二時間以上も？」

「言い方が間違ってるぞ。わたしは〝みんな、わたしと一緒にいた〟と言ったんだ。パメラ、ミス・ハミルトン、そして、子犬。パメラの服が汚れていたというなら、それはわたしがあの子と一緒に芝生の上をころげまわったからだ。あの子がくたびれはてていたというなら、それはわたしが一緒に走ったり遊んだりして、二時間以上、太陽と新鮮な空気に触れさせたからだ。外に出て遊びまわったあとで子供がくたびれるのは当然のことだ」

シビルは蒼白になった。「許せない。前にも申しあげたでしょ、アダム、あなたはパメラの扱いが乱暴すぎます。繊細な子だから、わたしとナニーが守ってやらなきゃいけないのに。それに、あの犬！　どんな病気をうつされるかわかったものじゃない。ああ、あなたが帰ってらした瞬間から、こうなることはわかってたわ。わたしの神経が細いことなど、考えてもくださらない。ほんとに身勝手な方。あなたにはほんとにがっかりだわ」

公爵がじっと妻を見据えると、やがて、妻はふたたび目を伏せた。

「わたしはこれからも時間の許すかぎり、パメラの相手をしてやるつもりだ。あの子には、年とった乳母に甘やかされるより、両親の愛情に包まれることが必要なんだ。それから、肉体と精神の両方を活動させる必要がある。ひとつはっきりさせてほしい。ミス・ハミルトンはナニーの命令に従うことになっているのかね？」

「ええ。もちろん。パメラはまだ赤ちゃんですもの」

「今後は逆にしてもらおう。ナニーにそう言っておいてくれ。ナニーはムッとするだろうが、とにかく伝えてくれ。ミス・ハミルトンには、わたしのほうから新たなルールを伝えておく」

公爵夫人の目から涙が二粒こぼれた。「残酷で冷たい人ね。わたしの望みをくじくためなら、なんだってやる人。そうでしょ、アダム。前に一度助けてもらったというだけで、永遠に恩に着なきゃいけないの？」

公爵は口もとをこわばらせて妻を見おろした。「わたしが恩に着せたことなど一度もないのは、きみも承知しているはずだ。今後もないだろう。きみが勝手に妄想しているだけだ、シビル。きみのおかげで、わたしはときどき、自分が本当に暴君で極悪人のような気がしてくる」

公爵夫人はハンカチで涙を拭い、膝の上でそのハンカチをくしゃくしゃにした。「じゃ、わたしは娘を自分と乳母の手から奪い去られ、あなたの愛人の手に渡すしかないわけね。わかりました、アダム。か弱い女ですもの。あなたには逆らえないわ」

「愛人？　言葉に気をつけてくれ。わたしが愛人を求める気を起こさずにすむよう、妻としての務めを果たしてもらいたいと、きみに提案すべきかもしれないね」公爵夫人がビクッとして顔をあげると、夫の顔の右半分にちらっと笑みが浮かんだ。「いや、きみがいやがることはわかっている」

「ときどき、あなたがわざとわたしの憎しみを買おうとしてるんじゃないかって思うことがあるわ」涙で震える低い声で、シビルは言った。

「きみは退屈してるんだ」

公爵は妻が咳きこみ、寝椅子のクッションにもたれてハンカチで唇を押さえるのを見守った。

「その咳をべつの医者に診てもらうよう、何カ月も前に強く言っておけばよかった」静かに言った。「ハートリー先生の治療はまったく効き目がないようだ。ロンドンから医者を呼ばせてくれ、シビル。きみのために何かさせてほしい。たまには、おたがい、優しい気持ちを持とうじゃないか」

「一人にさせてもらえないかしら。横になりたいの」

「こんなふうになるとは思わなかった」公爵は疲れた声で言った。「口論し、不満をぶつけあうことになろうとは思いもしなかった。きみがわたしを暴君と非難し、ときに、わたし自身、暴君らしくふるまうしかなくなるとは、予想もしなかった。わたしは円満な結婚生活を望んでいた。憎みあうことになるなど、予想外のことだ」

「ときどき」ハンカチに顔を埋めて、シビルは言った。消え入りそうなみじめな声だった。「死んだふりをしておきながら生きて戻ってきたあなたを憎むことがあるわ。トマスとわたしの仲を知って、あの人を追い払ってしまったんですもの。憎まずにはいられないわ、アダム。憎しみを抑えようと努力はしてるけど。わたしの夫ですもの」

夫人はふたたび咳きこんだ。咳が止まらなくなった。

公爵は青くなって妻のそばへ行き、自分のハンカチをとりだすと、妻の前に片膝を突いて差しだした。しかし、シビルは彼の手を払いのけた。

「シビル」咳きこむ妻の背中に、公爵はそっと片手をあてた。

しかし、シビルは身をよじって逃れ、立ちあがって化粧室へ逃げこみ、ドアをピシャッと閉めてしまった。

リッジウェイ公爵は片膝を突いたまま、うなだれた。そして、これまで何十回も繰り返してきたように、妻が自分を愛してくれたことはあったのだろうかと考えた。〝愛している〟と言ったのは、公爵夫人になり、この王国でもっとも豪奢な屋敷の女主人になりたかったからにすぎないのでは？　キスも、とろけそうな表情も、甘い微笑も、すべて作りものだったのでは？

公爵は若いころから、彼女との縁組を期待されていることを承知していた。それを疑問に思ったことは一度もなかった。しかし、ついに彼女に恋心を抱いたのは、スペインから帰国して、愛らしく華奢な女性になった彼女に再会し、ブルーの目が彼への賞賛で大きくなるのを見たときだった。熱烈な恋に落ちた。胸が苦しくなるような恋だった。

だが、それは一方的な恋だったのだろうか。シビルの愛の言葉はすべて偽りだったのだろうか。それとも、彼女も長年にわたる期待の呪縛から抜けだせなかったのだろうか。たぶん、彼を愛そうとして、あるいは、少なくとも敬意を抱こうとして、努力したのだろう。たぶん。

こちらの顔がまともだったころは、ハンサムな男と言われていたころは、多少は敬意を寄せてくれていたかもしれない。帰国後初めて顔を合わせ、抱きあげて彼女をくるっとまわし、キスをしようとしたときに、その顔に浮かんだ強烈な嫌悪の表情は、生涯忘れることができないだろう。

あのときは深く傷ついた。しかし、新しい顔にシビルが慣れてくれれば、嫌悪の表情も消えるだろうと思っていた。だが、だめだった。しかし、こちらが帰国したときには、シビルはすでにトマスの婚約者になっていたのだ。その事実を最初に軽く考えすぎてしまった。

公爵は疲れた様子で立ちあがり、ハンカチをポケットにしまった。ワーテルローへ赴いたあの春と、帰国した翌年の春に、シビルへの愛はいずれ消えると誰かに言われたなら、嘲笑したことだろう。自分の愛は最後の審判の日までけっして消えないと思っていた。

愛もおしまいだな――陰気な冷笑を浮かべて、公爵は思った。

化粧室から聞こえる妻の咳を気にしつつ、ドアのほうを向いた。愛の残り火など、もうどこにもない。あるのは、悩みを抱えて苦しんでいる妻への哀れみと、二人のあいだに平穏が訪れることへのかすかな期待だけだ。そして、二人の暮らしのなかで自分だけが悪者にされなくてもすむようにという願い。

しかし、どうやら、平穏を与えられる見込みすらなさそうだ。

7

　新たな取決めの件を同じ日の午前中にフルールに伝えたのは、ピーター・ホートンだった。フルールはそのとき、勉強部屋で生徒を待っていたのだが、パメラはあらわれなかった。前日はしゃぎまわったせいで疲れて具合が悪くなったのだと、乳母に言われた。

　フルールはピーター・ホートンのことを少々恐れていた。彼女が何者なのか、何をしていた女なのかを、知っているはずだから。だが、ウィロビー館に戻ってからの二日間、ホートンは彼女に対して礼儀正しい態度を崩さなかった。食事は二人とも、レイコック夫人のテーブルで上級の召使いと一緒にとっていた。ほぼ対等の立場でフルールに接しなくてはならないことに、ホートンが言葉やしぐさで不快感を示すことはけっしてなかった。フルールが本当はどんな女なのかをほかの召使いに耳打ちすることも、遠まわしにほのめかすこともなかった。

　新たな取決めを知って、フルールはホッとした。パメラの乳母よりも権力を持ちたかったからではなく、給料と待遇に見合うだけの仕事をしているという実感がほしかったからだ。これまでの何週間かは、正体を偽って屋敷に入りこんだせいで、いつも落ち着かない気分だった。

この日の午後は、公爵みずからが娘を連れて勉強部屋にやってきた。フルールは膝を折ってお辞儀をしたが、じかに視線を向けるのは避けた。しかし、何分もしないうちに、公爵が勉強部屋を出ていこうとしないことに気づいた。公爵は部屋の隅の椅子に無言ですわり、授業を見守っていた。

まず、しばらくのあいだ、アルファベットの授業。文字を覚えるためのゲームをやった。覚えたい文字で始まる滑稽な単語を二人がそれぞれ考えて、単語と文字を順番に覚えていく。「でたらめ《ファラディドル》」Fのところでパメラがしばらく考えこんでいたら、公爵が横から言った。

パメラはとたんに笑いころげた。

アルファベットの授業に公爵が口をはさんだのは、このときだけだった。

つぎは五十まで数えて、それから逆に一まで戻り、つぎに簡単な足し算をやった。フルールの部屋の引出しに入っていたテーブルクロスを二人でじっくり見て、刺繍のステッチの名前をフルールがひとつずつパメラに教え、明日からハンカチの刺繍を始めてステッチをひとつずつ覚えていこうと言った。

「好きな色を選んでいいの？」パメラがフルールに訊いた。

「どんな色でもいいわよ」フルールは笑顔で約束した。

「赤いデイジーにブルーの茎でも？」

「お望みなら、紫のデイジーにカナリア色の茎でもいいわ」

「でも、みんなに笑われる」

「だったら、自分の好きな色を選んで笑われるか、ふつうの色を選んで笑われないようにするか、どちらかに決めましょう。単純なことよ。自分で決めればいいの」

パメラはむずかしい顔になり、家庭教師に疑わしげな視線を向けた。

フルールはいまだに仕上がっていない湖の休憩所の絵を話題にした。壁にかかっていた大きめの風景画をはずし、空と芝地と木々の全体的な効果を生みだすために何種類ぐらいの色が使われているかを、生徒に確認させた。

「でも、決めるのはあなたよ。いいわね。画家としてのあなたの役目は、絵を鑑賞する人たちにあなたと同じものを見てもらえるようにすることなの。あなたが何を目にしたかは誰も知らないわけでしょ。物の見方は人によって違うから」

「ピアノフォルテを弾いて」話題が尽きたところで、パメラが言った。

隅に黙ってすわっている公爵のことが、フルールは気になってならなかった。

「スツールにすわってみない？　弾き方を教えてあげる」フルールは提案した。

しかし、パメラは一人で弾いてみようとしたことがあり、フルールのように弾くのは無理だと悟っていた。また、一回か二回レッスンを受けたぐらいでは、流麗な旋律を生みだすための魔法の公式は身につかないことも学んでいた。

「すわって」パメラは言った。「あたしのために弾いて」

「〝お願いします〟って言わなきゃ」

しかし、フルールは、パメラがすなおに従ってくれるよう無言で祈りつつも、たぶん無理だろうとあきらめていた。

「弾いて」パメラは不機嫌な声で言った。

「〝お願いします〟ってつけましょうね」

「バカみたい。〝お願いします〟ってつけたら、どこが違うの？」

「そうすれば、先生のほうは、命令されたんじゃなくて、頼まれたっていう気分になれるでしょ。気持ちよく弾くことができるわ」

「バカみたい」

「パメラをベッドに寝かせてきますから、ミス・ハミルトン、わたしのためにピアノフォルテを弾いてくれませんか。お願いします」

フルールの背中がこわばった。公爵が立ちあがって部屋を横切ったことに気づいていなかった。

パメラが父親に憤慨の表情を向けた。「お願いします、ハミルトン先生」

フルールは一瞬、目を閉じた。弾かずにすむなら、どんなことでもしただろう。両手がじっとり汗ばんでいた。しかし、周囲へ目を向けずにスツールにすわり、バッハの曲を演奏した。動きの悪い鍵盤があったので、できるだけ調整しながら弾いた。

「今度はあなたの番よ、レディ・パメラ」曲が終わったところで、フルールは言った。

「上手だね」公爵は言った。「客間と音楽室にもこの楽器が置いてあるんだが、見たことは？」

レイコック夫人が屋敷のなかを案内してくれたときに、フルールも目にしていたが、手を触れるだけの大胆さはなかった。客間のピアノフォルテはヘロン邸にあったものより上等そうだった。もちろん、ヘロン邸のものも立派で、母の大切な宝物だったが。音楽室のグランド・ピアノフォルテに至っては、憧れの目を向けることしかできなかった。

「ございます、公爵さま。ここにきた最初の日に拝見しました」

「おいで、パメラ」公爵は娘の手をとった。「音楽室でハミルトン先生の演奏を聴くことにしよう。それから、〝お願いします〟とつけるのを忘れないこと。いいね？」

「はい、パパ」

フルールは呆然としたまま二人のあとから部屋を出て、廊下を進み、奥の階段まで行った。しかし、心のなかに興奮が芽生えていた。あのピアノフォルテを弾かせてもらえる！

一人になれればいいのに。書斎のとなりの音楽室に入り、楽器のところへ行き、恭しく鍵盤に触れながら、フルールは思った。公爵さまがここにいなければいいのに。

「お願いします、ミス・ハミルトン」公爵は静かに言うと、娘と一緒に背後へ下がった。

フルールはベートーヴェンを弾いた。長いこと弾いていなかった。ピアノフォルテ向きではないからだ。最初はためらいがちに弾いていたが、やがて、鍵盤のなめらかな象牙の感触と曲の流れに指がなじんできて、魂が曲の彼方へ飛翔し、自分がいまどこにいるかを忘れ去った。

音楽に昔から大きな愛を抱き、大切なよりどころにしてきた。キャロラインの棘《とげ》のある言葉、アミーリアの辛辣な意見、両親に二度と会えないという運命、学校時代のきびしい規律と暗い日常――鍵盤に指を置いた瞬間、こうしたことはすべて消え去ったものだった。

演奏を終えたフルールは、手を止めたまま、頭を下げた。

「もうチビのとこへ行ってもいい、パパ？」背後で声がして、フルールの魂が身体のなかに戻ってきた。

「いいよ」公爵が言った。「従僕に頼んで連れてってもらいなさい。〝お願いします〟をつけるのを忘れないように」

「そんなのバカみたい、パパ」パメラは言った。

ドアが開き、ふたたび閉まる音が、フルールの耳に届いた。

「すばらしい才能だね」リッジウェイ公爵が言った。「だが、練習が足りない」

「はい、公爵さま」

「娘にピアノフォルテを教えるつもりなら、きみ自身が完璧に演奏できなくては。娘のレッスンは毎日三十分、きみの練習は一時間としよう」

「場所は、公爵さま？」フルールはいまだにうしろを向いていなかった。

「ここだ。もちろん」

フルールは一本の指で鍵盤をなでた。「わたしはこの階への出入りを禁じられております」

「きみが？　ナニーの命令で？」

「奥方さまのご命令です」

「妻がじかに？」

「はい、公爵さま」

「きみは今後、ここで毎日一時間半を過ごす。わたしの特別な命令によって。妻にはわたしから説明しておく」

背後に公爵を立たせたまま、一日じゅうここにすわっているわけにはいかない。フルールは心を落ち着けるために息を吸い、立ちあがって彼のほうを向いた。公爵がすぐうしろに立っていたため、一瞬、長身でがっしりした彼への恐怖がよみがえった。

「幼いころからピアノフォルテになじんできたのだね」公爵は言った。それは質問ではなかった。

フルールは何も答えなかった。

「ホートンがきみから聞いた話だと、父上は借金をこしらえ、最近亡くなられたそうだが」

「はい」

「本当に？」

フルールは視線をあげて彼の目を見た。

「借金を残したまま亡くなられた？」

「はい」この言葉が声になったかどうか、フルールにはわからなかった。

「では、母上は？」

「亡くなりました。ずっと昔に」

「身内は誰もいないのかね？」

嘘をつくのはけっして得意ではなかった。もっとも、この二、三カ月、ずいぶん嘘をついてきた。キャロライン、アミーリア、マシューのことを思いだし、あわてて首を横にふった。

「何を怯えている？　わたしのことを？」

「そろそろお嬢さまのところへ行かなくては」フルールは顎をつんとあげ、声に力をこめた。

「いや、その必要はない。わたしの命令を優先してほしい、ミス・ハミルトン。パメラは扱いにくい子供かね？」

「したくないことでも我慢してするという習慣がついていないようです」

「わたしが許可するから、きちんとしつけてもらいたい。ただし、あの子の人生を陰鬱なものにしない範囲内で」

「お嬢さまはまだ子供です。わたしの最大の喜びは、お嬢さまの笑顔を目にし、笑い声を耳にすることです」

「きみにそれが教えられるだろうか、ミス・ハミルトン。わたしはきみの笑顔を見たことも、笑い声を聞いたこともないが」

「全力でお嬢さまの教育にあたって、褒めるべきときは褒め、褒めるに値しないときは励ましの言葉をかけようと思っております。そして、充分な自由を与えて、子供らしくのびのびとふるまえるようにしてあげるつもりです」

公爵にじっと見つめられて、フルールは息が止まりそうだった。パニックが起きそうなのを必死にこらえた。最初にスツールから立ちあがったとき、一歩退いて公爵から離れればよかったと後悔した。いまごろあとずさるよりも、そのほうが自然だっただろう。一メートルほど離れて立っているのに、公爵の身体から発散される熱に焼かれてしまいそうな妙な感覚に襲われた。顔の距離が近すぎる。悪夢のなかで見る公爵の、裸の彼女の上にかがみこんだ姿と同じぐらいの近さだ。

「きみの今日の仕事はここまでだ」公爵の口調が変化していた。冷酷で皮肉っぽくなっていた。「下がってよろしい。わたしは厩にいる娘のところへ行く」

「かしこまりました」フルールは向きを変えて出ていこうとした。

「ミス・ハミルトン?」

フルールは軽くふりむいた。

「この午後、きみの授業を見せてもらって感心した」公爵が言った。

フルールは一瞬、その場に立ちつくしたが、やがて、部屋を出て背後のドアを閉めた。胸いっぱいに空気を吸いこんで、そのあと、自分の部屋に戻った。

ブロックルハースト卿はパルティニー・ホテルを訪れ、客室のひとつへ名刺を届けるように頼んで、ロビーをいらいらと歩きまわっていた。

前日スネドバーグがやってきて、自分の優秀な捜査能力を駆使してすべてを突き止めたと言わんばかりに胸を張り、もったいぶった態度でくわしい報告をおこなったが、たまたま運に恵まれただけであることを、ブロックルハースト卿は見抜いていた。

ウィロビー館のパーティの招待客リストには失望させられた。顔見知り程度の人間が二人含まれているだけだった。実現の見込みはなさそうだった。この二人のどちらかと親しくなってパーティに誘ってもらうことも考えたが、その夫婦とはまったく面識がなかった。おまけに、ひと組の夫婦をのぞいて全員がすでにロンドンを発っていたし、その夫婦とはまったく面識がなかった。

意に染まぬ方法をとるしかないと決心した。治安判事としてドーセットシャーへ赴いて、イザベラを逮捕し、裁判を受けさせるために連れて戻るしかないだろう。本当のところ、そんな手段には訴えたくなかった。選択肢がなくなってしまうのはいやだった。

ああ、あの美しい首にロープが巻かれるところなど見たくない。

ところが、スネドバーグから招待客リストを渡され、トマス・ケント卿は英国のどこにもいないと断言され、料金を払ってやったところ、その翌日スネドバーグが偉そうに胸を張ってふたたびあらわれ、けさ、ケント卿が東インド会社の船のデッキからイングランドの地におりたったばかりだという報告をよこしたのだった。

「もちろん」スネドバーグは言った。「貴族階級の人々がこの国から姿を消す場合は、そうした会社のひとつに雇われるケースが多いということを、わたしは経験から知っております。その方面を調べていくのは、単純ではありますが、時間のかかることでした。ケント卿がインドへ赴かれただけでなく、ふたたび帰国される予定であったことがわかったのは、じつに幸運だったと言えましょう」得意げに咳払いをした。

ブロックルハースト卿はスネドバーグに謝礼を渡した。額が多すぎたような気もした。ロンドンの暮らしはやたらと金がかかる。

ホテルの従業員が彼の前でお辞儀をして、トマス・ケント卿がお部屋でお目にかかるそうですと伝えた。ブロックルハースト卿は階段へ向かった。

トマス・ケント卿は彼より二、三歳年下だ。親しいつきあいはまったくなくて、何年も前に同じ賭博場や居酒屋に出入りしていた顔見知りというだけのこと。

ブロックルハースト卿が従業員に案内されて部屋に入ると、ブロケード織りの丈長のガウンをはおったトマス卿がいた。青春時代を通りすぎ、さらにハンサムになったようだ。日に焼けた肌、黒っぽい髪、ほっそりした体形、背は標準よりわずかに高いぐらいだ。

「ブラッドショー」トマス卿が右手を差しだした。日焼けのせいで、歯の白さがきわだっている。「名刺の肩書きだけでは、きみだとはわからなかった。父上が亡くなられたんだね」

「五年前に」ブロックルハースト卿は言った。「元気そうだな、ケント」

「元気そのものさ。ぼくの帰国は誰も知らないと思っていた。今日のうちにすべてのクラブをまわり、メイフェアにあるすべての屋敷の玄関に名刺を置いてくるつもりだった。きみに会えるとは望外の喜びだ」

「たまたま噂を聞いてね」ブロックルハースト卿は言った。「長いあいだ国を離れてたのかい、ケント？」

「五年以上になる。公爵家で起きたあの大騒動以来だな。ぼくは尻尾を巻いて逃げだした。きみも噂は聞いているはずだが」

「まあね」ブロックルハースト卿は控えめに咳払いをした。「大変だったな、ケント。きみに同情してたんだ」

トマス卿は肩をすくめた。「結果的に見て、落ち着いた暮らしがぼくに合っていたかどうかは疑問だな。あるいは、結婚生活が合っていたかどうかも。束縛が大きすぎる。ところで、レディたちは昔と変わらず美人ぞろいだろうか。そして、なびく気もあるだろうか。じつを言うと、イングランドの美女に飢えててね。一人でも、二人でも——いや、二十人でもいい」

「しかも、昔と変わらず金がかかる」ブロックルハースト卿は言った。「昔以上とまでは言わないが。家に帰るつもりだろ？」

「ウィロビーへ？」トマス卿は笑いだした。「それはわが人生でもっとも浅はかな行動だと思うよ。とくに、出ていくときに口にした捨てゼリフを考えてみればね。向こうだって、かつて自分の肩書きを名乗り、しかも自分の妻と婚約していた人間にそばにいられたら、たぶん不愉快に思うだろう。もっとも、兄の表情を見るだけでも、わざわざ家に帰る価値はあるかもしれないが」

「古い傷はすぐに癒えるものだ。身内どうしであれば、とくに。きみとの再会を、公爵もたぶん喜ぶと思うよ」

「放蕩息子の帰郷を祝って、太った子牛をふるまってくれるとか？　そりゃ無理だな。腹ペこだが、ホテルで食べるのは気が進まない。〈ホワイツ〉はいまも昔どおりの場所に建ってるかい？」

「では、〈ホワイツ〉で午餐をご馳走させてもらおう」ブロックルハースト卿は言った。

「きみが？」トマス卿はふたたび笑った。「ヘロン荘園が富をもたらしてくれたようだな、ブラッドショー。おたがい、一文無しだったころのことを思いだすよ。では、午餐を奢ってもらい、今夜はワインと女とカード遊びを目的に、二人で出かけることにしよう。まあ、カードは省いてもいいが。着替えてくるから、召使いに酒でも注いでもらっててくれ」

数分後、ブロックルハースト卿は酒をゆっくり飲みながら、トマス卿が姿を消したドアを見つめて考えこんでいた。

ウィロビー館に滞在するため、十六人の客全員が同じ日に到着した。リッジウェイ公爵は玄関広間で妻の横に立って客を出迎え、サロンでの午後遅くのお茶の時間には、客のあいだを挨拶してまわった。

自分が選ぶとすれば、とうてい招く気になれない連中ばかりだ——公爵は思ったが、シビルがうれしそうで、輝くように美しかったので、妻が幸せな時間を持つのはいいことだと思った。じっさい、楽しげな妻を見て、公爵のほうもホッとしていた。結婚して以来、妻を喜ばせるのは彼の手に余ることだった。

それに、妻と二人で晩餐の席について、一人が上座に、もう一人が反対側にすわり、空虚な長いテーブルの端と端で無理に会話をすることに、つくづく嫌気がさしていた。

「このあたりで狩りは楽しめるのかい、リッジウェイ？」お茶を飲んでいるときに、サー・アンブローズ・マーヴェルが訊いた。

「猟場の番人の話では、鹿の数がずいぶん増えているそうだ」公爵は答えた。

「では、釣りは？」モーリー・トレッドウェル氏が尋ねた。

シビルが誰を恋人《シエール・アミ》として招いたかは、すでに一目瞭然だった。こうしたパーティのときはいつもそうだが、そういう相手がくるに決まっている。今回はサー・フィリップ・ショーがその相手で、公爵が耳にした噂によると、無数の遊び相手や愛人のところを転々としているため、自分の屋敷を構える必要もないぐらいだという。そして、最近では、ショーのために客用の寝室を用意する必要はないという冗談までささやかれている。貴婦人の一人と喜んで寝室を共にするというわけだ。たいてい、その屋敷の女主人と。

軟弱と言ってもいいほどの物憂げな様子と、優雅な物腰と、いつも眠そうにしている目が、どうやら、貴婦人たちにとってはたまらない魅力らしい。そして、シビルは早くもほっそりした白い手を彼の腕にかけ、喜びに輝く顔で彼を見ていた。いったいどこで出会ったのだろう？　だが、シビルが一人で勝手に出かけてしまうのはよくあることだ。夫に無断だが、彼がそれを咎《とが》めたことは一度もない。最近では、妹のところへ二週間泊まりにいっていた。たぶん、上流社会の客がほかに何人もきていたのだろう。

公爵は心ひそかにためいきをついた。妻を束縛する氷のような夫という、あのくだらない笑劇を二度と演じなくてすむよう願った。飽き飽きしている。ひどい屈辱だ。それにもちろん、ユーモアを解さない暴君という、彼に対する妻のイメージをますます強めることになる。ひょっとすると、そうなのかもしれない。自分でもそう思いこむようになっていた。

いつになったら、礼儀正しく逃げだせるだろう？　どこへ逃げだせばいい？　上の階では、今日の授業がすでに終わったに違いない。ミス・ハミルトンがけさ早くピアノフォルテの練習をしたことを、公爵は喜んでいた。あの時間なら、彼も演奏にゆっくり耳を傾けることができる。書斎と音楽室のあいだのドアをあけ、デスクの前にすわって音楽に聴き入った。自分の姿がミス・ハミルトンの目に入るようにして。こそこそと彼女の様子を窺っているような印象は与えたくなかった。

ミス・ハミルトンにはすばらしい才能がある。彼の場合は正確な技術を駆使して音楽を生みだすだけだが、彼女はそこに命と温もりと流麗さを吹きこむことができる。演奏に耳を傾けた一時間は、予定していた乗馬よりもはるかに心を癒してくれた。

音楽室には入らなかったし、ドアのそばに立って彼女を見守ることもしなかった。会うたびにミス・ハミルトンの目に浮かぶ激しい嫌悪に気づいていなかったら、それこそ彼の目は節穴と言っていいだろう。だが、嫌われてもかまわなかった。心の触れあいを求めているわけではない。彼の望みはミス・ハミルトンがパメラに優しくしてくれることだけ。それに、ミス・ハミルトンの演奏が好きだった。

「ねえ、アダム」女の声は低く、香水のかおりは蠱惑《こわく》的だった。レディ・ヴィクトリア・アンダーウッド。去年の社交シーズンに、こんなに親しくしているのだから肩書きをつけて呼ぶような煩わしい儀礼は省略しよう、と言いだした未亡人だが、その彼女がいま、化粧で濃くしたまつげの下から公爵に笑みを向けていた。「すばらしいお屋敷にお住まいなのね。どうしていままで招いてくださらなかったの？」

彼女は公爵のほうへわずかに身を寄せていた。どういうわけか、傷跡にはまったく嫌悪を感じないようだ。

「その傷があるからこそ、知りあいの殿方のなかで、あなたがいちばん魅力的なのよ」去年、公爵をベッドへ誘いこむことにまたもや失敗したときに、彼女は言った。

なぜ誘いに乗らなかったのかと、公爵はしばしば首をひねったものだ。美人ではないが、男心をそそる色っぽさがある。彼女と深い関係になれば、フルール・ハミルトンのときより官能的な歓びに浸ることができただろう。

だが、そんなことを考えた自分がいやになった。パメラを教えることと可愛がることを望み、モーツァルトとベートーヴェンを忘れがたい魂の経験に変えるミス・ハミルトンと、一カ月前に彼が安宿の部屋に連れこみ、欲望をせっかちに満たしたときの、痩せっぽちで、顔色が悪くて、なんの魅力もない娼婦とを、彼は意識的に切り離そうとしてきた。

「あなたはロンドンを離れたがらない人だと思っていたので、レディ・アンダーウッド」笑顔で公爵は言った。

「ヴィクトリアとお呼びになって」レディ・アンダーウッドは彼の唇に視線を向けた。「あなたがいらっしゃるとわかっていれば、わたくし、スコットランドの沖にあるヘブリディーズ諸島へのご招待だってきっとお受けしましてよ、アダム」

「わたしが行くことはけっしてないでしょう。寒すぎる」

「でも、すてきな理由になるわ。温もりを求めて毛布にくるまるための――もちろん、すてきな相手と一緒にね」

公爵は笑い、ちょうどそばを通りすぎようとしたケーキの皿を口実にして、メイベリー夫妻を話に誘いこんだ。

ロンドンにいるときなら、戯れの口説き文句や空虚なおしゃべりも我慢できる。ある程度それを楽しむこともできる。親しい友人たちを相手に、よい刺激となる真剣な話をして夜を過ごすほうが、彼の好みに合っているけれど。ただ、ロンドンならば、会話にうんざりすればいつでも静かな自宅に戻ることができる。こちらでは、ここが彼の自宅だ。

シビルがいまいましいパーティを開くときは、これがいつも腹立たしい点だった。

幸い、どの客もお茶の席にぐずぐず居残りはしなかった。長旅のあとなので、客用の部屋で気兼ねなく休息して疲れをとるひとときを、ほとんどの者が歓迎した。頰を紅潮させ、目を輝かせた公爵夫人も、晩餐の時刻まで自室で休むことにした。

公爵はテラスに出てみた。パメラは子犬を見にいっているのだろうか。そう思ったとき、遠くで甲高い笑い声があがった。向きを変え、フルール・ハミルトンも一緒だろうか、それとも、きのうと同じく、パメラには従僕が付き添っているのだろうかとぼんやり考えながら、廏のほうへゆっくり歩を進めた。乳母はおそらく、廏と子犬のところに出向くのは自分の威厳にかかわることだと思っているだろう。

廏の横にあるパドックを囲む柵にパメラが腰かけて、脚をぶらぶらさせていた。パドックのなかにはフルールがいて、室内履きの足で子犬のおなかをくすぐっていた。笑っていた。屈託のない美しい笑顔だったので、公爵は自分の姿を見せるのをためらい、あとずさった。

馬番のネッド・ドリスコルが片足を柵の下段の桟にかけ、てっぺんから両腕を垂らし、帽子を目深にかぶった姿で笑っていた。

「この子、くすぐられるのが好きみたい」フルールが言った。

「誰だって好きだよ」ネッドが遠慮なく答えたが、つぎの瞬間、背後に静かに立っている主人に気づいた。あわてて柵から離れ、帽子のつばをひっぱり、廏のほうへそそくさと走り去った。

フルールは顔もあげずに、爪先で子犬をくすぐりつづけていた。しかし、顔の笑みが消えていた。こちらの存在に気づいたのだと思い、公爵は心のなかでためいきをついた。

「パパ」パメラがすねた表情をよこした。さっきの笑いは消えていた。「お茶のときに呼んであげるって、ママが約束したのよ。ナニーがきれいな服を着せてくれたのに、ママは呼んでくれないし、ハミルトン先生は、勝手にお茶の席へ行ってはいけませんって言うの」

公爵がフルールに目を向けると、彼女は草を食べようとする子犬を見守っていた。

「どなたも呼びにいらっしゃらなかったので、わたしからお嬢さまに、きっと、お客さまたちがお疲れのご様子だから、お母さまは約束を明日に延ばそうとお思いになったのよ、と説明しました。それから、ここにお連れしましたの。落胆を忘れてくれるよう願って」

「でも、ママが約束したのよ、パパ。それなのに、ハミルトン先生ったら行かせてくれない。ナニーなら許してくれるのに」

「そんなことはないと思うよ」公爵は言った。「それに、ハミルトン先生のおっしゃるとおりだ。ママはきっと、べつの日のほうがいいと思ったんだろう、パメラ。パパからママに話しておく」

「意地悪」パメラは金切り声をあげた。「二人とも意地悪。お茶の席に出てもいいってママが言ったんだもん。ママのとこへ行ってくる」

パメラは柵のてっぺんからパドックの外側へ飛びおりると、スカートをつまみあげて大急ぎで廏の角を曲がり、見えなくなった。

「つかまえてきます」フルールは言った。

「放っておけばいい。危ない目にあう心配はないし、癇癪を起こしたときは、一人にしてやるのがいちばんいいかもしれない」

パドックのゲートは鎖で固定してあった。フルールは柵を乗り越えてなかに入ったに違いない。ゲートのほうをちらっと見た彼女が赤くなるのを、公爵は目にした。フルールはスカートの形を丹念に整えると、片足を柵の下のほうの桟にかけ、反対の脚で柵をまたいだ。公爵は両手を背中で組んだままにしていた。彼女が手助けを喜ばないことはわかっていた。

ところが、フルールが柵を乗り越えようとしたとき、桟のざらざらした木肌にスカートがひっかかり、身動きできなくなってしまった。公爵は大股で近づくと、身を乗りだして生地をはずし、彼女のウェストを抱えて地面におろした。

最初の出会いのときは、彼女の甘い香りを嗅いだ記憶がなかった。だが、当時の彼女はもちろん、身体も髪も水だけで洗うしかなかったはずだ。いまは、つやつやした金色の髪に太陽があたり、光輪のように輝いている。そして、細いウェストにはしなやかで温かな肉がついている。

フルールがビクッと身を震わせ、あわてて公爵から離れた。喉の奥でうめきがあがった。身体を貫かれたときに彼女があげた、公爵の記憶にいまも残る声と似ている。フルールは震える手を口にあてると、そのまま動きを止めた。目を閉じた。

公爵は言うべき言葉が見つからず、身動きもできなかった。

フルールが目をあけ、手をおろした。何か言おうとするかのように、いったん口を開いたが、そのまま下唇を嚙んで顔を背けた。そして、急いで身をかがめ、柵の下から這いだしてきた子犬を抱きあげた。

「この子を寝床に戻してやらなくては」フルールは言った。

「そうだね」

公爵は脇へどき、歩き去るフルールを見送った。彼女は金髪の頭を子犬にすり寄せ、見られているのを意識して急ぎ足になっている。公爵は落胆が心に重くのしかかるのを感じた。

だが、なぜ？　家庭教師が――娼婦から家庭教師になった女が――彼に触れられて身震いし、いまにも吐きそうな顔になった。屋敷に滞在中の女性客のなかに、准男爵の未亡人がいる。肌の触れあいを歓迎し、ベッドにまで喜んで迎える気でいる。醜い傷跡に興奮を覚える女性で、彼が裸で迫って、顔よりはるかにひどい傷跡を見せたとしても、おそらく顔色ひとつ変えないだろう。

何を落胆することがある？　レディ・アンダーウッドに言い寄ってみようか。傷ついた自尊心が癒せるかもしれない。彼女が屋敷に滞在しているあいだ、ベッドを共にし、彼に抱かれたがっている女を心ゆくまで味わってみるのもいいかもしれない。

ただし、そこまでやれば、シビルが乱行に走るのを止めようとして屋敷に戻ってきたのに、今度は自分がその乱行に走ることになる。ウィロビー館を享楽の場に変え、屋敷の主として権力をふるうに値しない人間になってしまう。

柵にもたれて立ちつくしていたそのとき、フルールが手ぶらで廏から出てきた。彼のほうをちらっと見るなり、あわてて顔を背け、屋敷のほうへ急ぎ足で去っていった。

やれやれ。

彼女をここに送りこむとは、わたしもいったい何を考えてたんだ？　あとを追うようにして自分も屋敷に戻ることになろうとは、あのときは思いもしなかったが、それでも、遅かれ早かれウィロビー館に戻ることはわかっていた。屋敷を離れていられるのは、一度にせいぜい二、三カ月だ。

なぜ彼女をここに送りこんだのだろう？　送りこむ場所なら、ほかにいくらでもあったのに。あるいは、知人の誰かに頼めば、働き口など簡単に見つかっただろうに。そうすれば、フルールとは二度と顔を合わせずにすむ。

なぜホートンに命じて、ここに送りこんだのだろう？

もちろん、いまからどこかよそへ移すことにしても、遅すぎはしない。シビルは喜ぶだろう。ナニーは勝ち誇った顔をするだろう。パメラは泣きもしないだろう。フルール自身も大いに安堵することだろう。

では、このわたしは？

屋敷とは反対方向へ歩きはじめ、木立と、人工的に造られた塔の廃墟のほうへ向かった。祖父の大のお気に入りだったものだ。この問題はあらためて考えるとしよう。屋敷に戻ってまだ三日目だ。急いで決めることもあるまい。

そのうち、フルールがパメラに好ましい影響を及ぼすようになるかもしれない。

それに、彼女には音楽室のピアノフォルテが必要だ。あれと肩を並べられる楽器は、ほかの領地のどの屋敷にも置いていない。

そう考えたら、なんだか心が軽くなった。

公爵は思った——このあたりの木立にはずいぶん枯れ枝が落ちているから、片づけるよう、庭師たちに言っておかなくては。

8

到着した翌日、滞在客は庭園を散策する程度で、あとは何もせずにのんびり過ごした。今宵開かれる予定の盛大な舞踏会に備えてのことだった。屋外の催しになることはほぼ確実だ。朝からずっと、湿度の低い爽やかな天候が続いている。

召使いたちは早朝から大忙しで、きのう到着したばかりの十六名の客の要求や希望に応えるために駆けずりまわり、豪華な晩餐会の準備をし、湖のほとりの一帯に舞踏会用の飾りつけをおこない、舞踏会に出席する人々のために夜食の用意を進めていた。

その準備を、パメラがうれしそうに飛び跳ねながら見守っていた。イブニングドレスで飾り立てた貴婦人たちに母親が会わせてくれるものと信じていた。フルールはそこまで信じる気になれなかった。公爵夫人は朝から一度も娘の様子を見にきていない。たぶん、娘のことなど、明日まですっかり忘れているだろう。

この子が多少なりとも楽しく過ごせるよう、自分にできる範囲でやってみようと、フルールは決心した。朝のうちに、集中力の必要とされない簡単な授業をすませてから、パメラを外に連れだして、二、三日前に小島の休憩所の絵を描くつもりでいた場所へ向かった。そこなら、忙しく立ち働く召使いたちの邪魔をすることなく、準備の様子を見物できる。

「わあ、ランタン！」湖の周囲と、小島と、屋敷から続く散策路を縁どる木々に吊るされた、何百個という色とりどりのランタンを見て、パメラが感嘆の叫びをあげた。「今夜は魔法の国みたいになるのね、ハミルトン先生」

オーケストラの面々も到着して、いまは屋敷のどこかで休息をとり、軽い食事をしている。楽器が小舟に積まれ、小島へ運ばれていった。湖の西側の、屋敷にいちばん近い平坦な芝地では、ダンスフロアにするための大きな木の床が敷かれているところだった。北側の、フルールがパメラと二人で立っている場所の真下では、テーブルに白いクロスがかけられている。

近隣とウォラストンの町に住む紳士階級の人々が残らず舞踏会にやってくるだろうと、レイコック夫人がフルールに教えてくれた。そして、非番の召使いもみな、参加を許されるという。

フルールがヘロン邸に住んでいたころは、狩猟のあとで舞踏会が催されることがよくあった。フルールはいつもそれを楽しみにしていた。着飾るのも、知人たちの着飾った姿を見るのも、花とロウソクに彩られた舞踏室を目にするのも、室内にあふれる音楽を耳にするのも、心ときめくことだった。ダンスをするのは浮き浮きするひとときだった。

しかし、今宵開かれる舞踏会の豪華さとは、きっと比べものにならないだろう。

もちろん、わたしはただの召使い。舞踏会用のドレスも宝石も持っていない。誰かがダンスを申しこんでくれるとも思えない。ううん、大丈夫！　チェンバレン氏から踊ってほしいと申しこまれたことを、ほとんど忘れていた。リッジウェイ公爵があのときの男だったことを知ったのと、滞在客のなかに昔の自分の知りあいがいるのではないかという不安があったので、ここ何日か落ち着かない日々を送っていたせいだ。

あちらが忘れていなければいいけど。心からそう思った。チェンバレン氏にふたたび会えるのが楽しみだった。そして、すばらしいご馳走にありつける子供のように、今夜を楽しみにしていた。

「ママが女の人たちに会わせてくれる。そうよね？」傍らでパメラが悲しげにつぶやいた。

「わたしにはわからないわ」フルールはパメラの手を握りしめ、この子にもよくわからないのだろうと哀れに思った。「チビがどうしてるか、見にいってみましょうか。きっと寂しがってるわ。今日はまだ遊んでやってないでしょ」

「うん」パメラは眼下の光景にしぶしぶ背を向けた。「けさ、パパが勉強部屋にきたときに頼めばよかった。パパなら〝いいよ〟って言ってくれたわ、たぶん」

「先生もできるだけやってみるわね」フルールは言った。

その夜、召使いたちは早めに食事をすませた。フルールがパメラの就寝時刻より前に上の階に戻ると、子供部屋に明かりが見えた。ノックして部屋に入った。

パメラの期待に満ちた表情がしぼんだ。「あら。ママだと思ったのに」

「お母さまはお忙しいんですよ」クレメント夫人が言った。「明日はきっと、お嬢さまのところにきて、長い時間遊んでくださいます。お嬢さまを愛してらっしゃいますもの」

「ねえ」乳母のほうをちらっと見て、フルールは言った。「暖かいマントをはおれば、わたしと一緒に外に出て、ランタンに火が入ったところを見られるんじゃないかしら。お客さまは晩餐の最中だから」

「わあ。行っていい？　いいでしょ、ナニー？」パメラは乳母に懇願の目を向けた。

「お客さまの邪魔にならないようにしますから」フルールも言った。

「風邪をひいてしまいますよ」クレメント夫人は言った。「それに、お嬢さまが晩餐のあとで子供部屋を出たことを知れば、奥方さまがお怒りになるに決まってます、ミス・ハミルトン。でも、ここではあなたの命令が優先だと、公爵さまに言われてますからね。好きにしてください」

乳母は底意地の悪い口調だったが、フルールは彼女に、そして、急いでマントをとりにいったパメラに笑みを向けた。

マントは必要なかったわね――五分後、外へ出て、フルールは思った。外はまだ暖かい。あいにく、夕暮れになったばかりなので、ランタンにすでに火が入っているとしても、さほど美しくは見えないだろう。しかし、フルールは少女のためにできるだけのことをしたかった。

戸外にいる時間を予定より延ばしたおかげで、湖とその周辺が闇とランタンの光という魔法のような美しさに包まれるのを、パメラはようやく目にした。オーケストラが休憩所のなかで音合わせをしていて、扉が開け放ってあるため、音楽が水の上を漂ってきた。

晩餐に招かれなかった客が到着しはじめ、女性のドレスと紳士の夜会服の豪華さや、色とりどりのランタンの光を受けてきらめく宝石を見て、パメラの目が真ん丸になった。

そして、二人が屋敷に戻ろうとしたとき、ついに、晩餐の客がいっせいにテラスに出てきた。フルールはパメラをひっぱって木陰に身を隠した。

「黙って見てましょうね。何も言っちゃだめよ。あなたが外の暗がりにいるのを見たら、お母さまがびっくりなさるから」

しかし、心配する必要はなかった。パメラは黙って見ているだけで大満足の様子だった。母親が一人の紳士の腕に手をかけ、輝く笑顔で相手を見あげて通りすぎるのを、パメラは憧れの目で見守った。公爵はグループのうしろのほうにいて、貴婦人が彼の腕に手をかけていた。

「うわあ、ママがいちばんきれい。そう思わない、ハミルトン先生？　みんなのなかでいちばんきれいだわ」

「ええ、ほんとにそうね」フルールは言った。そして、この言葉は嘘ではないと思った。

子供部屋に戻ったときには、パメラは見るからに疲れた様子で、おおげさに世話を焼く乳母におとなしく身を委ねた。

フルールは急いで自分の部屋へ行き、いちばん上等のドレスに着替えた。ブルーの無地のモスリンで、ロンドンでホートン氏から渡されたお金でこれを買ったときは、とんでもない贅沢だと思ったものだった。だが、さきほど外で見たドレスの数々に比べると、ひどく地味に思われる。

ううん、それでいいのよ。ただの召使いだもの。それに、今夜は何があろうと興奮が冷めることはない。丹念に髪を結った。うなじでふだんよりゆるめのシニョンにして、耳とうなじに幾筋か髪を垂らした。

なんだか緊張していた。社交界デビューの舞踏会を前にした女の子もきっとこんな気持ちなのでしょうね、と思いつつ、階段を駆けおり、玄関ホールを通り抜けて外に出た。湖のほうから光と音楽と笑い声が流れてきた。もちろん、社交界デビューの舞踏会なんて、フルールは経験していない。


今宵のすべての事柄と同じく、天候についても細心の注意を払って準備を進めていたとしても――リッジウェイ公爵は思った――これ以上すばらしい結果は望めなかっただろう。夜が更けても、大気にはまだかすかな暖かさが残っていた。もちろん、基本的にはひんやりしていて、つぎつぎと踊りつづける人々にとってはまさに完璧だった。かすかな風が木々のランタンを揺らし、絹のドレスを魅惑的にそよがせる一方で、凝った形に結った貴婦人たちの髪が乱される心配はいっさいなかった。

ウィロビー館は昔から豪華な社交行事で有名で、公爵はいつもそれを楽しんできた。今回も例外ではなかった。今日一日、客との会話にいささか退屈していたのは事実だが、今夜は近隣の人々もみな集まってくれている。そして、公爵はつねに、近隣の人々と友好的につきあうことを心がけてきた。

最初の曲は妻と踊った。今宵ここに集まった貴婦人のなかで文句なしに最高の美女だと、公平な目で見て公爵は思った。妻はもちろん、純白の絹とレースで仕立てたドレスがランタンの色に染まり、そよ風を受けてきらめくことを知っている。シビルはどんなときでも、最高の効果を計算してドレスを選んでいる。

公爵は泊まり客や近隣の女性たちとダンスをし、数人の男性と言葉を交わした。レディ・アンダーウッドにもダンスを申しこんだが、逆に彼女の希望でボートを漕いで小島に渡り、休憩所の周囲や木立のなかを散歩することになった。そんな客はほかにも何人かいた。木々のあいだで露骨にキスをねだられたが、公爵は応じなかった。

また、召使いたちがダンスをし、軽食をつまみ、楽しくやっているのを見守った。できるだけ多くの召使いに声をかけるよう心がけた。

フルール・ハミルトンには近づかないようにした。今夜の彼女はうっとりするほど愛らしく、そのシンプルなドレスと髪形に比べれば、ほかの貴婦人はみな着飾りすぎと言ってもいいほどだった。ランタンの光を浴びて、髪が金色に輝いていた。

彼の妻がきらめきを放っているとすれば、ダンスをするフルールはまさに光り輝いていた。踊った相手は、ホートン、牧師、ネッド・ドリスコル、チェスタートン、ショー、そして、ダンカン・チェンバレン。ダンカンとは二回も踊った。

彼女には近づかないようにしようと、公爵は決めた。ウィロビー館に戻ってからフルールに関してわかったことがひとつあるとすれば、それは、彼女が公爵に恐怖と嫌悪を抱いているということだった。その心理は理解できる。一度きりの短い出会いのときに彼女がどういう女であったかを、公爵だけが知っている。あのとき何があったのか、彼に何をされたのかを思いだすのは、控えめに言っても、フルールにとってけっして楽しいことではないはずだ。

ダンスの合間の休憩時間に、ダンカン・チェンバレンと話をしようと思い、テーブルのほうへゆっくり歩いた。子供のころはそれほど親しい相手ではなかった。向こうが十歳ほど年上だからだ。しかし、のちに友人どうしになった。とくに、公爵がベルギーから帰国して以来。

「きみの帰郷が舞踏会に間に合わないんじゃないかと、みんな、ハラハラしてたんだぞ」右手を差しだして、公爵の隣人は言った。「きみがいなかったら、こういう雰囲気は望めなかっただろう、アダム」

「元気だったか、ダンカン。妹さんもきてる？　まだ見かけていないが」

「ああ、きてるとも。一曲残らず踊っている」

「子供たちのお守りをさせるため、家に置いてきたんじゃないかと思っていた。みんな元気かい？」

「子供部屋をめちゃめちゃにし、哀れな乳母をげんなりさせ、ワーワーギャーギャーという声でわれわれの耳を一日じゅう苦しめることが、元気なしるしと言えるなら、三人とも最高の健康状態にあると言わねばならんだろう」

公爵はニヤッとした。「わたしは去年のことを覚えてるぞ。もう一人の妹さんが子供たちをそちらの屋敷で一カ月預かったときは、きみ、しょんぼりしてたじゃないか」

ダンカンは照れくさそうに微笑した。「うん、まあな。うちのご先祖も、バイキングの襲撃がようやくなくなったときは、けっこう寂しかったんじゃないかなあ。ところで、あの家庭教師はどこで見つけたんだい？」

ドルリー・レーン劇場の外の暗がりにひっそりと立っていたフルールの姿が、公爵の脳裏に浮かんだ。

「ロンドンで。ホートンが雇い入れたんだ。あの男には体重と同じだけの黄金の値打ちがある。いい家庭教師を雇ってくれた。パメラのためになると思う」

「わかるよ」ダンカンは言った。「奥方の具合が悪かったとき、レディ・パメラを連れてわが家にきてくれたんだ。犬が子供たちに飛びつくかもしれないと、わたしに言われても、あの人は顔色ひとつ変えなかった。もちろん、その時点ではまだ犬を見ていなかったから、犬というより子馬のほうに近いことは知らなかったわけだが」

「彼女がパメラを連れてお宅へ？　うれしいよ」

「わたしもだ」ダンカンはニッと笑った。「いつでもかまわないから、遊びにくるよう伝えてくれ、アダム。きみがどうしてもと言うのでなきゃ、レディ・パメラを連れてくる必要はないぞ」

「おや。そういうことか」

「再婚すべきだと、妹に言われている。その意見が正しいのかどうか、よくわからないし、子供三人とおまけにわたしまでひきうけてくれるような聖女が、あるいは変わり者の女性が見つかるかどうかもわからない。だが、考えてはいるんだ。関心はあるのでね」

「優秀な家庭教師を失うのはちょっと……」

「おや。だが、友情のために犠牲を払ってくれてもいいじゃないか。あ、失礼。オーケストラの音色からすると、ダンスが始まりそうだ。彼女にまたダンスを申しこんでおいたんだ」

「三回目だろ、ダンカン」公爵は両方の眉をあげた。

「数えてるのかい？　これはロンドンの舞踏会じゃないんだぞ、アダム。同じ相手と三回踊ったところで、ミス・ハミルトンの評判に傷がつくことはない。おまけに、今度はワルツだし」

公爵はその場にとどまり、料理を少し口にした。パートナーのいない女性は一人もいないようだ。休憩することにした。

フルール・ハミルトンとダンカン・チェンバレン。ダンカンはとてもハンサムだ。いまだにほっそりしていて、黒っぽい髪はこめかみのあたりに白いものがちらほら見えるだけ。美男美女のカップルだ。彼女のほうはどう思っているのだろう？　しかし、三度目のダンスの申しこみに応じたのだ。しかも、シビルより純粋な輝きを浮かべて、笑顔で相手を見あげている。

ダンカンに求婚されたら、彼女はどうするだろう？　すべてを正直に話すのか。それとも、処女でないことを説明する方法をほかに何か見つけるのか。

公爵は視線をそらした。あの晩、行為に及ぶ前に彼女に何も質問しなかったことを、言葉にできないぐらい後悔していた。外見から、そして、客を誘うときの様子から――いや、誘おうとしない様子から――場数を踏んだ娼婦ではないことを悟るべきだった。あの部屋に立ち、彼から指示されるまで動こうとせず、そのあとで、男の興奮をかきたてようという素振りすら見せずに黙って行儀よく服を脱いだ様子から、真実を見抜くべきだった。

人格も未来もズタズタにしてしまう前に、彼女を救ってやれたかもしれない。

視線をそらしたままではいられなかった。ふと気がつくと、踊る二人を――いや、彼女一人を――見つめ、一カ月ちょっと前に彼が買った痩せっぽちの地味な娼婦と同じ女であることに、驚きの目をみはった。

ああ。あのときわかっていたなら。あんな鈍い男でなかったなら。わたしの姿を見ただけで向こうがすくみあがり、手を触れられただけで震えが止まらなくなるのも、無理はない。

ああ！　公爵はふたたび視線をそらし、飲みものを見つけにいくことにした。


フルールは夢のようなひとときを楽しんでいた。夜の戸外の舞踏会は言葉にできないぐらいロマンティックだった。木々のあいだで揺れ、暗い湖面に光を投げかける、色とりどりのランタン。美しく着飾って楽しげに談笑する人々。音楽が流れてくると、つい爪先で地面を叩き、身体を揺らしたくなる。

舞踏会を楽しもうと決め、そのとおりにしていた。この二カ月間のあいだ、人生は悪夢の連続だった。いまもそう。ふたたび悪夢になるかもしれない、もっと悲惨なことになるかもしれないという恐怖が、今後も心に重くのしかかることだろう。でも、いまはとりあえず、安らぎという貴重な宝物を与えられている。永遠に続くものではない。わずか一週間、あるいは、たった一日のことかもしれない。でも、永遠について考えるのはやめにしよう。今夜のことだけ考えよう。

ダンスに期待を寄せていた。だって、チェンバレン氏があらかじめ申しこんでくれたのだから。でも、何人もの相手と一曲残らず踊ることになろうとは思いもしなかった。滞在客までがフルールと踊り、住込みの家庭教師であることを知った。

チェンバレン氏は全部で四回も彼女と踊り、カントリーダンスの流れのなかで二人がべつべつになるとき以外は、つねに話しかけてくれた。彼の話は軽妙で、楽しくて、こういう場にぴったりだった。四回目のダンスが終わると、フルールの手を唇に持っていき、これ以上一緒に踊って、この場でいちばんの美女をほかの紳士たちから奪うようなことは慎まねばならないと笑顔で言い――ウィンクまで添えて――フルールを連れてダンスフロアを離れると、リッジウェイ公爵が年上の女性と話をしているところまで行った。

どこかよそへ連れていってほしかった、とフルールは思った。今宵の唯一の暗い影、せっかくの楽しさをこわしてしまう唯一のもの――それが公爵の存在だった。公爵のほうへは一度も目を向けなかったが、彼がどこにいるのか、誰と踊っているのか、誰と話しているのかを、フルールはつねに意識していた。

ほかの紳士たちとはどこか雰囲気が違っていた。身につけているのは黒い夜会服、そして、ランタンの光を受けてきらめく純白のリネンのシャツ。もちろん、背の高さと肌の色も独特の暗い雰囲気を強調している。

人が彼の顔の右側だけを見て、左側の醜い傷跡に気づかずにいれば、すばらしくハンサムだと思うことだろう。しかし、祖国のための戦いで公爵が負った傷に自分がなぜこうも恐怖を感じるのか、フルールにはわからなかった。背が高くて、浅黒くて、怖い顔をした彼が、マントと帽子を着けた姿でドルリー・レーン劇場のそばの暗がりにやってくるのを見守り、〝一夜の相手をしてもらえるかな〟と尋ねられる——そうした経験のない者にとっては、醜い傷跡があろうとも、ハンサムな男に見えるのかもしれない。

フルールはチェンバレン氏の腕にかけた手に力をこめすぎないよう気をつけた。微笑を絶やさないよう気をつけた。

「ケンドル夫人」チェンバレン氏が言った。「ミス・ハミルトンにお会いになったことはありますか。アダムの家庭教師をしている人です。いや、レディ・パメラの家庭教師と言うべきでしたね」

紹介されて、フルールはケンドル夫人に笑顔を向けた。

「すばらしい夜だね、アダム」チェンバレン氏が言った。「今夜の舞踏会はウィロビー館のこれまでの催しのなかでも最高だ。おや、ワルツが始まる。いかがでしょう？」氏は頭を下げ、ケンドル夫人のほうへ手を差しだした。

　フルールが困惑する暇もないうちに、二人は行ってしまった。

「ミス・ハミルトン？」フルールが顔をあげると、公爵の深い色の目がきらめきを放って彼女をじっと見ていた。「ワルツはどうです？」

　フルールは彼を見つめた。差しのべられた手を。長い指をした美しい手。悪夢がよみがえった。こんな夜でも、わたしは自由になれないのね。

　公爵が手をひっこめるのを、フルールはじっと見た。

「かわりに少し歩こうか」公爵は静かに言うと、両手を背中で組み、湖畔へ続く小道に入って、フルールが横に並んで歩きだすのを待った。

「今宵のひとときを楽しんでもらえたかな」公爵が訊いた。いま歩いているのは湖の南側の小道で、ほかの道に比べると人影が少なく、緑が多い。もっとも、端から端までランタンに照らされているが。

「はい、ありがとうございます、公爵さま」

「ウィロビー館は昔から、豪華な催しで有名だった。そして、わたしはその評判をつねに誇りにしてきた。これだけの領地を相続する特権を与えられた者として、それを多少なりともほかの人々に還元するのが正しいことだと思っている」

　この小道を歩いている者はほかに誰もいなかった。北側と西側の広い道や、広々とした芝地は、客で混雑していた。フルールにとっては、彼と並んでドルリー・レーン劇場から歩きだしたときより、いまのほうがはるかに大きな恐怖だった。あのときの彼女には、恐怖はまったくなく、運命を受け入れようというあきらめがあるだけだった。

「ダンスが上手だね」公爵が言った。「たまにちらっときみを見た。習ったことがあるのかな？」

「ほんの少し」

「だが、社交シーズンにロンドンへ出かけたことは一度もない。そうだろう？　あちらできみを見かけた覚えはない」

一度だけ――フルールは思った。でも、あのときのわたしは社交シーズンの渦の一部ではなかった。

「ええ、ありません」

歩きながら、フルールは公爵の目が自分に注がれているのを意識し、足を片方ずつ前に出すことに神経を集中しなくてはならなかった。悲鳴をあげる必要に迫られたとき、誰かの耳に声が届くだろうか。ダンスフロアと軽食のテーブルの楽しげなざわめきが、湖を渡って大きく聞こえてきた。

「ダンスはどこで習ったんだね？」

「学生時代に。フランス人の男の先生についていました。その先生は腕を波のようにふるのが好きで、片手にいつもハンカチを持っていたので、女の子たちはいつも先生のことを笑ったものでした。おまけに、歩き方が生徒より上品なんです」昔を思いだして、フルールは微笑した。「でも、先生のダンスはすばらしかった！　わたしも踊るのが大好きでした。音楽を表現するのが好きなんです。指を鍵盤に置いているときも、ダンスフロアに立っているときも」

「きみはどちらもすばらしい」

「ときどき……」フルールは湖の向こうへ目をやり、休憩所の裏側を、そして、何百ものランタンの光が水面に反射する光景を見ていた。「ときどき思うんです。音楽がなかったら、人生には甘さも美しさもなくなってしまうだろうって」

休憩所から流れてくるワルツの調べは、夜と美と希望の一部をなしていた。一瞬、フルールは恐怖を忘れ、そばにいる男の存在も忘れた。

「ここで踊ろう」公爵が静かな声で言ったので、フルールは不意に現実にひきもどされ、あわててそちらを向いた。公爵はすでに足を止めていた。左手を差しだし、フルールの手をとろうとした。ランタンの光を背に受けて、彼の顔は闇に沈んでいた。

フルールが右手をあげて公爵の手にのせた瞬間、腕が鉛のように重く感じられた。自分の手が彼の指に包みこまれるのを見つめ、肌で感じて、フルールは息を呑んだ。心臓が肋骨にぶつかり、鼓膜に響いて痛いほどだった。公爵は反対の手をフルールのウエストのうしろにまわすと、しっかりと温かく包みこんだ。フルールは左手を彼の肩に置いた。記憶にあるとおり、たくましい筋肉に覆われた広い肩だった。

ゆっくりと踊りながら、フルールは目を閉じた。そして、曲のリズムを感じ、それに身を委ねた。公爵のリードは巧みだった。音楽とひとつになって、その流れのなかにフルールをひきこみ、ターンさせる。彼女のウェストを手でしっかり支えているため、一瞬、フルールの胸の先端が彼の上着をかすめたこともあった。フルールは、曲が終わるまでダンスの相手のことは考えないようにしようと決めた。音楽の一部だと思うことにした。

しかし、二人が散歩をやめて踊りだしたときには、ワルツの始まりからすでに数分たっていた。あまり時間が残っていなかった。あっけないほど早く終わってしまった。

「きみはきっと、魂のなかに音楽を持っているんだね、フルール・ハミルトン」深みのある静かな声で、公爵が言った。

フルールは自分の手を包みこんだ手と、ウェストに置かれた手を、ふたたび意識した。彼の広い肩を、そして体温と香りを、ふたたび意識した。目をあけて一歩下がり、両腕を脇におろした。

「湖を一周するより、いまきた道をひきかえしたほうが早い」公爵が言った。「そろそろ戻ろうか。空腹ではないかね？」

「いえ、大丈夫です、公爵さま」

「パメラをチェンバレンの家へ連れていってくれたそうだね。親切にありがとう。パメラはほかの子と遊ぶことがほとんどないのだ」

「お嬢さまもきっと楽しかったことと思います、公爵さま」

「わたしもそう思う。今夜は、きみ、チェンバレンと何度も踊ったね。チェンバレンはきみに惹かれているに違いない」

フルールは氷のように冷ややかになった。わざわざ警告してもらう必要はないわ。身の程はわきまえてますもの。

「親切にしていただきました。ほか何人かの紳士の方々からも」

「親切か……そうだね。おや、ミス・チェンバレンがパンチボウルのところにいる。あそこへ行ってはどうだろう?」

「はい。ありがとうございます」

一分後、フルールはミス・チェンバレンのそばに立ち、公爵がゆっくり歩き去ったところで、パンチボウルの向こう側にいる従僕に笑顔を向けて、喉は渇いていないと言った。本当はからからに渇いているのに。手の震えがひどくて、グラスが持てそうもなかった。

「すばらしい夜だと思いません、ミス・ハミルトン?」ミス・チェンバレンが言った。「お天気が崩れなくてほんとによかった」

9

リッジウェイ公爵は屋敷に戻って以来、午前中にしばらく勉強部屋に顔を出して、授業の様子を静かに見守るのを日課にするようになった。授業が終わると、パメラを連れて廏へ行き、午餐の時間まで子犬と遊ぶことが多かった。フルールはこの状況をやむなく受け入れていた。

舞踏会の夜、パメラが遅くまで起きていたせいで、翌日の午前中の授業はなかった。午後になると、フルールは勉強部屋に入る前にパメラを連れて上の階の廊下を歩き、肖像画を見せながら重要な点をいくつか説明した。ただ、フルールが願っていたのは、パメラが技巧上の細かい点に煩わされることなく肖像画の美しさと完成度を心に刻みつけ、自分自身の感覚でもっと鑑賞したいと思うようになってくれることだった。形と色彩に対するセンスはあるようだが、短気な性格のため、パメラに絵を描かせると、いつもひどくせっかちに仕上げようとする。

二人が絵画鑑賞を終える前に、公爵が階段をのぼり、二人のほうに歩いてきた。フルールは心ひそかにためいきをついた。今日一日、顔を合わせずにすむよう願っていたのに。公爵夫人と滞在客の大部分は庭園の散策に出かけたはずだ。昨夜の公爵とのひとときは思いだすのもいやだった。人気《ひとけ》のない小道を公爵と歩いたときの恐怖、やむなく彼に手を預け、彼の手をウェストに感じたときにこみあげてきた吐き気、小道でワルツを踊るという予想もしなかった奇妙な魔法のひととき。あのとき、フルールは目をきつく閉じ、ダンスの相手が公爵だという事実を忘れようとした。

しかし、いくら忘れようとしても、舞踏会の夢のような光景のなかから夜通し浮かびあがってきたのは、そのワルツの記憶ばかりだった。とろとろと眠りに落ちると、彼がのしかかってきて、フルールを傷つけ、おまえがこんなことをするのは楽しいからだろうと言うのだった。

パメラが笑みを浮かべて公爵の手をとり、キスしてもらおうと顔をあげた。

「来週、ティモシー・チェンバレンのお誕生日なのよ、パパ。招待されたの。ハミルトン先生と一緒に。けさ、お手紙がきたの。ママは行ってもいいって言うかしら。パパも行く？」

「最高に楽しそうだな」彼がそう言っているあいだに、フルールは向きを変えて勉強部屋に入った。「パパは行けるかどうかわからない、パメラ。お客さまがたくさんみえてるからね。だが、なんとかしてみよう」

公爵はその午後、フルールが早めに授業を終えるまで、静かに勉強部屋にすわっていた。授業がすむと立ちあがった。「ナニーのところへ行くのかい？」娘に訊いた。

「あたしの髪を洗うんですって」パメラは不満そうな顔で答えた。「パパと一緒にチビのとこへ行きたいのに」

「午餐の前に行ったじゃないか。おまえの髪を洗わなくてはと、ナニーが言うのなら、洗ってもらったほうがいいと思うよ。さあ、行ってきなさい」

パメラは重い足どりで去っていった。

フルールは忙しそうなふりをして、本を棚に戻し、整理していた。いつものように、公爵が娘と一緒に出ていくものと思っていた。

「上の階に飾ってある絵は数も種類も限られている」公爵が言った。「パメラが興味を持ちそうだときみが思うなら、下の階の絵も見せてやったほうがいい」

フルールは無言だった。

「ロング・ギャラリーは見たかね？」

「はい、レイコック夫人に案内していただいて」

「ああ、レイコック夫人か。ウィロビー館の美術品に関してあまり知識のないことを、つねにすなおに認める人だ。実務的な事柄のほうが得意だからね。ギャラリーにかかっている数々の肖像画は、歴史の授業の教材として使えるだろう。それに、子供が一族のことを学ぶなら、いくら幼くても幼すぎることはない。きみ、時間はあるかな？」

フルールは本棚の前で向きを変えるしかなかった。本の整理が必要というふりは、もうできなかった。

「いまからギャラリーへ行こう。わたしの先祖を紹介させてもらいたい」

フルールは無言のまま公爵と並んで廊下を歩き、階段をおり、大広間を抜け、直立不動の従僕たちの——公爵の合図で前に飛びだした一人はべつにして——前を通りすぎ、ドアをいくつかくぐって長い翼に入った。そこがギャラリーだった。午後の陽光にあふれていた。

「わたしはこの部屋を愛している」ギャラリーに一歩入ったところで足を止めて、公爵は言った。「たとえ絵が一枚もなくとも、愛することだろう」

フルールは公爵の視線をたどって、漆喰細工の葉と果物が凝った円形模様を描いている天井を見あげた。

「雨の日ばかり続くようなときに使うのにちょうどいい部屋だ。ここを歩くだけで、けっこういい運動になる。子供のころ、弟と二人でよく何時間も過ごしたものだった。戸棚の下のほうをのぞけば、縄跳びのロープや、独楽《こま》や、積木落としとチェッカーの道具などが、まだ入っているはずだ。妻とナニーはいつも、パメラを上の階に置いておきたがっている。きみに頼めば、ときたまパメラをここに連れてきてもらえるかもしれないな」

二人はギャラリーの反対端まで歩き、公爵はそのあと一時間にわたって肖像画の説明をし、画家の名前を教え、そこに描かれた先祖一人一人の経歴をフルールに語った。彼の話には、豊かな知識と、誇りと、多少のユーモアが含まれていた。

「こうした家系に生まれたことを意識すると、なんとなく心が和むものだ。安心感というところかな。初代ではなく、八代目の公爵を名乗ることができるのは、なかなか価値のあることだ。わたしのこの鼻は四代目公爵のときにすでに存在していた。ほらね？　だから、もちろん、わたしの母の責任ではない」

しかし、四代目公爵は長い巻毛のかつらをかぶっていた。

公爵がフルールを見ていた。フルールはその視線を感じ、身をこわばらせずにすむように、神経を集中させて規則正しい呼吸を心がけなくてはならなかった。

「きみの家系は？　長い歴史があるのかな？」

わたしの両親。一度も会ったことのない祖父母。ヘロン邸にあった何点かの古い肖像画。誰の絵かを正確に説明できる者は、屋敷には一人もいなかった。フルールは根無し草のような感覚のなかで、知りたいという渇望を抱いて大きくなった。娘一人を残して自分たちが早く逝ってしまうことを知っていたなら、両親はきっと、幼いフルールにいろいろと教えてくれたことだろう。自分たちのこと、自分たちの子供時代のこと、自分たちの両親と祖父母のことを話してくれただろう。いや、ひょっとすると、話してくれたのに、フルールが幼すぎたか、注意散漫だったのかもしれない。こうした知識を渇望するときがくることに気づいていなかったのだろう。

「出身はどこだね？」公爵が静かに訊いた。「父上はどのような方だった？　きみはどういう人なんだ？」

「フルール・ハミルトンです」フルールはつぎの肖像画のところへ行きたいと思いつつ、返事をした。でも、ハミルトンは母方の祖母の名字。たしかそうよね？　どうしてわたしが知ってたの？　以前、誰かが教えてくれたに違いない。「わたしはお嬢さまの家庭教師です、公爵さま」そして、かつてはあなたの娼婦だった。

「不幸な子供時代を送ったのかな？」フルールに視線を据えたまま、公爵が訊いた。「父上から冷淡な扱いを受けたとか？」

「いいえ！」一瞬、フルールの目が公爵に向かって燃えあがった。「八歳のときに両親を亡くすまで、とても幸せに暮らしていました」

「二人一緒に亡くなられたのか」

「はい」そこでフルールは唇を嚙んだ。昔から嘘が苦手だった。父親は借金を作ってつい最近死んだことにしてあったのに。

二人はようやくつぎへ移り、公爵がふたたび肖像画の説明にとりかかった。家政婦のレイコック夫人に案内されたときは、いちばん端にある彼自身の肖像画にほとんど目が行かなかった。たぶん、家政婦はそのとき、何かべつの話をしていたのだろう。

この絵をじっくり見ていたなら、公爵が帰宅する前に、あのときの男だと気づいただろうか。それが事前の警告になっただろうか。いま、じっくり見てみた。ほっそりした若者。とても若くて、乗馬服に身を包み、片手に乗馬鞭を持ち、横にスパニエル犬がいる。若くて、ハンサムで、屈託のない男。誇りにあふれ、頭をしゃんとあげ、顔には傷ひとつない。

いいえ、とうてい気づかなかったでしょうね。

自分でも説明のつかないなんらかの理由から、フルールは泣きたくなった。

「ワーテルロー以前の日々だ」公爵は言った。「当時のわたしは、この世界のことを、値がつけられないほど貴重な真珠をなかに秘めた貝のようなものだと思っていた。若いときは、誰もがそう信じるものだと思う。きみもそうだっただろう？」

「いいえ」フルールは言った。しかし、かつてはダニエルがいて、彼に対するフルールの愛と、フルールに対する彼の愛と、果てしない未来があった。その未来のなかで、自分が求められ、必要とされるものと思っていた。「いいえ、一度だけそんなことがあったかもしれません。昔のことですけど」昔とは、わずか数カ月前のこと？　はるかな昔ではなく？

「きみもゆうべは遅かったし、今日は午後から忙しかったことと思う」突然、公爵が言った。「しばらく自分の部屋に戻って休んだほうがいいだろう」

公爵はドアをあけると、フルールを先に大広間のほうへ行かせた。しかし、二人が広間に入ったちょうどそのとき、正面玄関の扉が開いて、散策を終えた滞在客がどっと入ってきた。

フルールはあとずさってギャラリーに戻ろうかと思ったが、すぐうしろのドアのところに公爵が立っていた。

「おや、リッジウェイ」サー・フィリップ・ショーの声がした。「それに、麗しのミス・ハミルトン」

「リッジウェイ、おまえはダークホースだな」血色のいい陽気な紳士が言った。「みんなが日光浴をしているあいだ、きみは涼しい屋内で家庭教師をもてなしていた」

「ときどき」サー・ヘクター・チェスタートンが言った。「うちにも娘がいればいいのにと思うことがある」

「ゆうべ顔を合わせなかった人々のために、ミス・フルール・ハミルトンを紹介させてもらおう」フルールのウェストのくびれに片手をあてて、公爵は言った。「ミス・ハミルトンにはパメラの家庭教師をしてもらっている」

「下がってくださってけっこうよ、ミス・ハミルトン。サロンにすぐお茶を用意してちょうだい、ジャーヴィス」軽やかな甘い声の主は公爵夫人だった。

フルールは向きを変えると、それ以上騒ぎが起きないうちにその場を離れ、小走りで階段をのぼって廊下を通り、自分の部屋に戻った。バツが悪くて、穴があったら入りたい思いだった。

疲れているのに横になる気になれなくて、開いた窓辺に立ち、そよ風を楽しんだ。眠れば、ふたたび悪夢にうなされるだけ。

かつての公爵は若くてハンサムで屈託がなかった。かつてはこの世界を自分の貝だと思い、人生を貴重な真珠だと思っていた――本人がそう言った。だが、彼の口調は悲しげで、その考えが空虚で価値のないものだったことを認めたかのようだった。いったい何が原因で、リッジウェイ公爵は人生に幻滅してしまったの？　何不自由なく暮らしている人なのに。いまも泣きたい気分でいることに、フルールは不意に気がついた。なぜだか喉と胸が痛くて、言葉にならないぐらい悲しかった。

「いい加減にしろ」リッジウェイ公爵は言った。「王室の晩餐会に出るわけではないんだぞ、シドニー」

「顎を動かすのをやめてくだされば、すぐに終わります」シドニーはそう言いながら、主人のネッククロスのひだに最後の仕上げを加えた。「王室とまでは行かずとも、晩餐の席にお客さまを呼んでおられるのですから」

「無礼なやつめ。もう終わったか?」

「はい、喜ばしいことです」シドニーは言った。「ここの片づけがすみしだい、わたしは公爵さまの癇癪から遠くへ逃れることにします」

「そもそも近づく必要もなかったはずだ」公爵は辛辣に言った。「ワーテルローの戦いのとき、あの銃弾がおまえにあと十センチ近かったなら」

「仰せのとおりです」従者は同意しながら、向きを変え、散らばった衣装やブラシを片づけはじめた。「しかし、銃弾があと二センチ閣下に近かったら、閣下だって、客のために盛装なさる必要はなかったはずです」

シドニーは賢明にも、主人の反撃を知らん顔で聞き流した。従軍していた年月のおかげで、これよりはるかにひどい冒瀆《ぼうとく》の言葉や悪態にももうすっかり慣れっこだ。

公爵は鏡に映った自分の姿と、妻が招待した客たちの賞賛を得るために結ばれたネッククロスに、苛立たしげな目を向けた。どんなときでも、どんな場所でも、伊達男を演じるのは大嫌いだった。なのに、自分の屋敷で! しかも、二晩も続けて。ゆうべの舞踏会だけで正式な場にはもううんざり、あと一カ月は勘弁してもらいたかった。

今日一日、滞在客の相手はせずに過ごした。ほとんどの客が昼前まで起きてこなかったし、午後からは、仕事があるので屋敷を離れられないと言い訳をして、散策のつきあいから逃げることにした。かまうものか。こっちだってプライバシーを守る権利はある。

しかし、客をほったらかしにはできない。

もちろん、パメラのことも放っておけない。パメラはまだ子供だ。父親が時間を作って相手をしてやらなくてはならない。シビルが客のもてなしと自分の楽しみに夢中になっているあいだ、彼が子供の世話をしてきた。少なくとも、これまでは自分にそう言い聞かせてきた。だが、今後はパメラを自由にさせてやる時間を増やさなくては。あるいは、もっと外へ連れて出なくては。そろそろ乗馬を習う時期にきている。パメラ自身はこれまでずっと渋ってきたが。

自分が本当にやらなくてはならないのは、勉強部屋に近づかないようにすることだ。正直に認めるなら、勉強部屋へつい足が向いてしまうのは、パメラだけが理由ではない。いや、主な理由とすら言えない。あるいは、毎朝、夜明けと同時に書斎へ向かうのも。遅い時間だと、彼女に会えないかもしれないから。

けさだって、前の夜が遅かったのにあくびをしながらベッドを出ると、こんなに早起きなさるとは閣下も頭がどうかしてしまったに違いない、とシドニーに言われてしまった。たぶん、彼の意見が正しいのだろう。

また、ゆうべは夜中に突然目をさまし、夢を見ていたことに気づいた。誰もいない小道で女とワルツを踊っていた。女はきつく目を閉じ、燃えるような金色の髪が絹のカーテンのごとく彼の腕をふわりと覆っていた。

いけない。こんなことではいけない。ホートンに命じて、彼女をどこかよそへやるべきだった。ウィロビー館に呼ぶなんてどうかしていた。

公爵の化粧室のドアがノックもなしにいきなり開き、片手をドアにかけた妻がそこに立っていた。淡いピンクのレースをまとった姿は可憐で、二十六歳という年齢よりはるかに若く見える。

「ねえ」シビルは甘い声で言った。「まだお忙しい？　シドニーに下がってもらっていいかしら」

従者が両方の眉をあげて主人を見ると、公爵はうなずいた。

「ご苦労だった、シドニー」そう言って立ちあがった。「なんの用だね、シビル？」

シビルはドアが閉まるまで待った。「あんな恥ずかしい思いをしたのは生まれて初めてよ」大きな目に傷ついた表情を浮かべて夫を見た。「アダム、よくもあんな仕打ちができたものね。しかも、お客さまの前で」

公爵は揺るぎなき視線を妻に向けた。「きみが言っているのは、おそらく、ミス・ハミルトンの件だと思うが」

「なぜあの女をここに連れてらしたの？」ほっそりした白い手を胸の前で組みあわせて、シビルは尋ねた。「わたしを立ち直れないほど傷つけるため？　あなたがロンドンへいらして屋敷を長く留守になさっても、わたしは一度も文句を言ったことがないはずよ。なぜロンドンへいらっしゃるのか、ずっと前からわかってたのよ。文句も言わずにその屈辱に耐えてきたわ。でも、今度はこの屋敷にふしだら女の一人を連れてらして、それでもわたしは耐えなきゃならないの？　おまけに、その女はわたしの娘の教育にあたっている。あんまりだわ。もう我慢できません」

「わたし以外にきみの言葉を聞く者がいなくて残念だな」妻に視線を据えたまま、公爵は言った。「じつに感動的な言葉だ、シビル。人が聞いたら、きみが子供のことを気にかけていると信じこむことだろう。ミス・ハミルトンとわたしはロング・ギャラリーを出て大広間にきたところだったんだ。こっそり逢引きをするのに、人の出入りの自由な場所を選ぶなんて、変だと思わないかね？」

「皮肉な物言いがお好きなのね。それから、わたしの神経を逆なでするのもお好きですこと。嘘をつくのもお好きなようだし。ミス・ハミルトンと関係を持っていることを否定なさるの？」

「ああ。だが、きみはすでにわたしを嘘つきだときめつけているから、その質問は無意味だ。そうだろう？　わたしが愛人を作るのがそんなに意外なことかね？」

「どうせあなたはそういう方だから、あきらめるしかないと思ってます。でも、わたしへの愛が消えたとしても、あなたの妻という事実に対して多少は敬意を払ってもらえるものと思っていたわ」

「妻ねえ」公爵は低く笑い、夫人のほうへ二歩近づいた。「わたしに妻がいれば、愛人を持つ必要はないはずだが。もしかしたら、きみは自分の利益をもっと積極的に守りたいのかもしれないな」

公爵は妻の顎の下に片手をかけ、唇を重ねようとした。しかし、妻はあわてて顔を脇へ背けた。

「やめて。お願い」

「避けるだろうと思っていた。心配しなくていい、シビル。きみに無理強いしたことは一度もないし、いまさらそうするつもりもない」

「気分がすぐれないの。悪寒がまだ完全に消えていなくて」

「うん。たしかに、そのように見える。体重も減ったんじゃないのか？　わたしに会いにきたのは、ほかにも何か用があったからかい？」

「いいえ」軽やかな甘い声を震わせて、夫人は言った。「でも、あなたが嘘をついてることぐらい、お見通しよ、アダム。パメラの家庭教師と一緒にいらしたことはわかってるわ。いくらあなたが否定しようと、それが真実であることはわかっています」

突然、不快な血のイメージが心に浮かんだ――フルールの腿の血、彼女が横たわっていたシーツの血。

「さてと」妻をじっと見据えたまま、公爵は静かに言った。「二人とも、客をもてなすために客間へ行く用意が整ったようだな。一緒に行くとしようか」妻の手のほうへ腕を差しだした。

シビルは彼の袖に手をかけたが、腕にはまったく触れないまま、無言で彼の横を歩いた。小柄で、華奢で、美しい女。乙女のように清純に見える。

これが彼の現在と未来であり、若いころに夢見ていた結婚であるという事実を、公爵はときどき受け入れられなくなることがある。だが、夢はすべて死に絶え、かわりの夢を抱くことはもうできないのだ。

彼にとっての夢は、たぶん、夜、無意識のうちに見る夢だけだろう。

ふたたびフルールのことを思いだした。ドルリー・レーン劇場の外の暗がりにひっそりと立つ彼女を初めて目にしたときのことを。そして、不意に彼女がほしくなったことを。無条件に自分を受け入れてくれる女の腕と身体に包まれて一夜を過ごしたいと思ったことを。女の胸に頭をのせて眠りたいと思ったことを。安らぎがほしいと思ったことを。孤独を癒したいと思ったことを。

そして、ふたたび血を思いだした。そして、彼女の手を。犯されたあとの彼女の手の震えがひどかったため、濡れた布を握らせるあいだ、その手を支えてやらなくてはならなかった。また、彼女の飢えと自制心を思いだした。自制心があるからこそ、目の前に置かれた料理をガツガツ食べるようなまねはしなかった。そして、彼が硬貨を彼女の手にのせた瞬間その顔に浮かんだ屈辱の表情を思いだした。女の奉仕に対する支払い。

従僕が客間のドアをあけるあいだ、公爵はドアの外で待ち、彼の腕に手をかけた妻とともにに部屋に入っていった。笑みを浮かべ、すでに集まっていた客に妻が明るい視線を向けたことに気づいた。

翌朝、フルールは誰にも邪魔されることなく、音楽室でピアノフォルテの練習をした。書斎に通じるドアは閉じたままだった。

これまでのどの朝よりも、気になって仕方がなかった。書斎にいるの？　閉じたドアの陰にたたずんで耳をすませているの？　いまにもドアをあけて演奏のミスを指摘するのでは？　あるいは、音楽室を使うのはこれきりにしてほしいと告げるつもり？　それとも、書斎にはいないの？　わたしは本当に一人きりなの？

練習中の曲に集中することができなかった。すでに完全にマスターし、目を閉じていても弾ける曲なのに、どうしても没頭できなかった。指がこわばり、思うように動いてくれない。

練習時間が終わる五分前に音楽室を出ながら、おかしくもないのに一人で苦笑した。あの方がいないときより、そばにいるとわかっているときのほうが、くつろいだ気分になれるの？　これまでに出会った誰よりも――マシューまでも含めて――わたしを怯えさせる、浅黒い、鷹のような男。そばにこられると、いつも背中を向けて急いで逃げだしたくなる。

フルールは朝のあいだ、パメラを相手に何科目もの授業をしながら、ドアの外に落ち着いた足音が響きはしないか、ドアのノブのまわる音がしはしないかと、耳をすませていた。

しかし、パメラと二人だけの平和な時間が続いた。午前中が平和に過ぎていき、パメラは珍しく静かですなおに授業を受けていたが、やがて、二人でハンカチに刺繍をしていたとき、突然ハサミを手にすると、刺繍に使っていた絹糸を切り、つぎにハンカチをズタズタに切り裂いた。

フルールは針を持つ手を宙で止めたまま、驚いて顔をあげた。お話を聞かせているところだった。

「下におりていいってママが言ったのよ」パメラは言った。「そう言ったのよ！　そしたら、パパが今度にしようって言ったの。ママに伝えておくって。ずっと前に言ったのに。一度も下へ行かせてもらえない。もういい。行きたくないもん」

フルールは刺繍の途中のハンカチをそっと脇に置いて立ちあがった。

「あたしが悪い子だったって、先生、パパとママに言う気でしょ」パメラはそう言いながら、またしてもハンカチを切り裂いた。「そしたら、パパとママが子供部屋にきて怒るの。ママ、泣くよね。あたしが悪い子だったから。でも、あたし、平気よ。平気だもん！」

フルールはハサミと切り裂かれたハンカチを小さな手からとりあげて、少女の前にかがみこんだ。

「ぜーんぶ先生が悪いのよ。下におりてもいいってママが言ってくれたのに、先生が行かせてくれなかったんだもん。先生なんか大嫌い。ママに言って、先生を追いだしてもらう。パパにも言わなきゃ」

フルールは少女に腕をまわして、きつく抱きしめた。しかし、パメラは自由なほうの腕でフルールに殴りかかり、両足でフルールを蹴飛ばした。フルールは金切り声でわめく少女を抱きあげると、窓辺の椅子に二人ですわり、抱いたまま優しく揺らし、そっと語りかけた。

ドアが開いて、クレメント夫人が飛びこんできた。

「ちょっと、何してるんです？」乳母は目をぎらつかせてフルールに言った。「どうなさいました、お嬢さま？　かわいそうに」

腕を伸ばして、フルールからパメラを奪いとろうとした。ところが、パメラはさらに大きな声でわめいてフルールにしがみつき、彼女の胸に顔を埋めてしまった。乳母は姿を消した。

数分後にふたたびドアがあいたとき、パメラはすすり泣いていた。リッジウェイ公爵が背後のドアをそっと閉め、立ったままでしばらく見ていた。フルールは少女の頭のてっぺんに片方の頬をつけていた。顔をあげようとはしなかった。

「どうしたんだ？」部屋のなかへ歩を進めながら、公爵が訊いた。「パメラ？」

しかし、パメラはフルールの腕のなかですすり泣くばかりだった。

フルールは顔をあげて公爵を見た。「約束を守ってもらえなかったんです」静かに答えた。

公爵はその場にしばらく立ったままだったが、やがて、窓辺の椅子に崩れるように腰をおろし、軽く二人のほうを向いた。片方の膝がフルールの膝をかすめた。手を伸ばし、フルールの首にまわされた娘のむきだしの腕を一本の指でなでた。

フルールが公爵に目を向けると、彼は沈んだ表情で彼女に視線を返した。窓から射しこむ光を受けて、疲れた顔に傷跡がくっきりと浮かびあがっていた。昔はすばらしくハンサムな人だったのね――肖像画を思いだしながら、フルールは思った――髪と目は黒いし、鼻はとがっているけど。たぶん、目鼻立ちが整ってるんだわ。でも、いまでもハンサム。傷跡は顔立ちの力強さを損なうのではなく、むしろ高めている。

出会ったのがあんな悲惨な状況のもとでなかったなら、彼から苦痛と屈辱に満ちた行為を受けるあいだ、その顔に上からじっと見つめられるという悪夢に悩まされることがなかったなら、最初から、ハンサムな人だと思ったことだろう。

公爵は娘のほうへ視線を移した。「どうしてほしいんだ、パメラ？　機嫌を直してもらうには何をすればいいのかな？」

まるでわたしに話しかけてるみたい――フルールはそう思い、心のなかで身震いした。

「なんにも」パメラは一瞬泣くのをやめて答えた。「あっち行って！」

「そのうち貴婦人たちに会わせてあげるって、ママが約束したんだったね」公爵は言った。「そして、その約束を守るようママに言っておくと、パパが約束したんだった。しかし、まだやっていなかった。すまない、パメラ。パパを許してくれるかい？」

「だめ！」フルールの胸に顔を埋めたまま、パメラは言った。

公爵はためいきをついて、パメラの頭のうしろに手を置いた。「約束を守るチャンスをパパにくれないかな？　午後から廃墟へピクニックに出かける予定になっている。おまえも一緒にきてくれないかな」

「いやっ。ハミルトン先生のそばにいて、フランス語を習ったほうがいい。今日の午後、教えてもらうことになってるもん」

「そんなこと言わずに、パメラ。ハミルトン先生に頼んで、フランス語のレッスンは明日に延ばしてもらったらどうだろう?」

フルールは少女の熱いこめかみに唇をつけた。「フランス語は明日にしましょう。ねっ? ピクニックにうってつけのいいお天気よ。どの女の人もきっと、モスリンのドレスを着て、可愛いボンネットと日傘を用意すると思うわ」

「それに、ロブスターのパテが食べられるそうだ。一緒にくるかい、パメラ?」

「ハミルトン先生もくるのなら」パメラが思いがけないことを言った。

フルールと公爵の視線がからみあった。

「でも、ママとパパはあなたを独り占めしたいとお思いになるはずよ」フルールは言った。

「ハミルトン先生は午後から一人でのんびりできるほうがうれしいだろうな」同時に公爵も言った。「先生にはのんびりできる時間があまりないからね」

「だったら行かない」パメラはすねた口調で言った。

公爵は眉をあげ、フルールは目を閉じた。

「ロブスターのパテはお好きかな、ミス・ハミルトン」公爵が静かに訊いた。

「昔から、わたしの大好きなピクニックのご馳走でした」フルールは答えた。

パメラがフルールの膝から飛びおり、紅潮してむくんだ顔からくしゃくしゃの髪を払いのけた。

「ナニーを捜しにいってくる。ピンクのドレスと麦わらのボンネットを用意するよう言いつけなきゃ」

「丁寧にお願いするんだ、パメラ」公爵が言った。「言いつけるより、そのほうがいい」

娘が飛びだしていくと同時に、公爵も立ちあがり、フルールを見おろした。「申しわけない。きみ一人に大変な思いをさせてしまって。ナニーに言われて、ホートンがわたしのところに飛んできたのだ。パメラがきみに絞め殺されそうになり、悲鳴をあげている、という知らせを持って。貴婦人たちに会いたいという望みを、パメラもそのうち忘れるだろうと思っていたが、わたしの大きな判断ミスだった」

フルールは何も答えず、ズタズタに切り裂かれたハンカチを拾いあげた。

「わたしのほうで午後の手配をしておこう」公爵は言った。「きみにとって多少の癒しとなるのなら、ミス・ハミルトン、ひとこと言っておきたい。きみの生徒はきみになつきはじめたようだ」

でも、ピクニックには行きたくない――勉強部屋を出ながら、フルールの気分は沈んだ。行かずにすむなら、どんなことでもするわ。ただ、パメラとの約束を破ることだけはできない。つまり、結局は行くしかなかった。

ウィロビー館にきてからの最初の二週間を、ひどくなつかしく思いだした。公爵夫人とクレメント夫人から冷淡に扱われたけど、あのころは幸せだった。

リッジウェイ公爵があのときの男でなかったらどんなによかっただろう。でも、もちろん、そうでなかったら家庭教師として雇われるはずもなかったことは、フルールにもすでにわかっていた。あのままロンドンにとどまり、殺風景な狭い部屋で暮らして、いまごろはすれっからしの娼婦になっていただろう。

結局のところ、公爵に多少の恩はある。

そして、パメラがわたしに愛情らしきものを抱きはじめているのなら――もっとも、そんな実感は、自分にはまったくないけど――こちらも同じようにパメラに愛情を持ちはじめていると言っていいだろう。すぐにすねるし、強情な子だけど、豊かな感情と欲求を持っている。それに、あの子自身は認めないだろうけど、わたしを必要としている。人から必要とされるのは気分のいいものだ。

やっぱり、午後のピクニックの用意をしなきゃならないようね。

10

「ほら、あれだ」馬車が橋を渡って、ライムの木立をあとにし、屋敷が視界に入ってきたところで、黒っぽい髪のハンサムな紳士が馬車の窓に身を寄せ、連れの男に言った。「堂々たるものだろう？」

一緒に旅をしてきた金髪の紳士は相手の視線を追った。「すばらしい。何かにつけて賞賛の的になっている理由がこれでわかった。そして、何カ月間かはすべてがきみのものだったんだね、ケント」

「おもしろい経験だった」トマス・ケント卿は言った。「ウィロビー館の主になったというだけで、いきなり、名士扱いだからね。ぼくが屋敷を支配しているのではなく、屋敷に支配されているような気分だった。二度と目にすることはないと思っていた」

「二度と戻ってくるなと兄上が言われたのは、きっと、一時の激情に駆られてのことだったのさ。いまなら、腕を広げてきみを歓迎してくれることだろう」

トマス卿は愉快そうな顔になった。「さあ、どうだか。だが、きみに説得されて戻ることにしたのを後悔してはいないよ、ブラッドショー。みんなの顔を見るだけでも大いに価値がある。リッジウェイの顔。召使いたちの顔。それから、わが兄嫁に再会するのも興味深いことだろう。ぼくが出ていった時点では、二人はまだ結婚していなかったんだ」

「みごとな屋敷だ！」馬車が止まると同時にブロックルハースト卿が叫び、堂々たるコリント様式の列柱と大きな三角形の切妻壁《ペディメント》を見あげた。背後の円屋根はペディメントの陰に隠れていて、この場所からは見えない。「じつにみごとだ。一緒に行こうと誘ってもらって、本当によかった」

トマス卿は笑った。「きみに説得されて戻る決心をしたのだから、感動的な再会の目撃証人になってもらうのが筋だと思ったんだ」

突然の客を迎えるために執事が馬蹄形の外階段のてっぺんに姿を見せた瞬間、その顔に浮かんだ表情こそが、まさにトマス卿の望んでいたものだったに違いない。公爵の弟が馬車をおりて階段の上へ笑顔を向けた瞬間、執事という職業に不可欠の無表情さが、その顔から三秒ものあいだ消えてしまった。

「ジャーヴィス！」トマス卿が言った。「そうか、ずいぶん出世したんだな。そこに立ったまま見とれてるつもりかい？　それとも、誰かを呼んで、ぼくたちのトランクを屋敷に運びこんでくれる？　兄上はご在宅かな？」

ジャーヴィスは自制心をとりもどした。腰を折って堅苦しくお辞儀をした。「公爵閣下は奥方さまやお客さまとともに、廃墟のほうへ出かけておられます。まずはお屋敷にお入りいただいて、馬車とお荷物のほうはわたくしにおまかせくださいませ」

「高貴なる公爵閣下からお許しが出るまで外にじっと立っているつもりは、ぼくにはもちろんないからね」トマス卿は笑いながら言うと、ふたたびブロックルハースト卿のほうを向き、階段の上まで案内した。「サロンのほうへ飲みものを頼む、ジャーヴィス。なぜまた廃墟などへ？」

「ピクニックにお出かけになったようです」ジャーヴィスはそう言いながら、二人の客にお辞儀をしてサロンへ案内した。

「いつごろ出かけたんだい？」トマス卿は尋ねながら周囲を見まわした。「何ひとつ変わってないな」

「一時間ぐらい前でございます」執事が答えた。

「一時間前？」トマス卿は顔をしかめて考えた。「ならば、きみに屋敷のなかを見せびらかしてまわる時間はあるわけだ、ブラッドショー。もちろん、一杯やって元気を回復し、着替えをすませてからという意味だが。ぼくが昔使っていた部屋を用意してくれ、ジャーヴィス。それから、家政婦に命じて、ブロックルハースト卿の部屋も用意させてくれ。家政婦はいまもレイコック夫人かい？」

ジャーヴィスはお辞儀をした。

「では、下がるがいい」トマス卿は言った。「ただし、飲みものが先だぞ。さて、緊張が高まるのを感じつつ、何時間か待つことになりそうだ。いまこの瞬間、ぼくが屋敷のサロンの真ん中に立っているのを知ったら、兄はチキンの骨とワインを喉に詰まらせるんじゃないかな」そう言って笑いだした。

「とにかく、ここにお邪魔することができて光栄だ」ブロックルハースト卿が言った。「ウィロビー館を訪ねてみたいと、しばらく前から思っていたのでね」


リッジウェイ公爵は娘が家庭教師に連れられてピクニックの一行から離れ、廏にいる子犬のところへ向かうのを見送った。自分も一緒に行ければいいのにと思った。子犬をパドックに出して、半時間ほど、あの二人と一緒に子犬と遊ぶことができればいいのに。

しかし、レディ・アンダーウッドが彼の腕に手をかけているし、グランシャム夫妻の話し相手もしなくてはならない。

ピクニックはまずまずの成功だったと、公爵は思った。パメラも一緒に連れていくと公爵が言うと、シビルは動揺し、客の一行が到着した日に貴婦人たちに会わせてあげると娘に約束したのに、その約束を破ったことを指摘すると、反抗的な表情になった。

いいや、娘の面倒を見ることに頭を悩ませる必要はないんだよ——公爵は妻に言って聞かせた。家庭教師がやってくれる。パメラ自身の希望なんだ。

パメラは最高にご機嫌で、すべての貴婦人と何人かの紳士からちやほやされていた。塔の廃墟に着いたときには、頰を紅潮させ、大声ではしゃいでいたが、フルールがそっと手をとって、耳もとで何かをささやき、塔の内部を見るために連れて入った。サー・アンブローズ・マーヴェルが二人のあとを追った。

午後のあいだじゅう、フルールは背後にひっそり控えていて、ピクニック料理を出すときには、公爵夫人に命じられて手伝いをした。身分の低い召使いのような扱いを受けても、文句ひとつ言わなかった。それどころか、用事ができて喜んでいる様子だった。

さて、一行はピクニックを終えて屋敷に戻った。運がよければ、晩餐の前に一人で二、三時間静かに過ごせるだろう。レディ・アンダーウッドにつきまとわれずにすめば。みんなでがやがやと広間に入った。ジャーヴィスがそこで公爵を待っていて、彼の前でお辞儀をした。

「サロンでお客さまがお待ちです、閣下」

公爵は心のなかでためいきをついた。午後のこんな時間にいったい誰が？　長居しそうな客でないことを願った。レディ・アンダーウッドのほうを向いて謝罪し、サロンへ向かった。

「お客さまなの？」妻が軽やかな感じのいい声で言っているのが聞こえた。午後のあいだ、ショーがかたときもそばを離れずご機嫌とりに専念したおかげで、妻は上機嫌だった。

公爵はサロンのドアのすぐ内側で足を止め、両手を背中で組んだ。不思議なことに、弟の日に焼けたハンサムな顔と、流行の先端をいく服装と、笑顔を見ても、さほど驚きは感じなかった。トマスがいずれ戻ってくることは、ずっと前から予感していた。

「羽根で軽くなでられただけで、うしろへ倒れてしまいそうな顔だぞ、アダム」トマス・ケント卿が言った。「歓迎してくれないのかい？」

「トマス」公爵は手を差しのべ、母親違いの弟のほうへ大股で近づいた。「お帰り」

トマスは微笑していたが、兄の手をとりながら、その背後へ視線を向けた。

「トマス」つぶやき声だったが、それがサロン全体に広がった。

公爵と握手していたトマスの手がゆるみ、ドアのところに立つ人影に視線を据えた。「シビル」目の表情と微笑が和らいだ。両手を差しだして彼女のほうへ行った。「なんて美しいんだ」

「トマス」シビルがふたたびつぶやき、華奢な白い手が日焼けした彼の手に包みこまれた。

「シビル」静かな声でトマスが言った。「帰ってきたよ」それから、笑顔で横のほうを向いた。「ブラッドショーを知ってる？」兄に尋ねた。「マシュー・ブラッドショー。ブロックルハースト卿だ。ウィルトシャーのヘロン邸に住んでいる。ぼくがインドから戻ったとき、真っ先に会いにきてくれたんだ。そして、この屋敷に戻るべきだと説得してくれた。彼にも二、三週間滞在してもらおうと思って、一緒に連れてきたからね」

公爵はブロックルハースト卿と握手をした。「ようこそ。お近づきになれて光栄です、ブロックルハースト卿」

「インド？」大きなブルーの目で義弟を見つめ、彼に手を預けたまま、シビルが言っていた。「インドにいらしたの、トマス？」

「そう。東インド会社に雇われてね。古き良きイングランドが以前の場所にそのまま残っているかどうか、たしかめたくて戻ってきた。そうか、きみは結局、リッジウェイ公爵夫人になったんだね、シビル」トマスは彼女の手を離す前に、強く握りしめた。

「インドに？」シビルが言った。「あれからずっと？」そして、咳をしはじめた。

「きみの部屋までエスコートしよう、シビル」妻の顔色の悪さと赤く染まった頬に気づいて、公爵は言った。「午後のピクニックですっかり疲れてしまったようだね」

意外なことに、シビルは文句も言わずに夫の腕に手をかけ、晩餐の時刻まで客のもてなしを頼むと公爵が弟に言ったあと、二人で出ていった。

夫のエスコートで廊下を歩いて自分の部屋に戻り、夫がベルを鳴らして妻のメイドを呼ぶあいだ、シビルはひとこともしゃべらなかった。肩をうしろへひき、虚ろな目を前方に向けて、ときたま咳をするだけだった。

「アーミティジ」メイドが部屋に入ってくると、シビルは言った。「服を脱がせてちょうだい。それから髪にブラシをかけて。横になりたいの」

途方に暮れている疲れた子供のような声だった。

部屋を出るさいに背後のドアをそっと閉めた公爵は、これまで経験したことのない激しい怒りに駆られていた。

トマス・ケント卿は口笛を吹いていた。故郷に戻るのは気分のいいものだ。二度と戻ってくるなと激しい口調で兄に命じられ、彼のほうも、ぜったい戻るものかと兄に負けない激しさで誓ったけれど、やはりここはウィロビー館、子供時代を送った屋敷、彼の父親の屋敷だ。そして、アダムの戦死の知らせが届いたあと、何カ月間かはトマスの屋敷であった。

そう、いい気分だ。アダムの顔を見るだけでも、帰ってきた値打ちがあった。もちろん、兄は育ちのいい男だから、その場にふさわしい仮面をつけていた。公爵が弟にかけた歓迎の言葉に温かさのかけらもなかったことなど、ブロックルハーストはたぶん、気づいてもいないだろう。しかし、兄は怒りに燃えていた。兄のことがよくわかっているトマスは、顔を見るまでもなくその怒りを察していた。

晩餐におりていくにはまだ時間が早かった。トマスは絹のシャツの襟を開いたままにしていた。彼の召使いがベルベットの上着にブラシをかけていて、ドアのノックに応えるためにそれを中断した。

「下がっていいぞ、ウィンスロップ」トマスは言い、訪ねてきた相手に笑顔を見せた。「用があればベルを鳴らす」

召使いは頭を下げて出ていった。

「きてくれたんだね、シビル」笑顔のまま、トマスは優しく言った。

「トマス」淡いブルーのドレスをまとったシビルは華奢で可憐だった。髪は背中にゆるく垂らしてあった。「帰ってきたのね」

「ごらんのとおり」

「勇敢な方。屋敷から追いだされたというのに」

トマスは彼女に笑みを向けた。

「ああ、トマス、帰ってきたのね」

トマスがてのひらを彼女のほうへ向けると、シビルは小さな歓声をあげて二人のあいだのた。

距離をいっきに詰め、彼の腕に飛びこんだ。

「ぼくがきみのもとを永遠に去ると思ってたのかい？」シビルの髪に唇を寄せて、彼は言った。

「ええ。あの人があなたにそう命じたから、二度と会えないと思ってた。あなたはもう戻ってこられないと思ってた。トマス」恐怖と涙に満ちた目を彼のほうへあげて、シビルはむせび泣いた。「わたし、あの人と結婚したの」

「知ってるよ。シーッ」トマスは言った。「シーッ」そして、細いしなやかな身体を両腕で包みながら、彼女の唇を探りあて、舌で唇をむさぼった。「ああ、とってもきれいだ。前よりさらに愛らしい、シビル。どうして長いあいだ離れていられたんだろう？」

「あなたなしでどうやって生きていけばいいのか、わからなかったわ」激情でシビルの声はうわずっていた。「トマス、あなたがいなくなって、わたしは半分死んだようなものだった。インドへいらしたの？　想像もしなかった。あなたがどこにいるのかわからず、さらには、生死すらわからなかった。夫もたぶん知らなかったでしょうね。もし知ってたとしても、わたしに教えるはずはないし。どうして手紙をくれなかったの？　ああ、どうして何も知らせてくれなかったの？」

「どうにもならないだろ。きみだってわかってるくせに、シビル。永遠にいなくなったと、きみに思わせておくほうが、親切というものだ。死んだと思ってもらってもよかった。ぼくがいないと、半分死んだようなものだったのかい？」トマスは両手で彼女の顔をはさみ、大きなブルーの目を見つめた。「だが、きみは結局、アダムと結婚した。予想もしなかったな。ぼくとの思い出を大切にしてくれるものと思っていた。アダムのことだけは拒絶すると思っていた」

「どうしようもなかったのよ。あなたはいないし。ああ、トマス」シビルは彼に顔を押しつけ、さらに強くすがりついた。「あなたは行ってしまった。どうしようもなかった。死のうと思ったわ。死にたかった。でも、毎日のようにあの人がやってきて、しつこく迫ったの。あなたはいないし、もうどうでもいいと思ったわ。だから結婚した。大嫌いだったけど、結婚したの」

「シーッ」トマスは言った。「シーッ。こうして戻ってきたからね」シビルに軽くキスをし、それから、もっと深いキスに移った。「ぼくのいるべき場所に。これからはすべてうまくいく。見ててごらん。もう晩餐の時刻かな？」

「まだまだよ。時間はあるわ」

「そう？」

トマスは一歩下がり、笑みを浮かべた。シビルはその意味を理解し、唇を嚙むと、震える手を彼のシャツのボタンに伸ばした。彼はシビルの目を真剣に見つめながら、淡いブルーの絹地を彼女の肩からそっとはずして腕の先まですべらせ、あらわになった乳房を両手で包みこんだ。「アダムはどんなふうにするんだい？」

「何もしないわ」シビルは悲しげに彼を見た。「トマス、あの人の話はしないで。お願い。

わたし、こんなところにいてはいけない。もう行かなきゃ。あなたと二人で話したかっただけなの」

トマスは低く笑った。「話す方法はひとつじゃないぞ。きみがほしくてたまらなかった、シビル。行かないでくれ。アダムがきみを捜しにくることなんてないだろう？」

「ええ。トマス、これは悪いことじゃない。そうよね？」彼に抱きあげられて、シビルはその肩に顔を埋めた。「わたしが愛したのはあなただけ。信じてくれるでしょ？」

「そして、ぼくが愛したのもきみだけだ」トマスは彼女をベッドに横たえ、着ているものを脱がせた。「どうしてここに戻ってきたと思う？」

「わたしのため？　わたしのために戻ってきてくれたの？」

「そうさ」トマスはそう言いながら、身体を重ね、柔らかな肌の上で動きはじめた。「ああ、きれいだよ、シビル。ぼくが戻ってくることは二度とないなんて、よくもそんなふうに思えたものだね」

欲望の波に流されつつも、トマスは化粧室と寝室のドアに鍵がかかっていないことを意識し、兄が入ってきたらどうなることやらと、面白半分に考えた。

「ああ」シビルのなかに自分を埋めながら、トマスはつぶやいた。そう、故郷に戻ってきたのは、たしかにとても気持ちのいいものだ。

リッジウェイ公爵は弟に対して、最低限の儀礼的な挨拶以外はいっさい言葉をかけなかった。晩餐のあとで紳士たちが客間の貴婦人たちに合流したとき、公爵は、客を迎えてこの何日か生き生きしていた妻が、今夜はまた一段と楽しげで生気にあふれていることに気づき、ふたたび怒りに襲われて顎をこわばらせた。

本当は晩餐の前に弟の部屋へ行くつもりだったが、直前になって思いとどまった。ほかの者たちの幸福に責任を負ってきた歳月と、士官として過ごした歳月のおかげで、行動に移るのはできれば頭を冷やしてからのほうがいいことを学んでいた。

トマスと対決して説明を求めるのも、自分がどうすべきかを決めるのも、明日まで待つことにした。

「パメラを呼びにやりましたのよ」公爵夫人が顔を輝かせ、熱のこもった声で、グランシャム夫人とレディ・メイベリーに言っていた。声の届く範囲に夫がいることに気づくと、夫にも笑顔を向けた。「もうじきここにくるでしょう」

「パメラを？」公爵は眉をひそめた。「ベッドに入ってる時刻じゃないのか、シビル？　しかも、午後のピクニックでくたびれているだろうし」

「ナニーにあらかじめ言いつけてありますの。ベッドに入れる時間を遅くして、身支度をさせるようにと。あの子を叔父さまに会わせたいので。トマス卿の帰郷を共に歓迎する喜びを、どうしてあの子から奪うことができまして？」夫人は公爵にまばゆい笑顔を見せた。

なんてことを！　公爵は歯を食いしばり、じっと立ちつくした。

「ならば、五分たったらベッドに戻すよう、ナニーに指示しておきなさい」

「あら。でも、パメラを連れてくるのはミス・ハミルトンですのよ、アダム」

何を考えてるんだ？　公爵は眉をひそめた。

長く待つ必要はなかった。フリルとリボンがいっぱいのドレスで着飾り、髪を何十もの小さな縦ロールに結い、頬を紅潮させ、興奮と疲れに目をキラキラさせたパメラが、フルールに連れられて部屋に入ってきた。フルールは膝を折ってお辞儀をしてから、ドアを一歩入ったところに無言で立った。

公爵夫人が娘の手をとると、ほかの貴婦人たちがこの午後と同じく、パメラをちやほやした。

「夜のために着飾ったレディたちを見たいって言ってたでしょ、パメラ」腰をかがめ、娘に笑顔を向けて、公爵夫人は言った。「ほら、みなさんがおそろいよ。どう？」

パメラは笑顔で母親を見あげ、公爵夫人は娘を抱きしめた。

「会わせてあげたい人がいるのよ。あなたが一度も会ったことのない人。でも、その人のことは、ママからたくさん聞いてるでしょ。きっと、パパからも聞いてるわね。とっても立派な方なのよ」公爵夫人はパメラを連れて、皮肉な笑みを浮かべたトマス・ケント卿のところへ行った。「トマス叔父さまよ、パメラ。ご挨拶なさい」

パメラは言われたとおりにし、興味津々の目をあげて叔父の顔をのぞきこんだ。父親とよく似ているが、こちらのほうが文句なしにハンサムだし、気さくな感じだ。

「ほう、きみがパメラか」上を向いたパメラの顎に指をかけて、トマス卿は言った。「ママにはあまり似てないね。パパにそっくりだ」

公爵は見ていられなくて顔を背けた。そして、ドアのすぐ内側にじっと立ったままのフルールに視線を向けた。ところが、冷静かつ無表情に立っていたはずの彼女の様子が変わっていた。蒼白になり、唇など真っ青に見えるほどだった。あわててそばへ行こうとしたとき、彼女の手が――初めて会ったあの晩に劣らずひどく震えながら――やみくもにドアのほうへ伸び、ノブを見つけ、ぎこちなくまわした。

そして出ていった。背後のドアを閉めもせずに。

あとに残された公爵は、フルールが立っていた場所を凝視した。彼女が滞在客の前に出たのは今夜が初めてではない。二日前の晩には舞踏会に顔を出し、今日の午後はピクニックに参加した。なぜ急に怖気づいたのだろう？　トマスを見たから？　前に会ったことがあるのだろうか。もしかして、ロンドンで？

トマスも彼女の客だったのだろうか。自分が最初の客だったことはわかっている。しかし、果たして最後の客だったのかと、しばしば疑問に思ったものだ。ホートンがパメラの家庭教師として彼女を雇ったのは、あの出会いから五日後のことだった。

奇妙な偶然により、トマスも彼女を買ったのではないだろうか。そう考えただけで、公爵は荒々しい怒りに駆られた。

いや、もしかしたら、原因はブロックルハーストのほうでは？　この男もまた、フルールが今夜初めて目にした人物だ。かつて彼女の客だったため、その姿を見てフルールがとり乱したとか？

公爵は一瞬目を閉じた。

「あら、ミス・ハミルトンはどこ？」公爵夫人が軽やかな声で訊いていた。「パメラを待たなきゃいけないことが、わからなかったのかしら」

「下がっていいと、わたしが許可を出した」公爵は言った。「パメラが子供部屋に戻るときは、わたしが連れていくからと言って」

公爵夫人は非難の目で夫を見た。「でも、わたくし、娘の家庭教師をトマスに紹介するつもりでしたのよ。それから、もちろん、ブロックルハースト卿にも。仕方がないわ」夫人は肩をすくめた。「また今度ね。じゃ、ベッドへお行きなさい、パメラ。パパと一緒に」

パメラが父親と手をつないで部屋を出ていったとたん、公爵夫人はトマスに視線を戻した。「その女なのよ」ひそやかな声で言った。「アダムの愛人。あなたに見せるつもりだったのに、トマス。そして、あの人がわたしに与えた屈辱を知ってもらいたかった」

「そんなことはもうさせない」トマスはシビルの手を唇に持っていった。「きみを傷つけるようなまねは、アダムには二度とさせない、シビル」

フルールは一日が終わったものと思っていた。大忙しの日が続いたせいで、レイコック夫人も疲れがたまっていたのか、ふだんは夕食のあとでよくフルールを自分の部屋に呼んでくれるのに、今夜はだめだった。乳母のクレメント夫人から子供部屋に呼ばれ、晩餐のあとでレディ・パメラを連れて客間にくるようにという公爵夫人の言葉を、不機嫌な顔で伝えられたとき、フルールはためいきをついた。

「でも、レディ・パメラの就寝時刻を過ぎることになるのではありませんか」と訊いた。

「トマス・ケント卿が帰ってらしたの」クレメント夫人は言った。「奥方さまはレディ・パメラを叔父さまに会わせようとお考えなのでしょう」

明朝、トマス・ケント卿を子供部屋に連れてくればすむことなのに、とフルールは思ったが、言葉には出さなかった。自分の部屋に戻って、いちばん上等のドレスに着替え、髪にブラシをかけてふたたびシニョンに結った。

晩餐のあとでパメラを連れて客間に入りながら、フルールは心おだやかではなかった。トマス・ケント卿はかつてマシューの友人だった。もちろん、わたしのことは知らないはず。でも、トマス卿がウィロビー館にいるかぎり、身の安全と幸福を脅かされていたことを生々しく思いだすことになるだろう。ドアを一歩入ったところに立ち、目を伏せ、誰にも注目されずにすむよう願った。パメラが短時間で部屋に帰してもらえるよう願った。この子はひどく興奮し、ひどく疲れている。

公爵夫人が娘を部屋の奥へ連れていくあいだに、フルールは視線をあげてトマス・ケント卿を見た。公爵の母親違いの弟であることは、彼女も知っている。しかし、同じ両親から生まれた兄弟かと思いたくなる。驚くほどよく似ている。唯一の違いは、トマス卿のほうがやや小柄で、鷹のような印象と表情のきびしさがないことだ。にこやかな笑顔で、とてもハンサムだった。

公爵のほうをちらっと見ると、二人の違いが実感された。パメラに話しかける弟を公爵があの独特の暗い表情で見守っているのが目に入った。フルールは身震いした。よく似た二人なのに、どうしてここまで印象が違うの？

フルールの視線はやがて、公爵の肩の向こうへ移り、もう一人の紳士に気づいた。その紳士もまた、公爵より背が低く、金髪で、どちらかといえばずんぐりした体形だった。フルールをまっすぐに見ていた。その目にはぎらついた光が――なんの光？――喜び？　うれしさ？　勝利？

フルールは足もとの絨毯《じゅうたん》にあわてて視線を落とし、心臓が鼓動を打つたびに血液が痛みを伴って全身に送りだされるのを感じた。彼女をとりまく部屋も、人々のにぎやかな声と笑いも、ここにきた理由も――すべてが消え去り、絨毯の模様のなかにある苺のように赤いバラだけが意識された。バラの花には濃い緑の茎と茶色のトゲがついていた。

部屋から空気が消えた。手の感覚が麻痺し、震えていて、まるで血液が指先まで流れこめずにいるような感じだった。両手が思うように動かなかった。呼吸するための空気がなかった。

そばにドアがあった。手を伸ばしてノブをまわそうとしたが、見つからない。指の関節がノブにぶつかったので、必死につかんだものの、うまくまわせず、やがて、幸いにもドアが乱暴に開いた。

廊下を走り去り、階段のところで一瞬ためらったが、大広間に駆けこんで、従僕のほうへは目も向けずに玄関扉の片方をあけ、馬蹄形の外階段を駆けおりた。

新鮮な空気。そして、暗闇。そして、空間。

フルールは走った。

痛みと息苦しさでやむなく足を止めたときには、ライムの木立のなかにいた。両手で木の幹にすがりながら、ゼイゼイあえぎ、身体をふたつに折って脇腹の痛みに耐えた。

神さま。ああ、お願い、神さま、嘘だと言って。お願い、神さま。

マシュー。わたしを見つけだした。わたしを連れもどしにきた。

よろめく足でのろのろと進んだ。マシューはいつこちらに？　わたしがすぐさま呼びだされて逮捕されなかったのはなぜ？　パメラを連れて客間に入ったとき、部屋にいる人々がふりむいて非難の視線をよこさなかったのはなぜ？　マシューはいったいどういうつもりでじっと待っているの？

フルールはべつの木の幹にもたれて、ざらざらの樹皮に頬を押しつけ、両腕で幹を抱いた。

これからどうなるの？　マシューは一人でわたしを連れていくつもり？　それとも、ほかに誰か護送の人間がつくの？　縛られる？　鎖につながれる？　どういう形で連れていかれるのか、フルールには想像がつかなかった。裁判を受けるまで、どれぐらい監獄に閉じこめられるの？　裁判のあと、どれぐらい監獄にいて、そのあと……。

ああ、お願い、神さま。お願い、神さま。

これ以上逃げたところで、どうにもならない。マシューがここまで追ってきたんだもの。逃げるのはもうやめよう。逃げても無駄なだけ。

その場に長いあいだ立ちつくしていたが、やがて疲れた様子で木から離れ、橋のほうへのろのろと戻っていった。そして、橋の欄干にもたれて、月の光に照らされた滝を見るともなくながめ、せせらぎの音を聞くともなく聞いた。

誰かがやってくることに何分か前から気づいていた。もっとも、ふりむいてそちらを見ることはしなかった。マシューだわ。たぶん、マシュー。わたしがまた抵抗するだろうと思ってるの？　また逃げだすと思ってるの？　一人できたのかしら。前のときは一人ではなかった。あのときは、マシューが連れていた男をわたしが殺してしまった。

いいえ、もしかしたら、客間でわたしの顔を見て、抵抗する気力もないことを察したのかもしれない。わたしは抵抗するのに疲れ、逃げるのに疲れてしまった。生きるのに疲れてしまった。

橋の手前で男が足を止めた。

「どうしたんだ？」と訊いた。

マシューではなかった。彼だった。ちらっと思った——こんな状況でなかったら、怯えていただろう。二日前の晩と同じように。あのときも今夜と同じく、屋敷から遠く離れ、彼と二人きりだった。でも、いまはもう怯える理由もなかった。いまのフルールを怯えさせるのは、ただひとつの避けがたい結末だけだ。

「なんでもありません。外の空気が吸いたかったんです」

「それで、パメラを客間に置き去りにした？」

フルールは公爵のほうを向いた。「申しわけありません。軽率でした」

「どうしたんだ？」公爵はふたたび尋ねた。「わたしの弟のせいかな？　弟と知りあいなのか」

「いいえ」

「では、ブロックルハースト卿？」

「いいえ」

公爵はゆっくり橋を渡って近づいてきた。「どちらかがきみの客だったのか」

「いいえ！」フルールの目が恐怖に大きくなった。

「では、その点で恐れねばならない相手は、このわたし一人だけだね？」

フルールは顔を背け、泡立ちながら流れる川面を見おろした。

「では、わたしだったのか。わたしに怯えたのか。きみを怯えさせ、このような場を画策するとでも思っていたのか。二日前の夜の再現になるのを恐れていたのか」

「怯えたわけではありません。ただ、疲れて気が遠くなりそうだったので。新鮮な空気が必要だったのです」

公爵はフルールのそばの欄干に肘をのせ、彼女を見つめた。本当に謎めいた人だ、と静かに言った。「きみのことがまったくわからない、ミス・ハミルトン」

フルールの胸が痛みでこわばった。「おわかりになる必要はありません、公爵さま」自分の声が震えているのがわかった。「かつてはあなたの娼婦、いまはお嬢さまの家庭教師。どちらのわたしについても、おわかりになる必要はないのです。あなたにお仕えするだけの人間ですから」

「わたしがきみの敵ではないことをわかってもらいたい。きみには友達が必要だ」

「娼婦や召使いと友達になる殿方はおられません」

「きみが娼婦なら、わたしは姦淫者。共に罪を犯した者だ。だが、少なくともきみのほうには、ああいう行為に走るだけの充分な理由があった。娼婦となったのは一夜だけだ。そんなことで一生を棒にふってはならない。きみは生き延びた。大事なのはそれだ」

「ええ」フルールは苦々しげに言った。「生き延びることがすべてです」

欄干に置いた手の甲に公爵の指先が軽く触れるのを感じた。嫌悪感がフルールの腕を這いあがり、喉に入りこんだ。衝動的に考えたのは、手をひっこめ、彼からあとずさることだった。しかし、いまのフルールはひどく孤独で、何の望みもなく、絶望のどん底にいた。

手はそのままにしておいた。公爵の指の下でその手が震えているのはわかっていたが。相手が公爵以外なら誰でもいいのにと思った。二人を隔てた距離を二歩で縮めて、相手に身体を預け、広い肩に頭をもたせかけたいと思った。ああ、心からそう願い、自分のその弱さを軽蔑した。両親を亡くし、自宅に入りこんできた知らない人々から邪魔者扱いされていることを悟って以来、つねに一人で生きてきた。自立した自分を誇りに思い、自己憐憫《れんびん》に陥って幸福をつかむチャンスを逃すことのないよう心がけてきた。

ダニエルに会いたかった。目を閉じた。

公爵の指がフルールの手をなで、そっと包みこんだ。温かく握りしめた。彼女に触れ、彼女を抱いたあの長い指で。フルールは激しい身震いを抑えることができなかった。なのに、身をひこうとはしなかった。欄干にもたれ、ワルツを踊ったときと同じように目を閉じたままでいた。

やがて、公爵がフルールの手を持ちあげ、フルールは温かな彼の唇がそっと手の甲に触れるのを感じた。

いやだ。どうしよう。

しばらくすると、公爵は彼女の手を裏返して、そのてのひらをまず彼の唇に、それから頬に——傷がないほうの側に——持っていった。

「きみを慰めようとしても、わたしにはとうてい無理なことぐらい、よくわかっている。きみにあんなことをしたうえに、このような容貌だから、ひどい嫌悪感を持たれていることだろう。だが、何か困ったことになって、フルール、ほかに誰も頼れる相手がいないときには、わたしのところにきてくれ。いいね？」

「一人でやっていけます。ずっとそうでしたから」

「ずっと？　八歳でご両親を亡くしたときから？」

フルールは無言だった。自分の名前の響きを耳にして、胸が疼いた。両親亡きあと、人からフルールと呼ばれたのはこれが初めてだった。

「屋敷に戻ろう」公爵が言った。「寒そうだ」

「はい」

そして、フルールは促されるままに、すなおに彼の腕に手を通し、無言でゆっくりと屋敷へ戻る道をたどりはじめた。べつの人ならよかったのにと、痛切に思った。広い肩に頭を預け、その腕に身を投げかけ、今夜は一人にしないでと頼みたかった——自由の身でいられる最後の夜。この人がダニエルなら……。

そのような誘いにダニエルはどう反応するだろうと思い、暗い気分になった。彼のことだから、衝撃を受け、傷つき、悲嘆に暮れることだろう。

馬蹄形の外階段の下にあるテラスに着いたところで、公爵は足を止めた。

「さっき言ったことは本心だからね」彼の腕にかかっているフルールの手に片手を重ねて、公爵は言った。「あの晩、わたしは自分の弱さに腹を立てていて、残虐にもきみをその捌《は》け口にした。罪滅ぼしをしなくてはならない。きみのために何かしたいと思っている」

「すでにしてくださいましたわ。わたしに食事をさせ、要求以上の額を払ってくださいました。家庭教師の仕事まで与えてくださったし」

公爵はそれ以上何も言わず、暗闇のなかで、無言のまま、長いあいだフルールの目を見つめつづけ、フルールはやがて、恐怖がふたたび心に湧きあがるのを感じた。

しかし、屋敷のなかで自分を待っているもっと大きな恐怖のことを思いだし、誰の手も借りずに外階段をのぼっていこうとして、公爵から手を離した。鎖につながれずにすむよう願いつつ、走りだした。明日、鎖につながれて、この屋敷から運びだされたり、ひきずりだされたりすることがありませんように。どうか……。

公爵が外階段をのぼってそばにくるのを待たずに、フルールは玄関扉の片方をあけた。そして、地獄の番犬の群れに追われているかのように、大広間を通り抜け、アーチ形のドアをくぐって階段へ向かった。

11

大広間に立つ従僕たちの手前、リッジウェイ公爵は走り去るフルールを無表情に見送るしかなかった。

このわたしから逃げだしたのだろうか。手を触れた瞬間、彼女の震えが伝わってきたが、ワルツを踊った夜と同じく、彼女は必死に嫌悪を抑えこんでいた。きみの部屋へ行こうとか、わたしの部屋にきてくれなどと言われることを恐れていたのだろうか。

いや、違う。こちらに誘惑する気はなく、彼女のことを深く気にかけているのは、向こうもわかっているはずだ。

最初に屋敷から飛びだし、つぎにあわてて駆けもどったのは、いかなる未知の恐怖に駆られてのことだろう？

公爵はフルールに対して大きな責任を感じていた。すべての召使いと自分の庇護下にあるすべての者に責任を感じているが、彼女の場合はとくにその思いが強かった。彼女の人生をとりかえしがつかないほど変えてしまった。しかも、その心を永遠に恐怖で満たすことになった。

あのときは、キスも、抱擁も、優しい愛撫もなかった。椅子にすわり、服を脱ぐよう命じ、彼女のあらゆるしぐさを見守っただけだった。それから、ベッドに横になるよう命じて、彼女の前で自分も服を脱いだ。壁の燭台のロウソクをつけたまま、女に彼の望む姿勢を――すべての女に対してこちらの支配力を誇示できる姿勢を――とらせ、そののちに、技巧も優しさも抜きでその支配力を誇示したのだった。

しかし、彼女をあの宿に連れこんだのは、女らしい同情と温もりで心を癒してほしいという思いがあったからだ。彼女の沈黙と冷静さに思わずカッとなり、怒りをぶつけてしまった。思いだすこともできないほど遠い昔から、手を差しのべてくれる人もないまま生きてきた自分が、今夜こそ彼女に手を差しのべてほしいと願ったのに、向こうは生活の糧を得るためにせねばならないことを冷静に受け入れて、こちらを見つめただけだった。

公爵は悪態の言葉を低くつぶやくと、大広間をあとにして、妻と滞在客のいる客間へ行った。少人数のグループに入って小声で愛想よく話をしているブロックルハースト卿に、無意識のうちに好奇の目を向けた。そのグループに加わった。

「ええ、もう眠っています」パメラのことを尋ねたレディ・メイベリーに、公爵は答えた。

一時間が過ぎ、ふと気づくと、ブロックルハースト卿と二人だけになっていた。そう仕向けたのが自分なのか、向こうなのかは、はっきりしなかった。

「かわいらしいお嬢さんですね、閣下」ブロックルハースト卿が笑顔で言った。

「ええ、たしかに」公爵は答えた。「妻とわたしの大切な宝物です」

「あんな可愛い子が授かるのなら、結婚も魅力的ですね」

「ええ、たしかに。婚約しておられるのですか」

「え、いや、いや、まだです」ブロックルハースト卿は笑いながら言った。「もちろん、子供を持ち、その子たちに最高のものを与える責任を負うというのも、さぞかし大変なことでしょう。たとえば、すぐれた家庭教師というのはどうやってお選びになるんです？　お宅の家庭教師はおとなしい若いレディのようですが。こちらにきて長いんですか」

「いや、じつは最近きてもらったばかりです」公爵は言った。「あの先生の教え方にとても満足しております」

「雇い入れるさいに推薦状をチェックするのは時間のかかることでしょうな。虚偽の記載がないかどうか、確認しなくてはならないのだから」

「たぶんね。そういう仕事は秘書にまかせています。ミス・ハミルトンをご存じなのかな？」

「え、いや、いや。ただ、名字をどこかで聞いたような気がしまして。そう言われれば、顔にもなんとなく見覚えがある。きっと、わたしの知りあいに、ミス・ハミルトンの家族がいるのでしょう。彼女にも会ったことがあるかもしれない」

「ほう」公爵は言った。「ミス・ドビンがピアノフォルテを演奏するようだ。そばで聴くとしよう。失礼してよろしいかな、ブロックルハースト」

そうか――部屋を横切ってミス・ドビンのスツールのすぐうしろに立ちながら、公爵は思った――原因はブロックルハーストに違いない。しかも、あの男もフルールと同じく、知りあいであることを秘密にしようとしている。

いや、こちらの考えすぎだろうか。フルールは自分を覚えているかもしれない男に出会って、家庭教師という低い地位に甘んじている姿を見られることを恥じ、落ちこんでいただけなのでは？

どういう女性なんだ？　どういう女性で、どんな人生を歩んできたんだ？　最初のうち、公爵は彼女にとくに関心を持ったわけではなかった。身の上話は本当らしく聞こえた。しかし、両親に関する話は嘘だった。父親が借金をしたまま亡くなったとしても、最近の出来事ではないはずだ。だが、最近何かが起きたに違いない。

しかし、何もわからないということが、どうしてこうも気になるのだろう？　ホートンの過去を、もしくは、ほかの召使いの過去を気にしたことがあっただろうか。フルール・ハミルトンの過去は彼女自身の問題なのに。

だが、父親のことで彼女が嘘をついたのはなぜだろう？　ブロックルハーストのことにしても、なぜ知らないなどと嘘をついたのか？　同様に興味深いのは、ブロックルハーストのほうもフルールと顔見知りなのに、それを隠していることだ。

妻がショーとトマスの両方に愛想よくしているのが、公爵には見るまでもなく感じとれた。

翌朝早く、フルールは音楽室でベートーヴェンを弾いていた。ひどい演奏だった。新しい曲には手を出そうとせず、古い曲で心を落ち着け、音楽に没頭しようとしただけなのに、音楽の魔法に見放されてしまった。指が動かず、和音を間違え、どこを弾いているのかわからなくなってばかりだった。

さきほどいつものように書斎のドアが開いて、公爵の姿がちらっと見えたが、もしそうでなかったら、フルールは苛立ちのあまり両手を鍵盤に叩きつけていたことだろう。

ゆうべは一睡もできなかった。いや、よく考えたら、とろとろと眠ったはず。でなければ、悪夢を覚えているわけがない――ホブソンの死顔とこちらを凝視する目、錆びた鎖で後ろ手に縛られたまま馬車で運ばれる不快な道中、落とし戸、その下にあるのは無と自分を待つ棺だけ、傷跡のある鷹のような顔が上からのしかかってくる光景、ヒップの下に差しこまれた指の長い手、命なき顔に苺のように赤いバラがのっているマシューの姿、トゲに引き裂かれた皮膚から流れる血。

そう、眠ったに違いない。

あとどれだけ？　あとどれだけ時間があるの？

いま弾いてるのはベートーヴェン？　それとも、モーツァルト？

廊下側のドアが開く音を耳にした。ひそやかな音で、ドアはフルールの背後にあったのだが。鍵盤から手を離して、膝の上で重ねた。誰なのかわかっていた。ふりむく必要はなかった。

「ああ、イザベラ」聞き慣れた声がした。「いや、すまない。フルールだったね？」

フルールはスツールから立ちあがり、身体をまわして彼と向きあった。マシューは薄笑いを浮かべていた。過去にもよくこんなことがあった。フルールは唇に指をあて、開いたままの書斎のドアのほうを指さした。マシューが了解のしるしにうなずいた。そして、フルールが先に立って部屋を出た。

「屋敷の裏手に芝地があるわ」フルールは言った。「雨もすでにやんだでしょう」

長く続いた暖かな晴天の日々が夜のあいだに終わりを告げたのは、フルールの気分にぴったりと言えそうだった。雲が重く垂れこめ、芝生が霧雨できらめいているのを、フルールはさきほど窓からちらっと目にしていた。

そして、いま自分の声を耳にして、ふだんとまったく同じ響きであることを知り、妙な気がした。

「ちょっと質問してまわったら、きみの朝の日課がわかったんでね」マシューが言った。

「ええ。秘密でもなんでもないわ」

フルールは大広間を避けて、マシューを裏口へ案内した。外は肌寒いが、マントをとりにいくのはやめた。寒さはほとんど感じなかった。

「おとなしくついていくわ」マシューの先に立って菜園を通りすぎ、その向こうの芝地へ向かいながら、フルールは言った。うしろからマシューが追いつき、フルールと並んで歩きだした。「あなたが助手を連れてきたかどうかは知らない。わたしに足枷《あしかせ》をはめる気でいるかどうかも知らない。法律がどうなってるのかも知らない。でも、そんなものは必要ないわ。おとなしくついていくから」

雲ですら美しかった。靴を濡らす草ですらすばらしい感触だった。そして、フルールはウィロビー館を初めて目にしたときのことと、最初の何週間かのことを思いだした。希望と幸福にあふれ、心が浮き立っていたことを思いだした。チェンバレン家を訪ねたことと、お返しに向こうも訪ねてきてくれたことを思いだした。この芝地をチェンバレン氏と歩き、子供たちがボールを持って先を走っていったことを思いだした。パドックで子犬と遊んだことを思いだした。そして、ランタンに照らされた小道でワルツを踊ったことを思いだした。

「人を殺したら縛り首だ、イザベラ」マシューが言った。

「知ってるわ」フルールの歩調が無意識のうちに速くなった。「それから、マシュー、あなたと同じく、わたしは自分が人殺しではないことを知っている。あれはわたしが自分の身を守ろうとして起きた事故だった。でも、もちろん、わたしたち二人が法廷で証言するときには、そんなことは関係ないわね」

「ホブソンも気の毒に」マシューが言った。「きみがつまずいて暖炉のほうへ倒れるのを止めようとして、背後に駆け寄っただけなんだぞ、イザベラ。ぼくがきみのためを思って説教したところ、きみはひどい癇癪を起こし、それが不運を招くことになった。本当なら、ホブソンはいまも生きていただろうに」

「ええ。もっともらしく聞こえるわね、狼狽して逃げだしたわたしが愚かだった。罪を認めたようなものだわ。どんな形で進めるの？　わたしは縛られるの？」

マシューはクスッと笑った。「一人でたくましく生き延びてきたようだな。家に帰ってくればよかったのに、イザベラ。家庭教師にまで身を落とす必要はなかった。まあ、公爵はきみの教え方に満足しているようだが。そりゃそうだろう。秘書に言いつけて、希望どおりの女が見つかるまで、四日間も職業斡旋所で待機させてたんだから」

フルールはここで初めてマシューを見た。マシューはいまも笑顔だった。

「あいつの愛人なのか。きみは昔からお高くとまってたからな、イザベラ」

「お嬢さまの家庭教師よ。いえ、過去の話ね。いまはあなたの囚人だわ、たぶん」

「だが、その愛らしい首にロープが巻かれるのを見たら、ぼくの胸は張り裂けることだろう、イザベラ。ひょっとすると、きみの言うとおり、きみが状況を誤解し、身を守る必要があると思ったのかもしれない。きみの動機に判定を下すことがぼくにできるだろうか。結局は不幸な事故だったのかもしれない」

「何が言いたいの？」フルールは足を止め、マシューを正面から見据えた。

「単純な真実さ。できれば、疑わしきは罰せずということにしたい。ぼくがきみを愛してることは知ってるだろ、イザベラ」

「お話を最後まで聞いてあげてもいいけど、あなたのことはよくわかってるつもりよ。わたしが愛人になることを承知すれば、ホブソンのことは事故死だったと証言するつもりでいる。そうでしょ？」

マシューは腕を左右に広げた。「その辛辣な口調はなんなんだ？　ぼくが拳銃を持ってるのが見えるかい？　鎖は？　ロープは？　巡査か看守がぼくのうしろに潜んでるのが見えるかい？　きみを捜しまわったのは、処刑されるのを見るためだと思ってるのかい？　ぼくのことがほとんどわかってないんだね、イザベラ」

「率直に話してちょうだい。一生に一度ぐらいは、マシュー、率直に話してちょうだい。あなたの愛人になるのを拒んだら、どうするつもり？　正直に答えて」

「イザベラ、ぼくはここの客だ。旧友のトマス・ケント卿に誘われて、昔から訪ねてみたかった屋敷に二、三週間滞在するためにやってきた。豪奢な屋敷だ。そうだろう？　きみはこの家庭教師。幸運な偶然だ。あの不運な死については、もちろん二人で話しあわなくてはならない。きみがあのあとすぐ逃げだしてしまったため、謎はいまだに解明されないままだ。だが、ぼくたち二人の仲なんだから、言う必要のあることをいまここですべて言ってしまう必要はない。そうだろう？　これから二、三週間、きみはどこへも行かないし、それはぼくも同じだ」

「やめて。率直に話すよう頼んでも、たぶん無駄だと思ってた。でも、あなたの考えてることははっきりわかるわ。もう長いつきあいですもの。わたしは脅威にさらされて生きていくわけね。あなたはわたしを操り人形みたいに糸でぶらさげる気ね」

「ブース牧師がきみに失望したことは、たぶん、きみの耳にも入ってるだろうね？　目下、牧師に微笑を向けられている幸運な女性は、ヘイルシャム家の長女のようだ」

ダニエル！　フルールは顎をつんとあげた。

「われわれがここを去るときは、イザベラ、内輪の恥を公爵夫妻の前でさらすことなく去ったほうがいいと思う。賛成してくれるだろう？　それまでのあいだ公爵の胸に偽りの希望をかきたてておいて、去るときにいらぬ絶望を与えることになるのは、きみも望んでいないはずだ。どうだい？　きみはもちろん、故郷の家に帰るのだし」

「ご心配なく。終止符を打たなくてはならない関係など、もともとありません」

マシューは微笑した。「すると、早朝に裏庭の芝地を散歩するのが公爵の日課なのかい？」

フルールがハッとして向きを変えると、たしかに、公爵が二人に向かって歩いてくるところだった。

「おはようございます」マシューが声をかけた。「お宅の庭園は、裏のほうも表側に劣らずみごとですね」

公爵はマントを片腕にかけていた。それを広げると、ひとことも言わずにフルールの肩にかけた。

「祖父が一流の造園家を雇ったのでね。よく眠れたかな、ブロックルハースト」

「ええ、ぐっすりと。おかげさまで。それから、すでにご推察とは思いますが、ゆうべのぼくの勘があたっていました。ミス・ハミルトンとちょっと面識がありまして、さきほどから、おたがいの身内の様子を尋ねあっていたのです」

「ミス・ハミルトン」フルールのほうを向いて、公爵は言った。「朝食がすんだら、パメラの初めての乗馬レッスンを、わたしがじかに指導しようと思っている。あの子を廏に連れてきてもらえないだろうか。いまはとりあえず下がってくれ」

「はい、公爵さま」フルールは公爵にもマシューにも目を向けずにお辞儀をし、急いで屋敷に戻っていった。

じゃ、刑の執行はしばらく延期ね。ゆうべひと晩、そして、その前の二カ月にわたって怯えつづけていたような悪い事態にはならずにすんだのね。マシューはこの三年間求めつづけていたものとひきかえに、わたしに自由を与えるつもりでいる。ただ、以前はマシューに言い寄られても、わたしは嘲笑して拒むことができた。いまの彼は、わたしの首根っこを押さえたと思っているに違いない。

そんなことはないって言える？　ここを去るときがきたとマシューに言われたら、拒絶の言葉を投げつけてやる――自分にそう言い聞かせるのは、今日を無事に過ごせるとわかったいまなら簡単なことだ。頭をつんとそらし、目に軽蔑の色を浮かべて、あなたと行くぐらいなら縛り首のほうを選びます、と告げる自分を想像するのも、いまなら簡単なことだ。

でも、いざその場になったとき、ちゃんと言えるだろうか。

いかにもマシューのやりそうなことだ。その可能性をこれまで考えもしなかったことに、フルールは自分でも驚いた。マシューはわたしを手に入れたくてじりじりしている。ダニエルに渡すぐらいなら、絞首台へ送りこんでやるほうがまだましだ、という気になっているのでは？

そうに決まっている。そこまで考えなかった自分が浅はかだった。

外階段をのぼって屋敷に入りながら、フルールはうわの空でマントのボタンをはずした。

そこでハッと気づいて視線を落とした。フルール自身のマントだった。部屋の衣装だんすにかけてあったものだ。

公爵がメイドに命じてとりにいかせたに違いない。フルールのためにマントを持ってきて、肩にかけてくれたのだ。

そして、朝食がすんだらパメラを廏に連れてくるようフルールに命じた。

だったら、今日一日は自由でいられる。鎖につながれることも、長い馬車の旅に出ることも、旅の終わりに暗い監獄に放りこまれることもない。とにかく、いまはまだ。

フルールの歩調が軽くなり、速くなった。今日一日は自由でいられる。

リッジウェイ公爵がブロックルハースト卿と一緒に屋敷に戻ったのは、朝食にはまだ早い時刻だった。食事を終えてパメラと外へ出る前に、もうひとつ用事をすませておく時間があった。

トマス・ケント卿が起きていたら書斎へくるよう伝えてほしいと、召使いに命じた。弟と話をしなくてはならない。事なかれ主義をとって何も言わずにすませるわけにはいかない。

ゆうべのことを苦い思いで考えた。眠れなかったため、めったにしないことをした。深夜に妻の部屋へ行ってみたのだ。たぶん部屋は空っぽで、ベッドには寝た形跡もないだろうと思っていた。

しかし、妻はベッドにいて、起きていた。熱があるようで、咳をしていた。ベッドに近づく彼を物憂げに見ていた。

「具合がよくないのか」公爵がそう尋ねて妻の頬に指を触れると、頬はかさかさで燃えるように熱かった。洗面台から冷たい布をとってきて、折りたたみ、妻の額にあてた。

「大丈夫よ」妻は顔を背けて答えた。

公爵はその場に立ったまま、無言で長いあいだ妻を見おろしていた。「シビル」静かに尋ねた。「あいつに出ていってもらおうか。あいつがいないほうが、きみも苦しまずにすむだろうか」

妻の目は大きく開いていた。彼から顔を背けたままだった。涙がひと粒、頬を斜めに伝ってシーツに落ちるのを、公爵は見守った。「いいえ」妻は答えた。

それだけだった。ただひとこと。しばらくたってから公爵は向きを変え、部屋を出た。

けさ、熱が下がったという報告が妻のメイドからあった。

長旅のあとなので弟はまだ寝ているだろうと、公爵は思っていた。ところが、呼びにやった十五分後に、書斎にふらっと入ってきた。いつもの薄笑いを唇に浮かべて。

「この部屋にくると、いろいろ思いだすなあ」周囲を見まわして、トマスは言った。「ここに呼ばれて鞭でぶたれたことが何度もあったよな、アダム」そう言って笑った。「正直に白状すると、呼ばれた回数はぼくのほうが多かった。けさ、ここに呼びだされたのも、そのためかい？」

「なぜ戻ってきた？」公爵は訊いた。

「放蕩息子の帰郷を祝って太った子牛を殺してくれなきゃ」トマスは笑った。「聖書の勉強が足りなかったようだな、アダム」

「なぜ戻ってきた?」

トマスは肩をすくめた。「故郷だからね。インドにいたときは、イングランドが故郷だった。そして、イングランドに戻ってきたあとは、ときとして、ウィロビーが故郷だ。たとえ歓迎してもらえなくとも。母親違いの兄弟というのは、うまくいかないものだな」

「そんなものがなんの関係もないことは、おまえもわかっているはずだ」公爵はきびしい口調で言った。「子供のころは、母親が違うことなどほとんど意識してなかったじゃないか、トマス。ただの兄と弟だった」

「しかし、あのころは、兄が公爵になり、弟に莫大な財産の一部を浪費されるのではないかと怯えるようなことはなかった」

「財産がわたしの関心事ではなかったことも、おまえは知っているはずだ。ここにとどまってくれるよう、わたしは説得に努めた。ここにいてほしかった。ウィロビーをおまえと分ちあいたかった。ここがおまえの家だ。おまえはわたしの弟だ。しかし、どうしても出ていくとおまえが言いはったから、ならば戻ってくるなと告げた。永遠に」

「永遠というのは長い時間だね」トマスはそう言いながら、暖炉のほうへゆっくり歩き、炉棚の上を飾っているライオンのモザイク画を丹念に見た。「不思議なことに、インドにいたあいだは、この部屋をはっきり思いだすことができなかった。だが、いまようやく記憶がよみがえった。ウィロビーでは何ひとつ変わらないんだな」

「シビルをそっとしておいてやれなかったのか」

「そっとしておく？」トマスは笑いながらふりむいた。「結婚してから五年半のあいだ、シビルが幸せに暮らしていたと言うのかい？　幸せな結婚生活を送っている女には見えないけどな、アダム。それがわからないのか。いまも彼女に惚れてるのかい？」

「シビルは受け入れていたのだ。おまえが出ていき、二度と戻ってこないという事実を」

「ほう」弟は革椅子にすわり、片足を肘掛けにかけた。「ぼくが戻ってきても、シビルはそれほどいやな顔をしなかったようだぞ、アダム。兄さんと違って、歓迎の気持ちを出し惜しみするようなことはなかった」

「おまえがふたたび去ったとき、シビルはどうすればいい？」

「出ていくなんて、ぼくがひとことでも言ったかい？」トマスは両手を広げた。「たぶん、今回はずっといると思う。彼女のほうはどうする必要もないさ」

「おまえがここに残りたくとも、もう手遅れだ」公爵はそっけなく言った。「シビルはすでにわたしの妻だ」

「うん」トマスは笑った。「たしかにそうだね。哀れなアダム。ぼくがシビルを奪ってもいいんだが」

「だめだ。許さん。おまえの本心ではないはずだ、トマス。今度もまたシビルの心を惑わせるだけだろう。愛している、世界はシビルを中心にまわっている――ふたたびそう思いこませるつもりだろう。そして、ゲームに飽きれば、シビルを捨ててしまう。そのような結末に対して、シビルは心を守るすべを持っていない。前のときのように、そして、おまえが出ていってからずっとそうだったように、おまえを信じることだろう」

「兄さんはどうやら、騎士道精神を発揮して、自分一人が悪者になったようだな」トマスはふたたび笑っていた。「シビルにさんざん罵倒されるだろうと薄々覚悟してきたが、そうはならなかった。バカだよ、兄さんは」

「シビルを心から愛していたからな」公爵は静かに言った。「苦しみから救ってやれるなら、わたしの命を差しだしても惜しくなかった。シビルがかつてわたしを愛していたとしても、その愛が消えてしまったことはわかっていたから、わたしのことを悪者だと思わせておくことにした。だが、シビルはたぶん、すでにそう思っていたのだろう。わたしが生きて故郷に戻り、すべてをめちゃめちゃにしたのだから」

「そして、兄さんはシビルと結婚した。幸運だったな。パメラがぼくの母の赤毛を受け継いでいなくて。兄さんが笑いものになったことだろう。いやいや、じつは、みんな、陰で笑ってると思うよ。兄さんが屋敷に戻るなり、欲求不満の種馬みたいに、旅装も解かず、ブーツも脱がないまま、干し草のなかで彼女にのしかかったんじゃないかと思ってさ」

「そう、わたしはシビルと結婚した。おまえが結婚するはずはないから、わたしが結婚したんだ。あのときはもう彼女を愛していなかったとしても、汚辱のなかで生きていく彼女を見ることには耐えられなかったからな。ところが、おまえときたら、彼女から永遠に遠く離れているだけの道義心もなかった。真実に耳を傾けるよう、わたしがシビルを説得すべきだったのかもしれない。そうしておけば、シビルも今回、おまえからうまく身を守ることができただろうに」

「だが」トマスはふたたび立ちあがって言った。「兄さんは説得しなかった。昔から円卓の騎士サー・ガラハッドのごとく高潔な人だったからな。兄さんがサー・ガラハッドでなければ、戦争に赴くこともなかっただろう。ぼくがふたたび出ていく前に――もし出ていくとすれればね――子供部屋に男の子を授けていってもいいぞ。運がよければ、今度も赤毛でない子が生まれるだろう。兄さんはどうやら、自分自身の跡継ぎを作ることができないようだから。それとも、家庭教師のウェストラインに注目していたほうがいいかな？」

公爵が二歩前に出た。トマスが気づいたときには爪先立ちにさせられ、ネッククロスとシャツの胸をきつくつかまれて、いまにも窒息しそうだった。

「おまえを屋敷からつまみだしてやってもいいんだぞ」公爵は言った。「何もしないわたしを、愚か者だの、弱虫だのと嘲《あざけ》る者も多くいることだろう。だが、おまえはわたしの弟、ここはおまえの家だ。それに、シビルを大切に思う気持ちはわたしにもまだ残っているから、おまえたち二人の気持ちの整理がつく前におまえを追いだすようなまねはできない。だが、ひとつだけ覚えておけ、トマス。シビルはわたしの妻、パメラはわたしの娘。わたしがこの二人を恥辱と不要な苦痛から守ってみせる。それから、これも覚えておくがいい。この屋敷の召使いは、パメラの家庭教師も含めてすべてわたしの庇護下にあり、わたしはどのような手段を講じてでも、みんなを守っていくつもりだ」

弟はようやく自由になると、首を左右にふりながらシャツの襟をゆるめ、かすかに震える手で、くしゃくしゃになったネックタイをなでつけた。

「ぼくがここにきたのは、ウィロビーとイングランドに五年以上もご無沙汰だったからだ。ホームシックにかかっていた。どんな気分になるか、兄さんだって覚えがあるだろう。兄さんはすでにすべてを許し、忘れてくれたものと思っていた。どうやらぼくが間違っていたようだ。ぐずぐずせずに出ていったほうがいいかもしれない」

公爵は口もとをこわばらせ、鋭い目で弟を見つめた。

トマスは笑いだした。「いかん、忘れてた。ブラッドショーを連れてきたんだった。到着後一日もしないうちにあいつをひきずって帰るなんて無礼千万。そうだろう？　もうしばらく泊まらせてもらうよ」兄にぞんざいなお辞儀をして書斎を出ていった。

公爵はマホガニーのデスクの前の椅子に身を沈め、肘掛けに肘を置いて、顎の下で左右の手の指を尖塔のように合わせた。

もちろん、トマスと話をしても無駄なことは最初からわかっていた。しかし、弟の道義心に訴えることができるよう願っていた。子供だったころは、トマスの道義心のなさに気づかなかった。五歳という年齢差にもかかわらず、いつも仲のいい兄弟だった。下の息子が自分勝手で責任感に欠けることを、父親はいつも嘆いていたが、大人になり、人間的に成長すれば変わっていくだろうと思われていた。それはともかく、弟が黙って出ていこうとしても、いまではもう遅すぎる。シビルにとっても遅すぎる。トマスに再会したことで、妻の古傷のすべてが口を開き、疼いているに違いない。

シビルがトマスを愛しつづけてきたことを、公爵はよく知っている。夫に対しても、結婚後にときたま作った愛人に対しても、なんの愛情も持っていない。トマスがシビルの生涯の恋人なのだ。

スペインから帰国して、シビルに恋をし、婚約した当時の公爵はそれを知らなかったし、疑ってみたこともなかった。シビルのほうも乗り気のように見えた。それどころか、積極的だった。愛していると彼に言った。キスと愛撫を許した。

だが、考えてみれば、彼はリッジウェイ公爵という身分であり、英雄としての評判も高かった。シビルの両親は娘を玉の輿《こし》に乗せようという野心に燃えていた。彼のもとに嫁がせる気でいた。

トマスとの関係など、公爵は疑ってもいなかったが、のちに、しじゅう夫を傷つけようとしていたシビルから、あなたと婚約した当時もトマスを愛していたし、記憶にあるかぎり昔から愛しつづけていたのよ、と言われた。

公爵がそれを知ったのは、一年後にワーテルローから戻ったときだった。シビルはすでにトマスと婚約していて、アダムの姿を見て震えあがった。トマスが公爵でなくなっても、ウィロビーの所有者でなくなっても、彼と結婚するつもりでいた。心から彼を愛していた。

ところが、トマスのほうは、戦死した兄から思いがけず相続したリッジウェイ公爵という身分でシビルと結婚するはずだったのに、ただのトマス・ケント卿に戻ると、その気をなくしてしまった。

しかし、シビルには黙っていた。彼女の愛人となり、不滅の愛を誓った。妊娠させてしまった。そして、シビルからそれを告げられたあと、大あわてで彼女のもとを去った。

屋敷を出ていくこととその理由を兄に打ち明けた。シビルには何も話さなかった。

神よ、お力を――目を閉じ、尖塔のように合わせた指先に額をのせて、公爵は思った。トマスをひきとめるために、公爵は力のかぎりを尽くした。彼自身がシビルを深く愛していたので、捨てられた彼女の悲しみを、あるいは、彼女が味わう苦しみを思っただけで耐えられなかった。

しかし、トマスは去っていった。

その二日後、父親と一緒に訪ねてきたシビルに、公爵はトマスが出ていったことだけを告げた。理由は言わなかった。彼女から、ウィロビーには男二人が共存できるだけのスペースがないから弟を追いだしたのね、と非難されたときも、首を横にふるだけで、自分を弁護する言葉はいっさい口にしなかった。シビルのことが哀れでならなかった。そういうわけで、シビルは自分の言ったことを信じこんでしまったのだった。

一週間後、公爵はシビルを訪ね、結婚の申込みをした。三日続けて訪問し、ついにシビルも求婚を受け入れた――青ざめた顔と生気のない目で。

式を挙げたときには、妊娠三カ月目に入っていた。

そして、公爵はこのときからすでに、自分のやり方が間違っていたことを痛感していた。シビルがいかに辛い思いをすることになろうとも、真実を残らず告げて、真剣に耳を傾けさせるべきだった。真実を語ることだけが、円満な結婚生活を送るチャンスにつながっただろう。しかし、当時の彼はシビルへの恋に身を焦がし、彼女を哀れに思う気持ちでいっぱいだった。彼女に不要な苦しみを与えるぐらいなら、むしろ死を選んだことだろう。

そして、いま、トマスが戻ってくるのを許してしまった――彼の家庭のなかに。シビルの人生のなかに。

そんなことでいいのか。

椅子を乱暴にひいて立ちあがった。そろそろ朝食の時間だ。客をもてなし、乗馬のレッスンをし、一日を乗り切らなくてはならない。

すわってくよくよ考えこんでいても、なんの解決にもならない。

12

公爵さまは唇をきつく結んで、いらいらしてるみたい——朝食後、渋るパメラを連れて廏まで行ったとき、フルールはそう思った。公爵はブーツをはいた片足をパドックの柵の下段にかけ、乗馬鞭を自分の脚に軽く打ちつけていた。帽子はかぶっておらず、黒の乗馬服に身を包んだその姿はひどく暗くて近づきがたい雰囲気だった。

「おお、ようやくきたか」公爵はそう言って、片足を地面におろした。

フルールは膝を折ってお辞儀をし、パメラの手を離した。屋敷のほうを向いた。

「パパと一緒にハンニバルに乗っていい？」少女が訊いた。

「だめだめ」公爵は苛立たしげに答えた。「それじゃいつまでたっても馬には乗れないぞ、パメラ。もう五歳だ。そろそろ一人で乗れるようにならないと。どこへ行くんだ、ミス・ハミルトン？」

「お屋敷に戻ります、公爵さま」ふたたび向きを変えて、フルールは言った。「ほかに何かご用がおありでしょうか」

公爵は顔をしかめていた。「きみの乗馬服はどこにある？」フルールのマントとその下に着ている淡い緑の木綿のドレスに目をやって、公爵は尋ねた。

「持っておりません、公爵さま」

公爵の唇がきつく結ばれた。「ブーツは？」

「ございません、公爵さま」

「では、そのまま乗ってもらうしかないな。明日の朝、ホートンの執務室へ行きなさい。乗馬服とブーツの寸法をとりにきみがウォラストンへ行くための手配を、ホートンのほうでしてくれるだろう」

馬が二頭とポニーが一頭、すべて鞍をつけられ、馬番にひかれてパドックをトロットで駆けているのが、公爵の肩越しに見えた。わたしも馬に乗れるの？ 突然、刑の執行を一時的に延期された一日が、新たに生まれた輝かしき日のように思えてきた。太陽が不意に雲間から顔を出したかのようだった。

「きみも馬が怖いなどと言わないでもらいたい」公爵の渋面がひどくなった。

「いいえ、公爵さま」フルールは微笑を抑えることができなかった。雲のほうへ顔をあげ、晴れていれば陽射しをふんだんに浴びられるのにと思った。一人きりなら、うれしくて踊りまわったことだろう。「いいえ、馬は怖くありません」

「あたし、先生の馬に一緒に乗る」パメラが宣言した。

「一人で乗りなさい」父親がきびしく言った。「言うことをよく聞くおとなしいポニーだから、おまえをふり落とすようなことはぜったいにない。パパと並んで走るんだよ。そしたら、パパが手綱を持ってあげる。ハミルトン先生は反対側についてくれる。おまえは自分のベッドに入っているときのように安全だ」

フルールは身をかがめ、少女の冷たい手を自分の手で包みこんだ。「馬に乗ったら、最高にすばらしい経験ができるのよ。わたしたち人間よりも頼もしくて速く走ることのできる動物の背にまたがり、高いところから世界を見るの。最高に自由で楽しい時間よ」

「でも、首の骨を折ってしまうってママが言ってる」パメラがぐずった。「あたし、ここでチビと遊んでる」

「無茶な乗り方をすれば、首の骨を折ることもあるわ。だから、お父さまがちゃんとした乗り方を教えようとなさってるの。お父さまがそばにいてくだされば、落馬の心配はないわ。わたしもついてるし。ねっ？」

それでもパメラは疑わしげな顔だったが、公爵が娘を抱きあげてパドックに入り、ポニーの背に置かれた女性用の小さな片鞍にすわらせたときには、されるがままになっていた。フルールは艶やかな鹿毛の雌馬に乗るのに手を貸してくれるよう、馬番に合図をした。

公爵がパメラのそばにぴったりつき、フルールが反対側について、屋敷の裏手の芝地で三十分ほど馬をゆっくり歩かせた。少女の顔から少しずつ恐怖が消えていった。厩に戻ったときには、得意げに頰を紅潮させ、父親に呼ばれた馬番に、自分の乗馬姿を見たかどうかを大声で尋ねたほどだった。

「見ましたとも、お嬢さま」馬番はパメラを地面におろしながら答えた。「あっというまに、猟犬を従えて走れるようになりますよ」

「つぎのときは、本物の馬に乗りたい」父親を見あげて、パメラは言った。

「レディ・パメラをしばらく犬と遊ばせてやってくれ、プリウェット」公爵は言った。「そのあとで屋敷に連れて戻り、乳母に渡してくれ」フルールのほうを向き、ぶっきらぼうにうなずいてみせた。「遠乗りに出かけよう」

フルールは目を丸くした。遠乗りの連れが公爵であっても、この特別な朝の美しさと予期せぬすばらしさを損なうものではなかった。さっきまでは少女とその父親と一緒にゆっくりと馬を進めるだけだった。今度は自由に走っていいの？

公爵はすでに、屋敷の南へ向かって何キロにもわたって延びる庭園の芝生のほうへ、馬の首を向けていた。

彼女に会うのをやめようと決心したのは、わずか二日前の晩のことだったのか。馬をゆっくり駆けさせ、背後の雌馬がスピードをあげるのを耳にしながら、リッジウェイ公爵は思った。

紳士の多くは釣りに出かけている。貴婦人の大部分はウォラストンへ行く予定になっている。公爵はトレッドウェルとグランシャムに、娘に短時間だけ乗馬の稽古をさせるから、そのあとビリヤード室で会おうと約束していた。

彼女が乗馬服とブーツで厩にやってくるものと思いこんでいたのは、なんと愚かなことだったのだろう。彼女を雇い入れるにあたって、必要な衣服を買うための支度金を渡すよう、ホートンに指示しておいた。ホートンのことだから、それに足る金額だけをきっちり渡したことだろう。乗馬服やブーツまで買う余裕はなかったはずだ。

公爵という身分の者には、貧困の現実がなかなか実感できないものだ。

彼女が笑みを向けてくれなかったら、多忙なスケジュールの合間にこのような時間を割くことが果たしてあっただろうかと、公爵は思った。もちろん、あの笑みは彼に向けたものではなく、馬に乗れるのがうれしくて浮かんだものだった。それまでは、パメラを廏に連れていくことだけが自分の役目だと思いこんでいたらしい。

公爵が彼女の微笑を真正面から見たのは初めてのことだった。心からの微笑で、彼女の顔がパッと明るくなり、まばゆいほどの美しさだった。雲があいかわらず低く垂れこめているのに、彼女が空のほうへ顔をあげた瞬間、太陽の光線がすべてその顔に向いていると断言したくなるほどだった。

公爵はすっかり魅せられた。パメラをあいだにはさんで裏手の芝地を馬でゆっくりまわるあいだに決心した——それほどまでに乗馬が好きなら、あとで遠乗りに誘ってみよう。

背後へちらっと目をやると、公爵の速いペースにも彼女はまったく動じていなかった。明らかに、乗馬を本格的に習ったことのある女性だ。公爵はハンニバルに拍車をあて、ギャロップで走りはじめた。

シビルは乗馬を嫌っている。出かけるときは安全な馬車のほうがいいと、いつも言っている。

だから、公爵が馬を走らせるときはいつも一人だ。

彼女が追いついてきた。レースを挑んでいるのだと気づいて、公爵の胸に驚きまじりの喜びがこみあげた。ふたたび、彼女があのまばゆい笑顔を見せた。今回の笑みは彼にじかに向けられたものだった。公爵は挑戦に応じることにした。

二人は庭園内に何キロもなだらかに続く場所で思いきり馬を走らせた。もちろん、フルールの雌馬ではハンニバルに太刀打ちできるはずもなかったが、公爵はときたま、フルールが追いついてきて鼻の差で前に出るのを待ち、それからまた自分がリードした。彼女のほうは公爵がわざと遊んでいるのを承知しつつも、けっして負けに甘んじようとしなかった。声をあげて笑っていた。

公爵は突然左に曲がって、庭園の南の部分と牧草地を隔てているツタに覆われた塀のほうへ直進した。そう、そこに――ゲートがある。危険なゲームだ。自分の馬と彼女の馬の両方を危険にさらすことになるのはわかっていた。しかし、無謀なレースに挑みたい気分だった。

ゲートを飛び越えた瞬間、公爵はハンニバルの手綱をゆるめた。そして、背後の雌馬が低く身を伏せたフルールを乗せて楽々と飛越するのを見守った。フルールは巧みな手綱さばきで馬のスピードを落としてハンニバルの横に並び、身を乗りだして雌馬の首筋をなでてやった。そのときはもう笑っていなかったが、彼女の顔が生き生きと美しく輝いているのを見て、公爵は思わず息を呑んだ。フルールはボンネットをかぶっていなかった。いつもきちんとシニョンに結った髪は、途中でヘアピンがほとんど抜け落ちてしまったらしい。いまは頭が金色の光輪に包まれているかに見える。

「きみは不名誉な敗北を喫した。すなおに認めたまえ」

「でも、わたしの馬をお選びになったのは公爵さまです。わざと、脚のうち三本が役立たずの馬を選んだのでしょう。すなおに認めてください」

「ばれたか」公爵は笑った。「休戦協定を結ぶとしよう。きみの乗馬はみごとだ。馬で猟に出たことは？」

「ありません。昔からキツネや鹿がかわいそうでたまらなかったので。乗馬を楽しむだけです。周囲に広々とした田園地帯がありましたから。ヘロ――」フルールは不意に言葉を切った。「かつて住んでいた家のまわりに」

「イザベラ」公爵はそっと口にした。

フルールの視線が彼の顔に飛んだ。その瞬間、公爵はいまの言葉を消せればいいのにと思った。彼女の顔の前でドアが閉ざされてしまったかのようだった。魔法が、この三十分間の夢のような魔法が消えてしまった。

「わたしの名前はフルールです」

「ハミルトンは？　それも疑ったほうがいいのかな」公爵は目を細くして彼女を見据えた。

「わたしの名前はフルールです」

「ブロックルハースト卿と軽い知りあいにすぎないというなら、あちらがきみの名前を間違

のに」

「だが、名字ではなく名前を呼ぶとは、ずいぶん妙な話だね――ほんの顔見知りにすぎないのに」

「ええ」

えたのも無理はない」

フルールの目にギクッとした表情が浮かんだ。ゆうべ、橋の上にたたずむ彼女に近づいたときのように。公爵は自己嫌悪に陥り、フルールを追及しようとしている自分がいやになった。わたしになんの関係がある？　彼女に謎めいた過去があるとしても、偽名で暮らしているとしても、わたしになんの関係がある？　優秀な家庭教師だし、パメラを大切にしてくれている。

だが、イザベラだと？　彼女のことは、フルール以外の名前では考えたくなかった。

二人の馬は塀ぎわをゆっくり歩いていて、一キロほど北にある湖と平行に延びるその塀に沿って向きを変えた。

「きみはあの男をよく知っている。そうだろう？」

「ほとんど知りません。けさ挨拶されるまで気づかなかったぐらいです」

「以前、いやな思いをさせられたことがあるのかな？　あの男に怯えている？」

「いいえ！」

「怯える必要はない。きみはわたしの領地内にいて、わたしに雇われ、庇護される身だ。あの男に嫌がらせや脅しを受けているなら、いまここで言いなさい、フルール。そうすれば、あの男には日が暮れる前に出ていってもらう」

「ほとんど知らない人なんです」

二人はつぎのゲートまで来ていた。公爵が手を伸ばして掛け金をはずした。庭園側に戻ってからゲートを閉めた。そこは湖の南側まで続く木立のなかだった。

「ここにある飾りものの建築物を見たことはあるかね？」

「いいえ」

馬で通りすぎるさいに、公爵が指をさして教えてくれた。どこにも続いていない凱旋門、ニンフも羊飼いも住んだことのない森の岩屋、廃墟となった寺院。

「あのすべてから、湖のすばらしい景色が楽しめる。造園家のウィリアム・ケント氏には、そうした効果を計算するたしかな目があった」

湖から屋敷のほうへ馬でゆっくり戻りながら、公爵はいつしか、スペインのことや、軍隊がピレネー山脈を越えて南仏に入ったときのことをフルールに語っていた。フルールは静かな声で、的を射た質問をよこした。どうしてこんな話題になったのか、公爵にはよくわからなかった。

魔法のような時間がすぐに終わってしまったことを、言葉にできないぐらい残念に思った。彼女の身元と過去への好奇心を抑えるか、もしくは、少なくとも質問するのを先延ばしにすればよかった。

この三十分のあいだ、公爵は何年かぶりで幸福に浸り、気苦労を忘れることができた。また、顔を輝かせ、赤みを帯びた乱れた金髪を顔のまわりと背中にゆるく垂らしたフルールは、彼がこれまでに出会ったどの女性よりも美しく魅力的だった。そして、彼女の表情も微笑もすべて彼に向けられたものだった。

いや――二人が廏の前庭に馬を乗り入れ、フルールが急いで馬番を呼んで地面におろしてもらうあいだに、公爵は考えた――これでよかったのだ。誤った危険な状況に陥りかけていた。ドルリー・レーン劇場の外で初めて彼女を目にしたときと同じく、誘惑に身をまかせたくなっていた。

だが、いまのフルールはパメラの家庭教師、彼に雇われた身だ。さきほど彼女に告げたように、公爵の庇護下にある。好色な男から守ってやるのが彼の義務。彼自身が襲いかかるなどもってのほかだ。

「パメラはきっと、短い息抜きの時間を楽しんだことだろう」

「そうですね。午後の授業のスタートを早くしなくては」フルールはどうすればいいのかわからない様子で立ち、彼を見つめていた。

「わたしは馬番頭に相談したいことがいくつかある」公爵は嘘をついた。「先に屋敷に戻っていてくれ、ミス・ハミルトン」

「承知しました、公爵さま」フルールは膝を折って挨拶すると、向きを変えて立ち去った。

公爵はうしろ姿を見送りながら、人生はごくわずかな、ごく短い幸福しか与えてくれないのだろうかと思った。

フランス語の授業はとても順調に進んだ。歴史の授業も、というか、歴史のお話も順調だった。地理の授業に移ろうと思ってフルールが棚から大きな地球儀を出すと、パメラはインドがどこにあるかを知りたがった。

「トマス叔父ちゃまはインドにいたのよ」と言って、叔父が帰国のさいにとったと思われる長い航路を、フルールに教えられながら指でなぞった。

「トマス叔父ちゃまって、あたし、好きじゃない」パメラは率直に言った。

「どうして？」フルールは地球儀をまわして、インドがふたたび自分たちの前にくるようにした。「一度しか会ってないでしょ。あなたは疲れてくたくただったし」

「叔父ちゃまはあたしのことが嫌いなの。バカにして笑ったもん」

「たぶん、小さな女の子の扱いに慣れてないのね。どうやって子供に話しかければいいのか、わからない人もいるのよ。子供がちょっと苦手なのね」

「あたしのこと、ママに似てないって言うの。パパにそっくりなんだって。ママに似ればよかったのに。誰だってママのことが大好きだもん」

「あら、お父さまと同じ黒髪だから、誰もあなたのことを好きになってくれないと思ってるの？　そんなことないわ。黒髪ってすごくすてき。何代か前の先祖に、とても黒い髪をした、とてもきれいな人がいるのよ。二日ほど前に、下の階でその人の肖像画を見たとき、あなたのことを思いだしたわ」

黒い目が非難するようにフルールを見た。「嘘ばっかり」

「じゃあ、自分の目で見たほうがいいわね。お父さまの一族のことを、あなたもそろそろ知ってておかなくては。何百年も昔から続く立派な家系なのよ。あなたやお父さまのことなんて誰も考えもしなかった昔から」

貴婦人の大部分は、公爵夫人も含めて、まだウォラストンから戻っていない。公爵は何人かの紳士に農場を見せるため、一時間前からふたたび霧雨になっているのに、馬で出かけていった。パメラをギャラリーへ連れていっても大丈夫だろう。ときどきそうしてほしいと、公爵も言っていた。

最初に、ヴァン・ダイクが描いた黒髪の貴婦人の肖像画を見た。何代か前のリッジウェイ公爵夫人で、公爵を含む家族と、何匹かの愛犬に囲まれている。

「きれいな人」フルールの手を握ったまま、パメラが言った。「あたし、ほんとに似てる？」

「ええ。大人になったら、そっくりになると思うわ」

「男の人たち、どうしてこんな変な髪をしてるの？」

二人は先祖の髪や顎鬚《あごひげ》や衣服をじっくり見て、ファッションが歳月の流れのなかでどのように変化してきたかを学んだ。男性はごく最近までかつらを着けていたのだとフルールが説明すると、パメラはクスクス笑った。

「女の人もそうなのよ」フルールは言った。「お父さまのお祖母さまなんかも、大きなかつらを着け、顔が真っ白になるまで白粉をはたいていたことでしょう」

その点を証明するために、二人でギャラリーを歩き、もう少しあとの時代の、ジョシュア・レノルズが描いた肖像画を見た。

とくにこれといって目的のない、予定外の気軽な授業だったが、パメラはとても興味を持ったようだった。誰にも邪魔される心配がないときに、たびたびこの子を連れてこなくては。わたしは家族の歴史をほとんど知らずに育ったけれど、パメラだけはそんなことにならないよう、気を配ることにしよう。

しかし、古い絵ばかり見ることに、少女はたちまち飽きてしまった。

「あの戸棚、何が入ってるの?」そちらを指さして訊いた。

「たしか、古いおもちゃとゲーム盤がしまってあるって、お父さまがおっしゃってたわ。雨の日は、お父さまとトマス叔父さまがそれで遊んだんですって」

「今日みたいな日ね」パメラは身をかがめて戸棚の扉のひとつをあけた。独楽をひとつと、縄跳びのロープを二本とりだした。独楽は戸棚に戻した。子供部屋に一個ある。ロープを手にとって、重い木のグリップに巻きつけてあるロープをほどいた。「どうやって使うの?」

フルールはいささか心配になった。絵を見るためにパメラをここに連れてくる許可はもらっているが、ここで遊ばせてもいいかどうかは指示されていない。でも、今日の授業はそろそろ終わる時間だし、この天気では外に出ることもできない。

「まわして跳ぶのよ。左右の手でグリップを握ってロープをまわす。ロープが地面に届いたときに跳ぶ」

「やって見せて」ロープを差しだして、パメラがせがんだ。

「〃お願いします〃」フルールは反射的に言った。

「お願いします。やだ、バカみたい」

ペースを一定に保ってグリップをまわすコツをパメラがつかむまでに、しばらくかかった。ぴょんと跳ぶたびに手が止まってしまう。しかし、ようやく、ロープを足にひっかけずに三回連続で跳ぶことができた。

「どうして先生は何回も続けて跳べるの？」パメラは不機嫌に訊いた。

フルールは笑った。「練習のおかげよ。ピアノフォルテもそうでしょ」あらあら、ばかげた答えね――そう思い、笑いだした。縄跳びをしたのは、十五年ぶりぐらいだろう。

「魅力的だ」ドアのところで物憂げな声がした。ドアまでかなり距離があるため、フルールもパメラもドアの開く音に気づかなかった。「楽しそうな子供が二人。そうだろ、ケント。おや、違う、眼鏡で見たら、一人がミス・ハミルトンになった」

フルールは頬がカッと熱くなった。トマス・ケント卿とサー・フィリップ・ショーが二人のほうにゆっくり歩いてきた。サー・フィリップは片眼鏡を目にあてている。フルールは自分のロープをあわててグリップに巻きつけた。

「縄跳びしてるのよ」パメラが言った。

「うん、そのようだね」トマス卿が笑いを含んだ目で二人を見つめ、ウィンクした。「ぼくの大好きな姪のご機嫌は、今日はどうかな？　ギャラリーの向こう端まで縄跳びしながら行けるかい?」

「たぶんできない」パメラが言った。

トマス・ケント卿はポケットから硬貨をとりだし、パメラの前に身をかがめた。「跳べたらこれをあげる」

パメラは深く息を吸うと、二、三歩ごとにつまずきながら、ギャラリーを勢いよく進んでいった。その姿を見て、二人の紳士は笑いころげた。

「つまずいちゃだめだってことを言い忘れてた」トマス卿が言って、笑いながらパメラのあとを追った。

「あなたの姿がなんと魅力的だったことか」サー・フィリップがフルールに言った。「あわてて声をかけてしまったことを、心ひそかに悔やんでいるところです。あれだけ形のいい足首を見たのは久しぶりだ」

フルールは何も答えずに身をかがめ、縄跳びのロープを戸棚に戻した。舞踏会の夜にこの紳士と踊ったとき、ひどい女たらしという印象を受けた。立ちあがったときには、サー・フィリップが片手を壁につけて、目の前に立ちはだかり、物憂げな目でじっと見ていた。

「子供と一緒でないとき、あなたはどこに身を隠しているのかな、可愛い人」と訊いた。

「上の階?」

フルールはちらっと笑顔を見せ、パメラが向きを変えて縄跳びをしながら戻ってきてくれるよう念じた。

「一人きりでは、きっと寂しいことだろう」サー・フィリップは身を乗りだして、フルールの首筋に唇をつけた。

「やめてください」フルールはきっぱりと言った。

ところが、待ち望んでいた妨害が望まぬ形でやってきた。開いたままになっていたギャラリーのドアから、二人の貴婦人が入ってきた。一人は公爵夫人だった。

「まあ、パメラ」公爵夫人が身をかがめて娘にキスをすると同時に、サー・フィリップがその場を離れ、片眼鏡で絵のひとつを鑑賞しはじめた。「トマス叔父ちゃまと仲良くなったの？」

「ねえ、ママ」パメラが硬貨をかざした。「あたし、縄跳びできるのよ。見せてあげる」

「また今度ね」公爵夫人はまっすぐに立った。「ミス・ハミルトン、娘を上へ連れていって乳母に預けてから、わたくしの部屋で待っていてくださらない？」

「ドラゴンがお怒りのようだ」絵のほうを向いたまま、サー・フィリップがつぶやいた。

「あの人が笑みを浮かべて甘い声を出すのは、たいてい、最悪のご機嫌のときでしてね。平身低頭、お詫びしよう、可愛い人。そのうち埋めあわせをさせてください」

フルールは顎をつんとあげ、ただし、視線は床に落として、ギャラリーの向こうまで行った。膝を折ってお辞儀をし、パメラの手から縄跳びのロープをとりあげると、手をとって部屋から連れだした。

「ねえ、ママ」パメラがぐずった。「見てよ」

「いまのが例の愛人かい？」フルールが遠ざかる前に、トマス卿の笑いを含んだ声が聞こえた。「呆れたものだ」

フルールは公爵夫人の居間に一歩入ったところに立ち、三十分ものあいだ静かに待った。途中で五分ほど、となりの化粧室から咳の音が聞こえてきた。ようやくドアがあいて、公爵夫人が姿を見せた。フルールのほうへは目も向けずに、小さな書きもの机まで行くと、そこに置かれていた手紙を手にとった。公爵夫人がそれを読むあいだ、フルールはさらに五分間立ったままで待った。

公爵夫人が手紙を机に置き、向きを変えて、フルールをゆっくりと上から下までながめた。

「ふしだら女！」と、甘い声で言った。

フルールは冷静に夫人を見た。

「誰の許しを得てギャラリーに入ったの？」

「公爵さまです」

「なんですって？」声は柔らかく、表情は繊細で、驚きが出ていた。

「公爵さまにお許しいただきました、奥方さま」

「では、娘があそこのおもちゃで遊んでいたのは、誰の許しによるものなの？」

「わたしです、奥方さま」

「なるほど」公爵夫人はスツールにのっていた本をとり、寝椅子に優雅に腰をおろした。

夫人がページをめくりはじめ、フルールはさらに数分、静かに立っていた。

「あなたの習慣かしら」ようやく顔をあげ、好奇心あふれる、感じのいい声で、夫人が言った。「出会った殿方すべてに愛撫を許すのが」

「違います、奥方さま」

「こちらでお支払いしているお給料にご不満なの？」

「とんでもありません。充分に満足しております」

「お金のためかと思ったのよ。そういう形でお給料の不足を補うのが、一部の召使いにとって心をそそられることだというのは、わたくしにも理解できますもの。でも、あなたの場合は、ふしだら女というだけのことなのね」

フルールは何も言わなかった。

「責めるつもりはないのよ。それがあなたという人なんですもの、ミス・ハミルトン。繊細な感受性を備えた女主人を持ったことが、あなたの不運だったかもしれないわね。でも、あなたが娘の身近にいて影響を与えていると思うと、わたくし、辛くて耐えられないの。あなたを解雇したという報告が、明日の朝早く、ホートン氏からわたくしのほうに届くでしょう。あなたがホートン氏にそのようなことを頼まなくてはならないのが残念ですけど。もう下がってくださってけっこうよ」

「サー・フィリップ・ショーのあの態度は、こちらが求めたものではありませんし、不愉快でした。また、わたしとほかの方とのことをお疑いになる理由は何もないと存じます」

公爵夫人は本を丁寧に脇に置くと、眉をあげて、室内をゆっくり見まわした。「失礼ですけど」軽やかな笑い声とともに言った。「ほかに誰かこの部屋にいるのかしら」

「奥方さまに申しあげたのです」フルールは言った。

「わたくしに？」公爵夫人はフルールを見て微笑した。「あなたには、誰に向かって話しかけているのかをはっきりさせないという、困った癖があるのね、ミス・ハミルトン。下がりなさいと言ったはずよ。そうでしょう？」

ところが、フルールが向きを変える前に化粧室のドアが開き、トマス・ケント卿が入ってきた。

「まだいたのか、ミス・ハミルトン。疲れてくたくたになったことだろう。この人に椅子も勧めなかったのかい、シビル。ずいぶん礼儀知らずだね」彼の目が笑っていた。

「下がってけっこうよ、ミス・ハミルトン」公爵夫人が言った。

「この部屋から？」トマス卿が言った。「そうしたまえ。だが、屋敷からは出ていかないでほしい。わが兄嫁はカッとなりやすい人でね、ミス・ハミルトン。しかし、怒りが収まってしまえば、根に持つ人ではない。夕方までには、解雇の件は取消しとなるだろう。倒れる前に部屋を出たほうがいい。きみは一時間近く、その場所にじっと立っていたに違いない」

向きを変えて部屋を出るフルールに、トマス卿は笑顔を向けた。

ここをやめるべきでしょうね——フルールは思った——わたしに選択の権利があるのなら。朝がくる前に出ていったほうがいいかもしれない。いいえ、晩餐の前に。

でも、出ていけば、マシューはきっと、わたしが彼から逃げたと思うだろう。そして、わたしを追ってきて、今度こそ足枷をはめて監獄へひきずっていくだろう。一時的な執行猶予は本当に一時的なもので終わってしまう。

それに、首尾よく逃げだせたとしても、そのあとどうすればいいの？　お金もない。仕事につくための推薦状もない。以前と同じく、みじめな境遇に陥るだけ。前と違うのは、行き着く先が今度ははっきりわかっているということだ。

フルールは自分の部屋のドアを閉め、鍵をかけた。そして、ベッドにうつぶせに身を投げだした。

わずか数時間前はあんなに心がはずんでいたのに。新鮮な空気と、戸外での時間と、至福の自由があった。そして、馬を走らせ、危険なレースに熱中して、途方もない幸せを感じていた。レースの相手が公爵であっても、何年ぶりかで味わう幸せだった。舞踏会のときより浮き浮きしていた。ダニエルとの幸せは、もっと静かで、刺激のないものだった。

ダニエル！　彼のことは考えちゃだめ！　うっかり考えたりしたら、みじめな絶望の痛みに耐えきれなくなってしまう。

「トマス」リッジウェイ公爵夫人が怒りの声をあげた。「あんまりだわ。わたしの権威をあそこまで傷つけるなんて。そもそも、わたしは華奢だし、優しい雰囲気だから、何を言っても周囲は真剣に受けとってくれないのよ」

「ぼくにも腹を立ててるのかい？」トマスは身をかがめて唇を重ね、舌をすべりこませながら、シビルをゆっくりと寝椅子に横たえた。「ぼくと格闘したい？　蹴飛ばしたい？　じゃ、やってごらん」笑顔で見おろした。

「まじめに言ってるのよ」シビルは片手をあげて彼の顎の線をなぞった。「心を鬼にしてきびしい態度をとったのに、あなたが台無しにしてしまった」

「あの哀れな女が何をしたというんだ？　退屈を持て余していた泊まり客に唇を与えたとでも？　ショーはとんでもない女たらしなんだぞ、シビル。あいつが強引に迫ったに決まってる。女のほうも楽しんでたかもしれないが。それに、ショーの趣味を非難するわけにはいかないな。きれいな女だ」シビルの目に浮かんだ表情を見て、トマスは笑った。「いやいや、もちろん、きみに夢中になっていない男にとって」

「あなたは？」トマスの首に腕をまわして、シビルは訊いた。

「きみに夢中になってるかって？」トマスの目から笑みが消えた。「きみ以外に誰もいなかったし、これからもいるはずのないことは、よくわかってるだろ、シビル」長く熱いキスをした。

「あれは道徳観念のない女なのよ。やめさせるしかないわ。解雇を申し渡すのが辛くて、わたしは震えていたけど、正しいと信じることをやったのよ」

「アダムの女だと言ったね？」シビルのドレスを肩からそっとはずしながら、トマスは笑いかけた。「アダムに勝手に楽しませてやればいい、シビル。ぼくがきみを慰める役にまわるから。それとも、嫉妬してるのかい？」

「アダムに？」シビルは目を丸くした。「そして、家庭教師に？　わたしはね、嫉妬心を持つような愚かな女ではないつもりよ、トマス。ただ、この屋敷で女遊びにふけるなんて、アダムもひどすぎると思うの」

「二人のことは放っておけよ。それから、ショーが彼女をものにしたいなら、好きにさせてやればいい。ついでに、ブロックルハーストにも。あの男はけさ早く、彼女と裏の芝地をゆっくり歩きながら、二人で深刻に話しこんでいる様子だった。アダムに密会を邪魔されたけどね」トマスは笑った。「大切な可愛い財産を守るのにアダムが夢中になっているなら、やらせておけ。ぼくのほうは、きみを守るのに夢中になろう」

「まあ、トマスったら」シビルは両腕を彼の首筋に巻きつけ、自分の肩にひきよせた。「笑ってる場合じゃないわ。冗談にするようなことではないのよ。わたしたち、どうすればいいの？」

「我慢して」トマスはなだめるように言った。「そのうち、どうにかなるさ」

「どうなるというの？　わたしはアダムの妻なのよ。それは変えようがない。ああ、出ていくときに、どうしてわたしを連れていってくれなかったの？　あなたと一緒なら、地球の果てまでも行ったでしょうに。それはあなたもわかっていたはず。わたしはどうなってもかまわなかった」

「できなかったんだ」トマスは優しく言った。「ぼくの不確かな未来へきみを連れていくことはできなかった。とくに、大事な時期に入ってたんだから。きみをそんな目にあわせることはできない。残酷すぎる」

「じゃ、わたしを残していくのは残酷じゃなかったというの?」

「シーッ。そのうち、すべてうまくいくからね。見ててごらん。鍵のかかっていないあのドアから、誰かが勝手に入ってくるようなことは?」

「ないわ。でも、やめて、トマス。心配だわ」

「心配しないで」トマスは立ちあがり、シビルを見おろした。「ぼくたちはおたがいのものだ、シビル、わかってるだろ。ドアに鍵をかけてこよう。それなら、きみも安心できる」

鍵をかけてきてから、トマスは狭い寝椅子の上でシビルに寄り添い、キスをしながら、モスリンのドレスの裾をひっぱりあげた。

「トマス」彼の髪に指をからめて、シビルがうめいた。「ああ、トマス、長かったわ。心から愛してる」

トマスは返事をせずに、ふたたびシビルにキスをした。

13

妻は目を輝かせ、顔を上気させているようだ――その夜、リッジウェイ公爵は思った。楽しげに笑いながら、滞在客のみんなとジェスチャーゲームに熱中している様子だった。時間がたつにつれて、ゲームはかなり卑猥な方向へ進んでいった。

今日はウォラストンまで出かけたし、この数日間、予定がびっしり詰まっていたし、それに加えて、舞踏会を開き、公爵の弟の帰還に興奮したことが、妻の身体にかなり負担をかけているはずだった。もっとも、妻は認めようとしないが。たぶん、自分自身に対しても認めていないのだろう。だが、公爵には妻のことがよくわかっているので、病弱な身がこのようなめまぐるしい日々に耐えていけるはずはなく、いまに倒れるだろうと危惧していた。

シビルとトマスが義理の姉と弟にあるまじき親密さを示していることに、滞在客も気づいているだろうか。おそらくそうだろう。そういえば、ショーはシビルにあからさまな関心を向けるのをやめ、今夜はヴィクトリア・アンダーウッドを相手に、口説き文句をふりまいている。

みんなが気づいているとしても、ことさら眉をひそめる者はいないだろう。ロンドンから帰る前に予想していたとおり、妻の客は礼儀作法と慎み深さをわきまえた連中ではない。シドニーがさきほどよこした報告によると、けさ、レディ・メイベリーがグランシャムのベッドに、そして、メイベリー卿のベッドにグランシャム夫人がいるのを見て、気の毒な掃除係のメイドが狼狽したという。

公爵は周囲の光景を苦々しい思いで見守った。育ちがいいため、いくら不本意であろうと、礼儀正しく愛想のいい主人役を務めなくてはならない。自分の好きにはできない。本当なら、席を立って、明日の朝この集まりを解散すると宣言したいところだが。

今宵、わずかなりとも愉快な気分になれたのは、そんな想像をしたときだけだった。ときたま――ごくたまに――退廃的な特権階級に生まれなければよかったのにと思うことがある。しかし、じっさいのところは、どの階級もさほど違わないのかもしれない。たぶん、どんな身分だろうと、人間は人間なのだろう。

公爵夫人が頬を紅潮させ、笑いながら、二人掛けのラブシートにすわった。

「あなたって昔からジェスチャーゲームが大の得意だったわね、トマス」そう言って、となりにすわるトマスを笑顔で見あげた。「同じチームでよかった。さて、興奮を静めるために、心を癒してくれるおだやかなことを何かしましょうよ」

「すぐに思いつける方法があるけどな」サー・ヘクター・チェスタートンが言った。

公爵夫人は手を伸ばして、扇で彼の腕をピシッと叩いた。「心を癒してくれるおだやかなことって申しあげたのよ、困った人ね。誰か歌ってくださらない？　ウォルター？」

「息切れがひどくて、とうてい無理だ、シビル」ウォルターと呼ばれた紳士が答えた。「レディのどなたかにソナタを弾いてもらおう」

「わたしはだめよ」ランスタブル夫人が言った。「疲れてくたくた」

「わたし、よそのお宅にお邪魔したときは」レディ・メイベリーが言った。「演奏《プラクティス》しないよう心がけてるの《プラクティス》」

この意見はみんなの笑いに迎えられた。

「ぼくの提案もそう悪くないと思うけどな」サー・ヘクターが言って、ランスタブル夫人がすわっている椅子の肘掛けに腰を乗せた。

「音楽は愛の魂よ」公爵夫人がそう言って微笑し、華奢な腕の片方を宙に泳がせた。「どなたか音楽をお願い」

「ぼくに歌の才能があればどんなにいいだろう」トマス卿が言って、公爵夫人の手をとり、唇に持っていった。

「天使のごとき演奏のできる人を、ぼくは知っていますよ」ブロックルハースト卿が言った。

「しかも、その人はジェスチャーゲームで疲労困憊《こんぱい》したりしていない」

公爵は不吉な予感を覚え、椅子にかけたまま身じろぎをした。サー・フィリップ・ショーが片手を口にあてて、上品にあくびをした。

「で、その尽きることなき活力の持ち主とは、いったい誰だい？」サー・フィリップは尋ねた。

「ミス・ハミルトンだ。家庭教師の」ブロックルハースト卿が答えた。

「ほう」サー・フィリップは相手に物憂げな視線を据えた。「すると、きみ、あの乙女と以前からの知りあいなんだね。この幸せ者。そして、天使のごとき演奏をすることまで発見したのかい？　あっ、きみが言ってるのはピアノフォルテのことか。ぜひともここに呼ばなくては、シビル」

「もう遅い」公爵は言った。「ミス・ハミルトンはおそらくベッドに入っているだろう」

「ほんとに？」サー・フィリップが言った。「きみの提案がますます魅力的に思えてきたぞ、チェスタートン」

「召使いに時間外労働をさせるのは好ましくないわ」公爵夫人が言った。

「だけど、シビル、シビル」トマス卿がふたたび彼女の手をとった。「ミス・ハミルトンが天使のごとく演奏し、それに耳を傾けるのがブラッドショーの喜びならば、滞在客を喜ばせるのがきみの務めだ。そして、ミス・ハミルトンがすでにベッドに入っているなら、アダム、パメラの午前中の授業を中止にして、家庭教師に朝寝坊を許してやればいい。それ以上単純なことはないと思うけどな。ブラッドショー、きみの横にあるベルの紐をひいてくれ。家庭教師を呼びにいかせるとしよう」

　もうじき真夜中だ――弟の提案に人々が消極的な同意を示すなかで、公爵は思った。もっと強硬に反対すべきだったかもしれない。しかし、もう手遅れだった。トマスが執事のジャーヴィスに指示を出していた。

十五分ほどたって、ふたたびドアが開き、フルールが入ってきた。これだけ時間がかかったところを見ると、やはりすでにベッドのなかだったのだろう。

公爵は弟が立ちあがろうとした瞬間、急いで席を立ち、部屋を横切って彼女のところへ行った。

「ミス・ハミルトン、三十分ほどピアノフォルテを演奏してもらえないかと、みんなが望んでいる」

フルールは表情を消し、冷ややかな目をしていた。〈雄牛と角亭〉の部屋に入ったときとそっくりの態度だった。ただし、いまの彼女は健康で美しい。生き生きした本当のフルール・ハミルトンを隠すために彼女がしばしばその仮面を着けることを、いまと違って、あのときの公爵はまだ知らなかった。

そして、不意に気がついた。フルールは裏切られたと思っているに違いない。彼が音楽室のピアノフォルテを弾くことをフルールに許可し、彼女の演奏に毎朝聴き入っていたのは、こういう機会にその才能を利用しようという魂胆があったからだ――そう思っているに違いない。

「弾いてもらえるだろうか」公爵はフルールに尋ねた。

「きみの演奏は天使のようだと話に聞いたのでね」サー・フィリップ・ショーが言った。

だが、そう言ったのはわたしじゃないんだ――公爵は目でフルールに訴えたが、彼女の冷ややかな表情を前にして、その目がこわばった。初めてのときに彼の怒りをかきたてた、あの表情。それが出会いのあとの運命を変えたのだった。

「内気な人だな」トマス卿が言って、フルールにお辞儀をした。「ミス・ハミルトン、どうか弾いていただけないでしょうか」

公爵がフルールに手を差しだしたが、彼女の視線は彼の弟のほうを向いたままだった。公爵の横を通りすぎ、ふりむきもせずにピアノフォルテのほうへ向かった。

背筋をぴんと伸ばしてスツールに腰かけると、冷静な目でトマス卿を見た。

「とくにご所望の曲はおありでしょうか」

トマス卿は彼女に向けた笑みを絶やさなかった。「心を癒してくれるおだやかな曲をお願いできないかな、ミス・ハミルトン」

「だったら、子守歌だ」サー・フィリップが言った。「ぼくたちを、そのう、眠りに誘ってくれる曲」

公爵はドアのすぐ内側に立ったまま、フルールをじっと見ていた。フルールは膝の上で組んだ手にしばらく視線を落とした。冷静そのものの落ち着いた態度で。やがて、ベートーヴェンのピアノソナタ〈月光〉を弾きはじめた。楽譜なしで。

楽々と弾きこなした。みごとな演奏と言ってよかった。午前中のレッスンのときの輝きが失せているとしても、それがわかるのは、たぶん公爵だけだろう。

この場所にずっと立っていたら――静かな会話のざわめきがふたたび周囲に広がるなかで、公爵は思った――みんなの注意を惹いてしまう。演奏に聴き入っている貴婦人のそばまで行って、となりに腰をおろした。ブロックルハースト卿がピアノフォルテのスツールのうしろに立つのを見守った。

天使のような演奏と言えるだろうか。たとえ違うとしても、彼女の姿が天使のように見えるのはたしかだった。舞踏会で着ていたのと同じ、なんの飾りもないブルーのドレスのシンプルさ、赤みがかった金髪のしなやかさ、その顔の冷静な美しさ——どれをとっても、部屋に集うほかの貴婦人たちとは違っている。そう、まるで天使のようだ。

この女は誰なんだ？　イザベラ？　名字も嘘？　〝ヘロ——〟……かつて住んでいた屋敷のことを話すときに、彼女はそう言いかけた。ブロックルハースト卿の住まいはウィルトシャーのヘロン邸だ。

この曲が終わったら、立ちあがり、ドアまでエスコートしよう。彼女がベッドに戻って眠りにつけるように。

ところが、公爵が椅子から立ったとき、彼の弟が声をかけた。

「ブラボー、ミス・ハミルトン。みごとな演奏だった。ブロックルハースト卿と面識がおありとか？　さて、ここに集まった全員を代表して申しあげよう。われわれの感謝を受けとり、どうぞご退出ください。いやいや、二人で退出されるといい。ブラッドショー？」

フルールがスツールの上で軽く向きを変えると同時に、ブロックルハースト卿がお辞儀をした。

「ミス・ハミルトンと二人でロング・ギャラリーを拝見できればと、ずっと思っておりました。よろしいでしょうか、奥方さま」お辞儀を公爵夫人のほうへ向けた。

「よろしくてよ。それから、ミス・ハミルトン」公爵夫人は笑顔で言った。「さきほどあなたに命じた明日の朝の件は、とりあえず忘れてください」

公爵はふたたび椅子に腰をおろし、入ってきたときと同じく冷静な態度で出ていくフルールを見守った。二、三歩うしろをブロックルハースト卿がついていく。公爵の横を通りすぎたときも、フルールはちらっと無表情な視線をよこしただけだった。

「さて、ぼくはベッドへ行くとしよう」サー・フィリップがあくびをしながら言った。「きみの部屋までエスコートさせてもらってもいいかな、ヴィクトリア」

「みなさん、そろそろベッドにお入りになりたいでしょうね」公爵夫人が言った。「わたくしもこんなに疲れたのは生まれて初めて」

公爵は立ちあがって妻に腕を差しだした。フルールを非常識ともいうべき遅い時刻に客間に呼びつけ、そのあと、ブロックルハースト卿と二人だけの時間を持つように仕向けたのは、弟が一人でやったことではなく、妻も共謀していたのではないかという思いが、公爵の胸をよぎった。

「また熱が出ているようだね」数分後、妻の化粧室の外で足を止めたとき、公爵は妻の手に自分の手を重ねて言った。「きみには休息が必要だ、シビル。明日は正午までベッドでゆっくりしてはどうかな。客のもてなしはわたしにまかせて」

「朝には元気になってるわ。ちょっと疲れただけ。お客さまがいるあいだは、一時間だって無駄にできないわ。誰もいてくれないと、退屈で仕方がないんですもの。あなたは屋敷を留守にするか、でなければ、戻ってらしても一日じゅう仕事ばかりだし」

「こんなことにならずにすんだはずだ。円満な結婚生活が送れたかもしれない。少なくとも、優しさを示しあうぐらいはできただろう」

「ええ、こんなことにならずにすんだわよね」熱にうるんだ目で、シビルは夫を見あげて言った。「わたしは幸せになれたでしょう。あの人がわたしをほったらかしにするはずはないもの、アダム。何カ月も留守にして、わたしが退屈と孤独を癒すために招いたお客さまに腹を立てるなどということはなかったでしょう。でも、あの人と一緒になっていれば、そもそもお客さまを招く必要もなかったはずね。退屈も孤独も感じなかったと思うわ」シビルの頰がひどく紅潮していた。

公爵は妻のためにドアをあけた。

「朝になっても熱が下がらないようなら、往診を頼もう。そして、ひどく具合が悪かった冬のときと似たような症状が続くなら、ロンドンから医者を招くことにする」

「誰もいらないわ。ハートリー先生だけでいいの」妻は不機嫌な声で言った。「どうしてトマスを追いだしたの、アダム？　ぜったい許さない。トマスが帰ってきてくれて、わたしは喜んでるのよ。とっても！」

妻はさっと部屋に入ると、すぐさまドアを閉めた。ドアの向こうから、咳の音が聞こえてきた。

公爵はためいきとともに向きを変え、自分の部屋へ向かった。

フルールは最初、起こされて迷惑だとは思わなかった。のしかかった顔、切り裂くような激痛と永遠の屈辱をフルールに与えている肉体は、ダニエルのものだった。優しいハンサムな顔が生々しい肉欲でゆがみ、彼だとはわからないほどだ。しかし、間違いなくダニエルだった。

彼は執拗にフルールを痛めつけながら、彼女を売女《ばいた》と呼んでいた。

フルールを呼びに部屋まできたメイドが、目を大きくして言った。すぐに着替えて、客間のみなさまの前に出てください。

あの男が話したんだわ――震える手で急いで着替えをしながら、フルールは思った。みんなに話すことに決め、集まった人々の前でわたしの罪を暴く気なのね。みんなを楽しませるために。

執行猶予の一日は終わった。わたしは本当にあの男の操り人形。生涯にわたって。

従僕が客間のドアをあけたとき、フルールは骨の髄まで疲れていた。一人で部屋に入ると、光と音と多数の視線にさらされた。でも、怯えを見せてはならない。これがわたしにとって最後の時間であるなら、威厳をもって乗り切ろう。マシューにも、ほかの誰にも、わたしが屈服する姿や、懇願する姿や、とり乱して泣きだす姿を見せてはならない。

つぎの瞬間、公爵がフルールの前に立ち、真夜中にベッドから呼びだしたのは客の前でピアノフォルテの才能を披露してほしかったからだと、手短に告げた。なるほど、毎日音楽室で自由に練習する特権を与えられてきたことに対して、いまこうして代償を支払わされるわけね。

公爵の短い言葉を、フルールはそう解釈した。

表情を押し殺した公爵のきびしい顔を見つめ、醜い傷跡を目にして、フルールは彼を憎悪した。彼を恐れ、肉体的な嫌悪を感じただけではない。憎しみを抱いた。無償の好意のように見えるものを与えておき、つぎに、自分自身が楽しむためにその代償を求めることのできる男だという事実を、フルールは憎悪した。召使いを大切にし庇護すると言っておきながら、じっさいには奴隷として扱い、自分の気まぐれに従わせている公爵を憎んだ。

公爵と馬で走ったときのことを思いだした。レースをしたときの高揚感。公爵が黒馬に乗って彼女の横を駆け、いっきに加速し、塀のゲートを飛越し、あとに続いた彼女に笑いかけた。フルールは自分自身の笑い声を、幸福感を、不思議にも苦悩が消えてしまったことを思いだした。公爵とワルツを踊った夜もそうだった。

そして、公爵を憎悪した。

トマス・ケント卿だけに声をかけた。いつも気さくに笑顔を見せてくれるし、この午後は公爵夫人の部屋でわたしをかばってくれた。この人のために演奏しよう。だって、〝弾いていただけないでしょうか〟と頼まれたのだし、こちらはほかに選択肢がないのだから。

公爵はしばらくドアのところに立っていたが、やがて椅子にすわった。わたしを裏切った男。わたしは毎朝、彼に聴いてもらえるよう心をこめて演奏した。演奏を邪魔されたことは一度もなかった。じっと耳を傾けつつも、おのれの魂だけと向きあおうとするわたしの心を理解してくれている――つねにそんな印象だった。なのに、いま、わたしをここに呼びつけ、お酒を飲みすぎた人々、音楽にはなんの興味もない人々の前で、猿回しの猿のごとく演奏を披露させようとしている。

毎朝の時間の特別な何かが、フルールには想像も理解もできなかった何かが、消えてしまった。ミス・ウッドワードのとなりにすわった公爵のことを強く意識した。静かで、落ち着いていて、浅黒くて、むっつりした人。フルールの演奏に聴き入っている。ピアノフォルテを弾く奴隷を見つめている。

フルールは彼を憎悪した。そして、憎悪の激しさに自分でも驚いた。以前は恐れていただけなのに。

背後にマシューがきたことに、フルールは気づいていなかった。だが、彼はそこにいた。演奏を終え、公爵が立ちあがった瞬間、彼の存在を知った。

しかし、唯一の味方だったはずのトマス・ケント卿が最大の敵に変わった。ひどい誤解をして、フルールへの親切のつもりで、知人のマシューとともに客間を出ていくようほのめかしていた。

そして、公爵夫人もトマス卿に同意し、フルールからホートン氏に辞職願を渡すようにという午後の命令を撤回した。

というわけで、またもや避けがたい運命にひきずりこまれてしまった。こんな深夜でなければいいのにと思った。疲れと絶望に包まれていなければいいのに。せめて時間があればよかったのに。

でも、時間はもうない。

ロング・ギャラリーの端から端まで続く壁の燭台に置かれたロウソクのうち何本かに、従僕二人が火をつけていた。

「ぼくの腕をどうぞ、イザベラ」マシューが言った。「ギャラリーを歩くなら、洗練されたやり方でいこう」

従僕二人がギャラリーを出るときにドアを閉めていった。

「粗末な身なりなのに、きみがこんなに美しく見えるのはなぜだろう？」

フルールは彼の腕にかけていた手をすっとはずした。「何が目的なの、マシュー？　すぐにここを出る気がないのなら、わたしを監獄へひきずっていく気がないのなら、目的は何？　このウィロビーであなたと寝て、あなたの愛人になれとでも？　おことわりよ」

マシューはためいきをついた。「そんな言い方をしたら、ぼくが極悪非道な男のようじゃないか、イザベラ。愛人云々というのはきみの言葉だからな。ぼくは言ってないぞ」

「じゃあ、ちゃんと答えて。嫌がらせはやめてちょうだい」

「きみがほしい。ずっと前からほしかった。それが非難されるべきことだろうか」

「わたしのほうはずっと前から、あなたの気持ちには関心がないと言ってきたわ。あなたがいつも言っていたように、わたしを愛しているのなら、マシュー、こちらの気持ちを尊重してくれてもよかったはずよ。わたしとダニエルの仲を裂くなんてあんまりだわ」

「ダニエル・ブースか」マシューは軽蔑の口調で言った。「にこにこと優しい女のようなやつ。あいつじゃ、きみを幸せにはできない、イザベラ」

「かもしれない。でも、それを決めるのはこのわたしよ。なぜあんなことを企んだの？」

「あんなこととは？」マシューは問いかけるように眉をあげた。

「あなたのお母さまとアミーリアはロンドンへ出かけて」フルールは苛立たしげに言った。「わたしはあなたと二人きりで残された。非常識すぎるわ。あの二人だってわかってたでしょうし、少しでもわたしを気遣う心があれば、そんなことはしなかったはずよ。おまけに、ダニエルの妹さんがわたしに泊まりにくるよう言ってくれたのに、あなたはだめだと言った。特別許可証をもらってわたしがダニエルと結婚するのも、許そうとしなかった。あなたが仕組んだことだわ。そうでしょ？　わたしを追いつめ、わたしの評判を傷つければ、あとはあなたの愛人になるしかないと考えて。こちらがいくら拒んでも、力ずくでわたしを手に入れる魂胆だったんだわ」

マシューは足を止め、フルールが逃れようとするのもかまわず、その手を握りしめた。

「アミーリアは社交界にデビューするため、どうしてもロンドンへ行かなきゃならなかった。当然、母もついていくしかない。きみをあの二人と行かせたら、それこそ残酷だろ、イザベラ。しっくりいってないんだから」

「八歳のときから無視されつづけた身としては、人の意見に賛成するのも反対するのもむずかしいわね」フルールは苦々しく言った。「無視されずにすむのは、非難され、嘲笑されるときだけ」

「まあまあ。家に残るほうがきみも楽だろうと思ったんだ、イザベラ。それに、ぼくだって、何も好きこのんできみの後見人になったわけじゃない。きみの父上の遺言書と、ぼくの父の死によって、後見人を務めることになった――きみが結婚するまで、もしくは、二十五歳になるまで。その条件を決めたのはぼくではない」

「結婚するまで！　わたしはダニエルと結婚できたはずよ。あなたは厄介な責任から自由になれたはず」

「べつに厄介だとは思っていなかった。ただ、あんな腰抜け野郎との結婚には、どうあっても賛成できなかったんだ、イザベラ」

「わたしをあなたの愛人にするほうがよかったのね」

「きみが勝手に〝愛人〟という言葉を使ってるだけだぞ」

フルールは笑った。「じゃ、わたしと結婚しようと思ってたの？」

「過去形で言うのは間違ってる」フルールの手をさらに強く握りしめて、マシューは言った。

「きみはレディだ、イザベラ。男爵の娘だ。そのきみをぼくが破滅させる気でいたなどと、よくもそんなことが言えるな」

フルールはふたたび笑った。「変ねえ。そういう名誉ある申し出をしようとは、あなた、一度も考えなかったようだけど。お母さまがどんなにお喜びになるかしら、マシュー。あの夜の企みは、挙式に先立ってわたしに所有の刻印を押すためのものだったのね」

「企み？」

「わたしは家を出ようとしていた。もう遅い時間だし、外は寒かったけど。トランクはすでに馬車に積んであった。ミリアムが牧師館でわたしを待っていてくれた。ところが、あなたはわたしを家から出そうとせず、裏切りだと言って非難した。しかも、わたしの部屋へ戻らせようともしなかった。あなたの部屋へ連れていく気でいた。いえ、そんな気すらなかったのかも。あの書斎でホブソンにわたしを押さえこませておいて、凌辱するつもりだったんでしょ」

マシューはフルールの片手を放し、自分の額に手をあてた。「なんておかしなことを考えるんだ、イザベラ。男と駆け落ちするのをぼくが許さなかったものだから、きみはわめきちらし、錯乱状態で飛びかかってきた。ぼくはあくまでも法に従って、結婚の許可を与えることを拒んだだけなのに。ホブソンはきみが暖炉の石につまずいて怪我をしてはいけないと思い、背後から近づいた。そして、きみがふりむき、ホブソンにまで飛びかかったため、あいつはバランスを崩して倒れてしまった。激情による犯罪ってわけだ」

「ええ。裁判官もそうみなすでしょう。あなたがそう説明してくれれば」

「残念ながら、宝石の件があるから、あらかじめ計画された犯行という色合いが濃くなってしまう」

「宝石？」フルールは凍りついたようになった。

「高価すぎるため、母がロンドンへ持っていくのをやめた宝石だ。きみが狼狽して逃げだしたあとで、きみのトランクから見つかった」

フルールはマシューを凝視した。「見つけたのは、あなた以外の誰かなんでしょうね」ようやく言った。

「きみのメイドだ」

フルールは彼に向かって微笑した。

「だが、きっと衝動的に盗んでしまったに違いない。きみにとってはさぞ辛い日々だっただろうね、イザベラ。幼いときに両親を亡くし、ぼくたちが屋敷に越してきて、自分のものだと思っていた不動産や財産を横どりしたわけだから。だが、いずれまた、きみのものになる。そして、きみの子供たちのものに」

「わたしたちの子供というわけね」フルールは言った。「わたしとの結婚を本気で考えてるの、マシュー？」

「愛してる。この二カ月のあいだ、ぼくがどんなに心配したか、きみには想像もできないだろう、イザベラ。ふたたび会えるかどうかもわからなかった。きみはぼくと結婚すべきだ」

「〝べき〟というのが問題ね」

「無理強いするつもりはけっしてない。その点はきみの誤解であることをわかってほしい」

「返事はノーよ」

「いずれ気が変わるさ」

「いいえ、変わらない」フルールは彼に笑顔を向けた。「あなたがここを離れるときは、一人で行ってね、マシュー」

マシューは両手をあげると、フルールの首にゆるく巻きつけた。その手を彼女の顎まで持っていき、わずかに力をこめて、ぐいっとあげた。

「熟練の絞首人なら、こんなふうにやってくれるから、即死で苦痛もないそうだ。あいにく、全員が熟練者というわけではない」

フルールの微笑が薄れた。「ありがとう」小さく言う。「ようやく答えがもらえた。あなたと結婚するか、絞首刑になるか、どちらかを選べと言うのね。決めるまでに、どれぐらい時間をいただけるの？」

しかし、マシューには答える暇がなかった。ロング・ギャラリーの端のドアが開いて、リッジウェイ公爵が入ってきた。

「まだここにいたのか」公爵は言った。「絵がずいぶんあるからね、つい時間を忘れてしまうものだ。だが、わたしの娘の家庭教師には睡眠が必要だ、ブロックルハースト。絵の鑑賞はまたつぎの機会にするといい。きみはもう部屋に戻ってくれ、ミス・ハミルトン」

だが、マシューもフルールについてきたので、ほどなく、三人がドアのところに立つこととなった。公爵が探るような目でマシューを見て、フルールに腕を差しだした。

「上の階までエスコートしよう」

フルールは公爵の腕に手をかけた。ふりむいてマシューの様子を見るのはやめておいた。アーチを抜けて階段へ向かったとたん、手をひっこめた。内側の壁にできるだけ身を寄せて階段をのぼった。

階段のてっぺんで公爵がひきかえすかと思ったが、フルールの部屋まで一緒にきた。そして、ドアのノブに手をかけた。フルールはそれを見守った。彼女の恐怖の的である、指の長い美しい手。

「お詫びしたい、ミス・ハミルトン」公爵が静かに言った。

「お詫び？」フルールは目をあげて公爵の顔を見た。廊下の仄暗《ほのぐら》い光のなかに浮かびあがる、浅黒く、きびしい、鋭角的な顔。

「今夜のことについて。きみをベッドからひきずりだし、演奏を無理強いしてしまった。二度とあのようなことが起きないよう気をつける」

フルールは彼の目から視線をそらそうとしなかった。

「あの男に危害を加えられはしなかったかね？　何か嫌がらせでも受けたのでは？」

「わたしに危害を加えるのは、あの男ではありません」

公爵は口をあけて何か言おうとするかに見えたが、ふたたび閉じた。唇をきつく結び、顎をこわばらせて、フルールを見た。フルールは疲労困憊で恐怖を感じる元気もなかった——ドアをあけてわたしを部屋にひきずりこみ、今夜もまた、服を脱ぐよう命じるつもりだろうか。

わたしは果たして、その命令に従うだろうか。

「お詫びしたい」公爵がふたたび言い、フルールは彼の視線がこちらの唇に向けられ、顔が近づいてくるのを、恐怖のなかで見つめた。

不意に公爵がドアをあけ、部屋に入るようフルールに身ぶりで示した。

「いや！」フルールはその場で足を踏んばり、ゆっくりと左右に首をふった。「いや。やめてください。ああ、お願いだからやめて」

公爵は一歩前に出ると、あざがつきかねないほどの力でフルールの肩をつかんだ。「わたしをどういう男だと思ってるんだ？　部屋に入りこむとでも思ったのか。いま謝罪して、つぎの瞬間にはきみを誘惑できる男だと思ったのか」

フルールは唇を噛み、公爵をじっと見た。

「フルール」彼の手がゆるんだ。「フルール、わたしはあのときだって、いやがるきみに無理強いしたのではない。いやがるきみを強引に奪うようなまねは、けっしてしない。いや、たとえきみがいやがらなくとも、奪いはしない。わたしには妻がいる。五年半の結婚生活のなかで妻を裏切ったのは、あのとき一度きりだ。わたしの前できみが身の危険に怯える必要はけっしてない」

フルールの上唇の内側で血が出ていた。

公爵は彼女の顔を、緊張と恐怖に満ちた目を見つめ、苛立たしげな声をあげてフルールを抱きよせた。固く抱きしめるうちに、フルールの震えが止まり、公爵にぐったり寄りかかった。そして、顔を横に向けて、規則正しい鼓動を打っている彼の心臓に頬をつけ、目を閉じた。

「わたしの前では、身の危険に怯えなくてていいんだ」公爵の声がフルールの耳もとで低く響いた。あの指が彼女のうなじをそっとなでていた。「きみを傷つけようとはけっして思わない、フルール。お願いだ、わたしの言葉を信じると言ってくれ」

「信じます」フルールは疲れた顔で公爵から離れた。

なんて長い一日だったのだろう。

「そうか、では」公爵は腕のなかからフルールを放し、脇へ一歩どいて、逡巡する様子で彼女を見おろした。「おやすみ」

「おやすみなさい、公爵さま」

部屋に入ってドアを閉めた。ドアに額をつけ、心を静めるために何回か深く息を吸った。もう怖がることはない。いままで二人きりだった。公爵がその気になれば、簡単にわたしを奪えたはず。わたしの悲鳴を抑えこみ、クレメント夫人の耳にすら届かないようにできたはずのに。でも、何もせずにいてくれた。

いやがるきみを強引に奪うようなまねは、けっしてしない。いや、たとえきみがいやがらなくとも、奪いはしない――そう言ってくれた。そして、わたしはうなじにあの人の指を感じた。あの人の心臓の鼓動を聞き、あの人にもたれ、温もりと力強さにこの身を委ねた。心地よさという幻想に浸った。

フルールは彼が何者なのか、自分に何をしたのかを、意識的に考えるようにした。力のみなぎる男っぽい肉体と傷跡のことを。彼の手のことを。

そして、自分が怖くなった。彼に抱きしめられた瞬間、嫌悪を忘れ去っていた。ワルツを踊ったときと同じように。そして、馬を走らせたときと同じように。

14

公爵閣下はまたしてもご機嫌斜めだ——翌朝、執務室に入った瞬間、ピーター・ホートンは気がついた。運の悪いことに、今日のホートンは五分も遅刻だった。公爵は軍人らしい姿勢で窓辺に立って外をながめ、片手で窓枠を苛立たしげに叩いていた。

すると、奥方さまとトマス卿に関して地階でみんなが噂していたことは、やはり本当だったのか。もっとも、公爵閣下の結婚生活がうまくいっていないことは周知の事実だが。それに、もちろん、真夜中すぎに閣下の愛人がブロックルハースト卿とロング・ギャラリーをうろついていたという噂もある。

ウィロビー館に戻って以来、家庭教師が本当に閣下の愛人なのかどうか、ホートンは疑問に思っていた。彼にしては珍しく、この女性のことが気に入っていた。地階にいるときの彼女はつねにもの静かで礼儀正しく、レイコック夫人のテーブルでも偉そうな態度はけっしてとらない。言葉遣いや物腰からすると、生まれついての貴婦人であることは明らかなのに。

「どこにいた？」公爵が言った。やはり機嫌が悪いようだ。

「レイコック夫人の帳簿づけを手伝っておりました、閣下」

「休暇を歓迎する気はあるかな」

ホートンは疑惑の目で公爵を見た。永遠の休暇をとらされるのか？　執務室に顔を出すのが五分遅れただけで？

「わたしのかわりにウィルトシャーへ行ってもらいたい。行き先はヘロン邸。どこにあるのかよくわからない。きみなら間違いなく見つけだすだろう」

「ブロックルハースト卿の住まいのことですか、閣下」ホートンは眉をひそめた。

「そうだ。ごく最近までそこに住んでいたイザベラという人物について、なるべくくわしく調査してほしい」

「イザベラ？」ホートンは不審そうな表情になった。「名字でしょうか、閣下」

「わからん。それから、調査を進めるにあたっては、目立たないよう気をつけてくれ。よけいなことはしゃべらない。わかったね？」

「イザベラというだけですか、閣下。それ以外に何か特徴は？」

「ミス・ハミルトンによく似ているとだけ言っておこう」

ピーター・ホートンは公爵を凝視した。

「きみの思慮深さをあてにしていいね？　当然とるべき休暇がずいぶんたまっているので、今回それをとることにしたわけだね？」

「いとこのトムを訪問する予定です」彼の秘書は無表情に答えた。「奥さんにはまだ会ったことがありません。それから、生まれたばかりの息子にも。名付け親になってくれと頼まれております」

「きみの一族の歴史を聞かせてもらう必要はない」公爵はそっけなく言った。「今日さっそく出発したほうがいいぞ、ホートン。洗礼式に間に合わないかもしれない」

「深く感謝いたします、閣下」向きを変えて大股で部屋を出ていく公爵に、ホートンは言った。「このご恩はけっして忘れません」

「出発前に、例のもうひとつの件を処理しておいてくれるね」ドアのところでふりむいて、公爵は言った。「彼女には、朝のうちにウォラストンへ行くよう指示してある」

「承知しました、閣下」ホートンは歯切れよく答えた。

やれやれ、奥方さまより閣下のほうがはるかに慎重な性格に違いない。閣下と家庭教師――ロンドンからきた娼婦――の関係をめぐるスキャンダルめいた噂は、地階ではひとことも出ていない。もちろん、きのうの朝、二人が一時間も乗馬に出かけたという話を、馬番がしていたけれど。家庭教師の乗馬服とブーツの採寸の手配をするようにとの指示が、わたしに与えられたことからすると、この話には信憑性《しんぴょうせい》があるようだ。

家庭教師はやはり、閣下の愛人なのだろう。あの哀れな女の過去を探るつもりだとすると、閣下は心底彼女に惚れておられるに違いない。あの女は名前を偽って暮らしている。そうだろう?

だが、閣下を非難することは誰にもできない。なにしろ、奥方さまときたら、トマス卿への思いをまるっきり隠そうとしないのだから。

午前中は雨だった。ピアノフォルテの練習を終えても、短時間の散歩に出るチャンスはなさそうで、フルールは落胆していた。パメラの乗馬レッスンも今日は無理だろう。

しかし、落胆の思いは薄らいだ——きのうの朝の遠乗りとそのあとの出来事を思いだしたおかげで。昨夜のことと、怯えて無礼千万な想像をしてしまったことを思いだしたおかげで。そして、彼女を包んでくれた公爵の腕と、耳もとで鼓動を打っていた公爵の心臓と、公爵のコロンの香りを思いだしたおかげで。

雨降りでよかったと思った。

パメラが何行もの文字を書き写すのを見守り、そのあと、二人で刺繍をしながら歴史上の逸話を語って聞かせるうちに、けさは公爵がこないかもしれないという希望が湧いてきた。そして、足音が聞こえはしないかとビクビクし、あらゆる物音に怯えた。

二人で地球儀を見ていたとき、公爵がやってきた。しかし、公爵は娘にキスしておはようの挨拶をしたあと、いつもと違って隅の椅子にすわろうとはせず、立ったままフルールに手紙を渡した。

「けさ、これが届いた。わたしにも同じ差出人から一通届いている。招待に応じることを許可しよう、ミス・ハミルトン。それから、ホートンが地階にある彼の執務室できみを待っている。きみ、けさの用事を忘れているのかね？」

忘れてはいなかった。しかし、おそらく公爵のほうが忘れているだろうと思い、朝食のときにホートン氏に話を切りだすのを遠慮したのだった。

「三十分後に、きみのために馬車を用意させる」公爵は言った。「パメラ、パパと一緒にチビのところへ行って、しばらく遊ぼう。パパが男の人たちと合流する時間になるまで。今日の午後は、パパとママと一緒に牧師館へ行こうね。お客さまのなかに教会を見たがってる人たちがいるんだ。パパたちが教会にいるあいだ、おまえは子供どうしで遊んでおいで」

「わーい」パメラはその場で飛び跳ねた。

「じゃ、行こう」公爵はパメラのほうへ手を伸ばした。「ではこれで、ミス・ハミルトン」

手紙はチェンバレン氏からで、今夜、氏とその妹とサー・セシル・ヘイワードと晩餐を共にし、ウォラストンの劇場へ出かけようという招待だった。旅まわりの一座の芝居が上演されるという。

フルールは便箋をたたんで口もとへ持っていった。そして、ウィロビー館で実現できたかもしれない人生のことを考えて、ひどく残念に思った。仕事に大きな愛着を覚えはじめたところだし、人とのつきあいもけっこうあって楽しく過ごしている。それに、魅力的な男性と知りあったおかげで、女であることを実感できるようになった。

もちろん、友情を超えた関係にはけっしてなれない。それはわかっているし、納得もしている。多くを求めるつもりはない——この屋敷で過ごした最初の二週間のような暮らしができればそれでいい。

リッジウェイ公爵が屋敷に戻ってこなければよかったのに。わたしがここにいることをマシューに知られなければよかったのに。

三十分後に馬車の用意をさせると公爵が言っていた。身支度をするためと、招待状に承諾の返事を書くために、急いで自分の部屋に戻った。

ピーター・ホートンから手紙を託された。これをウォラストンの店に渡しておけば、乗馬服の代金の請求書が屋敷に送られてくるという。フルールがここにきてまだ一カ月たっていないのに、ひと月分の給料を払ってくれた。いとこの息子の洗礼式に出るため、一時間以内に出発しなくてはならず、一週間かそれ以上留守をするので、という説明を添えて。

そのあとの数時間をフルールは楽しく過ごした。二カ月前の悲惨な経験のあとだけに、身なりを整え、立派な馬車に乗り、馬車についているリッジウェイ公爵家の紋章のおかげで恭しい扱いを受け、とくに買う必要もない絹のストッキングにお金を使い、乗馬服用に贅沢なベルベットを、ブーツ用に柔らかな革を選ぶのは、浮き浮きすることだった。

今日は雨降りで、空がどんより曇っていたが、ウィロビー館への帰途についたときは、まるで自分の家に帰るような気がした。馬車がガラガラと橋を渡り、屋敷のほうへ目を向けた瞬間、胸が苦しくなるほどの愛情を感じた。ここを家と呼べるのもそう長くないと思うと、ひどく悲しくなった。

馬車からおりるのに手を貸してくれた御者に笑みを向け、そのまま、馬蹄形の外階段の下にある召使いの居住区に通じるドアへ急ごうとした。ところが、誰かに呼び止められた。厩のほうからマシューが急ぎ足でやってくるところだった。

「午餐のあと、きみに会いに上の階へ行ったんだ」馬車が去っていくあいだに、マシューは言った。「子供の乳母から、きみがウォラストンへ行ったと聞かされた。一人で行ったのかい、イザベラ？　どうして教えてくれなかったんだ？　ぼくも一緒に行ったのに」

フルールは雨のなかに立ち、マシューを見た。

「ぼくはもうじき、ノルマン様式の教会見学などというつまらんことに参加するため、出かけなきゃならない。だが、今夜ぜひ会いたい。どこにする？　きみの部屋？　それとも、一階のどこか？」

「今夜は予定が入っています」

「なんだって？」マシューは顔をしかめてフルールを見た。帽子のつばから雨がたえまなく流れ落ちていた。

「食事とお芝居見物に誘われたの。近所の方から」

「誰なんだ？　そいつに希望を持たせないほうがいいぞ、イザベラ。気に入らないね」

「純粋な友情という関係が、あなたには理解できないの、マシュー？」フルールは訊いた。マントに包まれた彼女の背中を、冷たい雨が伝い落ちていた。

「きみをめぐる友情なんて理解できない。その美貌だからな、イザベラ。二、三週間はここに腰を落ち着けるとしよう。だが、きみだって自由時間は充分にあるはずだ。それから、抵抗にあうのはごめんだぜ。公爵も含めて。ゆうべだって、公爵がしゃしゃりでてこなければよかったのに。あれじゃ、きみのためにならない」

「雨に濡れて骨の髄まで冷えてしまったわ、マシュー。悪いけど、家に入らせてもらいます」

マシューは軽くお辞儀をすると、向きを変え、大理石の外階段を駆けあがった。

フルールは震えながら、召使い用のドアからなかに入った。そう、つねにつきまとって離れない究極の選択。どちらかを選ばなくてはならない。マシューと結婚するか——彼が本気で結婚を考えているのなら——殺人と窃盗の罪で裁判にかけられるか。裁判になれば、証人はマシュー一人だけだ。

その日の夕方、チェンバレン氏の馬車がフルールを迎えにきた。フルールはブルーのモスリンのドレスを悲しげに見おろして、ほかにもドレスがあればいいのにと思った。でも、そんなことで今宵を台無しにするつもりはなかった。楽しく過ごそうと、さきほど決心したばかりだ。マシューと話したあとなので、とくにその思いが強かった。招待を受けていなかったら、今夜はマシューと過ごすしかなかっただろう。もちろん、明日の夜も、明後日の夜もある。でも、それはまたそのときに考えよう。

サー・セシル・ヘイワードは、フルールが舞踏会で会ったことのある紳士で、馬と猟犬と狩猟しか話題のない人物だった。しかし、チェンバレン氏と妹はどちらも話術が巧みで、晩餐の時間をフルールはとても楽しく過ごした。

彼女が劇場に足を踏み入れるのは生まれて初めてで、そう言うと、チェンバレン氏はおもしろがった。

「劇場に近寄ったこともないのですか、ミス・ハミルトン。おやおや！　あなたのような人ばかりだったら、われらが時代のシェイクスピアたちはどうやって生き延びていけばいいのでしょう？」

「あら、お芝居が嫌いで劇場に近寄らなかったとは申しておりませんわ」フルールは笑いながら言った。そして、じっさいに劇場のそばまで行ったときのことを思いだした。

「子供を連れていくようなものだぞ、エミリー」チェンバレン氏は妹に微笑した。「ミス・ハミルトンはきっとびっくり仰天し、興奮のあまりその場で飛び跳ねることだろう」

「少なくとも」フルールは言った。「金切り声ではしゃぐことだけはしないとお約束します」

「よし、ではそろそろ出かけるとしよう。今夜はポートワインを省略してもかまわないだろ、ヘイワード」

劇場はフルールの想像よりはるかに小さく、観客と役者のあいだの雰囲気ははるかに親密だった。歌手の音程が少しはずれれば、観客は「シーッ」と言い、豊満な胸の女優が舞台に登場するたびに口笛を吹き、悪党に喝采し、叶わぬ恋に悩む主役の俳優を嘲笑し、最後のラブシーンのあいだ、拍手喝采と野次を浴びせつづけた。

フルールはあらゆる瞬間を楽しみ、芝居と観客の両方を見て楽しんだ。

「みんな、俗物ですからね」チェンバレン氏が彼女の耳もとでささやいた。「芝居を楽しむためではなく、自分が楽しむために、ここにきているのです。もちろん、この国のどこかにもっとうまい俳優たちがいることも事実ですよ。今夜の経験で、あなたが劇場を永遠に毛嫌いするようにならないことを願っております、ミス・ハミルトン」

「とんでもない。すてきな夜でした」

ミス・チェンバレンの意見はどうやら違うようだ。劇場の暑さと執拗な騒音のせいで、頭痛を起こしていた。そのため、馬車はサー・セシルをウォラストンの近くにある彼の自宅でおろしてから、ミス・チェンバレンを家に送り届け、そのあとでウィロビー館へ向かった。遅い時間なのでフルールを送っていくと、チェンバレン氏が言いはった。

「今宵あなたを屋敷から連れだしたりして、アダムが気を悪くしていませんでしたか」

「招待をお受けするようにと言ってくださいました」フルールは答えた。

「雇い人のことを自分の所有物とみなし、自由時間を与える必要はない、ましてや社交生活などもってのほか、と思っている者もいますからね。もちろん、アダムがそんなわからず屋でないことは、わたしも承知していましたよ。あの屋敷の召使いをひき抜こうとして成功した者を、わたしは一人も知りません。やってみた者は何人もいるようですが。アダムにとっては、雇い人というより、家族のようなものなのでしょう」

「いつも親切にしてくださいます」

「戦死の報が届いた一年後に突然アダムが帰ってきたときは、この界隈の者はみな大喜びでした。トマスだけは落胆したことでしょうがね。公爵の身分を奪われたのだから」

「でも」フルールは言った。「とても感じのいい紳士ですわ」

「ええ、そうですね」暗い馬車のなかで、チェンバレン氏はフルールに笑顔を向けた。「たしかに。ティミーの誕生パーティにきてくださいますか」

二人はしばらく気軽な雑談を続け、やがて、心地よい沈黙に浸った。

馬車がライムの木立の先にある橋を渡っていたとき、チェンバレン氏がフルールのほうを向いた。「この馬車が止まる前に、あなたにキスだけでも求めなかったら、臆病者、大バカ者、まぬけと自分を罵りたくなることでしょう。キスをしてもいいですか、ミス・ハミルトン」

こんなふうに頼まれたときは、どう答えればいいの？　相手のことが嫌いなら、〝だめ〟と言うべきでしょうけど……わたし、チェンバレンさまが嫌いではないわ。

「こちらの図々しさに言葉を失ってしまわれたようだ。そんな質問をされて、礼儀正しく〝ええ、どうぞ〟とは言えませんよね。とはいえ、〝いえ、困ります〟とおっしゃりたいなら、さほどむずかしいことではないと思いますが」

フルールはチェンバレン氏が暗がりで微笑するのを見た。氏はやがて、片腕をフルールの肩に置き、反対の手で彼女の顎をそっとあげて、唇を重ねた。

彼の唇は温かく、ひきしまっていて、心地よかった。ぐずぐずと抱擁をひきのばすようなことはなかった。

「頬に平手打ちが飛んでくるのを、おとなしく待つとしましょう」チェンバレン氏は腕と手をひっこめ、身体を起こした。「何もなし？　ご機嫌を損じたのでなければいいが」

「大丈夫ですわ」

「数日中にお目にかかれるのを楽しみにしております。子供たちのわめき声のなかで、多少は言葉を交わすこともできるでしょう。誕生パーティというのは、ほかの行事をふたつ合わせたよりも騒がしいものです。経験されたことはありますかな」

チェンバレン氏は御者がステップをおろすのを待ってから、雨に濡れたテラスに出て、馬車をおりるフルールに手を貸した。彼女をエスコートして外階段をのぼり、正面玄関まで行き、ノックしてから、向きを変えて立ち去る前にフルールの手の上に身をかがめて、その手を唇に持っていった。

「つきあってくださってありがとう、ミス・ハミルトン。今夜は言葉にできないぐらい楽しかった」

「わたしもです。おやすみなさい」

玄関扉を閉めながら、フルールはあたりを見まわした。マシューか公爵が暗がりから姿を見せるものと思っていた。しかし、玄関をあけてくれた従僕が一人いるだけで、あとは誰もいなかった。

階段を駆けあがって自分の部屋へ行った。手早くドレスを脱いでベッドにもぐりこみ、毛布を耳のところまでひっぱりあげた。

今夜のことだけを考えよう。とりあえず、ひと晩だけは幸せな気持ちで眠りにつける。チェンバレン氏のことと、気さくなユーモア感覚のことを考えた。そして、彼のキスのことを。

人生のスタートが一カ月ほど前だったらよかったのにと思った。マシューの存在も、ヘロン邸の近くのどこかに埋葬されたホブソンの遺体もなければよかったのに。ロンドンの日々も、あそこで生き延びる必要もなければよかったのに。リッジウェイ公爵などいなければよかったのに。妙なことだが、ダニエルもいなければよかったのにとまで思った。

ウィロビー館があり、チェンバレン氏がいてくれれば、あとは何もいらない。

ふたたび、彼のキスのことを思った。でも、二度とキスを許してはならない。彼が向けてくれた関心のことを思った。でも、その気にさせてはならない。

そして、ゆうべ強く抱きしめてくれた温かなたくましい腕と、頬を寄せたときの強靭な筋肉に覆われた胸と、耳もとで力強く鼓動を打っていた心臓とを思いだした。ウェストにしっかり手をあててターンさせてくれた人とのワルツに思いを馳せた。あの人のコロンの香りが夜の美しさの一部を成していた。

フルールは毛布のなかにさらに深くもぐりこんだ。

翌日も雨だった。公爵は小作人の家を何軒かまわるため、午後から屈強な滞在客二人とともに馬で出かけていった。戻ってきたのは、お茶には遅すぎる時刻だった。そして、夜の予定がすでに立てられていることを知った。玄関広間で出会ったレディ・アンダーウッドの話では、ジェスチャーゲームにはみんな飽きてしまったという。そこで、客間でダンスをすることになった。

「そうか」公爵は言った。「で、誰が曲を弾いてくれるんだ？　ミス・ドビン？」

「本人は喜んで弾くつもりでいるけど」レディ・アンダーウッドは言った。「少しはダンスをする時間もなくてはだめだって、ウォルターがうるさいの。あの人、ミス・ドビンに夢中なのよ。お気づきになった、アダム？　それから、わたしはフィリップに夢中でもなんでもないのに、恐ろしい退屈を避けるために彼で我慢するしかないのよ。そのことにはお気づきになってる？　鈍感なあなた」

「まあまあ」公爵は笑顔で言った。「今宵、ともかくダンスを楽しむことができるじゃないか。ミス・ドビンが踊るときは、誰が曲を弾けばいい？」

「家庭教師よ。すでに交渉ずみ」

「えっ？　誰の提案で？」

「マシューよ、もちろん。彼が言うには、軽い知りあいだそうよ。ほんとは軽いどころじゃないと思うけど、その推測が正しいかどうかは、時間がたたなきゃわからないわね。とにかく、家庭教師が弾くことになったの。ワルツは全部わたしと踊るって約束してね、アダム。あなたのワルツは最高ですもの」

「一曲目の相手をさせてもらえれば光栄だ。申しわけないが、この濡れた服を着替えてこなくては」

どういうわけで今宵の予定がそうなったのか、フルールは知っているだろうか。打診されたのだろうか。命じられたのか。それとも、頼まれたのか。これもまた彼女の才能を利用しようとする公爵の差し金だと、フルールは思っているだろうか。その可能性を考えて、気が重くなった。彼女の役目はパメラの家庭教師であって、客の余興係ではないのに。

客間の家具をどけ、絨毯《じゅうたん》を巻き、音楽室から楽譜を運ぶという面倒な作業について考えた者が、果たしているだろうか。賭けてもいいが、おそらく誰も考えていないだろう。


フルールはレイコック夫人の部屋で刺繍をしながら過ごす静かな夜を楽しみにしていた。ところが、午後の授業が終わったすぐあとで、公爵夫人のほうから走り書きのメモが届けられた。夜のダンスのときにピアノフォルテを弾くようにとの命令だった。

さほど驚きはしなかった。マシューから呼びだしがあるものと薄々覚悟していたし、それに比べれば、こちらのほうがましだった。少なくとも、滞在客と一緒に客間にいられる。マシューと二人きりにならずにすむ。

客間へ行ってみると、従僕の一団が忙しげに絨毯を巻いていた。準備ができるまで待つことにして、大広間に戻った。そして、周囲に目を向け、豪華な広間を見ていった。

忍びよる夕闇に包まれはじめた円天井を見あげ、柱のあいだの壁面を飾る金箔仕上げの彫刻をながめた。翼の生えた愛らしい天使たちが、頬を膨らませて細い笛を吹いている。バイオリンの弓が笛と交差しているように見える。

「音楽を演奏するための場所として設計されたのだ」フルールの肩のところで公爵の声がした。「オーケストラ用にあのバルコニーが造られた。残念ながら、大々的な音楽会も舞踏会も、もう一年以上開いていない」

フルールは公爵のほうを向いた。彼の顔は広間の闇に沈んでいて、目はいつもより暗く、ワシ鼻はいつもよりとがって見え、傷跡は光のもとで見るよりも目立っていた。両手を背中で組み、フルールのすぐそばに立っている。フルールは息ができなくなり、うしろにある頑丈なコリント様式の柱を強く意識した。

「今宵、みんなのために演奏することを承知したそうだね」

「はい、公爵さま」

「言ってくれ。頼まれたのか」

「奥方さまからメモが届いたのです」

公爵は顔をしかめた。「二度とこんなことが起きないようにすると約束した。そうだったね？　今日の午後、わたしは屋敷を留守にしていたのだ。ミス・ハミルトン、われわれのために弾いてもらえないだろうか。いやなら、ことわってくれていい。家庭教師としての仕事には含まれていないのだから」

「喜んで弾かせていただきます、公爵さま」

〝アダムにとっては、雇い人というより、家族のようなものなのでしょう〟。きのうの夜、チェンバレン氏はそう言った。公爵夫人は命令した。公爵は丁寧に頼んでくれた。

「演奏の合間には、踊ってくれてかまわない。きみと踊れれば喜ぶ紳士が何人かいるに違いない」

「いいえ。せっかくですが、ダンスは遠慮いたします、公爵さま」

「だが、何日か前の舞踏会のときは、踊るのを楽しんでいた様子だったが」

「それはまたべつです」

「客間までエスコートさせてもらいたい」公爵は言った。腕を差しだそうとはしなかった。

絨毯が巻いて片づけられ、手描きの絹地を張った白と金色の椅子が壁ぎわに寄せられると、客間はいつもより広く豪華に見えた。ピアノフォルテは部屋の隅に移されていた。

このお屋敷でいちばん美しい部屋のひとつだわ——客がまだ一人もきていないので、気兼ねなく周囲を見まわして、フルールは思った。壁は淡いブルー、折上げ天井はブルーと白と金色。いくつもの大きな鏡が部屋をじっさいより大きく見せ、クリスタルガラスのシャンデリアのきらめきを何倍にもしている。

「絵画はヨーロッパ大陸からきたものだ」フルールの興味に気づいて、公爵が言った。「ほかの部屋のいくつかは、わが国の画家の絵で埋めるよう心がけているのだが。ここにあるのは、フィリップ・ハケットとアンジェリカ・カウフマンの作品だ。楽譜に目を通しておくかね？」

フルールはピアノフォルテの前にすわり、誰かが命じられて音楽室から運んできたに違いない楽譜の山に目を通した。どれもダンス向きの曲だった。多くがワルツだった。

それから二時間のあいだ、与えられた役目を黙々とこなすうちに、フルールの気分は楽になっていった。客間に入るなりピアノフォルテのそばまできて、フルールの手にキスをしたサー・フィリップ・ショーをべつにすれば、フルールのことなど誰も眼中になく、声をかけてくるのは、弾いてほしい曲や、踊りたいダンスの種類を告げるときだけだった。ミス・ドビンは途中で交代する約束だったことを忘れてしまったようで、フルールはそのまま忘れていてくれるよう強く念じた。

しかし、恐れていた瞬間がやってきた。ダンスの合間にふと顔をあげると、マシューがミス・ドビンを連れて近づいてくるのが見えた。

「ミス・ハミルトン」ミス・ドビンが言った。「なんてみごとな演奏なんでしょう。わたしが先に弾かせていただけばよかったわ。そうすれば、あなたのあとに続かなくてすんだのに」

無理に弾く必要はないのだと、フルールは抵抗を試みたが、ミス・ドビンのほうは、もともとダンスが好きなほうではないし、舞踏会のときも今夜もさんざん踊ったので、あと一カ月は踊る気になれないと言いはった。

「それに、ミス・ハミルトン」マシューがお辞儀をして言った。「あなたがひと晩じゅうピアノフォルテの前にすわっていたら、ぼくがダンスを申しこめないじゃないですか」

「わたし、ダンスをするためにここにきたのではありません。ダンスの曲を弾くためです」

「おや。でも、踊りましょうよ」マシューは彼女に微笑した。「いいでしょう？ ぼくと踊るのがいやなのかな」

ことわったら、この人はどうするかしら。みんなのほうを向き、声を大にしてわたしを糾弾する？　殺人犯であり、宝石泥棒であることを暴露する？　いえ、そんなことはないわね。自分の立場が悪くなるだけだし、もともとの目的はそれじゃないんだもの。

しかし、もちろん、これは理論上の問いかけだった。本音を言えば、試す勇気はなかった。フルールのことをよく知っているマシューにも、それがわかっているに違いない。

「ワルツを弾いてもらえますか、ミス・ドビン」マシューはそう言って、フルールのほうへ手を差しだした。

マシューのワルツはほどほどに上手だった。だが、フルールのほうはもちろん、踊る喜びに身を委ねることなどできなかった。自分はこの屋敷の召使い、いくら公爵から許可が出ているとはいえ、客間に集まった滞在客にまじってダンスをするなんて身の程知らず——そう思うと、頬がカッと熱くなった。公爵夫人がどんな顔をしているかと、あたりに不安な目を向けたが、部屋のなかに夫人の姿はなかった。

そして、もちろん、この前ワルツを踊ったときのことが、フルールは忘れられなかった。湖の南にある誰もいない小道で、固く目を閉じて踊ったのだった。今夜は、レディ・アンダーウッドと踊る公爵の姿が、フルールの目の端に映った。

曲が終わりに近づいたが、ピアノフォルテの前に戻るつもりでいたフルールに、そのチャンスは与えられなかった。サー・フィリップ・ショーがお辞儀をし、ダンスを申しこんできた。

「おや。だが、ミス・ハミルトンはピアノフォルテの演奏で疲れている」マシューが笑顔で言った。「新鮮な空気を求めて、ぼくが大広間のほうへ案内しようとしていたんだ、ショー」

「幸運なやつだな、ブロックルハースト」サー・フィリップがそう言いながら、物憂げな目でフルールを上から下まで見た。「ぼくの場合は、以前からの知りあいだと主張するわけにいかないし、ミス・ハミルトン。そうでしょう？」

フルールはマシューの腕に手をかけ、顎をつんとあげた。

マシューは彼女を大広間に連れだすと、円天井の下にあるバルコニーへの階段をのぼった。昼間のうちに、この階段を見つけておいたに違いない。フルールがここにのぼるのは初めてだった。

下から見たときの印象よりはるかに高く感じられた。なのに、円天井はいまも頭上高くそびえている。しかし、二人は屋敷内を見学するためにここにきたのではなかった。

マシューが彼女を壁に押しつけ、キスを始めた。顔に、喉に、ドレスの下の乳房に。両手で乳房をいじり、片方の膝をフルールの脚のあいだに割りこませた。唇を重ね、閉じた彼女の唇を舌でこじあけようとした。

フルールは静かに立ち、されるがままになっていた。

「きみは一度もチャンスをくれなかった、イザベラ。ぼくを嫌っていた。母と妹がいつもきみに辛くあたっていたからだ。そして、たぶん、ものぐさな父がとりなそうとしなかったから。そして、少女だったころのきみにぼくが目をとめなかったから。しかし、ぼくがきみにあからさまな意地悪をしたことは一度もない。そうだろう？」

「最近まではそうだったわ」フルールは静かに言った。

「いつ意地悪をしたというんだ。ああ、ダニエル・ブースの件でまた文句を言うつもりだな。あれは親切でやったことなんだぞ。わかってくれればいいのに、イザベラ。あいつはきみにふさわしい男ではない」

「じゃ、あなたはふさわしいの？」

「そうとも。ふさわしい。愛してるんだ、イザベラ。崇拝してる。そして、きみがチャンスをくれれば、ぼくに心を閉ざそうとしなければ、ぼくを愛することを教えてあげられる」

「好意を持つことはできたかもしれないわ。尊敬もできたかもしれない。わたしに少しでも敬意を示してくれたなら、マシュー。でも、あなたはいつもこうだった。わたしをつかまえ、愛を押しつける。以前のわたしなら、もちろん、自由に抵抗できた。いまはもう自由ではない。この屋敷で悲鳴をあげて騒ぎを起こすわけにはいかない。ほんとはそうしたくてたまらないけど。わたしは召使いで、あなたはお客さま。そして、わたしはあなたに〝近寄らないで〟と言うこともできない。絞首刑になりたいとは思ってないから。でも、あなたがわたしを愛してくれているのなら、こんな残酷なゲームは仕掛けてこないはず。わたしがいやがることを承知で、強引に口説こうとはしないはず」

「きみがチャンスをくれないからだ」

しかし、マシューはその瞬間、背後に目をやり、フルールの口を片手で軽くふさいだ。下から足音が響き、周囲を見ながら広間をゆっくり横切る公爵の姿が二人の目に入った。公爵は何分も下にいたが、ロング・ギャラリーのほうへ行くことにして、ドアを通り抜けたようだ。

「きみを捜してるのかな」マシューはフルールのほうに向きなおり、手を離しながら言った。「番犬みたいなものだな。公爵ともあろう者が身分の低い家庭教師のことを気にかけるとは、どうも妙だと思わないかい？　ぼくに許そうとしないものを、公爵には与えてるのかい？　それが事実だとわかったら、きみは首にロープをかけられ、死ぬことになる。ぼくが保証する」

「すてきな愛のお言葉ね」

マシューが乱暴にキスをした。フルールの歯が唇の内側にあたり、皮膚が切れてしまった。

「嫉妬に駆られた欲求不満の恋人の言葉だよ。愛してるんだ、イザベラ」

ようやくマシューに連れられてバルコニーからおりたとき、フルールはできればそのまま部屋に戻りたかった。唇が腫れ、髪が乱れていた。汚されたような気がした。しかし、マシューが彼女の肘に手を添えた。そして、いくら遅くまでダンスが続こうともピアノフォルテの演奏をすることに、フルールは同意した。

客間に戻ると、ウォルター・ペニー氏に熱っぽく呼び止められ、胸をなでおろした。渋るミス・ドビンと踊りたがっていた男性だ。

フルールはピアノフォルテの前にすわって、ふたたび演奏を始めた。いまは何時ごろ？　夜明けの光が窓に射しているかに感じられた。しかし、そうではなかった。

15

ダンスは名案だった――リッジウェイ公爵は思った。客の大部分が楽しんでいる様子で、またしてもジェスチャーゲームで夜を過ごすより、こちらのほうが間違いなく好評だった。音楽に生命が宿っていた。ミス・ドビンの演奏は正確、フルール・ハミルトンは流麗だった。それに、フルールには演奏を頼まれて腹を立てている様子もなかった。

全員が客間にいてダンスと談笑を楽しんでいたなら、心地よい一夜になったことだろう。しかし、舞踏会や気楽なダンスの夕べにありがちなことだが、やはり何組かのカップルが姿を消していた。

メイベリー卿がグランシャム夫人と出ていったことに頭を悩ませるつもりは、公爵にはなかった。ただ、人の家で、人の召使いたちが興味津々の視線を向けている前で、そういう不作法な行動に出られる人間のいることが、腹立たしかった。しかし、シビルとトマスについては頭を悩ませた。フルールとブロックルハースト卿についても。

シビルとトマスは三十分ほど姿を消していた。公爵は客間にとどまって客と談笑し、貴婦人たちとダンスを続けたいという思いと、二人を追いかけて、ゴシップが広まってとりかえしがつかなくなる前に連れ戻さねばという思いの板挟みになっていた。

しかし、もう噂になっているのかもしれない。おたがいへの思いを、二人はことさら秘密にしようともしていない。わたしがいちばん気にしているのは――ゴシップ？　妻と弟が慎重にふるまってくれさえすれば、二人の情事の再燃を示すしるしを、わたしは喜んで見守るつもりでいるのだろうか。

やがて、フルール・ハミルトンがブロックルハーストと一緒に部屋を出ていき、公爵の葛藤はさらにひどくなった。ここにいるかぎり、きみの身は安全だ、きみはわたしの庇護のもとにある――フルールにそう約束した。しかし、それはよけいな干渉だったのだろうか。部屋を出ていく彼女は笑顔だった。無理やり連れだされた様子ではなかった。もしかしたら、屋敷の客のなかに入って、その一人と踊り、さらに強い関心を得るチャンスができて、喜んでいるのかもしれない。

しかし、ブロックルハーストを初めて目にした夜、フルールは怯えていた。〝ほんの顔見知り程度〟と両方で言いつつも、ブロックルハーストは彼女をイザベラと呼んでいた。この男はヘロン邸という屋敷の主であり、フルールのかつての住まいは〝ヘロなんとか〟と呼ばれるところだった。

公爵は紳士たちが貴婦人をカドリールに誘うのを見守り、踊りたがっている貴婦人すべてがパートナーを得たことを確認してから、そっと部屋を抜けだした。

大広間には誰もいなかった。従僕たちはすでに部屋に下がっている。なのに、広間に入ると話し声が聞こえてきた。柱の陰から？　階段へ続くアーチのところから？　ゆっくり歩いてみたが、人の姿はなかった。話し声が消えた。たぶん、空耳だったのだろう。サロンとロング・ギャラリーのドアは閉まっている。

いや、違う——広間の中央に立ち、上を見たい衝動を我慢しながら、公爵は思った。昔の隠れ場所だ。子供のころ、トマスと二人で数えきれないぐらい身を潜めたものだった。床に伏せて、到着したばかりの客を観察したり、ほかに誰もいないと思いこんでいる従僕たちの会話を聞いてひそかに笑ったり、その従僕たちを怖がらせるためにフクロウの鳴きまねをしたりした。

さっきの声はたぶん、トマスとシビルだ。上を見るべきか。声をかけるべきか。階段をのぼって二人と対決すべきか。二人が自発的におりてきてダンスに戻る時間を与えるべきか。いずれ対決しなくてはならない。しかし、もうしばらく先に延ばし、対決のすぐあとで客のもてなしに戻る必要のないときを選びたいものだ。

ところで、フルール・ハミルトンとブロックルハーストはどこへ行ったのだろう？　この前二人が一緒にいたのはロング・ギャラリーだった。あとでとんでもない事態を招くことになったあの夜。公爵は広間を横切ってギャラリーへ行き、ドアをあけ、なかに入った。

ロング・ギャラリーのなかほどで、ロウソクがひと組だけ燃えていた。あたりは薄闇のなかに沈み、中央で光を放つロウソクから四方八方へ大きな影が広がっていた。

二人はいちばん奥にいて、ぴったり抱きあっていた。彼の足音が耳に入らなかったようだ。

そこで、公爵は足音を忍ばせて出ていくか、それとも、こちらの存在を知らせるかを即断する必要に迫られた。彼女は抵抗していなかった。逢引きを邪魔されて腹を立てるかもしれない。いや、もしかしたら、わたしの助けを必要としているかもしれない。

公爵はギャラリーをゆっくり歩いていった。陰に身を隠すことも、足音を忍ばせることもしなかった。途中まで行ったところで、二人があわてて離れ、彼のほうを見た。

シビルとトマスだった。

公爵夫人はさっと顔を背け、窓の外の闇を見つめた。トマスは薄闇のなかで兄の視線を受け止めた。

「先祖にあらためて敬意を表したいという衝動に駆られてね。しかし、絵画鑑賞にふさわしい時刻ではなかったようだ。昼の光のなかで、もう一度見ることにするよ」

「そうだな」公爵は言った。「明日の朝、おまえに話がある、トマス。だが、いまはやめておこう。客間でご婦人方が待っているぞ。おまえがダンスを申しこめば、誰もが喜ぶことだろう。シビルとわたしは少ししたらそちらへ行く」

トマスはふりむいて、公爵夫人の後頭部に目をやった。「ぼくと一緒に戻りたいかい、シビル？　それとも、アダムと一緒に？」

「シビルはわたしと一緒に戻る」公爵は静かに言った。

公爵夫人は無言だった。

トマスは肩をすくめた。「ま、いいだろう。兄さんの声がそこまで低くなったときは、ぼくが反論すれば、たちまち殴りあいに発展だからな。血まみれの鼻で客の前に顔を出すわけにはいかないよね」公爵夫人の肩に手を触れた。「大丈夫かい、シビル？」

公爵夫人はやはり無言だった。トマスはもう一度肩をすくめ、一人でギャラリーを歩いていった。

公爵が長いあいだ待っていると、やがて、弟が出ていき、ついにドアの閉まる音がした。

「さて、シビル」公爵は静かに言った。

妻が彼のほうを向いた。ロウソクのかすかな光が金色の髪に反射していた。顔は闇に隠れていた。「ええ、アダム」甘い声がかすかに震えていた。「どうする気？」

「どうしてほしい？　またあいつを愛するようになったのか――いや、ずっと愛しつづけていたわけだ。そうだね？　恋人関係に戻ったのか」

妻は短く笑った。「イエスと答えたら、離婚なさるつもり？」と訊いた。「どうなの、アダム？　すばらしいスキャンダルになるでしょうね」声の震えが止まらないようだ。

「いや。離婚はぜったいしない、シビル。きみもわかっているはずだ。結婚するとき、きみはわたしにある約束をした。われわれ二人と、パメラと、うちで雇われている者たちのために、その約束を守ってもらわねばならない。トマスはすでにきみの過去の人間だ。わたしと結婚したとき、過去の人間となったのだ」

「わたしにどんな選択肢があったの？」妻は激しく叫んだ。「どんな選択肢があったというの？　この身は永遠の破滅を迎えようとしていた。しかも、あなたはトマスを追いだし、二度と戻ってくるなと言った。そして、しつこくわたしを訪ねてきて、父に本当のことを知られる前にあなたの庇護を受け入れるようにと迫った。わたしはほかにどうしようもなかった。あなたは悪魔だわ、アダム」

「そうかもしれない。だが、きみもとうてい理想の伴侶とは言えなかった。人は自分が選んだ人生を精一杯生きていくしかないのだよ」

「わたしを非難する気?」妻は激しい憎悪をこめて公爵を見た。「あなたに触れられることを拒んだから? 戦場であのまま死なせてもらったほうが、あなたも幸せだったでしょうに。いまのあなたは半人前の男ですもの」

「客のところに戻ったほうがいい」

「そして、あなたはわたしに約束を守れと言う」妻はだだっ子のような声になっていた。口論が始まると、すぐにそうなる。「あなたのほうは約束を守ってきたと、正直に言える? 一度もわたしを裏切ったことはないと言える?」

公爵は何も答えず、妻を見つめるだけだった。

「あなたが頻繁にロンドンへ出かけていく理由を、わたしが知らないとでも思ってるの? パメラに家庭教師が必要だと突然決めた理由を、わたしが知らないと思ってるの? 結婚の誓いのことなんか持ちだすのはやめて。トマスへの愛にわたしが身を委ねるとしたら、それはあなたの放蕩と残酷さのせいだわ」妻はハンカチを出そうとし、結局、公爵が差しだしたハンカチを受けとった。

「無茶なことを言いだすものだ。自分でもよくわかっているだろうが。涙を拭いて、洟をかみなさい、シビル。ずいぶん長い時間、客をほったらかしにしてしまった」

妻は無言で向きを変えるとギャラリーを歩きだした。二人でドアまで行ったところで、公爵がドアをあけ、妻の手からハンカチをとり、自分の腕に妻の腕を通した。不愉快で偽善的なことであろうとも――妻の美しい顔と、伏せたブルーの目と、シルバーブロンドの髪を見ながら、公爵は思った――世間体というものを考えねばならない。

そして、妻ももちろん、それを心得ている。客間に入ったとたん、シビルは輝くような笑みを浮かべた。ほとんど全員が踊っていた。フルール・ハミルトンがピアノフォルテを弾いていた。

客間を出たのはフルールが最後だった。ダンスに興じていた人々はすでにベッドへ漂い去り、絨毯を広げて部屋をもとの状態に戻すために、召使いが何人か入ってきた。フルールは楽譜を整理し、ベッドに入る前に自分で音楽室へ返しにいくことにした。

ずいぶん遅い時間だった。疲れていた。しかし、ベッドに入る気になれなかった。悪夢に眠りを妨げられるのが怖かった。

持ってきた燭台を音楽室のピアノフォルテの上に置き、楽譜をきちんと片づけた。そして、ふたたび燭台に手を伸ばした。

ところが、客間のものよりはるかに大きく、はるかに豊潤な音色を持つピアノフォルテに、磁石のごとくひきよせられた。鍵盤に軽く指を走らせた。そして、ゆっくりと、柔らかく、音階を奏でた。スツールに腰をおろした。

目を閉じて、テンポの速いきびきびしたバッハのソナタを弾いた。大きめの音だった。演奏に没頭し、勢いよく弾けば、胸の思いを忘れることができるだろう。

マシューのことも忘れられるだろう。

しかし、曲はやがて終わりを迎えた。目をあけて、自分のベッドへ行き、今宵の残りが差しだすものを受けとらなくてはならない。フルールはためいきをついた。チェンバレン氏と過ごした昨夜のことが、すでに遠い過去のように思われる。

「わたしも鍵盤をそのように自在に操って、鬱屈した思いを吹き飛ばすことができればいいのだが」背後で声がした。

リッジウェイ公爵！　フルールはあわてて立ちあがった。

「驚かせるつもりはなかった」公爵が言った。「音楽が聞こえてきたので、ついのぞいてしまった」

「申しわけありません、公爵さま。楽譜を返しにきたんです。一曲だけ弾いてみたくなって」

「ひと晩じゅう弾きつづけていたのに？」公爵は微笑を浮かべた。「礼を言わなくては、ミス・ハミルトン。とても感謝している」

「楽しく弾かせていただきました」

公爵が二、三歩フルールに近づいた。「大広間のバルコニーにいたのはきみだったのか。きみとブロックルハースト?」

フルールは全身が冷たくなるのを感じた。「はい、公爵さま」

「きみの意思で行ったのかね? それとも、無理に連れていかれた?」

「いいえ、公爵さま」フルールは彼の黒い目を見つめた。解雇を言い渡されるの?

「それから、そこ」かすかに腫れたフルールの上唇を、公爵が指した。「内側が切れているね?」

フルールは答えなかった。

「きみの同意のもとに?」

「はい」声が出なかったので、咳払いをした。「はい、公爵さま」

顔をあげてフルールの目をとらえた瞬間、公爵は唇を固く結んだ。そして、片手で目をこすり、首をふった。「一緒に書斎にきてくれ。寝酒を一杯やりたい」

フルールがついてくるかどうかたしかめもせずに、公爵は書斎のドアのほうへ歩いていった。しかし、ドアをあけるときに、両方の眉をあげてふりむいた。フルールは音楽室を横切ると、先に書斎に入った。ロウソクがすでに灯されていた。

公爵はフルールのためにシェリーを、自分にはブランデーを注いだ。暖炉の片側に置かれたすわり心地のよさそうな革椅子を勧め、フルールにグラスを渡してから、反対側の椅子にすわった。

「健康を願って乾杯、フルール・ハミルトン」彼女に向かってグラスを掲げた。「そして、幸せを願って。すぐに逃げてしまうものだ、幸せというのは。違うかな？」公爵はブランデーを少し飲んだ。

フルールはシェリーを口に含み、沈黙を通した。公爵は椅子にゆったりもたれた。のんびりと心地よさそうな、くつろいだ態度だ。フルールは堅苦しい姿勢ですわり、神経をぴりぴりさせていた。

「きみ自身のことを話してくれ。あ、隠しておきたいことがあれば、それをさらけだす必要はない。ピアノフォルテは誰に教わったんだね？」

「わたしの母です。幼いころに。そのあとは、後見人が自分の子供たちとわたしのために音楽の教師を雇ってくれました。そして、学校でも教わりました」

「学校か。どこの学校へ行ったのかな？　いや、答えたくないだろう。そこには何年ぐらい？」

「五年でした。ブロードリッジ・スクールです。ホートン氏に話してあります」

公爵はうなずいた。「長かったんだね。学校は好きだった？　音楽とダンスの授業はべつにして」

「いい教育を受けたと思っています。ただ、規律がきびしく、ユーモアを解さない学校でした。温かな感情というものがほとんどなくて」

「だが、後見人の意向により、ずっとそこで学んだわけだね？　家庭のほうには、温かな感情はあったのだろうか」

フルールはグラスのシェリーに視線を落とした。「両親が生きていたころは、とても幸せな一家でした。両親が亡くなると、温かさも消えてしまいました。わたしはまだ幼かった。扱いにくい子供だったと言っていいでしょう」

「孤児になり、冷遇されたわけだね。後見人のほうで、若いうちにきみを嫁がせようとはしなかったのだろうか」

フルールは二人の大地主のことを思いだした。どちらも五十歳を超えていて、フルールが十九歳の誕生日を迎えもしないうちに結婚を申しこんできた。両方ともことわると、キャロラインは激怒した。

「そんなこともありました」

「だが、きみは拒んだ。意志の強い人だね、ミス・ハミルトン。強情すぎると言ってもいい。後見人一家からもそう言われていたのでは？」

「ときどき」

「頻繁だったと想像するが。結婚したいと思う相手に出会ったことは？」

「ありません」フルールはあわてて答えた。そして、最近の夢に出てきたダニエルのことを思った。彼の姿が公爵と溶けあったり離れたりしていた。

「相手もきみとの結婚を望んでいた？」

フルールはハッと顔をあげ、ふたたびグラスに視線を落とした。

「結婚できない相手だったのかな」

「いえ」

「すると、後見人に許してもらえなかった？　持参金はあるのかね？」

「はい」

「だが、結婚するまで、もしくは、ある年齢に達するまで、きみはその金を自由にできないのだね、たぶん。そして、きみの後見人は結婚に反対しようと決めた。なぜ家を飛びだしたんだ、フルール？　恋人は一緒に逃げてくれなかったのか。きみより金のほうが大切だったのか」

「違います！」フルールは険しい顔で公爵を見あげた。「わたしの財産にダニエルは興味などありませんでした」

「ダニエルか」公爵は静かに言った。

フルールはグラスのなかで濃い色の液体をまわした。グラスを唇に持っていくことはできそうになかった。

「その男を愛していた？」公爵が尋ねた。「いまも愛している？」

「いいえ。すべて遠い過去のことです」まるで前世の出来事みたい。

公爵はグラスに残っていたブランデーを飲みほすと、立ちあがった。「飲んでしまいなさい」と言って、フルールのグラスのほうへ手を伸ばした。「ベッドに入る時間だ」

フルールはもうひと口飲むと、中身が半分になったグラスを公爵に手渡した。公爵は彼女の椅子のそばのテーブルに、自分のグラスと並べてそれを置き、手を差しだした。フルールはその手に、爪がきれいに磨いてある長く美しい指に目をやり、心を決めた様子で自分の手をのせた。彼の指に手が包みこまれるのを見た。そして、椅子から立った。

公爵は動かなかった。「わたしに打ち明ける気はないか？」と訊いた。「わたしに助けを求める気は？　きみの自由な意思でやったことではなかった。そうだろう？　同意の上ではなかった。そうだろう？」公爵は一本の指でフルールの上唇を軽くなでた。

フルールは公爵の手首に指を伸ばし、握りしめた。

「打ち明けることは何もありません。秘密などありません」

「だが、あとに残してきた暮らしより、ロンドンで送ることになったあのような暮らしを、きみは選んだわけだろう？　きみのダニエルは、きみを救いだそうとして追いかけてくることもなかったのだね？」

「わたしが出ていくことを、ダニエルは知らなかったんです」公爵の手首を握りしめたまま、フルールは答えた。「どこへ行ったかも知らなかったでしょうし」

「わたしがきみを愛していたら、フルール、そして、きみも愛してくれているとわかっていたら、きみが姿を消したときには、地の果てまでも捜しに出かけることだろう」

フルールの視線が公爵の傷跡をたどって、顎から口へ、頰へ、そして目へと移動した。彼の目をじっと見た。

「いいえ。そこまで深い愛情を持つ人はどこにもいませんわ。そんなのは神話です。心地よいおだやかな愛もある。利己的で残酷な愛もある。でも、詩に謳われているような身を焼きつくす情熱など、どこにもありません。愛には山を動かす力はないし、それを望んでもいないでしょう。ダニエルを責めようとは思いません。愛とはそういうものではないんです」

「だが」公爵の深い色をした目がフルールの目を熱く見つめた。「もしわたしがきみを愛していて、フルール、きみとのあいだに山が立ちはだかっていたなら、わたしは素手で山を動かすだろう」

フルールは戸惑った様子で軽く笑った。「〝もし〟ですね」と言った。「〝もし……〟と空想するのは、子供の遊びですわ。架空の世界に生きるのはとても簡単なこと。でも、現実の人生は違います」

唇が重なってくる数秒前に、フルールは公爵がキスする気でいるのを察した。あとで考えたとき、避けることもできたのにと思った。公爵の腕に抱きすくめられていたわけでも、壁に押しつけられていたわけでもない。しかし、フルールは避けようとしなかった。全身がこわばり、片手が公爵の手首をきつく締めつけていた。浅黒くきびしいあの顔が、悪夢で見たときのように上からのしかかるのではなく、フルールが思わず目を閉じるしかないぐらい近くまで迫ってきた様子に魅了されていた。

しかも、公爵のキスは、マシューのキスともチェンバレン氏のキスとも大きく違っていたので、フルールはその瞬間、逃げることを忘れていた。さきほどバルコニーで無理強いされた、唇と歯がぶつかりあうようなキスではなく、きのうの夜の力強いキスでもなく、軽くて、温かくて、唇をそっとなでられるようなキスだった。そして、公爵が唇を開くと、フルール自身の唇がブランデーの香りのするしっとりした温かさに包まれた。

フルールにキスをした男は、公爵で三人目。おかしなことだ。一カ月以上も前にフルールを抱いた男なのに。でも、あのときは一度もキスをしなかった。

やがて、フルールは狼狽に襲われ、顔を背けた。

公爵は片方の腕で彼女を抱き、反対の腕を彼女の頭のうしろにまわして、ネッククロスのひだに押しつけたが、その直前に、フルールは彼の表情をちらっと目にした。とり乱した苦悩の表情だった。彼の声にもそれが出ていた。

「逃げないでくれ、フルール。お願いだ。いまだけでいいから、逃げないでくれ。わたしを怖がらないでくれ」

フルールは全身を公爵に預けたまま、思いだしていた――彼の姿を。男っぽくて、素手で彼女の命を奪うこともできるぐらい力強い姿を。顔の左側から脚まで続く紫色の不気味な傷跡を。そして、彼の肌触りを、手を、親指を、フルールの脚を広げて押さえつけた膝を思い出した。なかに入ってきた彼に引き裂かれたときの感触を思いだした。男の欲望が吐きだされるまで律動が繰り返され、ついには彼女自身の存在が消えてしまったような気がしたことを思いだした。

だけど、優しい人だった。多すぎるぐらいのお金を払ってくれたし、家庭教師として雇ってくれた。わたしのことを気遣ってくれ、驚くほど温かくて優しいキスのできる人で、顔と声に傷つきやすさがにじみでている。

そして、わたしはひどい孤独のなかにいる。

過去の記憶と現在の事実を心のなかで結びつけるのは、むずかしいことだった。同じ男だとは信じられなかった。心のなかでは嫌悪しているのに、それを身体で感じるのはむずかしかった。

彼にもたれたまま、身体の力を抜き、怖がらずに彼の身体を肌で感じようとした。やってみたら、むずかしいことではなかった。

「いまだけでいいから」公爵がささやいた。フルールの頭のてっぺんに頬を軽くすり寄せていた。

フルールは意識して顔をあげたわけではなかった。しかし、知らぬ間にそうしていたに違いない。ふたたび彼の目を見つめ、上を向いて彼のキスを待った。温かな唇がふたたび優しく重ねられて、フルールの唇の上をそっとすべり、舌先で軽くなで、やがて、フルールも唇を開いて、さきほどマシューに要求されても拒みとおしたものを公爵に差しだした。

公爵の舌がフルールの舌をなで、からみつき、フルールの口の内側の柔らかな部分を、上のほうの敏感な部分を探った。

フルールは自分のうめき声を耳にし、身体と心を落ち着かせて、自分が誰と何をしているのかを意識しようとした。目ざめているこの瞬間を悪夢に邪魔されてはならない。いまだけのことだから。いまこの瞬間だけ。フルールの手の下で、彼の肩は広くたくましく、フルールの指のあいだで、彼の髪は豊かで絹のようだった。

公爵の唇がようやく離れて、フルールの頬へ、目へ、こめかみへ移った。そして、両腕でフルールを包みこみ、強く抱きよせ、彼女の頭に頬をつけた。

「ああ！」公爵がつぶやいた。「ああ、どうすれば……」彼の腕が鉄の帯のごとくフルールを抱きしめた。「どうすればいいんだ？」

フルールは彼が震えながら息を吸いこむのを感じた。公爵の腕が離れた。

立ったまま見つめあった。

「フルール」公爵が片手をあげた。フルールはそれが誰の手なのか、その手で自分が何をされたのかを、ふたたび意識した。公爵の手がフルールの頬を包みこんだ瞬間、身を震わせた。

「後悔していると言えればいいのだが。ああ、どんなにそう願っていることか。明日になったら、きみに詫びよう。いまは後悔していない。ベッドへ行きなさい。さあ。今夜はきみをエスコートできない。ドアのところで踏みとどまれなくなるだろうから」

フルールは小走りでドアまで行き、ノブを探りあて、廊下を走って階段を駆けあがると、大急ぎで自分の部屋へ向かった。公爵が追ってくると思っているかのように。

しかし、彼女が逃げていた相手は公爵ではなかった。全速力で走ったにもかかわらず、震える指で急いでドアに鍵をかけたにもかかわらず、それはフルールと一緒に部屋に入ってきた。

わたしは何をしてしまったの？　どんな事態を招いてしまったの？　乳房が張りつめ、敏感になっていた。初めてのときに激痛に襲われた場所が、いまは疼いていた。彼のブランデーの味がした。身体が感情の嵐に翻弄されていた。そして、きわめて冷静な声で彼女の心が告げていた。彼は何者なのか、どうやって彼女を娼婦にしたのか、終わってからどれほどの大金を彼女の手に握らせたのかを。性的奉仕をさせるために金で女を買う男。フルールのことも金で買ったのだ。

妻を裏切ったのは一度だけ——以前、公爵はフルールにそう言った。その言葉を信じたいと思った。いまも、彼の顔と声ににじむ傷つきやすさをたしかに目にし、耳にしたのだと、信じたかった。自分の心を欺きたかった。公爵との出会いは、現実には卑しむべきものだったが、そんなふうには思いたくなかった。

妻のいる男に、自分の雇い主である男に、この身体を自由にさせてしまった。しかも、あの出会いは一方的なものではなかった。あのとき、フルールのほうも彼を求めていた。

フルールが逃げだした相手は、自分自身だった。しかし、部屋のなかへ、鍵をかけたドアの内側へ、自分自身を連れて入ってしまった。

16

翌朝、フルールが早朝の練習をするために音楽室へ行ったのかどうか、リッジウェイ公爵は知らなかった。ハンニバルにまたがり、長い時間、無謀なスピードで遠乗りに出ていたのだ。

屋敷に戻らずにすめばいいのにと本気で思った。客のもてなしに追われて領地関係の仕事をなおざりにしていたため、用事が山のようにたまっている。作物の成長をたしかめ、生まれたばかりの家畜の赤ん坊を見にいかなくてはならない。そして、もちろん、小作人や作男と会って話をし、公爵がみんなの幸福を気にかけ、不満に耳を傾ける気でいることを伝えなくてはならない。

いや、屋敷に戻らず、このまま馬で領地の外に出ようか。チェンバレンと午前中を過ごすのも楽しそうだ。ロンドンから戻って以来、この友と話す機会がほとんどなかった。屋敷に客を迎えると、隣人とのつきあいやふだんの日課から切り離されてしまうものだ。

しかし、両方の誘惑を退けた。処理しなくてはならないきわめて重要なことが二件、屋敷で彼を待っている。どちらも負けず劣らず不愉快なものだ。

足をひきずりながら屋敷に入り、従者に向かって、馬と同じ臭いをさせて朝食の席に出なくてもすむよう、ちゃんとした服を持ってくるようにと命じた。

「閣下がご自分を痛めつけるのは自由ですが、ハンニバルまで痛めつけておられないよう願うばかりです」シドニーが言った。「でないと、このつぎ厩へおいでになったとき、不機嫌な馬番たちのきつい視線を浴びることになりますよ。ほかの服をお持ちする前にまず、馬の臭いのするその服を脱いでいただき、手早くマッサージすることにいたしましょう。横になってください」

「その我慢のならない生意気な態度はひっこめろ。マッサージを受けている暇はない」

「閣下が一日じゅう痛みを抱えて歩きまわられたら」シドニーは平然と言った。「わたしだけでなく、すべての召使いが閣下にどなりつけられ、その結果、わたしがみんなから非難されることになります。いつものことではありますが。さ、横になって」

「無礼な。わたしは召使いにはいつも礼儀正しく接している」

シドニーが雄弁な視線を向けると、公爵は横になった。痛む脇腹を力強い手で揉まれて、うめき声をあげた。シドニーは公爵の左目もマッサージした。

「ほらほら」子供をあやすような調子でシドニーが言ったため、公爵は思わず苦笑した。「すぐ楽になりますからね。巻いたバネのようにこわばってますよ、閣下」

フルールは勉強部屋にはいなかった。子供部屋へ行ってみたが、そこにもいなかった。しかし、パメラはすでに起きていて、朝食の席に父親を迎えるという思いがけない幸運に顔を輝かせた。すぐそばの床におすわりして、息を弾ませ、期待に満ちた顔をしている子犬に、トーストのかけらを食べさせていた。きのう、ようやく排泄のしつけが完了し、邸内に入れてもいいことになったのだ。ただし、いくつかきびしい条件つきで。

「たしか、テーブルの食べものは与えないという約束だったね」公爵は言った。「子犬用の特別な食べものがある。そうだろう？」

「あら、あたしの食べるものは何もやってないわよ、パパ」パメラが言いかえした。声をひそめた。「けさ、ナニーがカンカンだったの。チビがベッドでお粗相したから」

一瞬、公爵は目を閉じた。「寝かせるのはベッドの上ではなく、床の上という約束だったはずだが」

「でも、パパ、キュンキュン鳴いて小さな歯で毛布をひっぱるのよ。床に置いとくなんて、かわいそうでできなかった」

「ナニーがママにひとことでも文句を言ったら、チビは廏に戻されてしまう。それがわからないのか」

「ナニーは文句なんか言わないもん。濡れた場所はあたしが自分のハンカチで拭いといたもん。それから、ナニーの新しい帽子を褒めておいたし」

公爵はふたたび目を閉じた。しかし、部屋の反対側から乳母のクレメント夫人がやってきた。

「午前の授業が始まる前に、ミス・ハミルトンとちょっと話をしたいのだが、ナニー」椅子から立ちながら、公爵は言った。「話がすむまで、パメラのお守りをしてもらえないだろうか」

「承知しました、公爵さま」ナニーは膝を折ってお辞儀をした。「ゆうべ、犬のことでちょっと騒ぎになりまして。パメラお嬢さまからお聞きになりました？」

「ああ、聞いた。二度とそのような事態を招かないようにすると約束させた」

フルールは依然として勉強部屋にきていなかった。公爵は落ち着かない思いのまま、地球儀をまわし、ピアノフォルテを一本の指で弾いてみた。飾りものの建築物のひとつを描いたパメラの絵を見た。もう一枚の絵はフルールが描いたものに違いない。それを手にとった。絵の才能もあるようだ。

絵を下に置いたとき、背後でドアが開いた。どう話をするか考えておけばよかったと公爵は思った。わざと何も考えずにいたのだが。あらかじめ練習しておいた言葉を口にするのは嫌いだった。舌がもつれてしまう。ふりむいてフルールを見た。

彼女の唇がまだ少し腫れていた。目の下のくまはよく眠れなかったしるしだ。しかし、清楚な緑色のドレスに身を包み、髪はいつものようにうなじできちんとシニョンに結ってある。立ち姿が美しい。背が高く、ほっそりしていて、女らしい曲線が目に心地よい。これまでに出会ったなかで、ずば抜けて美しい女だ。

初めて会ったときの姿を思いだすのは困難だった——艶のない髪に青白い肌、目の下に濃いくまを作り、かさかさにひび割れた唇をした、痩せこけた娼婦。そして、型崩れし、しわだらけだった、あのブルーのドレス。同じ女だとはとても思えない。

「ミス・ハミルトン」公爵は言った。「謝罪したい」

「いいえ」フルールはドアを一歩入ったところにじっと立ったままだった。「必要ありません」

「なぜ？」

「ゆうべおっしゃいました。〝明日になったら、きみに詫びよう。いまは後悔していない〟と。でも、謝罪の言葉は空虚に響くだけです、公爵さま」

公爵はフルールを見て、そのとおりだと思った。後悔はしていない。少なくとも、ひとつの点では後悔していない。あの瞬間、短い幸せに浸ることができた。二人で遠乗りに出かけたときのように。いくら人の道にはずれたことであっても、ゆうべの抱擁の記憶がこの先ずっと彼の生き甲斐になるだろう。

「後悔している」公爵は言った。「きみに対する無礼なふるまいを、ミス・ハミルトン。いやな思いをさせてしまったことと思う。また、わが妻と結婚生活とを汚してしまったことも後悔している。どうかわたしの謝罪を受け入れてほしい」

フルールは顎をまっすぐにあげた。とても冷静な表情だった。公爵が椅子にすわり、服を脱ぐよう命じたときに見せたのと同じ姿だった。あのとき彼女は静かな威厳をたたえて服を脱ぎ、きちんとたたんで、脇に置いたのだった。

フルール！

公爵はしばし目を閉じた。「受け入れてくれるね？」

フルールはためらった。「はい、公爵さま」と答えた。

〝アダムだ〟。彼女にそう言いたかった。〝わたしの名前はアダム〟。そう呼んでもらいたかった。

「では、これ以上ひきとめないことにしよう」彼女が立っているドアのほうへ大股で向かいながら、公爵は言った。「パメラをこちらに連れてこさせる」

フルールはドアから離れて脇に立った。「ありがとうございます」

彼女の視線が下へ向いた。公爵は自分がいまも足をひきずっていることに気づいた。勉強部屋のドアを背後で静かに閉めた。シドニーの役立たず！　あいつも腕が落ちたのか？　脇腹と脚の痛みは執拗な虫歯の痛みのようだった。痛みを必死にこらえながら、子供部屋に顔を出して、身をかがめて娘にキスをし、それから、もうひとつの用件を片づけるために階下におりた。

トマス・ケント卿がすでに書斎にいて、まだ午前中なのに酒を手にしてすわり、ブーツに包まれた片方の足首を反対の膝にのせていた。

「おやじがよくやってたよな」兄が部屋に入ってくると、トマスはニッと笑い、グラスを掲げて乾杯のしぐさをした。「覚えてるかい、アダム？　ぼくたちをここに呼びつけておいて、一時間ぐらい待たせたじゃないか。こっちはデスクの真ん前にじっと立つしかなくて、身じろぎすることも、おたがいにしゃべることもできなかった。いつドアが勢いよく開くか、予測できなかったからな。最後に鞭でぶたれるのが決まりだったが、それよりも、じっと待たされることのほうが辛かった。そう思わないかい？」そう言って笑った。

公爵は子供のころの彼とトマスが怯えつつ立っていた、まさにそのデスクの向こうへまわった。

「なあ」トマスが言った。「デスクにうつぶせになれって言うつもりか、アダム？　そして、ステッキを使うのかい？」

「シビルはおまえを愛している」デスクの表面を見据えたまま、公爵は言った。「ずっとそうだった。おまえの子供を産んだんだぞ、トマス。なのに、こうして戻ってきて、シビルとわたしを弄《もてあそ》ぼうというのか」

「ほう」弟はグラスを目の高さまであげた。「折檻じゃなくて、真剣な話しあいか。くわばらくわばら。で、兄さんはいまもシビルにべた惚れなのかな？」

「わたしはシビルと結婚した。わたしの妻だ。妻を気遣い、守ってやらねばならない」

トマスは笑った。「シビルは兄さんを毛嫌いしてるけどな。わかってるだろ？」

「シビルと寝ているのか」公爵は弟をまっすぐに見て尋ねた。

「兄の妻と？」トマスは眉をあげた。「ぼくにそんな裏切りが、そして、そうだな、悪趣味なことができると思ってるのかい？」

「寝ているのか」

弟は肩をすくめた。

「愛しているのか」

「愚かな質問だね」トマスは立ちあがり、炉棚の上にかかっているモザイク画を鑑賞した。「兄の妻を愛するなんてことが、どうしてできる？」

「もし愛しているなら、おまえを許す気になれるかもしれない。五年以上も前におまえが出ていったのは、わたしが真実をシビルの耳に入れまいとしたのと同じく、大きな間違いだったと言っていいだろう。われわれはときとして、性急な行動に出てしまい、その結果を背負って永遠に生きていかねばならなくなる。だが、変えようがないわけではない」

弟は驚いた様子でふりむき、兄に笑いかけた。「ぼくがここに滞在してるあいだ、ぼくと寝室を交換しようとか？　ずいぶん気前のいいことだな、アダム」

「シビルがおまえを深く愛しているように、おまえもシビルを愛しているのなら」弟のふざけた口調を無視して、公爵は言った。「なんとかしなくては」

「離婚を考えてるのかい？」トマスはあいかわらず笑顔だった。「スキャンダルを想像してみろよ。耐えていけるかな？」

「離婚は問題外だ。シビルをそんな目にあわせるわけにはいかない」公爵は言葉を切り、深く息を吸った。「婚姻無効の宣告を受けられる可能性があるかもしれない。問いあわせをせねばならないが」

弟が部屋を横切り、デスクに両手を突いて、身を乗りだした。公爵をじっと見た。「婚姻無効？　それを可能とするための根拠はひとつしかない。そうだろ？」

「そうだ」

「つまり……」トマスの顔に笑みが戻っていた。「五年以上のあいだ、シビルと一度もベッドを共にしていないという意味かい？」笑いだした。「本当に？　まいったな。シビルがぼくに焦がれてるから、兄さんは最後まで高潔な恋人としてふるまうつもりだったのかい？それとも、シビルに拒絶されたのかな？　まさか傷跡をシビルに見せるような愚かなまねはしなかっただろうね？」ふたたび笑った。

「シビルを愛しているのか」公爵は訊いた。

「ぼくは昔からシビルに弱かったな。これまでに目を留めたどんな女よりも、シビルのほうが美人だ」

「そんなことを尋ねたのではない。シビルと結婚できるとしたら、する気はあるか」

トマスは立ちあがり、探るように兄を見おろした。「シビルのため？　それとも、兄さん自身のため？」

「おまえとわたしとで奪い去った幸せをシビルがとりもどせると確信できれば、そうするつもりだ。もしくは、少なくとも、可能かどうかを調べてみるつもりだ」

「じゃ、パメラは？　婚姻無効の宣告がなされたら、パメラが兄さんの子でないことが世間に知られてしまうぞ」

公爵は両手をデスクに突き、そこに視線を落とした。「そうだ。返事をもらえるかな？」

「ずいぶん急な話だね」トマスは暖炉の前にゆっくりひきかえし、ふたたびモザイク画のライオンを鑑賞しはじめた。「考えるための時間がほしい」

「それもそうだな。わかった。だが、現在の状態でおまえがこの屋敷に滞在するあいだは、トマス、シビルはわたしの妻だ。シビルに対して無礼なふるまいがあれば、わたしが黙っていない」

「結局、デスクにうつぶせにさせて、尻にステッキをふりおろすわけか。相手を打ちすえる前にステッキを空中でヒュッといわせる技は、すでに完璧の域に達しているのかい？　あの音を聞くと、ぼくはよく洩らしそうになったものだった」

「来週中に返事がほしい。答えがノーなら、すぐに屋敷を出ていってくれ。永遠に」

「話はすんだという意味だね」トマスは向きを変え、愉快そうな顔でふたたび兄を見た。

「いいとも、御前から下がるとしよう。どっちにしても、釣りに出かける連中が待っているから」

弟が部屋を出てドアを閉めたあとも、公爵は自分の手を見つめつづけた。自分ではったりをかけておきながら、それに心を惹かれている——何分かしてから、そう思った。

弟への言葉によって実現するかもしれない人生を、心に描いてみた——迅速に婚姻無効の宣告を受け、シビルと別れ、自由の身となる。フルールに惹かれるのも自由だ。公爵は目を閉じ、デスクの上で両手を握りしめた。

さっきのは純然たるはったりだった。百万年待とうとも、トマスがシビルとの結婚を承諾するはずはない。トマスが承諾するだろうと一瞬でも思ったなら、あんな非常識な提案はしなかっただろう。シビルにとっても、彼自身にとっても、たしかに満足できる解決法だが、パメラのことを考えてやらねばならない。いかなる場合もパメラのことが最優先だ。母親の幸福よりも、彼自身の幸福よりも。身を守るすべを持たない無垢な子供なのだから。

そう、トマスのことはよくわかっている。子供のころはトマスのことが好きだった。腕白で、悪いことも平気でやる弟だったが、そんなときのお仕置きといっても、鞭でぶたれるか、きつい説教を食らうぐらいのものだった。ところが、トマスは少しも大人になれなかった。無責任な青春時代から抜けだすことができなかった。リッジウェイ公爵として過ごした一年のあいだに、ウィロビーの莫大な財産をかなり浪費しているから、トマスが屋敷の主でありつづけたら、公爵家はいまごろ破産していただろう。

トマスはどう見ても、深い感情を持つことのできない男だ。公爵のままでいれば、シビルと結婚したに違いない。たぶん、ほどほどに円満な結婚生活を送ったことだろう。だが、シビルと同じだけの愛をトマスが持つことはけっしてなかっただろう。多少なりともシビルを愛していたなら、子供ができたとわかったときに、シビルから逃げだすようなことはしなかったはずだ。

これからもトマスが兄に迷惑をかけつづけ、気の向くままにシビルの身体を弄ぶだろうということが、公爵にはわかっていた。それがずっと続くかもしれない。トマスが怯えて逃げだすように仕向けるには、おもちゃだったはずのシビルに一生縛りつけられる危険があると、トマスに思いこませるしかない。

一週間もしないうちに、トマスは逃げだすだろう。公爵はそれを確信していた。確信があったからこそ、パメラの将来を危険にさらすようなまねまでしたのだ。

しかし、ああ、甘く心をそそられる案だった。公爵は立ちあがると、暖炉のほうへ目をやり、ゆうべフルールがすわっていた椅子をちらっと見た。二人が立っていたのもその場所だった。

あのとき、彼の懇願に応えてフルールの震えが止まった。そして顔をあげて彼のキスを受け、唇を開いた。腕を彼の首にまわし、指で彼の髪をなでた。

少なくとも数分間、フルールは彼への恐怖を忘れていた。こちらがフルールを求めたのと同じく、向こうも彼を求めていた。

罪悪感が公爵を苦しめた。シビルとトマスの不埒な抱擁をギャラリーで目にして憤りを感じた。なのに、それから二時間もしないうちに、今度は彼自身が家庭教師を抱きしめていた。

フルール。昼間は彼女のことで頭がいっぱいだし、夜は彼女の夢を見る。フルールに会い、その演奏に耳を傾け、その声を聞き、その目に見つめられる瞬間のために生きるようになっていた。フルールが彼の日々に光と意味を与えはじめていた。

公爵はかつて人生に求めていた貴重な真珠を、フルールのなかに垣間見るようになっていた。

公爵が自分に課したのは苛酷な生き方だった――この六年間の禁欲生活。唯一の例外が、ロンドンでの短い無味乾燥な出会いだった。

フルールとの出会い。痩せっぽちで、顔色が悪くて、じつは処女だった娼婦。彼のあらゆる命令に静かに従い、身体を貫かれたときも喉の奥で低くうめいて唇を噛んだだけだった。そんなみじめな場面ですら、威厳をもって耐え抜いた。どん底まで落ちた哀れな身でありながら、魂はけっして汚れていなかった。

二度とフルールを抱きしめてはならない。キスをしてはならない。ゆうべのことは一度だけの出来事。考えてもいなかったことだ。実現可能とわかった以上、二度とそうならないよう、自分を戒めなくてはならない。結婚が重荷となっているのは事実だが、それでも、自分の意志で結んだ契約であり、弱い心に負けずに、できるだけ契約に忠実でいなくてはならない。

だが、フルールをどこかよその領地へやらなくてはならないかもしれない。この世の何よりも愛しく思う女と、かつて愛しながら一度もベッドを共にすることのなかった妻と一緒に、ひとつ屋根の下で暮らすことができるかどうか、彼には自信がなかった。

婚礼の夜、妻はあとずさり、わたしの寝室から出ていってとわめいた。傷跡のことは妻に話してあったし、もちろん、顔の醜さは誰の目にも明らかだった。彼は寝室を出ていき、パメラが生まれるまで妻の寝室には二度と入らなかった。仲のいい友達のようになろうとした。

しかし、妻は彼のことを、愛する男を追いだし、そののちに結婚を迫ってきた卑劣な男だと思いこんでいた。妻もいずれ自分を愛してくれるだろうと期待したのは、なんとも愚かなことだった。

パメラが生まれた二カ月後に妻の寝室へ行ったときも、結果は同じだった——前と同じヒステリックな反応、強烈な嫌悪の表情。翌日、そのことで妻と話しあうと、妻は大きなブルーの目に涙をため、いつものしとやかな態度で、今後またわたしを抱こうとすることがあれば実家に帰らせてもらうと言った。

妻への愛がいっきに冷めたのは、たぶん、その瞬間だっただろう。天使のような顔の下に隠れていた妻の冷たい利己的な心にようやく気づき、それが真実であることを認めるに至った。

愛が冷めたあとに残されたのは、妻への深い哀れみだけだった。トマスに対する妻の愛は火のような情熱で、本人が消そうとしても消せないものだった。そして、妻はもちろん真実を受け入れることを拒み、冷酷な夫のせいで、熱烈に愛してくれる男と別れなくてはならなかったのだと信じていた。

公爵はためいきをつき、ドアのほうを向いた。ようやく、今日の予定にとりかかることができる。ようやく、自分自身の悩みをほんのいっとき忘れ去り、ほかの者の悩みに耳を傾けることができる。

朝食がまだだったことに気づいたのは、大股で廏へ向かっていたときだった。

そして、辛いことを忘れる気でいたのなら、ダンカン・チェンバレンを訪ねるのをやめたのは正解だったと、さらにあとになってから気がついた。きっと、〝ミス・ハミルトンが求婚を受け入れてくれたら、きみは家庭教師を失うことになるが、それでもいいかな？〟と、ダンカンに訊かれただろうから。そのときは、友の前で無理に笑顔を作り、握手をして、〝きみとミス・ハミルトンで決めればいいことだ〟と答えるしかなかっただろう。

眉間をこぶしで殴りつけられる危険があったことを知ったなら、ダンカンはいったいどう思うだろう？


三日後、ピーター・ホートンが休暇旅行から戻って、午餐の席につき、レイコック夫人、ジャーヴィス、フルール、その他の上級召使いに洗礼式のみやげ話を披露した。

「生後二カ月でもう豊かな巻毛？」話をさえぎって、ジャーヴィスが言った。「珍しいことじゃないかな、ホートンさん？」

「たしかにね」ホートンは言った。「いとこの妻の話だと、遺伝だそうだ」

「歯も生えてるっていうの？」しばらくあとで、レイコック夫人が顔をしかめて言った。

「生後二カ月で、ホートンさん？」

「そう」ホートンは言った。「珍しいことですよね」

「洗礼式のベビー服はどんなだったの、ホートンさん？」公爵夫人付きのメイドをしているミス・アーミティジが訊いた。

公爵の秘書は、この午餐から早めに抜けだしたほうが賢明だと判断した。きっと、仕事がデスクに山のように積まれていることでしょう、デザートが食べられないのは残念ですが――ホートンはもぞもぞと言った。

公爵は朝からずっと留守にしていた。午前中、娘に乗馬のレッスンをさせたあと、男性客を連れて農場のいくつかを馬で見てまわり、早めの午餐をすませてから、娘と一緒に牧師館へ出かけていった。

二人が戻ってきたときは午後の遅い時間になっていて、パメラは父親の先に立って階段を駆けあがった。前回牧師館を訪ねたときにこわれていた揺り木馬のことを、フルールに話したくてうずうずしていた。おもしろいものだ――玄関で帽子と手袋をはずして従僕に渡しながら、公爵は思った――パメラの信頼をかちえたのが乳母ではなく、家庭教師だというのは。

「ホートン氏が戻っております、閣下」しゃちほこばったお辞儀をして、ジャーヴィスが報告した。

「わかった」公爵はきびきびと言った。「あいつの執務室のほうだろうか」

「そうだと思います、閣下」

公爵はそちらへ向かった。

「やれやれ」ドアのところに立って言った。「戻ってくるのにずいぶん時間がかかったな」

「洗礼式と、赤ん坊と、親戚が歓迎してくれたものですから。どんな様子だか、閣下にも想像がおつきになることと思います」ホートンは言った。

公爵は部屋に入ってドアを閉めた。「ここにいるのはきみとわたしだけだ、ホートン。ジエスチャーゲームのようなことは、夜の遊びだけで充分だ。どうだった？」

「問題のレディはミス・イザベラ・フルール・ブラッドショーです、閣下。先代ブロックルハースト男爵の令嬢です。ミス・ブラッドショーの母上にあたる令夫人ともども、男爵はすでに故人となっておられます」

「そのあとを継いだのが現在のブロックルハースト卿というわけか」公爵が訊いた。

「いえ、その父親が継ぎました。妻と息子と娘を残して、五年前に亡くなっています」

「で、その一家とミス・ハミ……いや、ミス・ブラッドショーの父親との関係は？」

「五年前に亡くなったその男爵と、いとこどうしになります、閣下」

「以前はその男爵が、そして、現在はいまのブロックルハースト卿が、ミス・ブラッドショーの後見人なのだね」目を細くして、公爵は尋ねた。「後見の条件はどういう内容だ？　二十一歳の誕生日はすでに過ぎているはずだが」

「単なる好奇心から尋ねているように見せかけた場合、そのような情報を入手するのは容易なことではありません、閣下」秘書は堅苦しい声で言った。

「だが、きみのことだから入手したに違いない。きっと苦労しただろうということは、わたしにも想像がつく、ホートン。きみのほうで才能を誇示しなくとも、わたしはその才能を高く買っているのだぞ。なぜきみを雇っていると思う？　きみの顔立ちが好みだから？」

ピーター・ホートンは咳払いをした。「二十五歳になったとき、結婚のための持参金と母親の遺産を手にすることになっています、閣下。もしくは、結婚した時点で。ただし、後見人がその選択を承認するという条件つきです。承認が得られない場合は、三十歳になるまで相続を待たねばなりません」

「で、現在の年齢は？」

「二十三歳です、閣下」

公爵は秘書を見て、じっと考えこんだ。「よし、ホートン。そこまでは事実だな。よくぞ探りだしてくれたと褒めねばならん。さて、残りの部分をすべて話してくれ。すべてだぞ。きみの表情から、話したくてうずうずしていることが見てとれる。さあ、話すんだ。促されるのを待つ必要はない」

「お気に召さないかもしれません、閣下」

「それはわたしが判断する」

「彼女を雇ったわたしの判断が誤っていたことになるかもしれません。ただ――」咳払いをして、ホートンはつけくわえた。「ここで話題にしているのはミス・ブラッドショーのことですね、閣下？　ミス・ハミルトンのことではありませんね？」

「ホートン」公爵の目が危険なまでに細められた。「喉笛をわたしの手で絞めつけられながら話をしたいというなら、わたしはべつにかまわない。だが、きみはいまのままのほうが楽だと思う」

「はい、閣下」ホートンはふたたび咳払いをした。しかし、愛人にまつわる話のすべてを公爵の耳に入れたあとでどうなるかを想像すると、喉笛を絞めつけられるぐらいは楽なものだと言ってもいいだろう。そう思いながら、ホートンは話を始めた。

公爵の頭にはひとつの思いしかなかった。フルールというのが本名でよかった。彼女のことをイザベラとして考えねばならなくなったら、さぞやりにくいことだろう。イザベラというイメージにはそぐわない。

公爵は窓辺に立ち、部屋に背を向けて、話に聴き入った。口をはさむことはほとんどなかった。

「そうした情報の源はひとつだけか」ある時点で、公爵は尋ねた。

「まず、ヘロン邸の召使い。わたしが泊まっていた宿の酒場の常連である紳士。副牧師。それから、その妹。とくに、妹からいろいろ聞きだすことができました。たぶん、ミス・ブラッドショーの友人だったのでしょう。兄のほうは、もう少し口が重かったです」

「すると、友達がいたわけだ」公爵は秘書にというより、自分自身に言った。

「紳士の名前は？」しばらくしてから、公爵は尋ねた。「酒場の紳士のことだが」

「トウィーズミュアです、閣下」

「名字ではなく、名前のほうだ」

「ホレスです、閣下」

「わかった。では、ダニエルという名前の紳士には出会わなかったかね？」

「会いました、閣下」

「何者だ？」公爵は苛立たしげにふりむいて、秘書を見た。

「副牧師です。ダニエル・ブース師」

「副牧師か。まだ若いだろうな？」

「はい、閣下。ハンプシャーのサー・リチャード・ブースの次男です」

「きみの調査の徹底ぶりには感心させられる。報告から抜け落ちている事柄はないかね？」

「ありません、閣下」しばらく無言で考えこんでから、ホートンは言った。「ひとつ残らずお話ししたと思います。ミス・ハミルトンの解雇の手続きにとりかかりましょうか」

「ミス・ハミルトン？」公爵は眉を寄せた。「これとミス・ハミルトンとどういう関係がある？」

ピーター・ホートンは神経質な手つきでデスクの上の書類をめくった。「何もありません、閣下」

「では、きみのいまの質問は本件とは無関係の奇妙なものというわけだ。わたしがデスクにのせておいた仕事は、きみを夕方まで楽しませるのに充分な量だろうか、ホートン」

「はい、充分すぎるほどです、閣下。すべて片づけてからこの部屋を出ることにします」

「わたしがきみなら、夜なべ仕事はしないだろうな」廊下に出るためにドアをあけながら、公爵は言った。「今夜はきっと自由な時間を持ち、名付け親の役目を果たしてきたばかりの洗礼式の話で、レイコック夫人やその他何人かの仲間を楽しませたいと思うことだろう」

ピーター・ホートンは部屋を出ていく公爵を見守った。いまの話を聞いたあとでも、愛人を解雇するつもりはないというのか。心底惚れこんでいるに違いない。

ところで、ブロックルハーストのやつ、彼女を逮捕するつもりがないのなら、何が目的でこの屋敷に？　ホートンは首をふると、デスクに置かれた書類の山に注意を向けた。

17

フルールがティモシー・チェンバレンの誕生会を楽しみにしているのには、いくつも理由があった。まず、パメラが興奮している。この子の明るい顔を見るのは、いつだってうれしいことだ。母親にも一緒にきてほしがっているが、公爵夫人は客のもてなしで多忙なため、娘のために午後の時間をつぶすことなどもちろんできない。パメラはそれでも、父親がきてくれることに希望をつないでいた。フルールのほうは、そんなことは希望していなかった。

ウィロビー館から離れて午後を過ごすのは楽しいだろうと、フルールは思った。しかも、公爵から離れて。もっとも、公爵の謝罪を受けた朝以来、彼の姿を見かけることはほとんどなかった。彼が勉強部屋にきて腰をおろすことは一度もなかった。フルールが音楽室で早朝に練習するとき、書斎のドアのところにちらっと姿を見せるだけだった。雨の降っていない朝、パメラが乗馬のレッスンを受けるさいに、公爵に呼ばれてフルールも同席したことはあったが、そのあとの遠乗りはなかった。これをべつにすれば、フルールは公爵とまったく顔を合わせていなかった。

夢に公爵が出てきた。しかし、その夢はもはや、以前のような悪夢ではなくなっていた。

新しい夢のなかでは、公爵があの夜のように熱いキスをして、フルールもあのときと同じくキスを返し、たくましい肩の筋肉にてのひらを這わせ、彼のチョッキとシャツのボタンをはずして、その下の黒っぽい胸毛に触れた。かつて抱きしめられたときのように、彼を求めた。フルールの心は優しさに満ちていて、彼の身体がのしかかり、なかに入り、唇が重ねられるのだった。

フルールはいつも、汗にじっとり濡れて目をさまし、布団のなかへさらに深くもぐりこんだ。そして、いつも、恥ずかしさのあまり身の縮む思いをした。

ウィロビー館を離れて、子供たちと一緒に、そして、温和で優しいチェンバレン氏と一緒に過ごす午後を、フルールは楽しみに待っていた。リッジウェイ公爵がこないよう強く願い、そう願ったことを申しわけなく思った。公爵がくれば、パメラが大喜びするだろうに。公爵がパメラと楽しい時間を過ごそうとするなら、それは娘を深く愛している証拠なのに。

また、フルールが午後を楽しみにしているのは、マシューから何時間か離れられるからだった。自由時間の多くを一緒に過ごそうとマシューが言ったのは、本気だったのだ。午前中や夕方に外へ散歩に出れば、マシューが一緒についてきた。一度、パメラを連れて橋まで絵を描きにいったときも、マシューがあらわれ、一時間ものあいだ二人に愛想よく話しかけた。また、誕生会前日の午後には——ホートン氏が休暇を終えて戻り、公爵は娘と一緒によそへ出かけていた日だが——公爵夫人の許可を得たうえで、数人の客と予定している湖への散歩に誘ってきた。

「マシュー」玄関広間に呼びだされ、彼が待っているのを見て、フルールは憂鬱な気分で言った。「公爵夫人やお客さまと一緒に散歩だなんて無理よ。わたしは召使いなのよ」

「しかし、きみが育ちのいい女性で、ぼくの知りあいだってことは、みんなが知っている。それに、ぼくはこの屋敷の客なんだぞ、イザベラ。だから、機嫌をとってもらわなくては。ほら、珍しく晴天だし、きみは午後から自由時間だ。湖まで散歩する以上に楽しい過ごし方があるだろうか」

もちろん、フルールに選択の余地はなかった。部屋に戻ってボンネットをとってきた。ほかのカップルから少し遅れてマシューと一緒に歩きながら思った――どこですべてが終わるの？　この茶番をマシューはいつ終わらせる気なの？

「あなた、あとどれぐらいここに滞在するつもり？」フルールは彼に訊いた。

「ぼくたちがどれぐらいここに滞在するつもりかって？　さあね、イザベラ。ぼくはべつに急いでないし、きみにとっても、ぼくと旧交を温めるなら、二人だけになってしまう自宅より、人の目があるこの屋敷のほうがいいんじゃないかと思ってね。二カ月ほど前には、たとえまたいとこどうしでも二人だけになるのはまずいと、きみが思っていたようだし」

ごもっともな意見ね――フルールは思った。

「ここを去る前に、ぼくたちの婚約を発表したいものだ」

「だめ！」フルールはピシッと言った。「やめて、マシュー」

湖に着いたあと、どのカップルも個別に行動したがっている様子を見せた。トマス・ケント卿と公爵夫人はボートに乗りこみ、対岸まで漕ぐことにした。サー・フィリップ・ショーとレディ・アンダーウッドは湖の北側に沿って続く小道を歩き去った。ミス・ドビンとペニー氏は土手をのぼって木立に姿を消した。

マシューはフルールを連れて湖の南側へまわり、鬱蒼たる木立を抜けて、フルールがかつて公爵と一緒に馬で横を通ったことのある、装飾用の建物のひとつまで行った。神殿の形をした建物で、なかに半円形のベンチが作られ、湖を見渡せるようになっている。

「すわろう」マシューが言った。

フルールはすわった。

しかし、マシューにキスされそうになって、あわてて顔を背けた。

「チャンスをくれ、イザベラ。きみは本当に美しい」マシューはフルールのうなじの髪に軽く指を触れた。「卑劣なことをしようなんて、まったく思ってない。ヘロン邸はきみの父上のものだった。母上は男爵夫人だった。すべてきみの手にとりもどすことができるんだぞ。ぼくの母とアミーリアとの同居はいやだときみが言うなら、あの二人はどこかよそへやるから。ぼくにチャンスをくれ」

「マシュー」フルールは彼に顔を向けた。「わからないの？　わたしはあなたを愛してないのよ。良き妻としての心遣いをあなたに向ける気にはなれない。おたがい、昔に戻って現実を見つめ、またいとこどうしとして、ある程度の距離を置いてつきあうわけにいかないの？あなたを愛することは無理でも、せめて敬意を抱けるような人になってもらえないかしら」

「愛は育っていくものだ。チャンスをくれ」

フルールは首をふった。

マシューは彼女の首にゆるく手をかけると、前回と同じように顎の下でわずかに絞めつけ、その手をぐいと持ちあげた。そして、唇を重ねてきた。

フルールはマシューがキスを終えるまで待ってから立ちあがり、神殿の外に出て、湖をながめた。このとき初めて、恐怖を圧倒する怒りが湧いてきた。操り人形になっていることが、自分の人生を意のままにできないことが、つくづくいやになった。

「あなたとは結婚しません、マシュー。愛人にもなりません。それから、このウィロビー館であなたと二人きりの時間を持つことは、もうおことわりよ。あなたは自分の思いどおりにしなきゃ気がすまないでしょうけど、わたしはもう決めたの」

そこで目を閉じ、喉にかけられたマシューの手を思いだした。その手が喉を絞めつけ、ぐいと持ちあがる。フルールの呼吸が速くなった。

〝だが、何か困ったことになって〟以前、彼に――公爵に――言われた。〝ほかに誰も頼れる相手がいないときには、わたしのところにきてくれ。いいね?〟

そうしたいという思いに駆られた――彼に何もかも打ち明けて、もう一度あの力強い腕に抱かれ、規則正しく打つ心臓の鼓動を耳もとに感じ、すべての重荷を預けたかった。

でも、彼から軽蔑と嫌悪と非難の表情を向けられるだろう。そして、わたしはまた独りぼっちになってしまう。両親が亡くなってからずっとそうだったように。わたしの身を案じ、力になってくれる人がいるなどという思いは幻想。ダニエルに助けを求められないことはわかっていた。いま、リッジウェイ公爵にも助けを求められないことを悟った。わたしは一人前の大人。それぐらいのことはわかっている。

背後からマシューに肩をつかまれた。「そのうち、きみの気も変わるさ。二、三日、時間を置こう、イザベラ」

言いかえそうとしたが、かわりに唇を嚙んだ。そうなの？　わたしの気が変わる？　変わらなかったときに待ち受けている運命は、あまりにも苛酷なもの。

「屋敷に戻ろうか」マシューが言った。「きみには少し考える時間が必要だ。そうだろ？」

しばらくして、二人が馬蹄形の外階段をのぼり、大広間に入ると、たまたま公爵が広間を通りかかった。こわばった表情でフルールとマシューを見た。

「ミス・ハミルトン。娘と一緒に上の階にいるものと思っていたが」

「ブロックルハースト卿と散歩に出ておりました、公爵さま」

公爵はそっけなくうなずいた。「娘がきみと話をしたがっていた。いますぐ上へ行ってもらいたい」

「はい、公爵さま」フルールは膝を折ってお辞儀をした。逃げるように広間を出て子供部屋へ急いだ。公爵から冷たい非難の表情を向けられたため、頰が火照っていた。公爵夫人の許可を得たうえでわたしを散歩に誘ったことを、マシューは公爵さまにちゃんと話してくれるかしら。

翌日が、ウィロビー館から離れて過ごす午後が、待ち遠しくてならなかった。

ティモシー・チェンバレン坊やは七歳の誕生日を、弟と妹、ウィロビー館からやってきたレディ・パメラ・ケント、そして、牧師の子供二人を含む近所の子供たち五人と一緒に祝っていた。

パメラを連れて到着したフルールに、チェンバレン氏が言った。「天候が協力する気になってくれたのは、われらの健全なる精神にとって何よりの祝福です」と。ティミーが友達に子供部屋を見せ（みんな、前にも見ているのだが）、大きな袋に入った誕生日プレゼントの色とりどりの積木を見せびらかしたら、そのあとみんなで外へ出ることになっている。

ミス・チェンバレンが笑顔でフルールを迎えた。「いまの兄の言い方からはとても想像できないでしょうけど、ミス・ハミルトン、誕生会の計画はすべて兄が立てたのよ。こういうことが大好きな人なの」

フルールが笑うと、チェンバレン氏は渋い顔になった。氏が子供たちを溺愛していることは、初めてここを訪れた日と同じく、ひと目でわかる。

フルールは楽しくて浮き浮きしていた。午餐を終えるとすぐ、パメラを連れて屋敷を出た。晩餐の時刻まで戻らなくてもいい。また、公爵は同行しなかった。

「ティモシーね、積木を持ってるのよ。あたしもパパに買ってもらう」外に出たいと言って子供たちが階段を駆けおりてきたとき、パメラが金切り声でフルールに言った。

子供たちは屋敷の裏でかくれんぼや鬼ごっこやボール遊びに夢中になり、さらに、チェンバレン氏が何種類もの競走を用意していた。やがて、何人かが大の字になって芝地に倒れこんだ。あとの子たちはますます大きな声ではしゃぎまわった。

ミス・チェンバレンが全員を集めて大きな輪を作り、歌いながらゲームを始めた――「静かにさせるためよ」と、さっきまで競走の手伝いをしていたフルールに言った。「子供たちをくたくたに疲れさせても、静かになるとはかぎらないのに、兄はいつもそれを忘れてしまうの。正反対の結果になるほうが多いのよね」

「しかし」頭と同じぐらい大きなリボンをつけた少女が伸ばした手を無視して、かわりにその子の頬を軽くつねりながら、チェンバレン氏が言った。「輪になって踊ったり歌ったりするのは、わたしの威厳にかかわることだ。ミス・ハミルトンも、わたしも、おまえにすべてまかせることにする。そのあと、みんなでお茶にしよう。さあどうぞ」氏はフルールのために腕を差しだした。

「わたしが身を落とすにも限界がある」と言って、屋敷の横手にあるバラの東屋のほうへフルールと一緒にゆっくり向かった。「〝バラのまわりで輪になって〟はその限界を超えている」

「坊ちゃんにとっては、きっと最高の時間でしょうね」

「そうですね」チェンバレン氏も同意した。「七歳の誕生日は一生に一度のことです。明日になれば、ふつうに騒がしい程度の子に戻るでしょう。ヒステリー症状は消えているはずです」

フルールはクスッと笑った。

二人は東屋に入った。東屋のなかは濃厚なバラの香りに満ちていた。チェンバレン氏は彼女の腕を放して、両手で顔をはさみ、唇に短い温かなキスをした。

「会えなくて寂しかった」唇の上でささやいた。

フルールは微笑した。

「あなたが家庭教師でなければ、そして、日々の仕事に追われていなければ、劇場へ出かけた夜から、わたしは何度もウィロビー館を訪れていたことでしょう」チェンバレン氏は親指でフルールの唇に触れた。

フルールは彼の目を見つめ、ここから先へは進めないという限界が自分のなかにあることを悟って、残念に思った。

「やめてください」ふたたび話をしようとして、フルールは息を吸った。彼の顎に視線を落とした。「お願いですから、やめて」

「わたしが言おうとしていることは、あなたには歓迎してもらえないのかな？」

フルールは返事をためらった。「だめなんです」

「好みの問題？　原因はわたし？　それとも、子供たち？」

フルールは首をふり、唇を噛んだ。

「何か障害でも？」

フルールの視線が彼のネッククロスに落ちた。ええ、そう。わたしは窃盗と殺人の容疑をかけられている。もう処女ではない。家庭教師になる前に、ほんのいっとき、ある職業についていた。

フルールはうなずいた。

「乗り越えられないものですか」

「はい」フルールは視線をあげてふたたび彼の目を見つめ、深い後悔の悲しみに包まれた。「乗り越えるのはとうてい無理です」

「そうですか。では」チェンバレン氏は微笑し、両手をフルールの腕にかけて身を乗りだすと、もう一度熱いキスをした。彼女の腕を軽く叩いた。「ここまでにしておきましょう。この東屋は妻の自慢の種でした。妹からお聞きになっていませんか。わたしはここにすわって本を読むのが好きなんです。子供たちが家のなかでおとなしく勉強したりゲームをしたりしているときにね。そろそろ家に戻ってお茶にしましょうか」

「ええ。ありがとうございます」

午後の喜びはすっかり消えてしまった。こんなに早く愛を告白されようとは思いもしなかったが、バラの東屋に入ったときにそんな予感はしていた。そして、チェンバレン氏を傷つけてしまったことを知り、ことわられたのはやはり自分に原因があるからだと氏が思いこみそうな気がして心配になった。

東屋を出て芝地のほうへ戻ったとき、リッジウェイ公爵の姿が目に入ったが、驚きはほとんど感じなかった。公爵は娘を肩車して、ミス・チェンバレンと話しこんでいた。

「おお」ふりむいて笑顔になり、鋭い目で二人を見た。「ダンカン。ミス・ハミルトン」

「予想しておくべきだったな。きみは利口なやつだからゲームを避け、ずる賢いやつだからお茶の時間に合わせてやってくるだろうということを」チェンバレン氏が言った。右手を差しだした。「ティミーの誕生会にようこそ、アダム」

「女の子の駆けっこで二番になったのよ、パパ」パメラが黄色い声で言った。「それから、二人三脚のときにウィリアムがころばなかったら、一番になれたのに」

フルールは子供たちを屋敷に連れて戻るため、ミス・チェンバレンと一緒にその場を離れた。


それからしばらくして、リッジウェイ公爵は馬でウィロビー館への帰途についた。前に乗せた娘に片腕をまわし、興奮した娘のおしゃべりをうわの空で聞きながら。馬に乗ったフルールが横にいてくれればいいのにと思ったが、その思いを頭から払いのけた。彼女には馬車で戻ってもらったほうがいい。

フルールはパメラにとてもいい影響を与えてくれている。わたしはいつだってパメラを子供らしくはしゃいだ気分にさせてやれるし、家にいるときは、ほかの子供たちのところへ頻繁に連れていくようにしている。だが、長期間留守にすることが多く、娘をほったらかしにすることにいつも罪悪感を覚えている。たとえパメラが実の娘であっても、これほど可愛がることはできないだろう。

フルールのおかげで、パメラは子供らしくふるまえる機会が増えた。シビルと乳母は過保護にするだけだ。たまにシビルが娘を連れて出かけることがあっても、訪問先で会うのは大人ばかりで、パメラは黙ってすわり、行儀のいい娘を持ったシビルがみんなの賞賛を受けるだけだ。

フルールはパメラにいい影響を与えてくれる。フルールも自分の子供を持つべきだ。

パメラが柔らかな指で父親の顔の傷跡をなぞり、小声で歌っていた。「どうして目には傷がつかなかったの、パパ？」

「誰かがパパを守ってくれたに違いない」

「神さま？」

「そう、神さまだ」

「痛かった？」

「うん、きっと痛かっただろうね。よく覚えてないんだ」

パメラは傷跡を指でなぞりながら、ふたたび小声で歌いはじめた。

公爵は罪悪感に苛まれていた。帰りぎわにダンカンと短い立ち話をした。

「家庭教師をいますぐ失う危険はなさそうだぞ、アダム」ダンカンが言った。

公爵はチェンバレン家に着いたあと、どういう進展になったのかを示す兆候を見つけようとしていた。彼が到着する直前まで、ダンカンとフルールは二人きりでどこかへ行っていたようだが、お茶のあいだ、二人の表情と態度からは何ひとつ読みとれなかった。

「気が変わったのかい？」公爵は訊いた。

ダンカンは顔をしかめた。「ことわられた」と言った。

ダンカン・チェンバレンは友人だ。わたしは彼の幸せを願っている。四年前に最愛の妻を亡くした。フルールなら再婚相手にうってつけで、子供たちの良き母親になるだろう。彼女がダンカンの申込みをことわったことを知って、本来なら、わたしも残念に思うべきだ。

しかし、罪悪感に苛まれていた。最初は高揚感を覚えた。つぎに罪悪感に襲われた。フルールはかつてわたしにあんなことをされ、無垢な身でなくなったため、ことわるしかないと思ったのだろうか。もちろん、そうに決まっている。

だが、あのもうひとつの問題もある。フルールと話をしなくては。できれば午前中に話したかったのだが、パメラが楽しみにしていた一日を台無しにする恐れのあることはしたくなかった。明日はかならず話をしなくては。

「誰かを殺したことはあるの、パパ？」パメラが訊いた。

「戦争で？　うん、そうだね。だけど、いいことをしたとは思ってない。その人たちにもママがいて、もしかしたら奥さんと子供もいたかもしれないって、つい思ってしまうんだ。戦争は悲惨なものなんだよ、パメラ」

パメラは父親の胸に頭をすり寄せた。「パパが誰にも殺されなくてよかった」

公爵は片手で娘を抱きよせた。

パメラと一緒に廏から戻ってくると、フルールの乗った馬車がテラスで止まったところだった。

「ミス・ハミルトン」召使い用のドアから入ろうとするフルールに、公爵が声をかけた。

フルールは足を止め、なんでしょうと言いたげに彼を見た。

「明日、朝食がすんだらすぐ書斎にきてもらいたい」

フルールはかすかに青くなった。公爵は不愉快な用事を書斎ですませる癖のあることが、彼女の耳にも入っているのかもしれない。

「はい、公爵さま」フルールはお辞儀をすると、そのままドアの奥へ姿を消した。

何も言わないほうがよかったかもしれない——閉じた召使い用のドアを見て、公爵は思った。準備ができたところでフルールを呼ぶことにすべきだったかもしれない。今夜はたぶん、何かまずいことをしたのかと、彼女が夜通し悩むことになるだろう。

「チビが寂しがってるわ」パメラが父親の手をひっぱった。「午後からずっと、あたしが留守だったから」

「では、おまえに会えてチビがどんなに喜ぶか、見にいくとしよう」公爵は笑顔で娘を見おろした。

公爵夫人は咳がなかなか止まらず、胸の痛みと熱もあったため、午後の半ばにベッドに入った。数人の客につきあって午前中に馬で遠乗りに出かけたせいだと言った。乗馬は危険だし健康に悪いと思っているので、夫人が馬に乗ることはめったにない。

晩餐の一時間前に、トマス・ケント卿が夫人の寝室にそっと入ってきて、メイドを下がらせた。ベッドの脇にすわり、彼女の手をとった。

「具合はどう、シビル？」

「ええ、楽になったわ」シビルは彼に笑顔を見せた。「怠け者でベッドから出られないの。晩餐のあとで客間に顔を出すわ」

トマスは彼女の手を唇に持っていった。「とても美しくて、とても繊細だ。ぼくと婚約していたころから一日も年をとっていないように見える。このつぎ会うときも、いまと同じ若さのままかな？」

シビルの視線が彼の顔に飛んだ。「このつぎ？　まさか、行ってしまうつもりじゃないでしょうね、トマス。だめ、だめよ。ここはあなたの家よ。二度と出ていかないで」

「アダムと約束したんだ」ふたたび彼女の手に唇をつけ、優しい笑顔を向けて、トマスは言った。

「アダムと約束？」夫人はトマスの手を握りしめた。「何を約束したの？」

「一週間以内に出ていくと。兄を非難するわけにはいかない、シビル。前回とは違うもの。だって、きみは兄の妻だ」

「妻！」シビルは侮蔑の口調で言うと、身体を起こし、じっと彼の目を見た。「名前だけの妻よ、トマス。わたしの身体には指一本触れさせてないわ。ほんとよ。わたしはあなたのもの。あなただけのもの」

「だけど、法律的に言えば、きみは兄のものだ。それに、パメラのことも考えてやらなくては。けっして真実を知らせてはならない。あの子には耐えがたいことだ。出ていくよう命じられたからには、シビル、ぼくは出ていかなきゃならない。どうあっても出ていかなきゃならない」

「だめ！」彼の手をさらに強くつかんで、シビルは叫んだ。横を向いて咳きこんだ。「どうしても行くというなら、一緒に連れてって。アダムのもとを去るわ、トマス。二度とあなたと離れたくない。一緒に行く」

トマスは彼女を抱きよせて唇を重ねた。「それは無理だよ」耳もとでささやいた。「そのようなスキャンダルにきみを巻きこむことはできない、シビル。それに、パメラを親のない子にするわけにいかないだろ。あの子のためにがんばらなきゃ」

シビルは彼の首に腕を巻きつけた。「かまわないわ。大切なのはあなただけよ、トマス。ほかのことはどうでもいい。あなたと一緒に出ていく」

「シーッ」トマスは腕に抱いた彼女を優しく揺らした。「シーッ、ほら」

そして、シビルが静かになったところで、もう一度キスをして、サテンのナイトガウンの上から乳房を愛撫した。

「トマス」シビルがうめき、枕にぐったりもたれた。「愛してるわ」

「ぼくも」トマスはサテンを彼女の肩からすべり落として、喉に唇をつけた。

ノックが響き、ドアが開いたので、トマスはあわてて身体を起こした。

リッジウェイ公爵が背後のドアを静かに閉めた。「少しは楽になったかな」妻を見つめて尋ねた。「午後からまた体調がすぐれないと、アーミティジに聞いたものだから」

「ええ、ありがとう」シビルは顔を背けて、そっけなく答えた。

「おまえは晩餐の着替えがあるだろう、トマス。ぐずぐずしていると遅れてしまうぞ」

弟は公爵に笑顔を見せ、何も言わずに部屋を出ていった。

「明日の朝の往診をハートリー先生に頼んでおいた。きみが望むなら、いますぐきてもらってもいいが」

「お医者さまの必要はありません」顔を背けたまま、シビルは言った。

「とにかく診てもらわなくては。先生が何か新しい薬を処方してくれれば、そのしつこい咳も止まるだろう」

シビルが急に夫に顔を向けた。「あなたを憎むわ、アダム」激しい口調で言った。「どんなに憎んでいることか！」

「きみの健康を気遣っているから？」

「気遣いのかけらも見せてくれないからよ。今回もまた、トマスに出ていくよう命令したのね。わたしたち、愛しあってるのよ。ずっとそうだったのよ。わたしたちの人生を破滅させたあなたが憎い」

「出ていくようわたしに命じられたと、トマスが言ったのかね？」

「否定するの？」シビルの声はとがっていた。

公爵は彼女を長いあいだ見つめた。かつて情熱をかけて愛し、いまはもう哀れみしか感じなくなった相手を。

「わたしの言葉を、あいつはそうとったわけか」

シビルがふたたび顔を背けた。「トマスと一緒に出ていくわ。あなたのもとを去ります、アダム」

「あいつがきみを連れていくとは思えない」公爵は静かに言った。

「トマスのことをよくご存じね。トマスがわたしを傷つけるはずのないことを、あなたは知っている。世間体を気にしてここであなたと暮らすほうがずっとみじめだってことを、トマスがわかってくれれば、きっとわたしを連れて逃げてくれるわ」

「あいつがきみを連れていくとは思えない」公爵は繰り返した。「今回はきみも真実を知っておくほうがいいかもしれない、シビル。かわいそうだが。今宵の晩餐にきみは顔を出せないと、わたしから客のほうへ伝えておこう。あとで様子を見にくるからね」

「けっこうよ。顔も見たくないわ。今夜も、この先も」

公爵はベッドの横にあるベルの紐をひっぱり、夫人付きのメイドがやってくるのを沈黙のなかで待った。

「奥方さまがご用だそうだ、アーミティジ」そう言って、妻の部屋を出た。

18

ノックもせず、フルールの到着を告げることもせずに、従僕がドアをあけたところで、フルールは書斎に足を踏み入れた。背後で従僕がそっとドアを閉めた。

公爵がデスクの前で書きものをしていたが、入ってきたフルールを見てすぐにペンを置き、丁寧に吸取り紙を使い、それから立ちあがった。射るような暗いまなざしをフルールに向けた。つねにフルールを怯えさせてきた視線。

フルールは顎をつんとあげ、肩をひいて、身じろぎもせずに立っていた。ゆうべ眠れぬままにあれこれ煩悶したのと同じく、いまも不安に包まれていた――何か落ち度があったので叱責しようというの？　でも、それならどうして仰々しく書斎に呼びつけるの？　それとも、解雇する気？　また誘惑するつもり？　いいえ、たいした用ではないのかもしれない。フルールはじっと待った。

「ジ・オナラブル・ミス・イザベラ・フルール・ブラッドショー」公爵がきわめて静かな声で言った。「住まいはウィルトシャーのヘロン邸」

なるほど、二日前のわたしの返事にマシューが腹を立てたのね。すべてを暴露したのね。

フルールは顎をこころもち高くした。

「宝石の窃盗、および、殺人」公爵は言った。「そのような疑いがかけられている。もちろん、有罪が立証されるまでは、容疑者は無罪とみなされる」

フルールの視線は揺るがなかった。

「本当なのか」公爵が訊いた。「窃盗と殺人の罪を犯したのか」

「いいえ、公爵さま」

「どちらも？」

「はい、公爵さま」

「だが、きみが家を出るときに持っていくつもりだったトランクから、きわめて高価な宝石類が見つかっている」

「はい、公爵さま」

「そして、人が死んだ」

「はい、公爵さま」

「殺人現場をまたいとこに見られて、きみは逃げだした――ロンドンへ。着のみ着のまま。ブルーの絹のイブニングドレスとグレイのマント。そして、ロンドンで身を隠し、必死に生き延びた」

「はい、公爵さま」

「ロンドンで盗みを働いたことはなかったのかね？　物乞いをしたことは？」

「売ることのできる唯一のものを売った」

「ありません」

「はい」

公爵はデスクのへりをまわり、部屋を横切って、フルールの一メートルほど前に立った。

「きみのほうから事情を説明してくれないか。こちらからいちいち質問せねばならず、それに対してきみがひとことしか答えてくれないままだと、まる一日かかってしまう」

フルールは公爵を見つめるだけだった。

「どうだね？」

「信じていただけないと思います。法廷でこの件が審理されるときには、ブロックルハースト卿が公爵さまに語ったのと同じことを語るでしょう。公爵さまがお信じになったように、法廷にいる人々もその話を信じるでしょう。あちらは男性で、しかも男爵という身分。わたしは女で、ただの家庭教師――そして、娼婦です。説明しても無駄なだけです」

「ブロックルハーストからは何も聞いていない。わたしが独自に調べたのだ。あの男がきみを〝イザベラ〟と呼ぶのを耳にした。きみ自身はかつて住んでいた家のことを〝ヘロ――〟と言いかけた。そこで、わたしはホートンをヘロン邸へ派遣し、イザベラという女性のことをできるかぎり調べさせた」

「なぜ？」つぶやくような声だった。

公爵は肩をすくめた。「きみの過去が謎に包まれていたからだ。極限の状況に追いこまれないかぎり、ロンドンでわたしと出会ったときのような境遇にきみが身を落とすはずはないと気づいたからだ。あいにく、気づいたのが遅すぎたが。それから、きみが客間で初めてブロックルハーストに会ったとき、恐怖の表情が浮かんだのを、わたしが目にしたからだ。どの程度の知りあいかに関して、きみたち二人が明らかに嘘をついていたからだ。それが気になったからだ」

「はっきりわかって、かえってよかったのでしょうね。嘘つきで、泥棒で、人殺しでもある女を、愛人にするつもりでいらしたのだから」

「わたしのことをそんなふうに思っていたのか、フルール」

「はい」

「あの晩、わたしはきみを手放せなくなるのが怖くて、部屋まで送るのをやめ、ベッドに行くよう命じたのだぞ。それ以来、謝罪したときをのぞいて、きみには近づかないことにしようと心に決めた」公爵は額に手をあて、ためいきをついた。「ここにきてすわりなさい」

「いやです」

「フルール、ドアをあけてくれないか」

フルールは公爵に警戒の目を向け、言われたとおりにした。

「もとどおりに閉めてくれ。何が見えた？」

「わたしをここに案内した従僕の姿が」

「やつを知っているかね？」

「はい。ジェレミーです」

「よく知っている？　好感を持っているか？」

「いつも親切にしてくれて、礼儀正しい人です」

「あいつは、きみが部屋を出るまで、もしくは、ここに呼ばれるまで、もしくは、下がっていいと言われるまで、あそこで番をすることになっている。きみが悲鳴をあげれば、助けに駆けつけてくれる。さあ、ここにきてすわりなさい」

フルールは背筋を伸ばすと、彼の先に立って、窓辺に置かれたふたつの椅子まで行き、片方にすわった。膝の上で手を重ねた。

「死んだ男は、ブロックルハーストの従者だったのだね？」もう一方の椅子にすわりながら、公爵は訊いた。だが、フルールの返事を待ちはしなかった。「その男の死に、きみは関わりを持っているのかね？」

「はい。わたしが死なせてしまいました」

「だが、きみは自分のことを殺人犯とは言っていない。なぜだ？」

「力のある大男でした。マシューはその男にわたしを押さえつけさせておいて、凌辱する気でいたのです。従者が背後から近づいたので、わたしは払いのけました。二人とも暖炉のすぐそばに立っていたのですが、従者がバランスを崩したに違いありません。倒れて頭を打ちました」

「そして、死んだ？」

「はい。その場で」

「ブロックルハーストは自分の意図を口にしたのかね？」

「家を出る気なら、その前に、ほかの男から望まれることのない身体にしてやる、と言いました。わたしは悲鳴をあげて必死に抵抗していたように思います。マシューがホブソンに向かってうなずくのが見えました」

「従者のことだね？」

「はい。そして、ホブソンが背後から近づいたのです」ふと自分の手が見えた。膝の上でひどく震えていた。手をじっとさせた。

「ブロックルハーストの母親と妹はすでにロンドンへ発ったあとだったのだね？　なぜお目付け役もつけずに、きみ一人を置いていったのだろう？」

「わたしのことなど気にかけてもいないのです」

「きみは牧師館へ行くつもりだった。ミス・ブースのもとへ。なぜ夕方までぐずぐずしていた？」

「くわしくお調べになったんですね。何もかもご存じのようですけど」

「ホートンは優秀な男だ。だが、その点がどうにも腑に落ちない」

「マシューのところに客がくる予定でした。そうすれば、カード遊びをして酔っぱらうはず。わたしは気づかれずに抜けだせます。ところが、客はこなかった。母親と妹がロンドンへ発った日のことです。マシューはその夜、わたしと二人きりになるつもりだったのでしょう」

「しかし、とにかく、きみは家を出ようとしたのだね？」

「はい。でも、マシューにつかまってしまいました。すべて承知のうえで待ち伏せしていたのだと思います」

「宝石は盗んでいない？」

「はい。このお屋敷でマシューから聞かされるまで、何も知りませんでした」

「そこで、きみは逃げだした。着の身着のままで。現金も持たずに？」

「マントのポケットに少し入っていました。ほんのわずかですけど」

「なぜダニエル・ブース牧師のところへ行かなかったんだ？」

フルールは公爵に目を向け、唇を噛んだ。「ダニエルのところ？　マシューたちにすぐ見つかってしまいます。それに、ダニエルが殺人犯を匿《かくま》うはずはありません」

「愛していても？」

フルールは唾を呑みこんだ。

「ロンドンまでどれぐらいかかった？」

「一週間ほどだと思います。いえ、もう少しかかったかもしれません」

公爵は立ちあがり、フルールに背を向けて、何分かのあいだ窓の外をながめた。

「たぶん、ブロックルハーストは交換条件を出す気だったのだろう。命を助けてやるから身体を差しだせ、と。それで合っているかな？」

「はい」

「きみはどうすることに決めたんだ？　もう決心はついたのかね？」

「想像のなかで英雄的な行動をとるのは簡単です。でも、いざそのときに英雄になれるかどうか、わたしには自信がありません。二日前に、結婚する気も、愛人になる気も、これ以上関わりを持つ気もないと、マシューに告げました。でも、最終的な結論を出すまで二、三日待とうとマシューに言われたとき、自分が口にしたばかりの言葉を繰り返す勇気はありませんでした」

「いや」ふりむいてフルールのほうを見ながら、公爵は言った。「きみはすばらしい勇気の持ち主だ、フルール。わたしはその証拠を見た——覚えているかな——ロンドンの宿の部屋で」

フルールは自分の顔が赤くなるのを感じた。

「物乞いという方法もあったはず。わたしは黙って金を渡しただろう。たとえ、わたしにとわられたところで、きみはあんな辱めを受けずにすんだはず。だが、きみには誇りと勇気があった——そして、愚かさも——だから、物乞いをせずに、自分のものを売ることにした」

フルールは目を伏せた。

「つねにあんなものだとは思わないでほしい」公爵は静かに言った。「そこに愛があれば、すばらしい経験ができるのだ、フルール——男だけでなく、女も。きみがわたしを怖がっていることは知っているが、すべての男に恐怖を抱いたりしないでほしい」

血の味がして、フルールはそのとき初めて、自分が下唇を噛んでいたことに気づいた。

「さて、きみの状況をどうすればいいかな。きみが思っているほど絶望的ではない。弁護の方法は何通りかある」

フルールは笑った。

「わたしが力になることを許してくれるかな？」

「目撃者はおりません。マシューとわたし以外には。それに、わたしのトランクに宝石が入っているのを見つけたのは、わたしのメイドでした。真実を話す以外に弁護の方法はありませんが、ブロックルハースト男爵の証言の前では、その真実も嘆かわしいほど偽りめいた響きになることでしょう」

公爵が不意に身をかがめて、フルールの両手をとった。公爵の温かな手に包まれて初めて、フルールは自分の手が冷えきっていたことを知った。

「絞首刑にはさせない、フルール。監獄で朽ち果てるようなことにもさせない。約束しよう。きみは何週間ものあいだ、その恐怖を抱えて生きてきたんだね？　なぜもっと早くわたしを頼ってこなかった？　いや、それは無理か。わたしのことなど頼るわけがない。そうだね？　今日と、たぶん明日も、授業時間のときはパメラと一緒に、それ以外のときはレイコック夫人と一緒にいてくれ。ブロックルハーストが声をかけてきたら、接触しないようにという命令を雇い主たるわたしから受けている、と言ってやれ。わかったね？」

「いくら公爵さまでも、わたしを救うことはできません」

公爵は床にしゃがんで、フルールの顔を見あげた。彼女の手を包む手に力をこめた。「できる。かならず救ってみせる。きみに信頼されていないことはわかっているが。きみを愛人にするためにここに連れてきたと、本気で信じているのかね？」

「どうでもいいことでしょう」フルールは言った。自分の手を包んでいる公爵の手を見た。手をひっこめなくてはと思った。なのに、自分からも強く握りかえしたいと思った。彼の肩に額をのせたいと思った。彼を信頼し、ほかのすべてを忘れたいと思った。

顔をあげると、傷跡のある浅黒くきびしい顔が見えた。何週間にもわたってフルールの悪夢のなかで彼女にのしかかっていた顔。そして最近では、夢のなかで彼女にキスをして、優しさと愛への憧れを彼女の心に芽生えさせた顔。目の前でその顔が揺らぎ、フルールはふたたび唇を噛んだ。

「どうでもいいことではない。フルール、きみを愛人にしようと思ったことは一度もない。ここで二人のあいだに起きたことは、予想もしていなかったし、わたしの意に反することだった。わたしは妻のいる身で、きみといかなる関係も持つことはできない。もし結婚していなければ、もちろん愛人という形でなしに、きみを迎えたことだろう」

フルールの唇からふたたび血がにじんだとき、公爵は彼女をじっと見つめたまま、まず彼女の片手を、それから反対の手を、彼の唇に持っていった。そして、片手を離して、フルールの頬にこぼれたひと粒の涙を拭った。

「きみの力になりたい。きみを傷つけた行為に対し、多少なりとも償いをするために。そのあとできみをどこか遠くへやろう、フルール。財産がきみのものになるまで待たねばならないのなら、どこかの家庭にきみのための職を見つけてあげよう。わたしはそこにはけっして顔を出さない。きみを自由にする。あとを追うようなことはぜったいにしない。きみもいずれ、わたしを信頼してくれるようになるだろう」

公爵が手を離したので、フルールは両手に顔を埋め、心を落ち着かせるために深呼吸をした。

「上の階までジェレミーにエスコートさせよう」公爵はそう言って身体を起こした。「昼まで自分の部屋で休むといい。邪魔をしないよう、命令を出しておく——全員に。パメラはわたしがどこかへ連れていってやる」

フルールは立ちあがった。「その必要はありません、公爵さま。授業の計画が立ててありますから」

「いや。言うとおりにするんだ」

フルールは胸を張り、顎をあげて、ドアのほうを向いた。「ジェレミーをつけてくださる必要はありません。自分の部屋へどう行けばいいかぐらいわかります」

公爵はかすかに微笑した。「好きにしたまえ」

そこで、フルールは一人で上の階へ行き、自分の部屋に入った。そして、窓辺に立って裏の芝地をながめた。朝のこの時間は人影もなかった。

公爵はこのあとただちにブロックルハースト卿と話をするつもりでいたが、思いがけないことがいくつか起きて予定が狂ってしまった。

執事のジャーヴィスを書斎に呼ぶと、医者が往診にきているとの報告があった。では、妻と医者が最優先だ――公爵はそう判断し、ハートリー先生が帰られる前に書斎のほうへおいでいただくように、と命じて執事を下がらせた。

冬の寒さがきびしかったため、奥方さまは胸を少々悪くしておられます――しばらくして書斎にやってきた医者は、そのように意見を述べた。奥方さまは昔から虚弱な方でした。おそらく、これから先もそうでしょう。

「もう少し静かな日々を送られて、外にはあまりお出にならないほうがよろしいかと存じます、公爵さま。バースへ一、二カ月保養に出かけて、温泉水をお飲みになれば、奥方さまの健康もめざましく回復することでしょう」

「妻はしじゅう咳をしている。熱が出ることも多い。体重が減ってきた。それがすべて、冬のきびしい寒さが長びいたせいだというのかね?」

医者はおおげさに肩をすくめた。「虚弱な体質の貴婦人はけっこうおられます、公爵さま。あいにく、奥方さまもそのお一人です」

公爵は医者に帰ってもらい、しばらく立ったまま、窓の外をながめた。ロンドンからもっと腕のいい医者を呼ぶことを主張すべきだった。だが、シビルは頑固で、その意見に耳を貸そうとしない。

窓枠を指で軽く叩いてから、向きを変えた。ゆうべ妻の部屋を訪れたときは、入れてもらえなかった。今日は、妻の寝室のドアをノックしたあとで待つのをやめにした。勝手に入った。きのうの夕方と同じように。あのときは、弟がシビルと愛の行為に及ぼうとしている寸前だった。

夫人付きのメイドに目を向けると、メイドはお辞儀をして化粧室にひっこんだ。

「おはよう、シビル。少しは気分がよくなったかな？」

夫が入ってくるのを見て、シビルは枕の上で顔を背けた。返事もしなかった。

公爵はベッドに近づいた。「熱はまだ下がらない？」と訊きながら、妻の頬の片方にそっと指の背をあてた。「バースへ保養に出かけて温泉水を飲むのがいいと、医者が言っていた。一緒に行こうか」

「あなたには何もしてほしくないわ。トマスと一緒に出ていきます」

「パメラをしばらく連れてきてもいいかな。きのう開かれたティモシー・チェンバレンの誕生会のことをきみに話したくて、きっとうずうずしているはずだ」

「わたし、気分がすぐれないの」

「そうか」公爵は妻の顔にかかったシルバーブロンドの髪をかきあげてやった。「では、今日の客のもてなしはわたしがやることにしよう。ここで静かに横になっていなさい。何も心配しなくていいから。医者が新しい薬を処方してくれたんだって？　たぶん、明日には気分もよくなっているだろう」

妻が黙ったままだったので、公爵は部屋を横切ってドアまで行った。しかし、片手をノブにかけたところで動きを止め、じっと考えこむ様子でしばらく妻を見つめた。

「ここにくるよう、トマスに言っておこうか」

妻は彼のほうを向きもせず、返事もしなかった。公爵はそっと部屋を出た。

貴婦人たちはサー・ヘクター・チェスタートンとブロックルハースト卿のエスコートでウォラストンへ出かけようとしていた。公爵は何人かの紳士とビリヤードに興じた。メイベリー卿とトレッドウェル氏とトマス・ケント卿は釣りに出かけていた。

午餐のあとで、馬に乗って廃墟へピクニックに出かけようと公爵が提案すると、客のほとんどが喜んで賛成した。ところが、ブロックルハースト卿はサー・ヘクターともども、屋敷に残ることにすると言った。午前中にウォラストンでサー・セシル・ヘイワードという人物に出会い、屋敷に招かれたというのだった。

公爵は廏へ向かう前に、従僕のジェレミーを呼んで、勉強部屋の外の廊下で見張りをするように、ミス・ハミルトンとレディ・パメラが午後からどこかへ行くことにした場合はかならずエスコートするように、と指示を与えた。

そして、三十分後、明日まで延ばすつもりでいた対決の渦中に身を置くこととなった。

「ぼくと二人で馬を走らせる運命のようだね、アダム。ほかの連中はすでにペアを組んでいるから」トマスが言った。「まあ、かえってよかったかもしれないな。明日か明後日には出ていくつもりだから」

「一人で？」公爵は訊いた。

弟は公爵のほうを見て微笑した。「このあいだの兄さんの提案が本気だったとは思えないけど」

「おまえが真剣に受けとると一瞬でも思ったなら、わたしも提案しなかっただろう」サー・フィリップ・ショーがおおっぴらにレディ・アンダーウッドを口説いているほうへ目をやりながら、公爵は言った。

「そうか。やっぱりな。もちろん、ぼくが真剣に受けとるわけがない。シビルをひどいスキャンダルに巻きこむことがわかってるのに、どうして連れていける？　世間の荒波から守られて暮らしてきた女だ。何が待ち受けているか、まるでわかっていない。それに、もちろん、女というのはロマンスへの憧れが大きい。冷たい現実に耐える覚悟ができていない」

「この前、おまえはシビルを冷たい現実のなかに置き去りにしたと思うが」

トマスは肩をすくめた。「それに、体調が悪いみたいだ。肺結核と診断されても意外じゃないね」

公爵の唇がこわばった。

「それに、もちろん、子供のことを第一に考えないと」トマスは言った。「兄さんから、そしてこの屋敷から、どうしてあの子をひき離せる？　シビルを連れて出るなら、子供を残してはいけないだろ？　シビルの胸が張り裂けてしまう」

公爵は沈黙を続けた。

「そう」弟が言った。「もちろん、一人で出ていくさ。まっとうな行動をとろうと思ったら、選択肢はそれしかないだろ？」

公爵は向きを変え、冷ややかな目で弟を見た。

「二人とも同じ女に恋をしたのが不幸だった。それだけのことさ」トマスが言った。「シビルがあらわれるまで、ぼくらは仲のいい兄弟だった」

「いや、同じ女に恋をしなかったのが不幸だったのかもしれない。シビルがおまえと幸せに暮らしてくれれば、わたしは彼女を失っても耐えていけただろう。立ち直ることができただろう。なぜならシビルを愛していたから。ところが、おまえときたら、シビルの幸せとわたしの愛をすべて破壊しただけだった。そう、仲のいい兄弟だったな――かつては」

トマスは笑みを浮かべたままだった。

「釣りから戻ったらシビルのところへ行くよう、おまえに伝言しておいたのだが」公爵は言った。「行ったのか？」

「シビルは具合が悪いんだぞ。静かに休ませなくては」

「なるほど。具合が悪くてベッドの相手もできない女のところに、わざわざ顔を出す値打ちはないわけか」

弟は肩をすくめた。

「シビルもそろそろ、おまえの真の姿を知ってくれるといいのだが。もっとも、わたしが何を言っても、シビルは耳を貸さないだろうが。大きな苦しみを味わえば、ようやくおまえから自由になり、自分の人生に意味を見いだせるようになるだろう。あとになってあれこれ言うのは簡単だが、最初にきちんとシビルに話しておくべきだったと、わたしもようやく気がついた」

トマスはふたたび肩をすくめると、馬に拍車をあてて走りだし、ミス・ウッドワードとサー・アンブローズ・マーヴェルの横に並んだ。

もうじき晩餐という時刻に、公爵のもとにメモが届けられた。ブロックルハースト卿とサー・ヘクター・チェスタートンがサー・セシル・ヘイワード宅で晩餐をご馳走になり、夜はカードゲームをする予定であることを告げるものだった。

不愉快だった一日がようやく終わろうとしている――公爵は思った――ただし、最大の案件は明日の朝まで延ばさなくてはならない。〝明日、早朝の乗馬におつきあいいただければ光栄です〟という伝言を、ブロックルハースト卿の従者に渡しておいた。

ずいぶん遅い時間になっていた。本当なら、とっくにベッドに入っていなくてはならないのに。夜明け前に起きるつもりでいるのだから、なおさらだ。でも、どちらにしても眠れるとは思えなかった。手持ちの現金を数えなおし、絹のストッキングを買うなどという贅沢をしてしまった自分を呪った。

果たしてこのお金で足りるかどうか……。まったくわからない。でも、馬車の切符さえ買えるなら、食べものの心配はやめておこう。二、三日は食事抜きでも大丈夫。前にも経験している。

もちろん、ネッド・ドリスコルに頼めば、少しぐらい貸してくれるだろう。でも、二度と会うこともないから、返す機会がない。たぶん、返すお金もないだろう。

それに、ネッドはすでに、わたしのために犠牲を払ってくれている。乗合馬車に間に合うよう、夜明け前に二輪馬車でウォラストンまで送ることを承知してくれたのだ。しぶしぶではあったが。謝礼を差しだしたとしても、ネッドは受けとらないに決まっている。そんなお金があればの話だけど。いまのわたしにあるのは、説得力と、ネッドがわたしに惹かれているという事実だけ。

わたしに協力したせいで、ネッドは解雇されるかもしれない。でも、そこまで気にしてはいられない。これ以上、心に重荷を背負いこむのはもういや。乗合馬車の出発時刻までにウォラストンに着こうと思ったら、あとは馬を盗むしかない。盗みを働いたことなんて、生まれてから一度もないのに。

古いグレイのマントでくるんだ衣類の小さな束にふたたび目をやって、フルールは考えた――ロンドンにいるときに公爵さまから渡されたお金で買った服を持っていくのも、盗みになるのかしら。しかし、古い絹のドレスとグレイのマントを着ることを思っただけで、身震いが走った。

ウィロビー館を出ていこう。この日、それだけは決心した。朝からずっと、鎖で杭につながれた熊になったような気分だった。いや、三カ月近く、そんな気分で過ごしてきた。もう耐えられない。あと一日でもこの屋敷にいたら、自分自身の一部を、自分という存在のもっとも奥深くにある部分を失ってしまう。結局のところ、わたしに残されたものはそれだけなのに。

フルールは誇りと威厳を保つことのできる唯一の場所へ行くつもりだった。家に帰ろう――ヘロン邸に。もちろん、帰れば破滅が待っているだけだ。しかし、弁護の余地なき罪状で裁かれるよりも悲惨な運命が世の中にはいくらでもあることを、この三カ月のあいだに思い知った。極刑に処せられる恐怖よりも恐ろしいものが、いくつもある。

絞首刑になれば、命を失う。このまま生きていけば、自分自身を失うことになる。

〝きみを救ってみせる〟公爵は言った。たぶん、救ってくれるだろう。マシューと同じやり方で？　身を許すのとひきかえに、投獄と死刑から救いだしてくれる？　向こうはそれを激しく否定し、わたしもそれを信じた――ほぼ。

どうやってわたしを救うつもり？　なぜそんなことをしようとするの？　わたしは彼にとって、哀れみをかけた娼婦にすぎない。あるいは、長続きする関係を持とうとしている娼婦。

公爵を信じたい。頼りたい。でも、どうしてそんなことができるというの？　ずっと独りぼっちで生きてきたのに。おだやかで信心深いダニエルですら、窮地に陥ったわたしを助けることはできなかっただろう。ホブソンを殺したことを告白したあとで、助けてほしいと頼んだなら、その殺しが正当防衛だったとしても、ダニエルは良心の葛藤に苦しめられたことだろう。

それでも、公爵を信じたくてたまらなかった。ベッドの端に腰をおろし、目を閉じた。この何週かのあいだに自分の身に何が起きていたかを悟った。とてもゆるやかな変化だったため、フルールはほとんど気づかなかったが、公爵が彼女の悪夢から彼女の夢に変わっていったのだった。

彼が、尊敬と好意を寄せる値打ちのある男性であることを知り、それに加えて……だめ、だめよ。

公爵がそんなふうに仕組んだから？　一歩ずつ忍耐強く進み、じわじわとわたしを誘惑していったの？　マシューより巧妙に？

顎が胸につくぐらい、がっくりうなだれた。何を信じればいいのかわからないが、とにかく彼から離れなくてはと思った。それにはほかにも理由があった。公爵は妻のいる男。たぶん、邪悪な男でもあるだろう。

チェンバレン家の庭に立つ彼の姿が浮かんできた。ミス・チェンバレンと雑談している姿。肩車されたパメラが彼の耳もとではしゃいだ金切り声をあげている。

今日のフルールは一日じゅう、公爵の囚人だった。従僕のジェレミーが午前中は書斎の外で、午後からはずっと勉強部屋の外で見張りをしていた。晩餐のために階下におりるときも、レイコック夫人の部屋で二時間ほど過ごしたあとで自室に戻るときも、ジェレミーのエスコートつきだった。

わたしは公爵さまの囚人にされてしまったの？　それとも、公爵さまがわたしを守ろうとしているだけ？　ジェレミーの話だと、午後、マシューが上の階にきたので、ミス・ハミルトンは公爵閣下の命令により、休憩をとらずに夕方まで授業をする予定だと告げると、ひどく不満げな顔をしたそうだ。

出ていかなくては。家に帰らなくては。もちろん、マシューが追ってくるだろう。そして、三カ月近く前に始まった芝居の終幕を二人で最後まで演じることになる。

もちろん、芝居の結末はすでにわかっている。でも、もう逃げようとは思わない。家に戻り、自分がしたことに向きあい、その結果を甘んじて受け入れなくてはならない。

足枷をつけられて連れ戻されるより、自由の身でいるうちに戻ったほうがいい。そして、マシューの花嫁か愛人となり、高潔さを永遠に失ったあとで戻るより、誰にも頼らず一人で戻ったほうがいい。

フルールはようやくロウソクを吹き消して、服を着たまま、ベッドカバーの上に横たわった。闇をじっと見あげた。

19

翌朝はまた雨だった。長く続いた暖かな晴天の日々は永遠に去ってしまったようだ――書斎の窓辺に立って外を見ながら、リッジウェイ公爵は思った。典型的な英国の夏を迎えることになりそうだ。

雨でかえってよかったかもしれない。ブロックルハースト卿に対してどう話を進めるかを、綿密に計画することができた。太陽が照っていたら、とてもこうはいかなかっただろう。心が落ち着かないまま、大股でデスクまで行き、上にのっている書きかけの手紙を見おろし、引出しにしまった。手紙を書くのに集中しようとしても無駄なだけだ。

この朝、フルールは音楽室へピアノフォルテの練習にやってこなかった。彼がこれまで以上に音楽の癒しを必要としているときに、フルールはあらわれなかった。

それもやはり、かえってよかったかもしれない。近いうちにフルールをよその領地へやるつもりでいる。じつを言うと、書きかけていた手紙は父親の旧友であるハム伯爵未亡人に宛てたもので、フルールのことが主な用件だった。ブロックルハースト卿との話がすんだら、フルールのために、もうひとつべつの手配をするつもりでいる。奇跡が起きて彼女が自分の財産を手にできた場合は、その必要もないのだが。

公爵は痛む尻を無意識のうちに左手でさすっていた。フルールの音楽がなくても、そして、彼女の姿を目にしなくても生きていけるようにしなくては。フルールに劣らずパメラのいい家庭教師になってくれる女性を、誰か見つけなくては。

両脇で手を開いたり閉じたりした。二、三週間、もしくは二、三カ月、パメラをロンドンへ連れていくと言っても、シビルはたぶん反対しないだろう。パメラをほったらかしにしておくことは、もうできない——今回、屋敷に帰ってきて、そう決心した。だが、ウィロビー館の暮らしの孤独と苛立ちにどうやって耐えていけばいいのだろう？

とくに、フルールの存在がここに刻みつけられたいまとなっては。

ゆうべ、何人かの客が数日中に辞去するつもりだと言っていた。

ノックが響き、ジェレミーがドアをあけて、ブロックルハースト卿を書斎に通した。「すわってくれ。飲みものはいかがかな？」

「遠乗りに出られなくて残念だった」朝の挨拶を交わしてから、公爵は言った。「すわってくれ。飲みものはいかがかな？」音楽室に通じる軽く開いたドアのほうへ、ちらっと目を向けた。

「朝食をすませたばかりなので」ブロックルハースト卿は二、三日前の晩にフルールがすわった椅子に腰をおろし、手をふって飲みものをことわった。「ひどい天気ですね、リッジウェイ。レディたちが退屈のあまり、発狂しそうになることでしょう。みんな、散策するのが好きだから」

「ギャラリーを散策してもらうしかありませんな」公爵は言った。「ところで、うちの家庭教師を連れ去るおつもりのようだが」

ブロックルハースト卿の目に警戒の色が浮かんだ。笑いだした。「ミス・ハミルトンはとても魅力的なレディですから」

「どうやら、きみたち二人はひそかに婚約しているようだ。きみも幸運な男だね」

ブロックルハースト卿は一瞬沈黙した。「彼女から聞いたんですか」

公爵は彼の向かいの椅子にすわり、笑みを浮かべた。「わたしがしゃべったばかりに、ミス・ハミルトンときみが気まずいことにならなければいいのだが。だが、彼女も誰彼かまわずしゃべっているわけではないと思う。たぶん、ここに雇われている身なので、わたしにだけはあらかじめ辞意を伝えておくほうがいいと思ったのだろう。きみと一緒に行くわけだね？」

ブロックルハースト卿はくつろいだ様子で椅子にもたれ、公爵に笑みを返した。「彼女から閣下に報告が行ったことは、ちっともかまいません。婚約をみなさんの前で正式に発表したかったのですが、彼女がいやがったものですから。召使いの身なので遠慮したのでしょう」

「なるほど」公爵は椅子の腕に肘をのせ、指を尖塔の形に合わせた。「では本当だったのか。おめでとうを言わせてもらおう。婚礼の日取りは？」

「ありがとうございます。帰ったらすぐに。大きなご迷惑をかけることにならなければいい

いた」
のですが、リッジウェイ」
公爵は肩をすくめた。「ミス・ブラッドショーは一週間以内にやめさせてほしいと言って
いた」
ブロックルハースト卿はうなずき、視線を鋭くした。「偽名でこちらに住みこんでいたこ
とも打ち明けたのですね？」
公爵は首をわずかにかしげた。「すぐに式を挙げるつもりなら、きみのほうは、罪を告発
するのを中止したわけだね。もちろん、罪状が窃盗と殺人の場合は、その判断を下すのは治
安判事たるきみの役目ではない。つまり、きみは、あの死は殺人ではなく、宝石の件は窃盗
ではないと判断したに違いない。どうだね？」
「イザベラが何を話したんです？」ブロックルハースト卿は椅子から背を離し、手を握りあ
わせていた。
「何も聞いていない」公爵はブーツに包まれた足首を交差させた。「きみとの結婚の話も。
わたしにはべつの情報源がある」
ブロックルハースト卿は顔をしかめた。「どういうことです？」
「わたしは身元を偽った女性を家庭教師として雇ってしまったようだ。しかも、ひょっとす
ると殺人犯かもしれず、窃盗犯かもしれない女性を。うちの娘の安全と幸福が脅かされてい
る。できることなら、きみの口から事実を聞かせてほしい。きみの助けが必要だ」
ブロックルハースト卿はふたたび椅子にもたれた。「やはり、飲みものをいただくことに

しましょう」と言った。

公爵は立ちあがって部屋を横切った。「ミス・ブラッドショーは泥棒なのかね？」

「どこからその情報を入手されたのか、わたしにはわかりませんが、イザベラが持って出るつもりだったトランクのなかからわたしの母の宝石が発見されたことは、たぶんご存じかと思います。きわめて高価な宝石なので、母はロンドンへ持っていくのをやめたのです」

「トランクに入っていたのか。どうやって盗んだのだろう？　高価な品なら、鍵のかかる場所に厳重に保管してあったのではないかね？　母上は出発にあたって誰に鍵を預けていかれたのだろう？」

「わたしです、もちろん。だが、イザベラは生まれたときからあの家で暮らしてきた。宝石がどこにしまってあるか、知っていたに違いありません。おそらく鍵も持っていたのでしょう」

「すると、鍵は一個だけではなかったのかな？」

ブロックルハースト卿は肩をすくめた。

「宝石が発見されたときまで、トランクはミス・ブラッドショーのもとに？」公爵が訊いた。

「イザベラが逃げだしたあとでトランクをあけてみたら、宝石が出てきたのです」

「では、彼女がきみと話をしているあいだと、彼女が逃げだしてから誰かがトランクをあけるまでのあいだ、そのトランクはどこに置いてあったんだね？」

「イザベラが乗っていくつもりだった馬車のなかに。そのあとで彼女の部屋へ運びました」

「なるほど」公爵はブロックルハースト卿に飲みものを渡し、ふたたび椅子に腰をおろした。自分のためには何も注いでいなかった。「ミス・ブラッドショーが最後にトランクを見たあと、近づくことのできた者が何人ぐらいいただろう？　ところで、トランクに鍵はかかっていたのかね？」

ブロックルハースト卿はふたたび顔をしかめていた。「なんだか尋問のようですね、リッジウェイ」

「うちの召使いはみな、非の打ちどころがない。わが娘の家庭教師ともなればとくに。宝石がほかの誰かの手でトランクに入れられた可能性はないだろうか」

「しかし、そんなことをする動機が誰にあります？」

公爵は顎をさすった。「それもそうだな。だが、ミス・ブラッドショー自身には動機があったというわけだ。村の牧師との結婚をきみに許してもらえなかったし、自分の財産を手にするまでに、少なくともあと二年は待たねばならなかった。たぶん、一文無しで駆け落ちすることになっただろう」

「閣下の情報源は正確ですね」

「そう」公爵はうなずいた。「そういう人物を雇うよう心がけているのでね。例の死亡事件について話してくれ。殺人だったのか？」

「イザベラがわたしを殺すと言ったのです。逆上していましたから。従者もわたしもイザベラの身を案じ、怪我をしては大変だと思って従者が彼女の動きを封じようとしたのですが、イザベラは従者を払いのけ、死なせてしまいました。従者が一人で勝手に倒れたのではありません。あの行為は殺人にあたると、わたしは信じます」

「ミス・ブラッドショーが誤解をした可能性はないだろうか」公爵は尋ねた。「邸内にきみと二人きりだったわけだね。召使いたちはべつとして。あの部屋で、ミス・ブラッドショーは男性二人を前にしていた。きみに無礼なことをされると思いこんだのでは？」

ブロックルハースト卿は笑った。「イザベラは子供のころから、うちの家族の一員として暮らしてきたのですよ。母にとっては娘のようなもの、わたしにとっては妹のようなものです。ただ、いつしか妹以上の存在になっていました。向こうもわたしの気持ちに以前から気づいていたし、妻にしたいという希望にも気づいていた。はっきりわかっていたはずです。あいにく、わたしはイザベラの後見人で、あの日は、彼女が不幸になる恐れがあったため、心を鬼にして彼女の願いを拒絶しなくてはならなかったのです」

「なるほど。ミス・ブラッドショーがきみを殺すと言って脅したのなら、殺意があったことになる。もっとも、じっさいにはべつの男を殺してしまったわけだが。そうか、謀殺だな。きみの言うとおりだ。極刑に値する罪だ。ミス・ブラッドショーは絞首刑に処せられる運命にある」

ブロックルハースト卿は酒をひと口飲んだだけで、何も答えなかった。

「きみがここにきたのは、おそらく、彼女を監獄へ連れていくためだったのだろう。だが、ひとつ、腑に落ちないことがある。彼女が殺人犯で、故に危険な犯罪者であるなら、きみはなぜ到着後すぐに逮捕しなかったのだ？　せめて、わたしを脇へ連れていき、自暴自棄になった逃亡者がこの屋敷に潜んでいることを警告してくれてもよかったではないか」

ブロックルハースト卿はグラスを横のテーブルに注意して置いた。「わたしは弟さんのゲストとしてここにきました。ほかにも滞在客がたくさんおられます。当然のことながら、みなさんを驚かせたくなかったのです。騒ぎもスキャンダルも起こすことなく、イザベラを連れて出ていくつもりでした」

「だが、そのあいだに、わたしの娘が殺されていたかもしれない。われわれ全員、ベッドのなかで殺されていたかもしれない」

「イザベラも錯乱状態にあるわけではないと思います」

「だが、追いつめられている。きみに見つけだされ、いつ連れていかれるかわからないのだから。わたしの狩りの経験から言わせてもらうと、追いつめられた獣はきわめて危険だ。もちろん、きみは自分の言ったことを心から信じているに違いない。ミス・ブラッドショーと結婚する気でいる以上、けっして危険人物ではないと思っているのだろうね。殺すと脅され、現に従者を殺されたというのに」

「イザベラとの結婚など考えたこともありません」ブロックルハースト卿は言った。「少なくとも、あの女の正体がわかってからは」

公爵は眉をひそめた。「失礼だが、数分前のきみの言葉を、わたしは聞き間違えたのだろうか」

「閣下が何をご存じか、何を突き止めたのか、わたしにはよくわかりませんでした。何をおっしゃりたいのかはっきりするまで、閣下の言葉に合わせておくのが無難だろうと思ったのです。わたしの母の宝石を盗み、カッとなった拍子にわたしの従者を殺してしまうような女との結婚など、どうして真剣に考えられます？」

「たしかにそのとおりだ」公爵は言った。「だが、ここ何日かの出来事と、きみのさきほどの意見を知ったら、裁判官が妙に思うのではないだろうか。きみがミス・ブラッドショーに取引を持ちかけていたと思うのではないかな？　彼女が好意を示すなら、証言内容を変更しようとか？」

ブロックルハースト卿が立ちあがった。「ひどい言いがかりだ。わたしが事実をそのまま述べれば、有罪宣告をためらう裁判官や陪審員は一人もいないでしょう」

「きみはもちろん、絞首刑も見届けるつもりだろうね。彼女の首にロープがかけられ、耳の下で結ばれるのを楽しく見守るつもりかね？　最後の落下をする彼女の姿を嬉々として見物するのかな？」

ブロックルハースト卿の手が左右で握りしめられた。「わたしは彼女を愛していた。いまも愛している。残念だが、正義は遂行されねばならない」

「うむ、わたしもそう願っている」公爵は目を細くした。「裁判になったら、喜んで証言しよう、ブロックルハースト」

「あなたの愛人だそうですね。その事実が公になれば、あなたの証言に重きが置かれることはなくなるでしょう。要するに、あなたが心配しているのはわが子のことではなく、個人的な快楽のことだったんだ。それぐらい見抜くべきだった。そして、あなたは彼女のために、わたしが不埒な思いを抱いていたなどという嘘をでっちあげるつもりでいる」

「ホートン」声を張りあげることもなく、公爵は言った。「ブランデーを持ってきてくれないか。席を立つのが面倒だから」

公爵の秘書が音楽室のほうへ軽く開いたドアから姿をあらわし、雇い主のグラスに酒を注ぎはじめるのを、ブロックルハースト卿は呆然と見つめるだけだった。

「メモはとってくれたね？」グラスを受けとりながら、公爵は言った。「メモがなくても、きみの記憶力はきわめて正確だが」

「すべて書き留めてあります、閣下」ピーター・ホートンが答えた。

「ご苦労。きみを足留めするのはやめておこう、ホートン。自分の席に戻りたいだろうから」

公爵の秘書はふたたび書斎から姿を消した。

「雨降りの日はひどく気が滅入る」公爵は言った。「しかし、雨でかえって幸いだったとも言える。予定どおり馬で出かけていたら、証人をどこに隠せばいいのかわからなかっただろうから。さて、正義の遂行を妨げるのは、たしか違法なことのはず。いやいや、違法であることはわたしも知っているから、〝たしか〟などというのは丁重すぎる表現かもしれないが。われわれはどうすべきだろう？」

「われわれ？」ブロックルハースト卿はようやく気力をふるいおこした様子だった。「どうすべきか？　イザベラは殺人犯だ。裁判を受けさせるために、わたしが連れて帰ります」

「そうだな」公爵は言った。「彼女に不利な証拠がそろっていることには、わたしも同意するしかない。男を押しのけたため、その男は死亡した。殺人とみなされるだろう。そして、彼女のトランクから宝石が発見された。やはり連れて帰り、裁判を受けさせねばならん。だが、きみ一人には頼めない。護送の者をきちんとつけよう。それから、裁判のときはわたしも出廷する。必要があるとみなせば、証言を申しでよう」

「ほう、あなたも正義の遂行を妨げるつもりですか」ブロックルハースト卿はここで初めて冷笑を浮かべた。「わたしを脅迫する気ですか」

「とんでもない。その夜の出来事に関して、きみの口から純然たる真実を語ってもらいたいだけだ。だが、その純然たる真実というのが、ミス・ブラッドショーがきみの母上の宝石を盗み、意図的にきみの従者を殺害したという内容であるなら、きみがこの屋敷に客としてやってきて、逮捕せねばならない女と社交的な時間を過ごしていたことについて、わたしのほうからくわしく話をすれば、裁判官も陪審員もきっと大きな興味を持つことだろう。きみが一刻も早く彼女と結婚するつもりでいたことを彼らが知れば、興味を持つのは間違いない。どうかな、ホートン？」

短い沈黙があった。「そのとおりです、閣下」音楽室に通じるドアの向こうから、ピーター・ホートンの声がした。

「それでも、ミス・ブラッドショーはたぶん絞首刑に処されるだろう」公爵は言った。「しかし、きみも処罰を受ける可能性がある、ブロックルハースト。どのような処罰かはよくわからないが。わたしも治安判事を務める身として法律に通じていなくてはならないが、あまりくわしくないのでね。ホートンなら、きみにどんな処罰が下されるかを正確に調べてくれるだろう。きわめて有能な男だ――情報源として。調べてもらいたいかね？」

ブロックルハースト卿は唇をすぼめた。

「もちろん」公爵は言った。「殺人の唯一の目撃者たる人物の証言にまったく信頼が置けないということになれば、裁判官と陪審員がミス・ブラッドショーを無罪とする可能性も充分にある。奈落に落ちるのはきみ一人ということになるかもしれない。おっと、無神経な表現を使ってしまった。きみへの処罰が死刑になるのかどうか、わたしにはまったくわからない。じっさいは、たぶん違うだろう。流刑ぐらいかな。だが、それもわたしの推測にすぎない。ホートンに調べてもらうとしよう」

「一時間以内に失礼します」ブロックルハースト卿はこわばった声で言った。「これ以上、ご迷惑をかけるつもりはない」

「ミス・ブラッドショーを連れずに？　わたしのほうで彼女の裁判手続きを進めることにしようか。そう、それがわたしの義務だと思う。彼女には重大な容疑がふたつもかけられているのだから。彼女自身の心の平安のためにも、有罪か無罪かをはっきりさせねばならない。もしくは、きみのほうで正式な供述書を作成し、以前の告発が誤りであったことを述べてもらってもいいが。きみはミス・ブラッドショーの反抗と従者の事故死のせいで動揺していた。そのような状況のもとでは、人はとかくおおげさに考えがちだ。間違いを正そうとして少々恥をかくことになろうとも、人々はきみの勇気を褒め称えることだろう」

「供述書を作成する」ブロックルハースト卿はくやしそうに言った。

「それは何より」公爵はようやく立ちあがった。ブランデーにはまったく口をつけていない。「一、二週間のうちに、正式な供述書を提出してもらえるものと期待している。これもすべて記録してくれているね、ホートン」

「はい、閣下」ドアの向こうで声がした。

「ミス・ブラッドショーの嫌疑が晴れたら、あらためてそちらへ連絡させてもらう、ブロックルハースト。二十五歳の誕生日まで彼女が何不自由なく暮らせるようにするため、どのような方法をとればいいかを相談したい。だが、それに関する議論できみをひきとめるのは、いまはやめておこう。ご機嫌よう。道中くれぐれも気をつけて。ヘロン邸に帰るのかね?」

「まだ決めていないし、どちらにしても、わたしの予定をあなたに話す必要があるとは思えない」ブロックルハースト卿はそう言ってドアのほうへ向かった。

「ああ、たしかに」公爵は椅子の横に立ち、相手が出ていくのを見守った。

ドアが閉まった瞬間、公爵の肩ががっくり下がった。

「こっちにきてくれ、ホートン。あれほど卑劣な男を見たことがあるかね?」

書斎に入り、背後の音楽室のドアを閉めたピーター・ホートンは、質問に答える必要があ

ると は思っていない様子だった。

「じつは、びくびくしていたのだ」公爵は言った。「明らかな逃げ道があることに、やつが気づくのではないかと。その逃げ道が真正面からやつの顔をまばゆく照らしていたのも同然で、目がくらまなかったのが不思議なぐらいだ。きみも気づいたと思うが。いや、きっと、わたしより先に気づいていたに違いない」

「あの男としては、こう弁解すればよかったのです——ミス・ハミ……いや、ミス・ブラッドショーに結婚を迫ったのは、この屋敷でのスキャンダルを避けるための策略で、そうすれば彼女がおとなしくついてくると思ったからだ、と」ホートンは言った。「はい、閣下、やつがこの点に気づくのではないかと、わたしは三十秒ほどじっと目を閉じて待ちました。あとでふりかえってみて、閣下の罠から抜けだす方法があったことに気づいたなら、あの男、地団太を踏んでくやしがることでしょう」

「きみのことだから、ホートン、いまのやりとりに関するメモは美しい筆跡で記され、きちんと整理されていると思う。だが、もう一度目を通しておいてもらいたい。今後必要になることはおそらくないだろうが、万一に備えて、準備だけはしておきたい」

「承知しました、閣下」

「さてと」公爵は微笑した。「上へ行って、三カ月にわたってレディの心にのしかかっていた重荷をとりのぞいてくるとしよう」

主人が軽やかな足どりで部屋を出ていくあいだ、ピーター・ホートンは何も答えなかった。

楽しげな微笑を洩らすことも、軽蔑の冷笑を浮かべることもなかった。悲しげに首をふった。想像以上にひどいことになっている。結局、公爵の愛人ではなかったのだ。愛する人だったのだ。

しかし、公爵は名誉を重んじる男だ。

ホートンは雇い主に深い同情を覚えた。

フルールは乗合馬車に乗ったものの、ヘロン邸から三十キロ離れた市場町までの料金を払うお金しかなかった。残り三十キロというのは長い道のりだ。肌寒く天候の変わりやすい日となればとくに。おまけに、荷物は一分ごとに重くなっていくように思えるし、胃袋が空っぽでは、長い距離を歩きとおす自信など持てるはずもない。

しかし、ほかに方法はなかった。三十キロの道のりを歩きはじめた。幸運にも、悪臭ふんぷんたるガタガタの荷馬車を走らせていた農夫が拾ってくれて、五、六キロはそれに乗ることができた。そして、ヘロン邸まであと十キロというあたりで、べつの農夫がフルールの顔に気づき、屋敷の玄関先まで送ってくれた。フルールは最大の感謝をこめて農夫に礼を言い、向こうが駄賃を期待していないことを祈るしかなかった。

でも――農夫が馬の向きを変えてすぐさま走り去るあいだに、フルールは悲しげな笑みを浮かべて思った――わたしが戻ってきたという知らせを村に広めるときの興奮が、あの人にとっては何よりの駄賃よね。

フルールを迎えたとき、召使いたちはどうすればいいのかわからない様子だった。フルールは深く息を吸うと、自分が主導権をとろうと決めた。

「疲れてくたくただわ、チャップマン」午後の散歩から帰ったばかりのような口調で、執事に言った。「お風呂のお湯をわたしの部屋に運ばせてもらえないかしら。それから、アニーをよこしてちょうだい」

「かしこまりました」執事は言った。まるで双頭の怪物を見るような目ね――フルールは思った。階段をのぼろうとすると、執事がふたたび口を開いた。「ただ、アニーはもうここにはおりません、イザベラお嬢さま」

「いなくなったの？」フルールはふりむいて執事を見た。「ブロックルハースト卿がやめさせたの？」

「ノーフォークにあるお屋敷にアニーの姉が奉公しておりまして、アニーもそこで働くことになったのです。出ていくのを残念がっていました」

「じゃ、ほかのメイドを誰かよこして」

アニーと再会できるのを楽しみにしていたのにと思いながら、フルールは階段をのぼって自分の部屋へ行き、なつかしい品々を見まわした。長年にわたって自分という存在の一部をなしていた品々。何ひとつ消えていないことを知って、驚きに近いものを感じた。トランクに詰めておいた衣類までが部屋に戻されていた。ウィロビー館から新しい服を持ってくる必要はなかったのだ。

アニーと話をしたいと思っていたのに。トランクに宝石が入っているのを見つけたのは、彼女だったという。宝石を見つけたとき、アニーは一人きりだったの？　マシューのところへ知らせに飛んでいったの？　わたしのしわざだと信じこんだの？

こうした疑問の空白を埋めることは、こんな状態ではたぶん無理だろう。アニーはノーフォークへ行ってしまった。そちらで姉が奉公しているなどという話は聞いた記憶がない。たぶん、マシューがお払い箱にしたのね。わたし付きのメイドで、この家ではもう必要なかったから。

自宅の様子が何ひとつ変わっていないので、妙な気がした。違っているのは、キャロラインと、アミーリアと、マシューの姿がないことだけだ。わずか三カ月前に、わたしは命からがら逃げだした。じきにまた、命の危険にさらされるだろう。徒歩で帰宅するわたしの姿を見たショックが薄れたとたん、誰かが行動に移るはず。わたしを監獄に放りこむために、誰かがマシューを呼びもどすか、何かほかの手段をとるかするだろう。

わたしがウィロビー館から姿を消せば、マシューはかならずこちらに戻ってくる。いえ、もしかしたら、すぐ近くまできているかもしれない。せめて今夜だけでも一人でゆっくりしたいけど、それすら無理かもしれない。

でも、わたしの居場所はここしかない。

湯が運ばれてきたので、湯浴みをし、身体と髪を洗い、自分のドレスに着替えた。執事がよこしたメイドの助けを借りずに、髪を梳《す》いて結いながら、ようやく自分に戻れたような気がした。

マシューが追ってくることは考えないようにしよう。その前にやっておくべきことがある。この三カ月のことも考えないようにしよう。パメラのことも、一緒に過ごした日々のことも考えないようにしよう。わが家のように思いはじめていた広壮な屋敷のことも考えないようにしよう。

そして、あの人のことを考えないようにしよう。そう、ぜったいに。

しかし、黒っぽい髪と、力強くきびしい顔立ちと、顔の左側を走る無残な傷跡が心に浮かんだ。指が長く、爪がきれいに磨かれた手も浮かんできた――フルールがひどく恐れていた手。前に一度、感情を交えることなく彼女の秘部に触れ、痛みと屈辱を与えるあいだ、その手でフルールを押さえつけていた。しかし、同じ手で彼女を優しく抱きしめ、顔を包み、涙を拭きとってくれた。

あの人のことは考えないようにしよう。考えずにいられないのなら、服を脱ぐようわたしに命じ、腰をおろしてまるで見世物のようにそれを見ていたあの人の姿を思いだそう。もしくは、のしかかってきて、処女を奪うさまをその目で見ていた姿を。もしくは、わたしを娼婦と呼び、〝これを楽しんでいる〟と言ったときの姿を。でも、ほんとにあの人がそんなことを言った？　わたしの悪夢の一部にすぎないのでは？

あの人のことは考えないようにしよう。考えずにいられないのなら、家庭のある人だってことを思いだそう。きれいな奥さまがいて、娘を溺愛している人。

あの人のことは考えないようにしよう。

化粧室のドアを誰かがノックしたので、「入って」と言った。

それはメイドで、階下に客がきていることをフルールに告げた。

まあ。フルールは立ちあがり、肩に力をこめた。一夜の安らぎすら、やはり与えてもらえないのね。早くもこんなことに。家に帰ってきたのは、生涯でもっとも愚かなことだったかもしれない。

でも、帰ってくるしかなかった。行方をくらまさないかぎり、ほかに選択肢はなかった。

執事がサロンのドアをあけてくれたので、フルールは部屋に入った。

「イザベラ！」ミリアム・ブースだった。小柄で、ふくよかで、豊かな金髪をいつものように上のほうでゆるいお団子に結った彼女が、両手を差しだして飛んできた。「ああ、イザベラ、あなたが帰ってきたって、たったいま聞いたの」

友達の腕に包まれたとたん、涙でフルールの視界がぼやけた。しかし、その前に、フルールは暖炉を背にして立つダニエルの姿を目にしていた。背が高くて金髪のハンサムな男。牧師の黒い服に身を包んでいる。

「ミリアム」フルールは声の震えを抑えられなかった。「ああ、会いたくてたまらなかった」

20

リッジウェイ公爵は娘にキスをし、抱きあげた子犬にもキスをした。

「午前中の授業はないのかい？　雨降りだから休みなのかな？」

パメラはクスッと笑った。「ハミルトン先生に頼んで、ロング・ギャラリーへ連れてってもらうわ。そしたらまた縄跳びができるから。それから、絵に描かれた黒髪の女の人を見るの。あたしによく似た人」

「頼んでごらん」公爵は勧めた。「おまえの望みは叶うと思うよ」

「ミス・ハミルトンはずいぶん夜更かしされたようですね」クレメント夫人が非難がましく言った。「けさはまだ部屋から出てきてないんですよ、公爵さま」

公爵は眉をひそめた。「誰も起こしにいっていないのか」

「三十分前にドアをノックしてみました、公爵さま。でも、家庭教師を起こすのはわたしの役目ではありませんので」

「わたしの頼みだと思って、やってもらえないだろうか、ナニー。パメラ、チビが床の上で毛布をひきずってるが、いいのかね？」

パメラはふたたびクスッと笑った。「古い毛布だからかまわないって、ナニーが言ったの。見てて、パパ」そして、毛布の片方をひっぱると、子犬は反対側を必死にひっぱり、興奮のうなり声をあげた。パメラは笑いころげた。

二、三分後、クレメント夫人が子供部屋に駆けこんできた。「ミス・ハミルトンが部屋にいません、公爵さま。ベッドがきちんと整えられています。けさ、あの部屋にメイドは入っていないのに」

公爵は窓と外の雨にちらっと目を向けた。「きっと地階でひきとめられているのだろう」

数分後、召使い用の階段をおりて公爵が姿を見せると、厨房にいた者たちはあわてふためいた。レイコック夫人はどこかと尋ねたところ、自室のとなりの事務室で帳簿づけに追われているとのことだった。

「でも、ミス・ハミルトンはけさ、朝食におりてきませんでした、公爵さま」彼の質問に答えて、レイコック夫人は言った。公爵が入ってきたので、立ちあがっていた。「子供部屋でパメラお嬢さまと食事をしたのだと思っておりました。ときどき、そうしているので」

「一緒にきてもらいたい、レイコック夫人」公爵はそう言うと、召使い用の階段を先に立ってのぼり、ピアノ・ノビーレまで行き、さらに、子供部屋のある階まで行った。

フルールの部屋のドアをノックしてから、開いてなかに入った。

「掃除係のメイドは、けさはここに入っていないのだね？」

「はい、たぶん、公爵さま」

化粧台の上に櫛《くし》はなかった。ヘアピンも、香水も、妻の化粧室にいつも乱雑に置かれているような品々もなかった。公爵は衣装だんすまで行って扉をあけた。翡翠《ひすい》色のベルベットで仕立てた真新しい乗馬服と、色あせたしわだらけのブルーの絹のドレスがかかっていた。公爵は絹のドレスにそっと手を触れた。

「出ていったようだ」

「出ていった？」レイコック夫人は化粧台の引出しをあけた。空っぽだった。「どこへ行ったというのです？　それに、なぜ？」

「愚かな女だ」衣装だんすの扉を閉め、その前に立って、公爵は言った。「どこへ行ったかって？　いい質問だ。しかし、どうやって出ていったのだろう？　徒歩で？　ウォラストンへ行くだけで、ひと晩かかってしまう」

「でも、どうして出ていったりするんです？」レイコック夫人は顔をしかめて考えこんだ。「ここで楽しく暮らしている様子でしたよ、公爵さま。みんなにとても好かれていましたし」

「すまないが、地階に戻ってくれ、レイコック夫人。召使いたちからできるだけ話を聞きだしてほしい。どんなことでもいい。わたしは廏へ行って馬番たちに質問してくる」

「承知しました、公爵さま」レイコック夫人は不思議そうに公爵を見て、部屋を出ていった。

馬番たちの誰一人、何も知らなかった。愚かな女だ、歩いて出ていったに違いない――公爵は思った。夜の何時ごろから雨になったのだろう？　どこへ行ったのだろう？　ふたたび姿を消そうとしてロンドンへ？　彼女を見つけだすのが、今度はさらにむずかしくなるだろう。職業斡旋所のたぐいには近づくはずがない。それから、上流人士が出入りする劇場にも。

ホートンからすでに給料をもらっているだろうか。

「ドリスコル」公爵はいちばん若い馬番のほうを向いた。「馬で門番小屋まで行ってくれ。ミス・ハミルトンが門を通ったかどうか、通ったなら何時ごろだったかを知りたい」

「はい、閣下」馬番は答えたが、すぐさま行動に移るかわりに、その場でもじもじしていた。

公爵は馬番を見据えた。

「ちょっとお話ししてもいいですか、閣下」

公爵は雨が降っているのもかまわず、大股で廏の前庭に出た。ネッド・ドリスコルがついてきた。

「わたしが夜明け前に、ミス・ハミルトンを馬車でウォラストンまで送りました」ドリスコルは言った。「ミス・ハミルトンは雨に濡れてしまいました」必要もないことをつけくわえた。

「なんのために？」公爵は尋ねた。

馬番は手のなかで帽子を神経質にねじっていた。「乗合馬車に乗るためです、閣下」

公爵は馬番をじっと見た。「誰の許しを得て馬車を出した？」

ネッド・ドリスコルは答えなかった。

「さっき嘘をついたのはなぜだ？」

今度も返事はなかった。

「おまえが出かけたことを知っていた者が、馬番のなかに一人か二人はいたはずだ」

「はい、閣下」

「すると、その者たちも嘘をついたことになる」

ネッド・ドリスコルは両手で帽子をねじり、そこに視線を据えていた。

「いずれ露見することは、おまえも覚悟していたはず。解雇も覚悟のうえだったのだな」

「はい、閣下」

「ミス・ハミルトンから金をもらったのか」

「いいえ、閣下」馬番の口調に怒りがにじんだ。

公爵は若き馬番を見た。馬番は廏の前庭の石畳を踏みしめて立ち、目を伏せ、手にした帽子を何度もまわしていた。濡れた髪が頭に貼りつき、シャツが肩と胸に貼りついている。ある朝、この男がパドックの外に立ってフルールに笑いかけ、片方の爪先で子犬をくすぐる彼女に憧れの目を向けていたことを、公爵は思いだした。

「一時間以内に旅行用馬車を玄関前にまわしてほしい。手綱をとる準備をしておくよう、シップリーに伝えてくれ。おまえもシップリーと一緒にくるんだ。たぶん、何日か留守にすることになるだろう。かばんに荷物を詰めておきたまえ」

「はい、閣下」ネッド・ドリスコルが警戒の目で公爵を見あげた。帽子がすでに手から落ちていた。

「ミス・ハミルトンの行方が突き止められなかったら」公爵は向きを変える前に冷たく言っ

た。「おまえを鞭で打ちすえて、帰りの道中は御者台のシップリーの横に縛りつけることにする」

けさの妻はかなり気分がよさそうだった――大股で屋敷に戻りながら、公爵はいくらか安堵していた。具合が悪いままなら、妻を残していくことにうしろめたさを覚えただろう。妻は午前中を過ごすための居間でカードゲームをしていた。

「シビル、ちょっと話がある。いいかな？」妻の椅子のうしろに立ってゲームが一段落するのを待ってから、公爵は言った。

「ジェシカにかわってもらえばいい」ペニー氏が言った。「ジェシカ？」

公爵は妻を連れて部屋を出ると、妻の私室のほうへ向かった。

「二、三日留守にしなくてはならない。急な用ができたので。客のもてなしはきみ一人で大丈夫かな？」

「覚えてらっしゃるかしら。あなたがずっとお留守で、お帰りの予定のないときでも、わたしはお客さまをお招きしていたのよ、アダム。一人でやっていくことにも、あなたの助けをあてにしないことにも、もう慣れてるわ」

「一週間以内に戻るつもりだ」

「急がなくていいのよ。みなさん、そろそろお帰りになるでしょうし。そういえば、ブロックルハースト卿も何か用があって、今日出発しなくてはならないそうよ。あなたがお戻りになるころには、わたしもここにはいないと思うわ。トマスと一緒に出ていきます」

公爵は妻の居間のドアをあけ、妻のあとからなかに入った。

「わたしが戻ってきたら、きみとパメラを二、三週間ほどバースへ連れていこう。温泉水と転地療養できみも元気になるだろうし、パメラもいつもと違う日々を楽しめることだろう。シビル、二人でもう一度やりなおして、結婚生活を多少なりとも有意義なものにしようではないか」

「わたしは幸せになるのよ。あなたが戻ってくる前に、わたしは幸せになって、生涯幸せに暮らすの」

「シビル」公爵は妻の肩に手を置き、上を向いた妻の顔を見つめた――可憐で、華奢で、若々しい顔。「きみを苦しみから救いだせればいいのだが。時間を遡《さかのぼ》って最初からすべてやりなおせればいいのだが。トマスには、きみを連れていくつもりはない」

シビルは夫に笑みを向けた。「いまにわかるわ」

公爵は妻の肩を強く握りしめてから、部屋を出た。たぶん、行かないほうがいいのだろう。フルールを追うのはホートンにまかせて、妻のそばにいるべきなのだろう。これから何日かのあいだ、妻には誰かが必要だ。

しかし、シビルが夫を必要とすることはけっしてない。トマスが出ていったあと、夫に新たな憎しみの炎を燃やすだろう。安らぎらしきものを二人のあいだに生みだすことは、わたしの力ではとうてい無理だ。

パメラに別れを告げるために階段を二段ずつのぼり、長いあいだ留守にするわけではないと言って聞かせた。それでも、パメラは父親の胸にこぶしをぶつけて、大嫌い、ずっと帰ってこなくてもかまわないと言い、彼が部屋を出たときには涙に暮れていた。

「ハミルトン先生にいてほしい」すねた声で、パメラは言った。

だが、公爵には、フルールを連れて帰るという約束はできなかった。何があろうと、それだけは無理だろう。

公爵はブロックルハースト卿より先にウィロビー館を出た。

ウォラストンにある乗合馬車の乗場で尋ねたところ、フルールがウィルトシャーの市場町までの切符を買ったことが判明した。たぶん、その町はヘロン邸からそう遠くないところにあるのだろう。少なくとも、ロンドンへは向かわなかったのだ。

この二、三時間にあれこれ推測した結果、フルールの行き先として考えられるのはヘロン邸だという強い確信を、公爵は抱いた。なんの手がかりもなかった場合は、いちかばちかの賭けをして、ヘロン邸へ行ってみるつもりだった。フルールはかつてよそへ逃げだし——悲惨な目にあった。あんなことは二度としないだろう。フルールがするはずはない。いまの公爵は、彼女のことがとてもよく理解できるようになっていた。

愚かな女。

いまもわたしを信頼できずにいるのだろうか。愛人にするのがわたしの目的だと、いまも信じているのだろうか。あの夜、彼女をベッドへ一人で行かせるために、わたしが書斎でいかに超人的な自制心を発揮しなくてはならなかったか、向こうは気づいていないのだろうか。

あのときは彼女がほしくてたまらなかった。楽に誘惑できることはわかっていたのに。あの夜なら、彼女を手に入れることができた。その思い出を胸に抱いて生きていけただろう。

公爵は窓の外の雨と霧と雲に目を向けた。馬車が一キロも走らないうちに、なぜこの旅に出たかということを、頭のなかで整理しておこうとした。こうして出かけてきたのは、もう悪夢のなかで生きる必要はない、自由の身になったのだということを、罪なき若い女性に告げるためだ。彼女が自分の財産を手に入れ、自力で生きていけるようになるまで、当座の暮らしに困らないよう手段を講じておくためでもある。

こうして出かけてきたのは、彼女が雇い人だから、いや、雇い人だったから、召使いだったから、そして、自分はすべての召使いのことを気にかけているから。

彼女を愛しているからではない。

愛しているのは事実だが。

「いったいどこへ行ってたの？　みんな、すごく心配してたのよ。でも、また会えて、ほんとにうれしい」ミリアム・ブースは友人の肩に手を置いて、一歩下がった。

フルールは震える声で笑い、ポケットからハンカチを出して洟をかんだ。「わたし、怯えてたし、愚かだった。でも、帰ってきてよかった」

部屋の向こうに視線を向け、ダニエル・ブース牧師の無言の姿を目にした。

「なぜぼくのところにこなかったんだ、イザベラ？」

「怯えてたから。ホブソンを殺してしまったの」

「だが、あれは間違いなく事故だ。きみには殺すつもりはなかった。そうだろう？」

「あるはずないでしょ」自分より背の高い友達をかばうように腕をまわして、ミリアムが言った。「殺意があったなんて、これまで耳にしたなかでもっともばかげた意見だわ。あれは事故だったのよ。あなたがうちに泊まりにくるのを、あの二人が止めようとした。そうでしょ、イザベラ」

「ええ」フルールは言った。一瞬、目を閉じ、その目を開いてダニエルを見た。

「しかし、きみが逃げだしたため、殺人の罪を犯したかに思われてしまった。ぼくのところにくればよかったのに」

「そしたら、助けてくれた？」フルールは訊いた。

「困った人を助けるのがぼくの仕事だ」ダニエルは重々しく言った。「それに、相手がきみなら、イザベラ、ただの仕事というだけではない」

「まあ、知らなかったわ。あなたのことだから、わたしを殺人者と呼んで、マシューにひき渡すだろうと思ってた」

「きみの唯一の罪は、感情の爆発を抑えきれないことだ。それは殺人とは別物だ」

「感情の爆発を抑えきれないですって！」ミリアムが軽蔑の口調で言った。「じゃ、フルールはどうすればよかったの、ダニエル？　自分しかいない家にフルールを置いておこうなんて、ブロックルハースト卿もずいぶん非常識だわ。もしわたしがそんな状況で足留めされたら、たぶん、斧でブロックルハースト卿と従者に襲いかかったでしょうね」

「ミリアム！」彼女の兄が非難の声をあげた。

「わたし、宝石なんて盗んでないのよ」フルールは言った。「二週間ほど前にマシューから聞かされるまで、そんな疑いがかかってたことも知らなかった。わたしを信じてくれる、ダニエル？」彼のほうへ二、三歩近づいた。

「信じるとも。きみがそう言うのなら」ダニエルは優しく答えた。

「あら、わたしなら、フルールがそう言わなくても信じるわ」ミリアムが激しい口調で言った。「ばかばかしい！　ブロックルハースト卿に会ったの、イザベラ？　またあの男から逃げてきたの？」

「話せば長くなるわ」フルールは両手をゆるく顔にあてた。「ああ、友達に再会できて、真実を隠す必要がなくなったのは、なんて楽なことかしら。わたし、戻ってこずにはいられなかったの。すべてが起きた場所をもう一度見て、記憶の欠けた部分を補い、いくつか質問するために」

ミリアムがフルールを安心させるように背中を軽く叩いた。「どんな力にでもなるわ。ずっとそう思ってたの。そうよね、ダニエル？」

「何もかも話すわ」フルールは言った。ふたたびダニエルを見あげた。「まず、わたしの頼みを聞いてくれる？」

「なんだい？」

「もう一度書斎へ行きたいの。現場を見なくては。一人で入るのは怖いから」

ミリアムの腕がふたたびフルールの肩にまわされた。しかし、ダニエルがすでに行動に出ていた。フルールのそばにきて、腕を差しだした。フルールは感謝の面持ちでその腕に手を通し、にこりともしない彼の顔を見あげた。

「過去と向きあおうというきみの気持ちは大いに称えられるべきだ。ぼくに寄りかかってくれ。力になろう」


書斎はもちろん、これまでと同じく、単なる書斎だった。何ひとつ変わっていなかった。暖炉のそばに血痕が残っていることはなく、格闘の形跡もなく、カーテンの陰や書棚のあいだをさまよう幽霊もいなかった。単なる書斎、フルールが昔から大好きだった部屋があるだけだった。

わたしが立っていたのはここ——友達二人の腕から離れ、その存在も忘れて、フルールは考えこんだ——暖炉の正面から一メートルほど離れた場所。怒りのなかでマシューと向きあい、彼のことを、〝まるで中世の後見人みたい。わたしの自由を奪うためなら、牢獄に閉じこめる以外のことはなんでもやるつもりね〟と非難したのだった。

すると、マシューはフルールに向かって言った——ミリアム・ブースの家で暮らすような品のないまねは許さない。特別許可証や、駆け落ちや、その他の手段を使ってダニエル・ブースと結婚することも許さない。屋敷を出てはならない。ここで生まれ育ったのだから、ずっとここで暮らすべきだ。

フルールは怒りのなかで、マシューの顔に浮かんだ表情を目にし、徐々にそれを理解した。そして、〝家を出る気なら、その前に、ほかの男から望まれることのない身体にしてやる〟と言われて、その意味を理解した。

マシューは二、三年前からフルールにしつこく言い寄っていて、迷惑な好意を寄せられたフルールは、彼のことを毛嫌いするようになっていた。それでも、マシューに恐怖を抱いたことは一度もなかった。貞操の危機に怯えたことは一度もなかった。

しかし、好機到来と見て、彼の欲望に火がついたのだろう。召使いをべつにすれば、屋敷にいるのはマシューとフルールだけだ。フルールは相手の表情から、マシューが強引に彼女を奪う気でいるのを察した――あの夜、まさにあの書斎で。

そして、それがマシューのとっさの決断ではないことを知った。一階の部屋で従者と一緒にいるのは、マシューらしくもないことだ。書斎の向こう端で何やら忙しそうにしているホブソンを見て、なぜここにいるのかと、フルールはいぶかしんでいた。しかし、ようやくその理由を察した。

そして、怒りと恐怖がまざりあった。マシューがホブソンに向けた表情に気づき、ホブソンが背後に忍びよるのを、耳で聞くというより肌で感じとった。自分の身に何が降りかかろうとしているかを、はっきり悟った。

いまこうして、すべてが起きた場所を凝視してみても、そのあとのことは思いだせなかった。覚えているのは、誰かが悲鳴をあげ、腕をふりまわしたことだけ。そして、床に倒れたホブソンの姿だけ。暖炉の角から頭がすべり落ち、顔が土気色になり、目が虚空をにらんでいた。マシューがその横に膝を突き、彼の上にかがみこんだ。そして、フルールを見あげた。「これで気がすんだだろう、イザベラ」マシューはこわばった奇妙な声で言った。「きみは人殺しだ」

フルールは狼狽して逃げだした。心の奥でわずかな理性が叫んでいた――ダニエルやミリアムのところへも、ほかの誰のところへも行けない。だって、わたしは法を破った人間。つかまれば絞首刑になる殺人者。

「きみにそう告げたのは、理性ではなく悪魔だったんだ、イザベラ」背後からダニエルの静かな声が聞こえ、フルールは記憶のすべてを声に出していたことに気づいた。

「ああ、イザベラ」ミリアムの声は苦悶に満ちていた。「どんなに辛かったでしょう。それにしても、ブロックルハースト卿はとんでもない悪党ね。単純な暴君としか思っていなかったけど。あの男こそ絞首刑にしなきゃ。ううん、ダニエル、わたしは本気で言ってるのよ。イザベラのトランクに宝石を入れたのもあの男ね。殺人の容疑だけでは充分じゃなかったときのために」

ダニエルが腕を差しだし、一同はサロンに戻った。フルールはダニエルがこんなに杓子定規な態度でなければいいのにと思った。彼の腕に抱かれ、肩に頭を預けたくてたまらなかっ

てしまった。

ダニエルが信じてくれても、もうひとつの出来事のせいで、彼とはべつの世界の女になってた。でも、そんなことを考えても無駄なだけ。たとえ、フルールに殺人と窃盗の罪はないと

ダニエルを愛しても、もうどうにもならない。

フルールは二人にすべてを話した。ただ、リッジウェイ公爵に出会った経緯と、ピーター・ホートンがミス・フレミングの職業斡旋所にきた本当の理由だけは省略した。

「そして、ここに帰ってきたの」話が終わりにきたところで、フルールは言った。「たぶん、明日にはマシューが戻ってくるでしょう。いえ、今夜遅くかもしれない。明日のいまごろは、わたし、どこかの監獄に入れられてるわ」

「そんなことないわよ」ミリアムがきっぱりと言った。「でも、今夜はとにかく牧師館に泊まってちょうだい、イザベラ。あそこなら安全よ」

フルールは首をふった。「ううん、ここにいるわ。でも、明日の朝、そちらへ行く。ホブソンのお墓が見たいの。見ておかなくては。お葬式にはおおぜい参列したの、ダニエル？」

「葬儀はここではおこなわれなかった。遺体は生まれた町に運ばれた」

フルールは眉をひそめた。「えっ、どこなの？　調べなくては。お墓を見なくては。そうしないことには、現実が受け入れられないような気がするの。わたしのほうには、危害を加えるつもりはなかった。怯えきってて、ホブソンに怪我をさせてでも逃げだしたい気はあったけど。でも、死んでほしいなんて思わなかった」フルールは目を閉じた。「ホブソンがど

こへ運ばれたか調べてもらえない、ダニエル？」

「調べると言ってもねえ……。墓には行かないほうがいいと思うよ、イザベラ。その町に遺族が住んでて、きみを見て、誰なのかを知ったら、その人たちがとても辛い思いをするだろう」

フルールは膝に置いた手に視線を落とした。

ミリアムがその手を優しく叩いた。「今夜はここまでにしましょう。きっと疲れてくたくたね、かわいそうなイザベラ。牧師館にこないのなら、明日の朝、なるべく早くわたしたちがこっちにくるわ。ブロックルハースト卿が到着したとき、あなたの支えになるために」

ダニエルが立ちあがった。「それがいちばんいいと思う。一緒にくる気がないのなら。ぐっすり寝てくれ。心配しなくていいよ。いざとなれば、ぼくが法廷に立ち、きみが悪事を働けるような人ではないことを証言する」フルールの片手をとり、唇に持っていった。「おやすみ、イザベラ」

「おやすみなさい、ダニエル」

ミリアムがフルールにキスをし、抱きしめた。

フルールは本当に久しぶりに、夢にも悪夢にも邪魔されることなく、ぐっすり眠った。

その夜、リッジウェイ公爵は村の宿屋に泊まった。いっきにヘロン邸まで馬車を走らせてもよかったのだが、到着が真夜中近くになるため、朝まで待つことにしたのだった。フルールに大きな危険が迫っているわけではない。ブロックルハースト卿より自分のほうが先んじていることが、公爵にはわかっていた。たとえ、あの男が自宅に戻る決心をしたとしても。だが、ブロックルハースト卿がそんな愚かな行動をとるとは思えなかった。フルール・ブラッドショー。イザベラ・フルール・ブラッドショー。

フルール。

公爵を乗せた馬車が緑に包まれた湾曲する馬車道を通って、パラディオ様式の瀟洒《しょうしゃ》な屋敷に到着したのは、翌日の午前中も半ばになってからだった。その屋敷がヘロン邸だった。屋敷の片側にオレンジの茂る温室がひとつと、ふつうの温室がいくつかあり、反対側には廏があった。正面には色彩豊かな整形式庭園。太陽が雲間から顔を出そうとするあいだに、馬車は正面玄関へ続く大理石の外階段の前で停止した。

「ミス・ブラッドショーにお目にかかりたい」公爵は執事に告げ、帽子とステッキを渡した。

「あいにく、ミス・ブラッドショーはレディ・ブロックルハーストと一緒にロンドンへお出かけでございます」執事は軽く頭を下げて言った。

「ミス・イザベラ・ブラッドショーのほうだ」

「どちらさまだとお取次ぎすればよろしいのでしょう？」

「その必要はない」公爵はそっけなく言った。「部屋まで案内してくれればいい」

公爵の威厳に気圧《けお》されたのか、執事は向きを変えると、先に立って左へ曲がり、タイル張りの廊下を進んで、屋敷の表側に面した部屋まで行った。わたしの馬車が近づく音をフルールも聞いたに違いない――公爵は思った。わたしの到着を目にしたに違いない。

執事の横を通りすぎて、居間とおぼしき正方形の部屋に入った。縦長の窓から太陽が射しこんでいた。雲にようやく切れ目ができたようだ――公爵は脈絡もないことを考えた。

フルールは部屋の奥のほうで椅子の前に立っていた。いま立ちあがったばかりに違いない。背筋をぴんと伸ばして立ち、顎を高くあげ、両手を前で軽く握りあわせていた。愛らしい小枝模様のモスリンのドレスを着ていた。髪はふんわりカールさせて、縦ロールが揺れている。

また一段と美しい――青ざめた彼女の顔と、こわばった顎の線を目に留めつつも、公爵は思った。

つぎの瞬間、フルールの表情が変化し、顔と身体から見る見るうちに緊張が消えていった。

「マシューだと思いました。マシューの馬車だと思ったんです。マシューが帰ってきたんだって」

フルールが気を失うのではないかと気遣い、公爵は一歩前に出た。しかし、フルールはうめき声をあげると、部屋の向こうから駆けてきて、公爵が伸ばした腕のなかに飛びこんだ。

「ああ、マシューだと思った」公爵の腕がフルールの柔らかな身体を包み、彼女の髪の甘い香りが公爵の鼻孔をくすぐるなかで、フルールは言った。「マシューだと思った」

「違う」公爵は彼女の耳もとでささやいた。「わたしだ、愛しい人。あの男がきみを傷つける心配はなくなった。誰ももう、きみを傷つけはしない」

フルールは呆然とした目で彼を見あげ、指先で彼の頬の傷跡をなぞった。「二度と会えないと思っていました」そっとつぶやいた。

彼女の目に涙があふれるのを見て、公爵は息を吞んだ。

「ここにいるよ。この腕に包まれているのが感じられない？　わたしがきみを守るからね、愛しい人」

そして、公爵は頭を低くすると、唇を開き、フルールの唇に重ねた。

そして、ふたたび彼女のうめき声を耳にした。

21

この午前中は苛立たしいことの連続だった。ひと晩ぐっすり眠ったあと、フルールは新たな活力と希望にあふれて目をさました。雨はすでにやんでいた。もっとも、まだ雲が厚くて太陽は隠れていたが。きのうの夕方訪ねてくれた二人のことを思いだし、自分にもまだ友達がいたのだという思いに口もとをほころばせた。

でも、ゆっくりしてる時間はないわ――早めの朝食をとるため階下におりながら、フルールは自分に言い聞かせた。マシューがいまにも帰ってくるだろう。フルールがロンドンへ行くよりヘロン邸に戻るほうを選んだことを、彼も推測したに違いない。いえ、そうかしら？彼の目にはたぶん、フルールが二度と見つかるまいとしてふたたび逃げだしたように映っているとだろう。だとすると、目的地はロンドンだと思いこむはず。フルールを追ってそちらへ行くだろう。

もちろん、乗合馬車の事務所を訪ねて、フルールがどこ行きの切符を買ったかを確認するだけの知恵が彼にあれば、話は違ってくる。

アニーがやめてしまった。困ったことだ。宝石に関してこのメイドに尋ねたいことが山ほどあったのに。でも、くよくよと残念がっている時間はない。

「チャップマン」朝食の席で執事に尋ねた。「ホブソンのお葬式のとき、遺体はどこへ運ばれたの？」召使いの居住区を騒然とさせたに違いない話題を、ここまであからさまに口にしなくてはならないことに、フルールは顔を赤らめた。

「はっきりしたことは存じません、イザベラお嬢さま」

「じゃ、知ってる人を誰かよこしてちょうだい」

「誰も知らないのではないかと思いますが」

チャップマンは昔から口数の多いほうではなかった。

「誰かが遺体を運んだわけでしょ。それに、たぶん、お葬式に参列した人もいるでしょうし。友達の誰かとか。ブロックルハースト卿自身とか」

「閣下は、はい、おいでになりました。フリンが御者となって。フリンは目下、閣下のお供をして出かけております」

「遺体はその馬車とはべつに運ばれたのでしょうね。たぶん、荷馬車で。そちらの御者は誰だったの？」

「ヤードリーです」

「では、ヤードリーを呼んでもらえないかしら」

「ここにはもうおりません。たしか、ヨークシャーへ行ったはず。そちらで新しい仕事に就いたようです」

「なるほど。ホブソンの遺体を清めてお棺に納めた人物と話がしたいと頼んだら、たぶん、その人物も姿を消してしまっているのでしょうね」

「それはヤードリーがいたしました。閣下と一緒に。あんなことになって、閣下はひどく落胆しておいででした」

フルールはナプキンをテーブルに置いた。食欲をなくしてしまった。

厩のほうでも、結局同じことだった。ホブソンの遺体がどこへ運ばれたかを知っている者は一人もいなかった。ヤードリーが遺体を運びだした。そして、翌日、フリンがブロックルハースト卿を馬車に乗せて出発した。ホブソンがどこの出身かを本人の口から聞いた記憶のある者は誰もいなかった。

フルールはとうとう家のほうに戻り、午前中を過ごすための居間へ行った。ここは昔からフルールのお気に入りの部屋だった。キャロラインは直射日光のせいで頭痛がすると言って、この部屋を嫌っていた。また、アミーリアのほうは、午前中はほとんど起きてこない。だから、いつも自分専用の部屋のような気がしていた。そう思いながら、ゆっくりと窓辺へ行き、正方形の整然たる花壇や、きれいに刈りこまれた低い生垣をながめた。

いくら調べても、何もわかりそうにない。それ以上に苛立たしいのは、何を見つけだせばいいのかわからないことだ。事の経緯はほぼはっきりしている。わたしがホブソンを殺した――故意にではないが。葬儀のために、マシューが遺体を彼の故郷へ運んだ。マシューはまた、キャロラインの宝石をわたしのトランクに入れ、誰かほかの者が見つけるように企んだ。

たとえ、アニーと話すことができたとしても、わたしが盗んだのではないことを証明する方法は、はっきり言って何もない。

チャンスのあるうちにロンドンへ逃げてしまわなかったのは、結局、愚かだったのかもしれない。召使いたちがわたしを見るときの表情ときたら、いまに、片手に斧をぶらさげた姿を見ることになるとでも思ってるみたい。マシューが戻ってきたら、またすべてが始まる。いいえ、すべてが終わるというべきかしら。ダニエルとミリアムはゆうべああ言ってくれたけど、誰がどんな手段を講じようと、わたしを救うことができるとは思えない。無実を証明するのはとうてい無理。

でも、いいの。これ以上逃げるわけにはいかない。自分のいるべき場所にいなくては。

だが、静かなあきらめの境地はほんの一瞬しか続かなかった。木立のあいだに延びる遠くの馬車道に、一台の馬車があらわれた。屋敷に近づいてくる。

フルールの手が不意に冷たくなり、心臓が肋骨にぶつかり、耳のなかでドクドクと音を立てた。顔から血がひいた。鈍い耳鳴りが始まった。

窓に背を向け、椅子の端に腰をおろし、背筋をまっすぐ伸ばして、膝の上で両手を固く握りしめた。気を失わないことに意識を集中させた。

そして、冷静になることに意識を集中させた。あと五分ぐらいしかない。冷静そのものの姿で応対しなくては。すくみあがって泣きつく姿など、見せてはならない。

マシューがどんな提案をするつもりでいようと、けっして受け入れてはならない。ぜったいにだめ。お願いです、神さま——無言の祈りを捧げた——誠実さを、あるいは、わたし自身を失わないための力をお与えください。お願いです、神さま。

馬の蹄《ひづめ》の音と馬車の車輪の音が近づいてきても、ふたたび立ちあがって窓の外を見ることはしなかった。背筋を伸ばし、顎をあげ、ゆっくり深く呼吸することに神経を集中させた。ドアが開き、男性がチャップマンの横を通って部屋に入ってきたところで、フルールは立ちあがった。

男性がマシューでないことに気づくのにしばらくかかった。最初は目で見たものが脳に伝わらなかった。やがて、息がすべて吐きだされてしまったのを感じた。

「マシューだと思いました」フルールは言った。「マシューの馬車だと思ったんです。マシューが帰ってきたんだって」

しかし、マシューではなかった。マシューにないものをすべて備えた人だった。安全と安心と温もりを与えてくれる人。故郷のような人。希望と陽光のすべてを体現している人。公爵が一歩前に出て、フルールに向かって腕を広げた。フルールは二人のあいだの距離がどうやって縮まったのか、まったくわからないまま、その腕に飛びこんだ。

「ああ、マシューだと思った」温かく包みこんでくれる彼の腕を感じながら、腿に触れる彼の腿のたくましい筋肉と、乳房に触れる彼のひきしまった広い胸を感じながら、独特のコロンの香りを吸いこみながら、フルールは言った。「マシューだと……」

フルールの耳にかかる彼の息は温かかった。「違う。わたしだ、愛しい人」

フルールは公爵の肩に手をかけ、彼の優しいささやきを耳にしながら、肩の力強さとたくましさを感じた。そして、顔をあげて、二度と見ることがないとあきらめ、心から閉めだそうとしてきた、浅黒くきびしい顔を見つめた。片手を伸ばして、とてもなつかしい傷跡に触れた。

「二度と会えないと思っていました」フルールは言った。その奇跡を、目で、指先で、身体で、鼻孔で感じた。すばらしい奇跡。脳にはまだ届いていない。五感に伝わってくるだけだ。そして、五感よりも深いところに。目の前で彼の顔がぼやけた。

「ここにいるよ」公爵が言った。

フルールは話をする彼の唇を見つめ、深みのある声に耳を傾け、彼の深い色の目を見あげ、そして、自分の目を閉じた。

突然、大きな安堵を感じた。温かさと力に包まれた。もっと強く包まれたくて、唇を開いた。切望の痛みが喉から胸へ落ちていき、体の奥深くに、そして、腿のあいだに突き刺さるのを感じた。

目を閉じ、頭をのけぞらせると、彼の唇がフルールの唇から離れ、温かなキスを繰り返しながら喉を這いおりた。力強い手がフルールの肩を支えていた。

「きみはもう安全だ、愛しい人」公爵が耳もとでささやいた。「誰ももう、きみを傷つけはしない」

愛しい人。愛しい人。やってきたのはリッジウェイ公爵だった。ヘロン邸に。わたしを追って、ウィロビー館からはるばるきてくれた。

フルールははっとして彼を押しのけると、背中を向け、部屋を横切って窓辺へ行った。沈黙が流れた。

「申しわけない」部屋の向こうから彼の声が響いた。ついてきてくれるのをフルールは半ば期待していたのに、だめだった。「こんな事態を招くつもりはなかったんだ」

「どういう事態を予想してらしたの？　なんのためにここまで？　わたしはお屋敷から何も盗んではおりません。ロンドンにいたときに、いただいたお金で買った服だけはべつですけど。お望みでしたら、お返しいたします」

「フルール」公爵は静かに言った。

「わたしの名前はイザベラです。イザベラ・ブラッドショー。わたしをフルールと呼んだのは両親だけ。あなたはわたしの父親ではないわ」

「どうして逃げたんだ？　わたしを信頼しなかったのか」

「ええ」フルールは公爵のほうを向いた。この人は〈雄牛と角亭〉でわたしの客だった人――わざと自分に言い聞かせた。公爵の手に視線を落とした。いつもこの手が怖くてたまらなかった。「どうしてあなたを信頼しなくてはいけないの？　それに、逃げたのではありません。逃げるのをやめて、家に帰ってきたのです。ここがわたしの故郷。この家で生まれたのです。ここがわたしのいるべき場所です」

「そうだね。ようやく本来の環境に身を置いたわけだ。ブロックルハーストが戻ってくるのを待っているのかね？　最悪の事態を待っている？」

「公爵さまが心配なさることではありません。なぜいらしたの？　一緒に帰るつもりはありません」

「いや。きみを連れ戻そうとは思っていない、フルール。うちの娘の勉強部屋は、きみの本来の居場所ではないし、わたしの屋敷のどれかにきみを連れていくことは二度としない」

フルールはサイドテーブルのほうを向き、そこに置かれた花瓶の花を活けなおしはじめた。理不尽な胸の痛みを抑えこんだ。

「どこかの家にきみを囲おうとも思っていない。もしそれを恐れているのなら。わたしはきみを自由の身にするためにやってきた、フルール」

「あなたの奴隷になったことは一度もありません。お金をいただいたのは事実ですが、それに見合うだけのことをしたつもりです。お帰りになるときに、衣類をお持ちくださってけっこうです。自由の身にしていただく必要はありません。あなたに縛りつけられたことは一度もありませんもの」

公爵はフルールのほうへ一歩近づいたが、ドアにふたたびノックが響き、フルールは凍りついた。

「ブース牧師さまと妹さんが話をしにこられました、イザベラお嬢さま」執事が言い、公爵にちらっと視線を走らせた。

「お通ししてちょうだい」フルールは大きな安堵に包まれた。二人のところへ飛んでいって、ミリアムを抱きしめ、ダニエルに微笑を向けた。

公爵はすでに部屋を横切って、フルールがさきほどまでいた窓辺に立っていた。

「ミリアム、ダニエル、リッジウェイ公爵を紹介させてもらっていいかしら。友人のミリアム・ブースとダニエル・ブース牧師です、公爵さま」

男性二人が頭を下げた。ミリアムは膝を折ってお辞儀をした。全員が好奇心に満ちた視線を交わした。

「公爵さまは、わたしが無事に家に着いたかどうか確認するためにきてくださったのよ。確認できたから、そろそろお帰りになるところなの」

「まだ帰るつもりはない」公爵はそう言いながら、背中で手を組んだ。「いまの様子からすると、感動の再会という雰囲気ではなかったが。ミス・ブラッドショーが帰宅したあとで、すでに顔を合わせているということなのかな？」

「ゆうべ、こちらにお邪魔しました」ブース牧師が一歩前に出た。「ミス・ブラッドショーは彼女を気遣う者たちのもとに戻ったのです、閣下。われわれが彼女を守っていきます。これ以上、彼女のことをご心配いただく必要はありません」

公爵は軽く頭を下げた。「ならば、こうお伝えすれば、安心してもらえることだろう。ブロックルハースト卿は数日中に正式な供述書を作成するそうだ。その内容はつぎのとおり。従者は事故死で、殺人の疑いはまったくなく、宝石の置き場所が間違っていたことをめぐる騒ぎは誤解であった、窃盗事件は起きていなかった」

フルールの手は笑みを浮かべた友達にしっかり握られていた。

「供述書が作成されない場合は」公爵は話を続けた。「もっとも、そのような可能性は現実にはないと思うが、とにかくその場合は裁判がおこなわれて、ミス・ブラッドショーは間違いなく無罪放免となり、ブロックルハースト卿自身を裁判にかけるべき由々しき根拠が無数に出てくることになる」

ミリアムがフルールを両腕で包みこみ、笑っていた。「わたしにはわかってたわ。すべて捏造だってわかってた。イザベラ、まあ、あなたったら氷のかたまりみたい」

「根拠もなくミス・ブラッドショーの希望をかきたてておられるのでなければいいのですが」ブース牧師が言った。

「そんな残酷なことはしない」公爵は言った。フルールは彼を見た。「わたしはブロックルハースト卿と長時間にわたって話しあい、あの男の魂胆をくじくに足るだけの真実をひきだしたつもりだ。また、その話しあいに関しては証人もいる。ブロックルハースト卿は証人の存在に気づいていなかったが」

「マシューが真実を認めたというのですか」フルールは言った。

「あらゆる点において。もはやあの男を恐れる必要はない、フル……ミス・ブラッドショー」

フルールは両手で顔を覆い、ミリアムの明るい笑い声に聴き入った。ダニエルが部屋を横切って公爵と握手していることに気づいた。

「なんてすばらしい朝でしょう」ミリアムが言っていた。「学校をお休みにしたのがうしろめたかったけど、いまはお休みにしてほんとによかったと思うわ」その声がとても遠くに感じられた。

「すわらせなくては」べつの声が言っていた。そして力強い手がフルールの腕をとり、椅子にすわらせてくれた。そして、その手の片方が頭のうしろを支えて、フルールの頭を彼女の膝のあいだに押しこんだ。「すべて終わったのだ、フルール。いまも言ったとおり、きみはもう安全だ」

リッジウェイ公爵はミリアム・ブースに好感を持った。フルールにとってまさに必要な友達だ。分別があり、現実的で、陽気で、愛情にあふれている。気を失いかけたフルールがようやく立ち直ると、もう大丈夫という言葉にも耳を貸さず、フルールをしばらく彼女の部屋へ連れていった。

ダニエル・ブースに好感が持てるかどうかについては、迷いがあった。金髪でハンサム、もの静かでおだやか。そう、女たちの胸をときめかせる資質をすべて備えている。これに牧師服が加われば、ほとんどの女にとって抵抗しがたい魅力となるだろう。

それに、この男はフルールのことを大切に思っている。女性二人がいなくなったとたん、細部にわたって鋭い質問をよこし、騒ぎの全容を聞きだした。

「そのような男を地域社会の指導者的立場に置いておくべきではありません」牧師は言った。

「罪に問うべきだ。ただ、遺憾ながら、そんなことをすれば、イザベラにさらなる心労をもたらすことになる。閣下がとられた方法を良しとすべきでしょうね」

「わたしもそう結論した。個人的には、あの男を八つ裂きにし、骨を砕いてやりたいと思っているが、それもまた、ミス・ブラッドショーのためにならないだろう」

ブース牧師はまっすぐな視線を公爵に向けた。相手の魂の奥まで見通すような目だった。

「ミス・ブラッドショーをここに置いておかないほうがいい」公爵は言った。「ブロックルハースト卿からの危害はないと、確信してはいるが。あのような身分の女性を娘の家庭教師としてわが家に連れて帰るわけにはいかないし。とにかく、ブロックルハースト卿を見つけだして、ミス・ブラッドショーが二十五歳になって全財産を自由にできるようになるまで、然るべき額の生活費を渡すよう説得しようと思っている。うまくいかなかった場合は、どこかに彼女のための住まいを見つけ、年上の女性をコンパニオンとしてつけるつもりだ」

ふたたび牧師の目が公爵の魂を見つめ、すべてを見てとった。

「閣下はすでに、雇い主の責任においてなすべき以上のことをしてこられました。イザベラは幸運でした。しかし、いまは友人たちに囲まれています。わたしもイザベラの将来の計画について、妹と相談しました。裁判にかけられることはないとわかったので、その計画をイザベラに伝えて了承を得ようと思っています」

牧師がフルールと結婚するのも、その計画に含まれているのだろう――公爵は思った。そして、たぶん、フルールは彼と結婚するのだろう。ロンドンで彼女の人生に訪れた出来事をどうにか乗り越えることができたなら。それがいちばんいいことだ。ブロックルハーストの従者の死で運命が一変してしまう前は、彼と結婚するつもりでいたのだから。フルールはたぶん、彼を愛しているのだろう。向こうもフルールを気遣っている様子だ。

ダニエル・ブースに好感が持てるかどうか、公爵にはいまやまったくわからなくなった。

暇を告げなくては。ここにとどまる理由はもう何もない。ヘロン邸以外の場所でフルールが暮らせるように、友人たちが手を貸すつもりでいるのならとくに。フルールがこの部屋に戻ってくるのを待って、正式に暇を告げ、家路につくとしよう。

ウィロビー館を出てから一週間もしないうちに帰宅することができる。パメラのもとに戻ることができる。たぶん、トマスが出ていく前に。トマスが出ていったとき、苦悩のなかに突き落とされるであろうシビルを支えるために。ただ、当然ながら、シビルに近づこうとしても拒まれるだろうが。

屋敷に戻り、忘れることに専念しなくては。早く帰途につかなくては。何をぐずぐずしているのだ？

なのに、公爵は午餐の招待を受け入れ、黙りこくったフルールと好奇心に顔を輝かせたミス・ブースに、ふたたび一部始終を語って聞かせた。フルールは予想に反して、安堵の表情も、興奮の表情も見せなかった。しかし、もちろん、何カ月にもわたる苦しみからさきほど解放されたばかりだ。すべて終わった、もう自由の身だとわかっても、なかなか順応できないのだろう。

それに、もちろん、まだ終わってはいない。心の傷は長いあいだ残るはず。そして、ひとつの事実が、生涯、彼女の心に残るだろう。ミリアムが話を始めたとき、テーブル越しにフルールと視線を合わせると、そこに疑念と苦痛が見てとれた。フルールのほうへ手を伸ばし、〝どうしたんだ？　どうすれば力になれるんだ？〟と尋ねたかった。

しかし、力にはなれない。公爵は自分の皿に視線を戻した。この何カ月かの出来事を整理すれば、永遠の危害を加えたのはこの自分だけであることがフルールの目に明らかとなるだろう。もしかしたら、すでにそう思っているかもしれない。

午餐がすんだら、ただちに暇乞いをすべきだ。

「ねえ、ミス・ガレンが住んでたコテージへ越すといいわ、イザベラ」ミリアム・ブースが言っていた。「そして、前々から相談してたとおり、わたしの学校を手伝ってくれない？きっと楽しいわよ。しばらくのあいだだけでも。ほかに何か始めるまでって意味だけど。いまの状況なら、ブロックルハースト卿もたぶん、しぶしぶ同意するしか……」ミリアムは微笑した。「とにかく、これまでみたいな暴君ぶりは発揮できないわね」

「しばらく考えさせて、ミリアム」フルールは言った。「そうね、すてきな案だと思うわ。ミス・ガレンのコテージは昔から大好きだった。バラの花がたくさんあるし！」

「イザベラの心が動揺していることが、おまえにはわからないのか、ミリアム」ブース牧師が静かに尋ねた。「イザベラには将来のことを考える時間が必要だ。ぼくはそろそろ村に戻らないと。午後から病人の見舞いにまわることになっている。おまえもくるかい？」

ミリアムは椅子をひいて立ちあがった。「ええ。イザベラが一緒にいてほしいと言わなければ」

フルールは首をふって微笑した。

ブース牧師も立ちあがり、問いかけるような目で公爵を見た。

「では、わたしは今日の午後、帰途につくことにしよう」公爵は言った。「その前に、庭を散策しませんか、ミス・ブラッドショー」

「はい」フルールは公爵に目を向けずに答えた。

ブース牧師にじっと見られて、公爵は、この男のことはまったく好きになれないと思った。

「おいでくださったことに感謝します」フルールは言った。「そして、大きな力になってくださったことにも。ありがとうございます、公爵さま」

二人は庭園をゆっくり歩いていた。横に並んでいるが、手は触れていない。ブース牧師とミリアムが村へ戻っていくのが見えた。

「喜んでいる様子ではないね。どうしたんだ？」

「あら、喜んでいます。喜ばないわけがありまして？　この何カ月か、いずれ絞首刑になるものと思いこんで生きてきました。心地よいことではありません。無意識のうちに陰惨な想像ばかりしてしまう。そして、きのうこちらに戻ってきたら、人に会うたびに、殺人者や泥棒を見るような目で見られました。汚名をそそぐことができるのは、すばらしいことです」

「うむ」公爵はしばらく無言でフルールの横を歩いた。「何か気になることでも？」

フルールが返事をしたのはかなりたってからだった。「わたしがここに戻ってきたのは、何があったのかを解明するためでした。と言うか、たぶん、自分の無実を示す証拠を探すためだったのでしょう。その証拠はもう必要ないようですね。でも、答えの出ていない疑問がずいぶんあるんです。そして、壁に突きあたってしまいました」

「説明してくれ」

「メイドがここをやめてよそへ移りました。宝石を見つけたメイドです。宝石のあった場所を訊こうと思っていたのに。厳重に隠してあったのか、それとも、荷物の上にのっていただけなのか。もしわたしが盗んだのなら、荷物の上にのせておくなんて、ずいぶん間の抜けたことだと思いません？」

「トランクに鍵はかけてあったのかね？」

「いいえ、かけるはずがありません。牧師館へ行こうと思っていただけですから」

「そして、トランクは屋敷の外に停めた馬車のなかに置いてあった？」

「ええ。もちろん。高価な宝石をそんなところに入れておくなんて、いくらなんでも杜撰《ずさん》すぎます。わたしならきっと、何かほかの方法で運びだすか、身につけて隠しておいたでしょう。でも、どんな種類の宝石だったのか、どんな大きさだったのか、わたしにはわかりません。とにかく、アニーがいなくなったので、質問したくてもできないんです」

「厄介だな。きみにとって重要なことなら、わたしがそのメイドを見つけだそう」

くて」

「ホートン氏を使って？」フルールはかすかに笑みを浮かべた。「いえ、いちばんの気がかりはそれではないのです。ホブソンの遺体の行方がわからないことが、どうにも納得できなくて」

「従者の？　墓地の地面の六フィート下にいるはずだろう？」

「埋葬のために故郷へ運ばれたというのです。ところが、故郷がどこなのか、誰も知らないみたいで。棺をそちらへ運んだ馬番はその後ヨークシャーのほうへ移り、マシューの馬車を走らせた御者はいまもマシューと一緒にいます。マシューが遺体を清めてお棺に納めるのを手伝ったのはヤードリー、現在ヨークシャーにいる男です」

「本当なのか？」

「とにかく、ホブソンのお墓を見ないことには、わたしの気がすみません。だって、殺したわけではないけど、この手で殺したようなものですもの。わたしがカッとなって押しのけたりしなければ、ホブソンは転倒もせず、命を失うこともなかったでしょう。殺したのはわたし。死を招いたのはこのわたし。それを心に刻みつけて生きていかなくては。それを受け入れなくてはなりません。どうしてもお墓を見たいのです」

「その男が亡くなったのは自業自得と言えるし、ブロックルハーストにも責任のあることだと、自分に言い聞かせても、肩の荷をおろすことはできないかね？　きみが責められるべき点はいっさいないと、自分に言い聞かせることはできないかね？」

「そうですね、頭ではできます。でも、わたしが押しのけたためにホブソンが死んだという事実は、けっして心から消えないでしょう。愚かなことはわかっています。おひきとめはいたしません、公爵さま。早くご出発なさりたいことと思います。日のあるうちにできるだけ早く」

「従者の出身地を知っている者が誰かいるはずだ。召使いのなかに親しい者はいなかった？　村には？」

「存じません」

「ならば、こちらで調べねば。わが秘書をまねて、見つかるかぎりのことを見つけるとしよう。村で質問してまわってみる。きみはもう一度、召使いたちに質問してくれないか」

「すでに大部分の者から話を聞きました。誰も何も知らないようです。それに、忘れてならないのは、みんな、わたしではなくマシューに雇われた身だということです。いえ、ご心配いただかなくても大丈夫です、公爵さま。早くご出発なさりたいでしょうから」

「わたしが？」公爵は石畳の小道で足を止め、フルールの両手を握りしめた。「わたしはきみが幸せになり、完全に自由になった姿を見たい。それを見届けるまでは、きみのもとを離れるわけにいかない」

「でも、なぜ？」フルールは目を丸くして、公爵の目を見つめた。

「理由はよくわかっているはずだ」公爵は荒々しく言うと、フルールの手を痛いほど強く握りしめ、それから向きを変えて廏のほうへ大股で歩きだした。

フルールは小走りで追いついた。「わたしにあのようなことをなさったから？　でも、わたしが劇場の外に立っていたのは、まさにそのためでした。あなたでなかったなら、ほかの誰かについていったことでしょう。あの晩ではなかったかもしれない。でも、翌日の晩にでも」

公爵は不意に立ち止まって、ふたたびフルールの手をとった。「わたしでよかった」食い入るように彼女の目を見つめた。「いずれ誰かの相手をせねばならなかったのなら、わたしでよかった」手を離した。「明日の朝早く、ふたたびお邪魔しよう。なんらかの情報を届けられればいいのだが」

公爵はふたたび大股で歩きだした。今度はフルールもあとを追わなかった。その場に立って見送った。

彼女の心を占めていたのはただひとつの思いだった。一日だけ猶予ができた。明日になれば、あの人は別れを告げ、永遠にいなくなる。でも、今日ではない。今日はまだ。

明日。

22

「失礼な言い方かもしれませんけど、お嬢さまが戻られて、みんな喜んでおります」アニーのかわりにやってきた小柄なメイドが、フルールが脱いだばかりのモスリンの昼間用のドレスを衣装だんすにかけていた。急に恭しい態度になっていた。「テッド・ジャクソンが言ってたように、お嬢さまのほうから進んで戻ってこられたんだから、お嬢さまにかけられた疑いなんて、ほんとのわけありませんよね。あ、あたしたちのほとんどは、お嬢さまに罪があるなんて思ってなかったんですよ」

フルールは深い物思いからさめた。「ありがとう、モリー。そう言ってもらえて安心したわ」

フルールの化粧室のドアは固く閉じているし、ほかの召使いが近くにいる気配もないのに、モリーの声が低くなり、態度がさらに恭しくなった。「それに、あたしの意見を申しあげれば、お嬢さま、ホブソンさんがああなっても、あたしはべつに気の毒だなんて思いません。いやな男でした。自分はもてるんだとか、いつもうぬぼれてて」

ホブソンはそれなりにハンサムな男だった。モリーのほうは、お世辞にも可愛い女の子とは言えない。前にホブソンにふられたことがあるのかもしれないと、フルールは推測した。

「求めるばっかりで、お返しなんて考えない男でした」モリーの言葉に、フルールの推測が裏づけられた。「でも、あたし、あの男の甘い言葉にはぜったい耳を貸さなかったです。何回か言い寄ってきましたけど」

「ホブソンが？」リッジウェイ公爵が帰ったあと、フルールは召使いたちに質問をしてまわり、二時間のあいだふたたび苛立たしい思いで過ごした。疲れていた。公爵に何も言わなければよかったと悔やんだ。何も言わずにいれば、あの人はいまごろドーセットシャーへの帰途につき、わたしは今後の人生について考えはじめていただろう。ところが、じっさいには、あの人が明日の朝ふたたび訪ねてくる予定だし、わたしはあの人の言葉がもたらしたはずの興奮をいまだに感じられずにいる。「ホブソンが自分の話をしたことはあったかしら、モリー」

「しょっちゅうでした。自分のことを話すのが大好きな男でしたもの、お嬢さま」

恨みのこもった口調だったので、フルールは思わず苦笑した。

「父親がロックスフォードで肉屋をやってて、商売が繁盛してて、だから、紳士のお世話をする従者っていういい仕事につけたそうなんです。だからって、あんな偉そうにふんぞりかえらなくてもいいのに」

「じゃ、そこが故郷なの？　ロックスフォードが？」

「あっ！」モリーは片手でピシャッと口をふさいだ。「チャップマンさんに殺される。誰にお給料をもらってるかを頭に刻みつけておけ、何もしゃべるんじゃない、って言われてたのに」

「わたしに？　わたしには何もしゃべるなって言われたの？」

「ブロックルハースト卿が戻ってこられたら、お嬢さまはすぐ監獄に放りこまれるんだからって。でも、お嬢さまが監獄に行かなきゃいけないなんて、あたし、思ってません。ほかの召使いもみんなそうです。ああ、あたし、チャップマンさんに殺されてしまう」

「執事には黙っておくから大丈夫よ、モリー。それから、正直に話してくれてありがとう。ホブソンが埋葬されたのはそこなのね？」

「たぶんそうだと思います。正確なことは知りませんし、気にもなりませんけど。ロックスフォードまでは五十キロほどあります。あたしだったら、お墓に花を供えるために五十メートル歩くのだってておことわりだわ。あんな男よりテッド・ジャクソンのほうがずっとすてき。テッドは庭師の下働きにすぎないけど。女の子をすっごく大切にしてくれるんです」

フルールは立ちあがり、絹のイブニングドレスのしわを伸ばした。なぜわざわざ着替えたのか、自分でもよくわからなかった。一人で晩餐をとるだけなのに。でも、貴婦人に戻って、見慣れた品々に囲まれているのは、気分のいいものだ。

「そろそろ晩餐におりていかなくては。ご苦労さま、モリー。今夜はもう用はないと思うわ。地階で誰かに用事を言いつけられたりしなければ、自由にしてくれていいのよ。テッドも今夜は暇かしら」そう言って微笑した。

モリーは共犯者めいた態度でフルールに笑いかけた。「そうなんです、お嬢さま」フルールの先に立ってドアまで行ったが、取っ手に手をかけたところで躊躇した。執事とその他数人の召使いが家具の陰に隠れていると思っているかのように、室内を見まわした。「あたし、アニーと大の仲良しだったんです。あたしがここにきたばかりのとき、ずいぶん親切にしてもらいました」

「それで？」フルールは少女の赤くなった頬を見た。

「あの晩、お嬢さまは化粧室に手袋をお忘れになりました。アニーがそれを持って馬車まで走り、お嬢さまのトランクに入れたんです。荷物のいちばん上に」

「アニーが？」

「そのときは、宝石なんてなかったそうです」モリーは話を続けた。「ところが、あとになってアニーがお嬢さまの部屋でトランクをあけたら、宝石がのってました。手袋の上に。そして、トランクをあけたちょうどそのとき、男爵さまとチャップマンさんがノックもせずに部屋に入ってこられました。いまあたしがお嬢さまに申しあげたのと同じことを、アニーはあの二人に言いました。翌日、アニーはお屋敷を追いだされてしまいました。すごく怯えてて、あたしに話をして、でも、黙ってたほうがいいって言ってくれました。ずいぶんお金をもらったそうです」

「あの二人から？」

「チャップマンさんに知られたら、あたし、殺されます」

「ううん、大丈夫よ。近いうちに、宝石の件はまったくの誤解だったってことを、ブロックルハースト卿自身がみんなに伝えるでしょうから。それでも、その証拠をわたしのほうで手に入れることができてよかった。ありがとう。あなたはこの屋敷でいちばん勇気のある召使いだわ。けっして忘れませんからね」

ロックスフォード――晩餐におりていきながら、フルールは考えた。距離にして五十キロ。ええ、モリーの言うとおりね。ホブソンの墓を見にいくには、五十メートルでも遠すぎる。ただ、わたしは彼を殺してしまった。どんな悪人であろうと、他人の手にかかって死ぬなんてむごすぎる。せめて、お墓の前にひざまずいて、良心の呵責を和らげなくては。

五十キロ。一日で往復するのは無理だろう。

「しかし、ロックスフォードまでは五十キロか六十キロあるんだよ」ダニエル・ブース牧師が言った。「そこへ行こうというきみの気持ちがどうにも理解できない、イザベラ。墓があるだけだ。墓を見るためだけに、なぜ五十キロもの道のりを出かけるんだ?」

翌朝のずいぶん早い時刻だった。フルールは人が訪ねてくるのを自宅でじっと待つ気になれなかった。自分のほうから牧師館へ出向くことにした。ロックスフォードへ行かないことには、気を楽にすることも、心の平安を得ることもできない。

「逃げだしたときは、未完成の物語を置き去りにするような気分だったわ。きのう、公爵さまはああおっしゃったけど、わたしは何も終わっていないような気がするの。マシューの供述書が作られても、この感覚は消えないと思うわ。人の死に関わりを持ったのに、お葬式に出なかった。お葬式の目的って、ひとつはそこにあると思うのよ——残された者が死という現実を受け入れられるよう、手助けをするの」

「疑いが晴れて、きみはほんとに運がよかったんだ。何もかも置き去りにすればいいじゃないか、イザベラ。今日から新たな第一歩を踏みだし、これまでのことはすべて忘れるんだ」

「ロックスフォードへ行ったあとでね。ずっと考えてたんだけど、わたしにとってはミリアムの提案が最高のものだと思う。ミス・ガレンのコテージなら気持ちよく暮らせるし、ミリアムの学校で教えるのもきっと楽しいでしょう。新しい人生を始めるわ。でも、まずロックスフォードへ行かなくては。一緒にきてもらえないかしら」

牧師館の家政婦がフルールを書斎へ案内したあと、ダニエルはデスクの向こうに立ったままだった。いま、こちら側にまわってきた。「きみと一緒に？　良識というものを忘れてしまったのかい、イザベラ。ミリアムが学校で忙しくしているときに、きみとぼくがここに二人きりでいることすら、良識を疑われることなんだよ。ロックスフォードとここを往復すれば、二日はかかるだろう」

「ええ。だけどわたしが一人で行ったりしたら、あなたも心配だろうと思って」

「もちろんだ」ダニエルの口調は苛立たしげで、フルールの手をとると、強く握りしめた。「そんな非常識な考えは捨てるべきだ。スキャンダルからようやく自由になろうとしてるのに。新たなスキャンダルできみの評判を傷つけるようなことはしたくない。ぼくの妻になってくれないか。いまなら、ブロックルハースト卿もぼくらの結婚を認めるしかないだろう。だめだと言われたら、以前の計画を実行しよう。特別許可証を申請して結婚する。ぼくと結婚してくれるね、イザベラ」

フルールの視線は握りあった二人の手に向けられていた。「いいえ、ダニエル。それはもう無理だわ」

「スキャンダルのせいで？　だけど、すべて終わったんだよ。きみがぼくとの結婚を望んでいたのは、それほど以前のことではない。愛してると言ってくれたじゃないか」

「あなたとは結婚できないの、ダニエル。いろんなことがありすぎたから」

ダニエルは手を離すと、彼女から顔を背けて、デスクに積まれた書類を整理しはじめた。

「リッジウェイ公爵のことを尋ねようと思っていた。公爵が膨大な手間をかけてきみの容疑を晴らしたのちに、きみを追ってここまできたのもずいぶん妙なことだしね。どういうことなんだ、イザベラ？」

「雇い人を大切にする親切な方なの。召使いたちの尊敬を集めると同時に、愛されていると言っていいくらい」

「きみも？」ダニエルが訊いた。「きみも公爵を尊敬すると同時に愛してるのかい？」ふたたびフルールのほうを向いた。ブルーの目がまっすぐに彼女を見た。

「もちろん違うわ」フルールは言った。視線が揺らぎ、そして、彼を見つめた。

「では、きみに対する公爵の気持ちは？　たしか、奥さんのいる人だったね？」

「さっきも言ったでしょ。雇い人を大切になさってるの。とても責任感の強い方」

「じゃあ、きみがぼくとの結婚を渋っていることと公爵は無関係なんだね？」

　フルールはうなずいた。

「では、この件についてはもう何も言わないことにする」いささかこわばった口調で、ダニエルは言った。「だけど、きみが無事に帰ってきてくれてうれしいよ、イザベラ。それから、ミリアムの学校を手伝ってもらえるのもうれしい。ミリアムには手助けが必要だし、ぼくと同じく、妹もきみとの友情を大切に思っている」

「ありがとう」イザベラは言った。立ったまま、長いあいだダニエルを見つめた。「ダニエル、あなたに本当のことをお話ししておきたいの」

「それはいいことだ。良心の重荷をおろすのに役立つだろう。何だい？」

「ロンドンにいたとき、わたしは食べるものにも困り、しかも働き口はまったく見つからなかった。やがて、まる二日間何も食べずに過ごすことになった」

　ダニエルは立ったまま、真剣な顔でフルールを見ていた。

「そのとき考えたの。生き延びるには三つの方法しかないって。物乞いをするか、盗みを働くか、もしくは……」フルールはぎこちなく唾を呑みこんだ。「もしくは、自分の身体を売るか」

　ダニエルは黙ったままだった。二人はしばらく無言で立ちつくした。

「わたしは身体を売った。一度だけ。家庭教師の仕事を見つけてドーセットシャーのほうへ行っていなければ、何度でも売ったでしょうね」

「きみは娼婦なのか」ひどく低い声でダニエルは言った。

フルールは震える片手で唇を覆い、やがてその手をおろした。「現在形なの？　つねに現在形で言うべきことなの？」

「イザベラ」ダニエルは顔を背け、デスクに両手を突いた。「ほかに方法があっただろうに」

「ロンドンの泥棒は幼いときから訓練を積んでるわ。わたしじゃ太刀打ちできなかったでしょう。死ねばよかったの、ダニエル？　娼婦になるぐらいなら餓死を選ぶべきだったの？」

「ああ、神さま」ダニエルは言った。「神さま」

そして、そのあとに続いた沈黙のなかで、フルールはいまの彼の言葉が単なる叫びではないことを知った。

ダニエルがようやく顔をあげた。フルールのほうを向こうとはしなかった。「後悔している？　悔い改めたかい、イザベラ？」

「どちらとも言えない」沈黙ののちに、フルールは落ち着いた口調で言った。「ああいうことになったのを、言葉にできないぐらい後悔してるけど、自分のやったことは後悔してないわ。生き延びる手段がそれしかなければ、もう一度やるでしょう。わたしは殉教者になんてなれない人間だから」

ダニエルはふたたびうなだれた。「しかし、心から悔い改めない者が、どうすれば神の赦しを得られるというのだ？」

「神さまはたぶん理解してくださるわ。理解してくれないなら、わたし、神さまと喧嘩してもいい」

ダニエルは長いあいだ黙りこんだ。

「ね、わかったでしょ。わたしは、あなたとも、ほかの誰とも結婚できないのよ、ダニエル。自分のやったことを後悔してはいないけど、汚れた女になったことは事実だし、その責任を負って生きていく覚悟もできてる。ロックスフォードへ行ってきます。帰ってくるまでに、わたしがミリアムの学校で働くにふさわしい女かどうか、あなたのほうで結論を出しておいてね」フルールはそっと書斎を横切ってドアへ向かった。

彼の声に足を止めた。「イザベラ、行ってはだめだ。よくないよ、レディの一人旅なんて」

「でも、わたしは本物のレディじゃないもの。わたしのことは心配しないで、ダニエル。二日ほどしたら帰ってくるから」

フルールは静かに書斎を出て、牧師館をあとにした。村の通りを歩いて学校へ行き、ミリアムと子供たちに会うつもりでいたが、やめることにした。家から乗ってきた馬を杭からはずして、誰の助けも借りずに片鞍に乗り、家のほうへ向かった。

そして、ダニエルへの愛を思いだし、遠い過去のことのように思った。心に残ってはいるが、ふたたび火をつけることはできない甘い思い出。

リッジウェイ公爵は馬車を村の宿に置いて、馬でヘロン邸へ向かった。報告する価値のあることは何も見つからなかった。宿の亭主も客もみな、ホブソンのことを知っていた。どこの出身なのか、葬儀がどこでおこなわれたかは、誰も知らなかった。ロンドン生まれだと断言した男がいたが、あとの者が声をそろえて侮蔑の口調で打ち消した。どうやら、ホブソンにはロンドンの下町のコックニー訛りがなかったらしい。

従者の話題から、必然的に、フルールのことと、奇妙な突然の帰宅のことへ話が移っていった。フルールに罪があるとは、誰一人思っていない様子だった。公爵が想像するに、ホブソンはいやな客だったのだろう。ブロックルハーストのほうもあまりよく思われていなかったようだ。

もうじき公表されるはずの供述書も、すべての容疑の取り下げも、人々がすでに知っていることを裏づけるだけのことだ。

フルールが求めている情報を見つけだせればよかったのだが。できればそうしたかった。フルールが墓を見に出かけ、この何カ月かの悪夢からようやく解放される様子を見届けたかった。この先、彼女のことを思いだすときに、彼女が自分と周囲の世界を受け入れるに至ったことだけは知っておきたかった。

ヘロン邸に着くと、フルールは留守だと執事に言われた。本当に留守なのか、それとも、会うのを拒まれたのかはわからない。どちらにしても、会わせてほしいと粘っても無駄だと公爵は思った。報告できることが何もない以上、会う意味もない。これ以上騒ぎ立てずに帰るべきだ。

「お求めの情報は見つからなかったと、ミス・ブラッドショーにお伝え願いたい」待つのはやめようと決心して、執事に言った。

　ロンドンへ行こう。たぶん、ブロックルハーストもそちらへ行っているはず。居どころを突き止めて、すべてを遅滞なく実行に移しているかどうかを確認するのは、簡単なことだろう。そして、フルールが二十五歳の誕生日を迎えるまでそれなりの生活費を受けとれるよう、交渉するとしよう。それから、ブロックルハーストの御者にも会わなくては。そうすれば、ホブソンの墓がどこにあるのか、フルールにくわしく伝えることができる。

　そののちに、フルール・ブラッドショーのことは自分の心からも人生からもきっぱり締めだして、ウィロビー館に戻る。良き父親になることに専念する。たぶん、シビルとのあいだに平和な関係を築くこともできるだろう。とにかくやってみよう。

　心が決まった。しかし、馬で屋敷をあとにして、馬車道の曲がり角のところでフルールに出会ったとたん、決心が揺らいだ。フルールは黒いベルベットの乗馬服に帽子という姿で、その黒い色が、赤みがかったあざやかな金色の髪をみごとにひきたてていた。

「まあ」フルールが言った。「びっくりしました」

「おはよう、フルール。いま、きみに会いにいったところだ。残念ながら、いい知らせはないが、いずれ何か知らせることができるよう願っている。ロンドンへ行き、ブロックルハーストの御者と話をするつもりだ」

「ホブソンの故郷がわかりました。ロックスフォードだそうです。ゆうべ、メイドが口をすべらせたんです。どうやら、召使い全員、わたしの前では口を閉じておくよう命じられていたみたいで」

「ロックスフォード？　どこにあるんだ？」

「ここから五十キロほどのところです。そんなところへ行きたがるのは愚かだとダニエルに言われました。たぶん、そのとおりでしょうね。でも、行かなくてはなりません」

「そうだな。わたしにも理解できる」公爵は元気いっぱいの馬をじっとさせているフルールの腕前に目をとめ、生き生きとした表情を見守った。活力と美しさにあふれている。初めて会ったときとは大違いだ。「彼とミス・ブースが一緒に行ってくれるのだろうね？」

「いえ、だめなんです。ミリアムは学校があります。すでに、きのう一日、わたしのために休みにしてますし。それに、ダニエルも無理です。非常識なことですもの」

「しかし、きみを一人で行かせるつもりなのか。そのほうがはるかに非常識だと思うが」

「でも、はっきり申しあげると、わたしがなんらかの行動に出るのを、ダニエルが許すとか止めるとかいった問題ではないんです。あの人にそんな権利はありません」

「では、行くつもりなんだね？」

「はい」

フルールの馬がいななき、首をふり、地面を前脚で掻いていた。走りたがってじりじりしている。

「けさ、その馬を走らせたのかね？」

「いいえ。でも、走らせようと思っていました」

「では、ついてきなさい」公爵は先に立って、馬車道を縁どっているブナの並木を抜け、木立が点在する広々とした緑地に出た。フルールのほうをふりかえると、うしろからきていた。

「今回はたぶん、きみも後れをとらずにすむだろう。それはきみが選んだ馬だし、わたしのほうはハンニバルがいないから」

フルールは彼に笑顔を見せ、馬に合図を送った。馬が待ち望んでいたことだ。


こんなことをしてはいけなかった——公爵は思った。この最後の三十分を自由に使い、フルールと純粋に楽しいひとときを持つことにしよう、などと思ってはいけなかったのだ。だが、二人で馬を走らせるのもこれが最後だと思うと、じつに楽しかった。馬上のフルール・ブラッドショーは生き生きしていた。彼女の馬が公爵の馬を追い越した瞬間、彼に向かって笑い声をあげ、厩と屋敷の裏へまわったところでふたたび彼が追い越したときには、微笑をよこした。


馬車道で出会ったときに別れを告げて、そのまま去るべきだった。フルールの人生から去るべきだった。

そもそも、ここにきてはいけなかったのだ。ホートンをよこすべきだった。禁断の恋を追ってはならなかったのだ。

だが、フルールに会うことは二度とないだろう。もうじきここを去り、フルールに思いを馳せることも、彼女に焦がれることもなくなる。わたしには歩むべき人生があり、幸せを考えてやらなくてはならない人々がいる。たとえ、自分自身に大きな幸せは望めなくとも。

最後の三十分。自分のためにそれぐらいの贅沢は許されてもいいだろう。

フルールがふたたび彼を追い越して、徐々に馬のスピードを落とし、屋敷のほうへ向かった。

「この子もこれで満足でしょ」と言って身を乗りだし、馬の首筋をなでてやった。

公爵は馬をおりると、待っていた馬番に手綱を渡した。腕を伸ばして、フルールを地面におろしてやり、馬番が二頭の馬を連れて立ち去るのを待った。両手をフルールのウェストにかけたままだった。

「そろそろドーセットシャーへご出発でしょうか」フルールが訊いた。

「まずロンドンだ。屋敷に帰る前に、そちらで用事がいくつかある」

「そうですか。レディ・パメラによろしくお伝えくださいますか？　会えなくて寂しがっていると」

「わかった」フルールの手は彼の腕に置かれていた。「フルール」

フルールは彼のネッククロスに視線を向けたまま微笑した。「お別れね」そっと口にした。「きてくださってありがとう」

〝愛している〟――公爵はフルールに言いたかった。〝きみのもとを去らなくてはならないが、いつまでも愛していく〟

「ロックスフォードへ一緒に行こう」いきなり、公爵は言った。「一時間以内に出発すれば、たぶん今夜までに着けるだろう。明日、目的のものを見て、夜にはここに戻ってこられる。わたしはいまから馬車をとりに村へ行ってくる」

「だめです」フルールは驚きのあまり丸くなった目で、公爵の目を正面から見据えた。「そんなことはできません、公爵さま。二人きりだなんて」

「だが、きみ一人では無理だ。街道に出れば、追いはぎもいる。それに、食事をとる必要があるし、夜は部屋をとらねばならない。そうしたことを一人でするなど問題外だ」

フルールは彼を見つめた。いまも公爵の腕に手をかけたままだし、彼の手はフルールのウエストに置かれたままだ。「なぜ?」フルールは彼のほうへ身を寄せ、ささやくように言った。「お屋敷があり、奥さまとお嬢さまのもとに戻らなくてはならないのに。なぜわたしのために先延ばしになさるの?」

「フルール……」公爵は言いかけた。しかし、黙りこみ、フルールから視線をはずした。彼女の頭越しに厩のほうを見ると、二人の馬を連れて立ち去った馬番が、フルールの片鞍をはずす作業に熱中しているように見えた。「わたしも一緒に行く。服を着替え、荷物を詰めておいてくれ。一時間以内にここに戻ってくる」

フルールは何も言わず、彼が大股で歩き去り、馬を杭からはずし、馬の背にひらりと飛び乗るのを見守るだけだった。

「一時間以内に」馬で横を通りすぎ、馬車道のほうへ向かいながら、公爵はフルールに言った。

三十分を自由に使ったときは、けっして家族と雇い人たちへの責任をないがしろにするものではないと、自分に言い聞かせた。

ところが、今度は二日も自由に使おうとしている。自分の良心をなだめることができるかどうか、公爵は自信がなかった。

ただ、フルールにはわたしが必要だ。本人にしか理解できないなんらかの理由から、誤って死なせてしまった男の墓を見ないことには、気がすまないらしい。墓は五十キロも離れたところにある。わたしのエスコートが必要だ。

何より、わたしはフルールを愛している。


とても乗り心地のいい馬車ね――緑色の柔らかなクッションにもたれ、車体のバネが悪路をあざ笑っているのを感じながら、フルールは思った。先日の乗合馬車の旅に比べて、なんという違いかしら。

だが、くつろいだ気分にはなれなかった。リッジウェイ公爵が横にすわり、どちらも黙りこくっていて、二人の肩のあいだにはわずかな隙間しかない。

どうしてついてきたの？　なぜわたしのことをそこまで気にかけてくれるの？　わたしはなぜ、この人がくることを承知したの？　ことわればよかった。もっと強く反論すればよかった。

「なぜ？」一時間以上も前に廏の外で尋ねたときと同じく、フルールはふたたび尋ねた。「どうしてこのウィルトシャーにいらしたの？　どうしてロックスフォードまでついてきてくださるの？」

公爵は彼女のほうを見ようとせず、窓の外をながめていた。フルールはしばらくのあいだ、返事はもらえないものと思った。

「きみは、自分がその手でまたいとこの従者を殺したわけではなく、従者の死にはほとんど責任のないことを知っている。なのに、事件の結末を見届けないことには気がすまない。どうしてもこの旅をしたがっている。その気持ちを理解できる者は、きみ以外にほとんどいないだろう。しかし、わたしもきみと同じような感覚を持っている」

しばらくのあいだ、フルールは何も言わなかった。公爵の返事が理解できた。彼女から見れば、筋の通った返事だった。

「わたしにも理解できないんです」フルールはようやく言った。「けっして理解してはいなかった。ただ、公爵さまのことはもっと理解できません。奥さまはとても美しい方だし、お父さまに愛されることが生き甲斐のお嬢さまがいて、ご自宅はイングランドでもっとも華麗なお屋敷のひとつと言っていいでしょう。あなたのような方がどうして、いっときの卑しい関係を結ぶ女を必要とするのです？　わたしにはわかりません」

公爵は依然として窓の外をながめていた。「ほかの男が、どうなのか、わたしにはわからない。わかるのは、自分自身に関することだけだ。わたしの結婚について多くを語るのはやめておこう、フルール。わたしのプライバシーはともかくとして、妻のプライバシーだけは守らねばならない。ひとつだけ言っておくと、わたしの結婚はとげとげしい不幸なもので、最初からずっとそうだった。ときに、ある種の渇望を感じないではいられなかった。だが、結婚の誓いだけは忠実に守ってきた。きみと出会ったあの夜まで」

フルールは公爵の横顔を見た。傷跡のある側を。渇望？　円満な結婚生活を送ってきたわけではないの？

「あのとき、なぜあんなことになったのか、自分でもわからない。そんなつもりはなかったし、きみも男を誘うような態度ではなかった。暗がりに無言で立っているだけだった。わたしはきみの姿をはっきり見ることもできなかった。たぶん……」公爵は黙りこみ、フルールは、これ以上続ける気はないのだろうと思った。だが、しばらくすると、公爵はふたたび話しはじめた。「たぶん、わたしのなかの何かがきみの真の姿をとらえたのだろう。うまく言えないが」

「真の姿？」フルールはささやくような声だった。

「値がつけられないほど貴重なわたしの真珠」公爵は静かに言った。

フルールは彼が息を吞むのを見つめた。

「そのあと、わたしは怒りを感じた。妻を裏切る決心をしたからには、すべてを忘れて一夜を過ごしたかった。あとで相手の女のせいにすればいいと思っていた。ところが、きみは何もせず、黙って身体を差しだしただけだった。きみにとっては恐怖の体験だっただろうね、フルール。そして、わたしにとっては、きわめて不愉快なことだった。自業自得というものだろう」

「どうしてホートン氏にわたしを捜させたのです？　罪悪感から？」

公爵がフルールのほうを向き、初めて彼女を見た。「長いあいだ、それが理由だと自分に言い聞かせてきた。頭のなかでは、いまも自分にそう言っているのだと思う。これ以上は訊かないでくれ、フルール」

二人は長いあいだ見つめあい、やがてフルールは自分の手に視線を落とした。てのひらを下にして、二人のあいだの座席に置かれた手。ええ、もう何も訊かない。本当のことは知りたくない。二人を結びつけた運命はあまりにも数奇、そして、あまりにも残酷。

彼の視線もその手に向いているのを感じた。そして、公爵はその横に自分の手を置いた。かつてフルールを怯えさせ、いまも彼女の心を乱し、息もできないほどにしてしまう、指の長い美しい手を。小指どうしがいまにも触れそうだった。

二人はそんなふうにして、長いあいだ無言でじっとすわっていたが、やがて、彼が小指をずらして、軽くフルールの小指をなでた。フルールが自分の小指を軽く曲げたので、二本の指がからみあった。

どちらの目もその手を見つめていた。触れているのは小指だけ。二人とも無言だった。

23

途中で休憩して、午餐とも晩餐ともつかない食事をとり、さらに旅を続けた。

不思議な心安さが生まれたようだと、リッジウェイ公爵は思った。なぜ不思議かというと、黙りこくったまま何時間か旅を続け、ほとんど言葉を交わすこともなく食事をしたからだ。さまざまなことがあったあとで、こうして二人きりになったからだ。本当なら、ぎこちなさや気まずさがあるはずなのに、そんな雰囲気はいっさいなかった。

二人が馬車に戻って座席に腰をおろし、馬車が宿の庭からふたたび街道へ出ていくと、公爵はフルールの手をとって、握りあった手を二人のあいだの座席に置いた。フルールは抵抗しなかった。その指で彼の手を包んだ。

五十キロでなく、五百キロの道のりがあればいいのにと、公爵は思った。五千キロでもいい。

フルールに見つめられているのを感じたが、彼女のほうを向くのはやめておいた。旅が始まったときにも思ったことだが、すわる位置を逆にして、傷跡がないほうの顔を彼女に向けることにすればよかったと後悔した。

「どうしてそのようなことに？」フルールが静かな声で尋ねた。

「これか？」公爵は空いたほうの手で傷跡を指した。「何があったのか、ほとんど記憶にない。もちろん、ワーテルローの戦いのときだ。わたしは歩兵連隊にいた。方陣を敷き、敵の騎兵隊の攻撃を食い止めていた。しかし、こちらの身を守るのは銃剣と方陣を敷いた仲間の兵だけという状態のなかで、敵の突撃を目にするのは、若い兵士にとって、いや、たぶんわれわれ全員にとって、大きな恐怖だったと思う。方陣はすぐれた防御法で、難攻不落の陣形と言っていいが、安心感は得られない。一部の者が恐慌をきたして逃げだそうとした。わたしは飛びだしていって、そいつらを勇気づけ、方陣が破られていないことを確認しようとしたが、顔に銃剣を受けてしまった」

フルールは眉をひそめた。

「しかも、敵の銃剣ではなかった」公爵は笑みを浮かべた。「皮肉だと思わないか？　激痛が走ったことと、顔から離した手が真っ赤だったことは、覚えているような気がする。記憶にあるのはそこまでだ。その瞬間、砲弾が飛んできて、さらにひどい傷を負ったに違いない」

「回復するのに一年近くかかったわけですね。さぞお辛かったことでしょう」

「たぶんね。ありがたいことに、最悪の状態のあいだ、頭のほうがはっきりしていなかった。だが、戦闘の傷跡を生涯背負って生きていくという事実を自分なりに受け入れるまでが大変だった」

「傷跡が痛むことは？」

「しょっちゅうではないが」公爵はふたたびフルールに笑顔を見せた。

「足をひきずってらっしゃるのをお見かけしたことがあります」

「疲れたときや、重圧を受けたときにな。そうすると、従者のシドニーが暴君と化し、マッサージを受けろとわたしに命令する。まことに無礼な口を利くやつだが、魔法の手を持っている」

フルールは彼に笑みを向けた。「なぜ戦争にいらしたの？　公爵という身分の方が軍隊に入るなんて、ふつうはありえないことでしょう。とくに、歩兵連隊の士官だなんて。子供時代が幸せじゃなかったのかしら」

「正反対だ。特権に恵まれ、幸福で、甘やかされていた。そんな恵まれた人生を送ったからには、少しは恩返しをしないと。この国に生まれたというだけで、あとは国からなんの恩恵も受けていない何千人もの男が、祖国のために戦っていた。祖国というのは彼らにとって、戦う価値のあるものだった。彼らとともに戦うのが、わたしにできるせめてものことだった」

「子供時代のことを聞かせてください」

公爵は微笑した。「むずかしい質問だな。わたしがどんなにいい子だったかという話を聞きたいかね？　それとも、どんなにひどい腕白だったかという話のほうがいいかな？　残念ながら、父を激怒させたことがよくあった。それから、従僕たちも。幽霊や悪魔に怯えていた従僕が、大広間で二体の幽霊を見たことがあった。アダムとトマスという名の幽霊だ。二人でギャラリーに潜み、その従僕が警備にあたる夜になると、不気味な声をあげたものだった。まる三週間、従僕を怯えさせたが、ついに見つかってしまった。鞭でぶたれたときの痛みはいまも覚えている。そのあと二時間ほど、ベッドにうつぶせになっているしかなかった」

フルールは笑った。

「楽しい子供時代だった。神殿ではギリシャの神々になり、湖ではバイキングになり、滝のそばでは熊を追う猟師になった。父はわれわれと多くの時間を過ごし、釣りや射撃や乗馬を教えてくれた。二度目の母はピアノフォルテを教えてくれた。もっとも、わたしにはきみのような才能はなかったが。それから、ダンスも教えてくれた。レッスンのときは、いつもみんなで大笑いだった。トマスとわたしが不器用だと言って、母がよく嘆いたものだ」

「でも、いまはダンスがとてもお上手ね」

「パメラの子供時代もあんなふうに幸せであってほしいと思う。兄弟がいればよかったのだが。子供がたくさんほしいと、わたしはずっと思っていた」

問いかけるようにフルールに見られて、公爵は自分が何を言ったかに気づいた。

「家に帰ったら、あの子の幸せをいちばんに考えるつもりだ。ずっとそばにいてやりたい。二度と置き去りにはしない」

公爵は目を閉じて、ブーツをはいた足の片方を向かいの座席に押しつけた。午後も遅くなってきた。とろとろと眠くなる時間。

公爵が自分の夢を口にしたことは、これまで一度もなかった——息子たち、そして、娘たちがウィロビー館のなかを自由に駆けまわり、叫びと笑い声がふたたび屋敷を活気づけるという夢。あんな孤独な日々を送るなんて、パメラがかわいそうすぎる。

わたしとフルールの子供。みんなで馬に乗り、ピクニックをし、ボートを漕ごう。そして、釣りもしよう。わたしがフルールに釣りを教える。そして、フルールが子供たちにピアノフォルテを教え、夜はたまに、家族のために演奏する。そして、二人で子供たちにダンスを教える。ワルツを教えよう。

そして、夜はフルールと愛を交わそう。ひと晩じゅう、そして、毎晩一緒に眠る。父親のものだった天蓋つきの大きなベッド。父親の死後、女性が使ったことは一度もないベッドで。子供を宿した彼女の腹が大きくなるのを見守ろう。そして、子供が生まれてくるのを見守ろう。

信じられないほどの特権に恵まれた人生と、優しく保護されて過ごした子供時代への恩返しは、すでにすませた。もう一度幸せになりたい。永遠の幸せを手に入れたい。貝の殻をあけて、なかに隠れた真珠を見つけたい。

彼女の頭が肩に触れて、公爵はハッと目をあけ、周囲の状況に気づいた。フルールは深く規則正しい寝息を立てていた。公爵は彼女を起こさないようにゆっくり首の向きを変えると、彼女の柔らかな巻毛に頰をのせた。そして、彼女の香りを吸いこんだ。二人の手はいまも握りあわされていた。

公爵はふたたび目を閉じた。

ロックスフォードは町と呼べるようなところではなかった。大きめの村だった。到着したときはすでに夕暮れで、墓地はかなり広かった。薄闇のせいで目当ての墓石を見落としてしまった可能性も大いにある——探しまわったものの、無駄骨に終わったあとで、リッジウェイ公爵はフルールを慰めた。あるいは、まだ墓石がないのかもしれない。牧師館で尋ねてみよう。

しかし、牧師は留守だった。病気の信者の見舞いに出かけたのだと、牧師の妻が言った。そのような墓のことは知らないという。墓地にはホブソン家の人々のお墓がありますよ、ええ、でもいちばん新しく埋葬されたのはたしか、ベシー・ホブソンおばあさんのはずだし、しかも七年か八年前のことです。この半年間に埋葬された人はいませんね。お葬式がひとつあったけど、もちろん、ホブソン家の人じゃなかったし。

「その男はヘロン邸のブロックルハースト卿のもとで従者をしていました」公爵は説明した。「父親はかつて、この町で肉屋をしていたそうです」

牧師の妻はうなずいた。「それなら、モーリス・ホブソンさんね。いまは丘の上に住んでます」東のほうを指さした。「赤レンガの家で、前の庭にバラが咲いてます」

「変だわ」牧師の妻が玄関先に礼儀正しく立って見送るあいだに、向きを変えて、フルールは言った。「モリーはロックスフォードだって断言したし、ここで間違いありませんよね？現に、父親という人が住んでるんですもの。でも、ここには埋葬されていない？　父親から話を聞かなくては。もう遅すぎるかしら」

「今夜は宿に泊まって、朝になったら、わたしがホブソン氏を訪ねてみよう。一人で。きみが会うのはやめたほうがいいと思う」

「でも、かわりにそんなことまでしていただくわけにはいきません」

「いや、まかせてくれ」フルールに手を貸してふたたび馬車に乗せながら、公爵は言った。「それから、今夜のきみはわたしの妹のミス・ケントだ」

フルールは礼を言った。「でも、どういうことかしら。マシューは向こうでホブソンを埋葬するのを拒否した。故郷に連れて帰りたいと言って。でも、ここが故郷なのに、こちらにも埋葬されていない」

「きっと納得のいく説明がつくはずだ」ふたたびフルールの手をとって、公爵は言った。「明日、わたしがそれを見つけだす。腹は減ってないかね？　大丈夫だとは言わせないぞ。わたしは腹ぺこだし、一人で食事をするのは大嫌いだ」

「少しならお相判します」フルールは言った。あわてて彼に笑みを向けた。「あ、あの、それほど減ってないんです。それにしても、いったいどういうことでしょう？　はるばる出かけてきたのに、無駄足だったのかしら。この件にはいつまでたっても終わりがないの？」

「明日」公爵は言った。「今夜はとにかく、椅子にすわってわたしが食べるのを見守り、きみ自身も少し食べて、子供のころの話を聞かせてほしい。今日の午後は、二人で居眠りをする前にわたしの話で楽しませてあげたのだから。今度はきみの番だ」

「話すことなんて、たいしてありません。八つのときに両親を亡くしました。だから、ほとんど記憶がないの」

「思っている以上にあると思うよ、きっと。さあ、着いた。きみの村の宿より寝心地がよければいいのだが。それから、料理も」

となりあったふたつの部屋がとれた。どちらも贅沢な部屋ではなかったが、食事用の個室があったので、公爵は夕食をとるためにそこを予約した。一般向けの酒場のほうには十人以上の男がいた。

ほんとだったら当惑すべきでしょうに——フルールは思った。あたりが暗くなってからも、リッジウェイ公爵と二人きり。今夜は村の宿のとなりあった部屋で眠る。一日じゅう二人だけで過ごし、ずっと手を握りあっていた。そして、午後の遅い時間にうたた寝からさめたときは、彼の肩に頭をもたせかけていた。

この人も眠っていて気づかないでくれますようにと願いつつ、フルールはそっと頭をどけた。しかし、公爵は無言で窓の外をながめていた。フルールの手を握ったままだった。そして、彼女のほうを向いて微笑した。フルールも恥じらいつつ微笑を返したが、予想に反して、さほどどぎまぎせずにすんだ。

まるで——フルールは思った——ヘロン邸をあとにしたときに、この世界と、ふつうの暮らしと、ふつうの礼儀作法を置き去りにしてしまったみたい。まるで、今日と明日を人生に残された最後の二日間だと思って過ごすことにしようと、暗黙のうちに二人で了解したみたい。

ある意味ではそうだった。明日の夜には、二人はヘロン邸に戻っているだろう。つぎの朝、彼は去っていき、フルールは以後二度と、彼に会うことも、便りをもらうこともないだろう。

二日なんてあっというまだ。

照れたり、どぎまぎしたりしている時間はない。今夜の残りと明日一日があるだけだ。

二人はゆっくり時間をかけて食事をした。そして、フルールは公爵の意見が正しかったことを知った。子供時代の話を始めてみると、何年ものあいだ頭からすっかり消えていた出来事や感情がよみがえってくる。

「そうね」最後にフルールは言った。「その八年間に感謝しなくては。親に守られ、愛されて、八年もの長い歳月を送った子供は、そう多くはないでしょうから。自分ではずいぶん苛酷な運命に翻弄されたつもりでいました。思いだしてみてよかった」

「フルール」深い色の目に笑みをたたえて、公爵は言った。「きみが苛酷な運命に翻弄されたのは事実だ。だが、強い人で、ちゃんと乗り越えてきた。いつの日か、夢に見たこともないような幸福を手にしてもらいたい」

「安らぎだけで充分です」フルールは言った。そして、これからの計画を公爵に話した。

「その子たちは幸運だ。きみはすぐれた教師で、子供たちを大切にする人だからね。それに、ミス・ブースも子供に人気がありそうだ。ところで、ダニエル・ブース牧師のことはどうするつもりだ？」

「どうするとは？」フルールは警戒の口調で訊いた。

「結婚することになっていたね。彼を愛していた。そうだろう？」

「そう思っていました。わたしが人の優しさに飢えていたころ、優しくしてもらったから。それに、ハンサムな人ですし」

「いまはもう愛していない？」

「あまりにも高潔な人なので……。善と悪のあいだに明確な境界線をひくことができ、何があっても、自分が正しいと信じる道を進む人です。わたしは曖昧な灰色の濃淡をあまりにも多く見てしまいました。牧師の良き妻にはなれません」

「あらためて申しこまれたのかね？」

「はい。だけど、ことわりました」そこでフルールはためらった。「何もかも話しました。公爵さまのお名前だけは伏せておきましたが」

「そうか。きみなら話すだろうな。で、求婚はそれっきりに？」

「すでにことわりましたもの」

「あの男にはきみを愛することはできない、フルール。きみにふさわしい男ではない。わたしが彼の立場だったら、きみの気持ちを変えるために残りの生涯を捧げるだろう。そして、勇気と正直さを備えたきみにさらなる敬意を抱くことだろう」

フルールは受け皿のスプーンを置きなおした。「聖職者は娼婦にふさわしくないとおっしゃるの？　わたしたちは逆さまの世界に住んでいるのですか」

「きみを娼婦と呼んだのか」

「ええ、その言葉を使いました」フルールはスプーンから手を離し、その手を膝の上で握りあわせた。「単純な真実だわ。違います？」

「五十キロも離れているのが、あの男にとっては幸いだった。やつの顔をめちゃめちゃにしてやりたくて、わたしのこぶしが疼いている」公爵はナプキンをテーブルに乱暴に置いて立ちあがった。「殺してやりたいぐらいだ、信心深そうな顔をしたバカ男め」

「あ、いえ、ひとことつけくわえるべきでした。そのときのダニエルの口調には、軽蔑よりも恐怖と苦悩が強く出ていました」

公爵はテーブルをまわり、片手を突いて、フルールのほうに身を寄せた。「フルール、そんな烙印にひきずられて自分を卑下してはならない。そんなことはしないと約束してくれ」

「あのときのわたしにはひとつしか方法がなく、それを選んだという事実を、自分ですでに受け入れています」公爵の目を見あげて、フルールは言った。「過去のことです。公爵さまの傷跡と同じく、その事実もつねにわたしにつきまとい、わたしの人生に影を落とすことでしょう。でも、わたしはけっしてくじけません」

「きみの傷を消すことができるなら、わたしのこの傷跡を二倍にし、一生背負っていってもかまわない、フルール」燃えるような公爵の目がフルールを見おろした。

「やめて」フルールは片手を伸ばして、傷跡が走る公爵の頬を包みこんだ。「やめて、お願いだから。あんなことになったのは、公爵さまの責任じゃないんですもの。なんの責任もありません。それに、人生で起きることにはすべて、なんらかの意味があるものだと、わたしは思っています。苦難にあっても、くじけずに進んでいけば、前より強い人間になれます」

「フルール」公爵は彼女の手を自分の頬に押しあてた。「これにも何か意味があるのだろうか。わたしときみのことに。明後日以降、二度と会ってはならないという事実に」

フルールは唇を噛んだ。

公爵は身体を起こしてフルールの手を離した。「散歩に行ってくる。さあ、その前にきみを部屋まで送ろう。長く忙しい一日だった。明日になれば、目的のものも見つかるだろう。約束する」

フルールは公爵の先に立って階段をのぼり、ドアに鍵を差しこんでまわした。顔をあげると、公爵がかなり離れたところに立っていた。

「おやすみ、フルール」

「おやすみなさい、公爵さま」

「アダムだ。そう呼んでくれ。きみの口から聞きたい」

「アダム」フルールはひそやかに言った。「おやすみなさい、アダム」

そして、公爵は去っていった。フルールが部屋のドアを閉めて鍵をかける前に、ブーツの足音が階段に重く響いた。

翌朝、リッジウェイ公爵はじっと考えこみながら、丘の上に建つ赤レンガの家から歩いて戻ってきた。ブロックルハーストはそこまでフルールに執着していたのか。フルールを手に入れたくて異常とも言える行動に走ったところを見ると、きっとそうだったのだろう。

しかも、フルールから好意も敬意も抱いてもらえず、愛してもらえるはずなどないことを、充分に承知していながら、彼女を罠にかけて満足していたのだ。世の中には妙な男がいるものだ。

ブロックルハーストにはどこかゆがんだ部分がある。

わたしが状況を完全に読みちがえているのでないかぎり。だが、ほかにどんな説明がつけられる?

フルールは食事用の個室にいた。早めの朝食のあと、公爵は彼女をそこに残して出かけたのだった。ホブソン氏の家へは自分一人で行かせてほしいと、苦心の末にようやくフルールを説得して。

「どうでした?」公爵がドアをあけると同時に、フルールは動きを止め、食い入るように彼を見つめた。

「埋葬はトーントンのほうでおこなわれたらしい。ここから三十キロぐらい、ヘロン邸からだと八十キロだな。ホブソンの父親もそちらへ出向いて、墓を見たそうだ。墓石はそちらにある」

フルールは公爵を凝視した。「トーントンに？　でも、どうして？」

「ホブソンがその近くで殺されたというのだ。ブロックルハーストと一緒にロンドンから戻る途中で。ブロックルハーストはそこにホブソンを埋葬し、そののちにここまできて、家族に知らせたそうだ」

フルールは公爵を凝視した。「わけがわからない。ホブソンが死んだのはヘロン邸だったのに」

「もちろん」

「向こうで埋葬をしなかった理由はただひとつ、家族がこちらに住んでいるからでしょ」

「そうだ」

フルールは眉をひそめて彼を見た。

「トーントンへ出向いて、最後まで見届けるとしよう」公爵は言った。「出発の支度はできているかな？」

フルールは眉をひそめたままだった。真相に、いや、明らかに真相と思われるものにまだ気づいていない様子だ。たぶん、そのほうがいいだろう。ひょっとすると、それが真相ではないかもしれない。わたしの胸に芽生えた疑惑については、彼女に伏せておくことにしよう。

「ええ」フルールは答えた。

十五分後、二人は馬車で走っていた。

「わけがわからない。トーントンはロックスフォードへの途中にある町でもないのに」

フルールは彼のほうへ手を伸ばした。たぶん無意識にやっているのだろうと、公爵は推測した。彼女の手を握りしめて自分の腿に置いた。

「緊張を解いて旅を楽しんでくれ。目的地に到着したら、二人で質問してまわろう」

「今日じゅうに帰るのは無理ですね。もう一日、つきあっていただかなくては」

「そうだな」公爵はフルールの手を唇に持っていき、それから自分の腿の上に戻した。彼女の目を見つめた。

「申しわけありません」

「いいんだよ」

フルールは下唇を噛んだ。

「今日はどんな話をしよう？　学校のことは？　そうだ、きみの学校のことを話してくれ。どんな学校生活だった？」

「ある意味では幸せでした。学校にいるあいだに本が好きになり、音楽は前よりさらに好きになりました。想像の世界に羽ばたくことを学びました。想像は人生にすばらしい広がりを与えてくれます」

「うん、陰鬱な人生を明るくしてくれる。そうだね？」

二人で笑みを交わし、それから、フルールは話を始めた。

トーントンはとても小さな村だった。教会と、わずかな家と、店が一軒、小さな宿が一軒あるだけ。公爵は村の何キロか手前で、わりと立派な宿屋を指さした。今夜はここに泊まることにしようと言った。

しかし、フルールの耳にはほとんど入っていなかった。もうじき目的地。座席から身を乗りだしていた。心臓がドキドキしていた。

今度は見落としようがなかった。真新しい大きな墓石が置かれ、誰にでもわかるように墓碑銘が刻まれていた。〝ジョン・ホブソン、ジョンとマーサの愛する息子、一七九一〜一八二二。安らかに眠れ〟

神さま。ああ、神さま。フルールは墓のそばに立ち、彼女自身も石と化していた。わたしがこの男を殺した。男は三十一歳だった。可愛がってくれる親がいた。マーサ・ホブソンがこの男を産んだ。ジョン・ホブソンは自分と同じ名前の息子が成長するのを見守った。息子がヘロン邸のブロックルハースト卿の従者になったときは、二人とも誇らしかったに違いない。友人たちに息子の自慢をしたことだろう。なのに、その息子は死んでしまい、地面の下で冷たくなっている。

わたしが殺した。

「ああ、神さま」フルールはつぶやき、墓のそばに片膝を突いて、冷たい墓石にさわった。

「フルール」肩に軽く手が置かれた。「ちょっと牧師館まで行ってくる。すぐ戻るから」

しかし、フルールには聞こえていなかった。ホブソンはこの地面の下に横たわっている。大柄で、力があって、ハンサムだったあの男が。死んでしまった。わたしが殺した。

何分ぐらいそこにひざまずいていたのか、フルールにはわからなかった。やがて、力強い二本の手がフルールの腕をとって立ちあがらせた。

「あの宿まで戻ろう」公爵が言った。「あそこで休めばいい」

二人はふたたび馬車に乗った。フルールにはそこまで歩いた記憶がまったくなかった。

「こんな気持ちになるとは思わなかった」フルールは言った。「最初のうち、ホブソンのことはあまり考えませんでした。自分のことだけで頭がいっぱいで。悪夢にうなされることもそんなになかった。やがて、後悔しつつも、あんなことになったのはホブソンが悪いからだと思うようになりました。そして、先週、どうしてもここにこなくてはならない、ホブソンの最後の休息場所を見なくては、という気持ちになったのです。でも、こんなふうになるとは思わなかった」フルールは両手で顔を覆った。

「もうじき横になって休めるからね」公爵が言った。腕をフルールにまわしていた。片手でフルールのボンネットのリボンをほどき、脇へ放った。肩で彼女の頭を支え、髪を指で梳いてやった。フルールにささやきかけた。

「死んでほしいなんて思わなかった」フルールは言った。「殺すつもりはなかった」

宿に着くと、公爵は部屋をふたつとった。ゆうべ泊まった部屋よりはるかに広くて、調度類も上等だった。ふたつの部屋のあいだに専用の居間がついていた。

「一時間ほど横になるといい」公爵はフルールの腕をとって片方の寝室へ連れていき、ベッドにすわらせた。「二人で遅めの夕食をとるとしよう。まず、しばらく眠るといい」

フルールは彼の手に押されるままに、枕に頭をのせた。公爵が靴を脱がせてくれた。全身が麻痺したようで、現実との接点がなかった。

「わたしが部屋を出たあとで、たぶん、ドレスを脱ぎたくなるだろう」

「ええ」

「いまから何軒か訪ねてまわろうと思う。あとで戻るから」

「ええ」フルールは言った。初めて訪れた田舎でいったい誰を訪ねるつもりなのかという疑問は、頭に浮かばなかった。目を閉じた。

そして、公爵が出ていく前に、彼の唇が自分の唇に軽く触れるのを感じた。

わたし、眠ってたのね――フルールは思った。ずいぶん長いあいだ眠ったような気分だった。だが、まだドレスを着たままだし、ふと見ると、目を閉じたときと同じように、公爵がそばに立っていた。だが、部屋にはロウソクが燃え、窓の外は暗くなっていた。

「すっかり遅くなってしまった」公爵が言った。「きみ一人で食事をすませ、冷めてしまったわたしの分は片づけさせたものと思っていた。ずっと眠っていたのかね？」

フルールは寝起きのぼうっとした顔で公爵を見た。彼の口の右側がゆがんで笑みを浮かべていた。深い色の目がきらめきを放って彼女の目を見つめていた。わたしは宿のベッドに横になり、リッジウェイ公爵がのしかかるように立っている。

「いい知らせがある。それを聞くまで立たないほうがいい。いや、身体を起こすのもやめたほうがいい」

「いい知らせ?」

「きみは誰も殺していない。故意に殺したわけでも、誤って殺したわけでも、ほかのいかなる形で殺したわけでもない。きみはホブソンを殺していない。あの男はいまもどこかで生きている。ブロックルハーストの金をたんまりふところに入れて」

フルールは彼を見あげた。たったいま、摩訶不思議な夢が眠りのなかに入りこんできたような気分だった。

「ここの墓地に埋葬されているのは、石を詰めこんだ棺だった。ホブソンは暖炉に頭をぶつけて気を失っただけだったようだ、フルール。きみは完全に自由だ、愛しい人――絞首刑のロープからも、良心の呵責からも、解放されたんだ」

24

二人はずいぶん遅い時間に夕食をとった。公爵は帰りがこれほど遅くなるとは思っていなかったし、フルールのほうは、あんなにぐっすり眠れるとは思っていなかった。

「いくら急いでも明日までは何もできないだろうと思っていた」専用の居間で腰をおろして食事をしながら、公爵はフルールに語った。「サー・クウェンティン・ダウドのような好奇心も熱意も、わたしにはなかったからね」サー・クウェンティンというのは、公爵の話によると、この地方の治安判事とのこと。「あの男なら、召使いが一人もいなくても、該当する墓をわたしが指し示せなくとも、自分一人で墓地全体を掘りかえしていただろう」

「でも、どうして怪しいとお思いになったの？　わたしには理解できない」朝から何度もこの言葉を繰り返してきたような気がする――フルールは思った。

「人を埋葬するのに、死亡した場所も、家族が住んでいる場所も選ぼうとしない者がどこにいる？　ブロックルハーストにはそういう選択肢があったはずなのに、どちらも選ばなかった。それどころか、わざわざ手間暇をかけて、縁もゆかりもない、知りあいなど一人もいない土地で埋葬をおこなった」

「知りあいのいる土地なら、遺体との対面を望む者が出てきたかもしれませんね」

「遺族もそうせがんだことだろう。それに、ヘロン邸の召使いや近所に住むホブソンの友人のなかにも、対面を望む者がいただろう。ブロックルハーストとしては、そのような事態を招く危険は冒せなかった。もちろん、欺瞞の痕跡をきれいに隠すには至らず、さまざまな相手に矛盾する話をしている。だが、まあ、好奇心に駆られて徹底的に調べてみる者がいようとは思いもしなかったのだろう。さあ、食べてしまいなさい」

フルールは自分の皿に目を向けた。もっとも、いつ料理が運ばれてきたかも思いだせなかった。

「自由の身になった気分はどうだね？」

「ホブソンはどこへ行ったんでしょう？　そして、なぜ？　なぜ家族に死んだと思わせているのでしょう？」

「金のために決まっている。たぶん、ヨーロッパ大陸のどこかにいるだろう」

「マシューはなぜそんなことを？」フルールは眉をひそめた。「悪魔のような企みだわ。わたしを絞首刑にしたい一心で？　そこまでわたしを憎んでいたの？」

「答えはきみにもわかっているはずだ。きみを絞首刑になどという意図はなかった。生涯、きみを自分の支配下に置こうとしたのだ。あの男はきみに強く執着しているからね、フルール」

「でも、わたしは昔からマシューが大嫌いでした。それを知りながら、どうして……。こんな目にあわせた彼を、わたしが憎むことはわかっているでしょうに」

「世の中には、欲望の対象を支配下に置くだけで満足できる男もいるものだ。ときには、憎まれることに特別な戦慄を覚えることすらあるようだ。ブロックルハーストがそうした男の一人なのかどうか、わたしにはわからない。ウィロビー館での印象からすると、とてもそうは思えないが。悪魔のような男には見えなかった。だが、行動を見るかぎりでは、たしかにそういう男のようだ」

「マシューが戻ってきて、ふたたびわたしのそばで暮らすようになるのを、待ち望む気にはなれません」

「フルール」公爵は手を伸ばし、フルールの手に触れた。「そんなことになるなどと本気で思っているのか？　いまこの瞬間も、治安判事のサー・クウェンティンが口から火と硫黄を吐いて怒り狂っていることだろう。ブロックルハーストは窮地に陥っている。やつが戻ってくるという心配は、この先ずっとしなくてもいい」

フルールは自分の皿に視線を落とした。「食欲がなくて」

公爵は立ちあがると、ベルを鳴らして給仕を呼び、皿を下げるよう命じた。テーブルの片づけがすむまで、二人とも無言だった。

「この夢からいつさめるのかと、ビクビクしています」フルールは部屋を横切り、火の入っていない暖炉を立ったまま見おろした。「逃げだすなんて、ほんとに愚かなことをしてしまった。最初の予定どおり、牧師館へ行けばよかったんだわ」

「それでも、ブロックルハーストは同じ計画を実行に移しただろう。そして、たぶん、うまくやってのけただろう」

「そうですね。真相を見抜くことのできる人が、ほかに誰かいたでしょうか。わたしにはとても無理でした。見抜いたのは公爵さまだけ。そして、わたしが逃げださなければ、公爵さまに出会うこともなかった」

公爵はフルールからわずかに離れて立ち、暖炉を見つめる彼女を見守っていた。「一人であんなに苦しまなくてもよかったのに」静かに言った。「わたしに助けを求めてほしかった、フルール。わたしの助けが必要かどうか、こちらから尋ねればよかったね。もっと違う展開になっていればよかった」

「でも、そうはならなかった」

「そうだな」

「どうしてここまでしてくださったの？」フルールは公爵のほうを向き、じっと見た。「本当のことを言ってください」

公爵はゆっくりと首を横にふった。

「わたしは公爵さまのことを悪魔だと思い、この世の何よりも恐れていました。あの行為のときも、以後の思いのなかでも、悪夢のなかでも。そして、あなたがウィロビー館に戻ってこられ、リッジウェイ公爵があなただと知ったときには、恐怖のあまり死んでしまうかと思いました」

公爵は無表情だった。「知っている」

「何よりも怖かったのは、あなたの手です。美しい手」

公爵は無言だった。

「それがいつから変わったのかしら」フルールは彼のほうをまっすぐ向いて、二人のあいだの距離を縮めた。「あなたはその言葉を言おうとなさらない。でも、それはわたしが口にしようとしているのと同じ言葉。そうでしょう?」

フルールは公爵が息を呑むのを見守った。

「それを口にすれば、わたしは生涯後悔するでしょう。でも、言わなければ、それ以上に後悔するに違いありません」

「フルール」公爵は手を伸ばして止めようとした。

「愛しています」フルールは言った。

「言うな」

「愛しています」

「数日を一緒に過ごし、二人でさまざまな話をしただけのこと。わたしがきみに少しだけ力を貸し、きみが感謝しているだけのことだ」

「愛しています」

「フルール」

フルールは手を伸ばして公爵の傷跡に触れた。「怪我をする前のあなたを知らなくてよかった。知っていたら、辛くて耐えられなかったでしょう」

「フルール」公爵が彼女の手首を片手で包んだ。

「泣いてらっしゃるの？」フルールは両腕をあげて彼の首にまわし、彼の肩に頬を寄せた。

「泣かないで、愛しい人。あなたに重荷を負わせるつもりはなかったのよ。いまもそう。あなたを愛する者がいて、これからもずっと愛していくことを、知ってほしかっただけなの」

「フルール」公爵は涙声になっていた。「きみにあげられるものが何もない。きみに与えられるものが何もない。わたしの忠誠心はよそに捧げられているから。こんなことになるのは望んでいなかった。いまも望んでいない。きみはほかの誰かに出会うだろう。わたしがいなくなれば、きみはすべて忘れるだろう。幸せになれるだろう」

フルールは顔をあげて、彼の顔を見つめた。「見返りなど求めていません」一本の指で彼の涙をひと粒拭った。「あなたに何かをあげたいだけなの、アダム。無償の贈り物を。わたしの愛を。重荷ではなく、贈り物を。わたしのもとを去るときに、それを持っていってね。会うことは二度とないでしょうけど」

公爵はフルールの顔を両手ではさんで、じっと見おろした。「ウィロビー館できみに会ったときは、別人かと思ったほどだった。以前は哀れなほど痩せこけて、顔色も悪かったからね。唇はかさかさにひび割れ、髪には艶も張りもなかった。だが、別人のようになっていても、きみだとわかった。きみがあの職業斡旋所へ行かなかったら、わたしはいまもロンドンできみを捜しつづけていただろう。しかし、遅すぎた。会うのが六年遅すぎたんだ」

公爵はうつむいてフルールにキスをした。たちまち炎が燃えあがった。公爵は顔をあげた。

「きみと一緒にいられるのは今夜だけだ。明日になれば、きみを家まで送り、わたしはそのまま帰途につく」

「ええ」

「今夜だけだ、フルール」

「ええ」

「永遠の思い出の夜にしよう」

「永遠を超える思い出に」

「フルール、愛する人よ。わたしがドルリー・レーン劇場の外で目にしたのは、生涯の愛だったのだ。きみにもわかるね？」唇が重ねられた。

「ええ」フルールは言った。「ええ」

「愛している。暗がりに立つ姿を見た瞬間から、わたしがきみを愛しつづけてきたことは、きみも知っているはずだ」

「ええ」フルールは唇を開いて、舌先で彼の唇に触れた。「アダム。わたしを愛して。わたしの恐怖を消して」

アダムは深いキスを始めて、熱く燃えるフルールの口のなかへ舌をすべりこませ、両手で抱きよせて、彼女がもたれかかってくるのを待った。

「いまも怖い？」アダムは彼女の唇に向かって尋ねた。

「とても」フルールは目を閉じたままだった。「このあとのことを考えると……でも、あなたとすべてを経験したい。わたしの肌に触れてほしい。あなたの手で。そして、あなたの身体で。わたしのなかに入ってほしい」

アダムはふたたびキスをして、両手でフルールの身体に触れた——ひきしまった豊かな乳房。ドレスの下で先端がすでに固くなっている。細いウェスト。そして、柔らかな丸みを帯びた形のいいヒップ。

「フルール」アダムは彼女の口もとで名前をささやいた。彼女がほしくて身体が疼いていた。

「そのままさわっていて」フルールがささやいた。「勇気を与えて。とても温かくて力強い手。わたしに勇気を与えて」

アダムは身をかがめて両腕でフルールを抱きあげると、開いたドアを通って彼女の寝室まで運んだ。ベッドに寝かせた。

フルールは彼に自分のすべてを預けたことを、もう後戻りできないことを知った。〝やめて〟とひとこと言えば、彼がすぐにやめるだろうということも、よくわかっていた。彼を自分の命よりも愛していた。いまこの瞬間、フルールが何よりも望んだのは、忌まわしき行為の記憶を消し去り、愛の思い出に置き換えることだった。

でも、怖かった。死ぬほど怖かった。深い色をした彼の目に燃えている熱い炎が怖かった。鷹のような目鼻立ちも、斜めに走る傷跡も怖かった。彼の手が怖かった。その手が乳房を包み、親指で先端をなで、うなじのほうへまわってヘアピンを抜き、それから背中へ移ってドレスのボタンをはずした。服の下に隠れたままの彼の身体が怖かった。

「ここでやめてもいいんだよ」フルールの顔を見おろし、背中にじっと手をあてたまま、公爵は言った。「愛を伝えただけで充分だ、フルール。あと数分だけ、こうして抱かせてくれ。きみを手放す勇気を得るために」

「いいえ。すべてがほしい、アダム。あなたのすべてが。わたしのすべてをあなたにあげたい」

アダムは彼女の肩から腕の先へ、ヒップへ、そして、足もとへと、ドレスをすべらせた。シュミーズと下着とストッキングがそれに続くのを、フルールは見守った。衣類をきちんとたたんで横の床に重ねてから彼の前に裸で立ったときのことを思いだした。

「忘れさせて。アダム、忘れさせて」彼のほうへ腕を差しだした。

「すばらしくきれいだ」彼が身を乗りだし、フルールの髪に顔を埋めた。「この世でもっとも美しい女《ひと》」片手で乳房をなでた。指の長い温かな手。

フルールは手を伸ばして、彼のチョッキとシャツのボタンをはずした。

彼のほうも恐れていた。フルールは最高に美しい。彼女のために自分も完璧でありたかった。ふたたび身体を起こした。

「ドアを閉めてくる」と言った。燭台で燃える二本のロウソクの光がドアから射しこみ、ベッドに斜めに落ちていた。

「いいのよ」フルールが彼のほうへ手を伸ばした。

「フルール」彼は困惑の表情でフルールの目を見つめた。「きみには二度とわたしの姿を見せたくない。ひどく醜いから」

「いいの」フルールは彼の腕をとると、自分のほうにひきよせた。「あなたを見たい。見なくてはならないの。お願い、アダム。闇に包まれてしまうのは怖い」

彼はベッドの横に立つと、ゆっくり時間をかけて服を脱いだ。そして、前のときと同じように、自分を見つめるフルールを見つめた。あのときの彼は怒りに駆られていて、不快感を示したいなら示してみろと挑みかかるような気分だったが、今回は、彼女の顔に不快の念が浮かぶのを薄々覚悟して待った。

「アダム」彼がついに裸でベッドの横に立つと、フルールが言った。「あなたは醜くないわ。そうよ、醜くなんかない。でも、怪我をする前のあなたを知らなくて、ほんとによかった。きっと耐えられなかった」フルールは手を伸ばして、彼の左側に軽く触れ、脇腹から腿のほうへその手をすべらせた。「醜くなんかないわ」

彼はフルールの傍らに横たわって、その目を見つめ、さきほど彼がほどいた絹のような赤みがかった金髪をなでた。そして、ふたたびキスをした。

フルールは彼の濃い胸毛の上に片手を広げ、反対の手で腕と肩のたくましい筋肉をなぞった。その手を彼の胸にすべらせながら、背中にまわした。舌をからめると、彼のほうからもからめてきた。そして、彼の手に肌をなでられ、探られ、興奮が高まるのを感じた。

恐怖はすでに消えていた。彼の愛撫で乳房が張りつめ、敏感になっていた。乳房から喉のほうへ疼くような震えが走った。脚のあいだの部分がドクドク脈打っていた。

アダムは前に一度だけ彼女を抱いた。冷ややかな、あっというまの行為だった。たった一度のその機会をべつにすれば、彼が女を抱いたのはもう何年も前のことだ。フルールのために完璧でありたかった。彼女のなかに自分を埋め、早く欲望を解き放ちたくてたまらなかった。しかし、彼女のために完璧でありたかった。

フルールの腿のあいだに手を入れて、指でそっと押し広げ、彼女に触れ、軽くなでた。熱く濡れていた。彼女がうめき、身をくねらせて彼にすり寄った。

「痛くないからね」ふたたび彼女の耳に唇を寄せて、彼は言った。「今夜は痛くないようにするから、フルール。約束する。いまも怖い？」

「ええ」フルールはすすり泣くような声だった。「でも、抱いて、アダム。わたしを抱いて」

彼は身体を起こすと、フルールにのしかかり、頭を彼女の頭の横に置いた。彼女の顔にふたたび恐怖が浮かぶなかで、腿のあいだに脚を入れ、大きく広げさせ、両手を彼女の下にすべりこませて軽く持ちあげた。

そして、なかに入っていった。熱く硬い男のものが奥深くまで入りこんだ。引き裂かれるような感覚はなかった。痛みもなかった。ドクドクする感覚と疼きがあるだけ。そして、彼がそれに終止符を打ってくれるのを待っているだけ。フルールの耳に誰かのあえぎ声が届いた。

彼がフルールの下から手をはずして、腕で自分の身体を支え、彼女を見おろした。フルールの目が彼の目を見つめかえした。髪が炎の光輪のごとく広がっていた。

「きみのためにすばらしいものにしたい」そっとささやいた。「きみのために完璧なものにしたい、フルール。どうすればいいか言ってくれ。早く終わらせたい？」いったん身体をひいてから、ふたたびゆっくり入っていった。

フルールは膝を曲げ、彼の左右に広げた足をベッドに平らにつけた。目を閉じ、頭をのけぞらせた。ふたたびあえいだ。彼がゆっくりと、深く、何度も何度も入ってきた。

アダムが頭を低くして、唇を軽く触れあわせた。「きみのために完璧なものにしたい。そのときがきたら言ってくれ、フルール。いつがいいか、わたしに言ってくれ」

フルールは目を開いて、彼の目を見あげた。漆黒の髪、鷹のような顔、傷跡、たくましい肩の筋肉、漆黒の胸毛を見た。そして、彼の力強い腿に自分の腿が大きく広げられているのを感じ、身体の奥まで、ゆっくりと、深く、ひそやかに、彼が押し入ってくるのを感じた。初めて会ったときのことを思いだした。その記憶を払いのけ、遠くへ追いやった。

「身体が疼いておかしくなりそう」彼にささやいた。「それなのに、永遠に続いてほしいと思ってる」

しかし、アダムがふたたび身体を重ね、フルールを腕のなかに包みこんでリズムを速めると、フルールのほうは膝をあげて彼の腰をはさみ、永遠がこの一瞬に凝縮されようとしているのを知った。彼のほうへ身体を浮かせて、きつく押しつけ、理性が砕け散るのを待った。

フルールが何も言わなくとも、アダムは彼女が達しようとしているのを感じとった。ふたたび両手を彼女の身体の下にすべりこませて、何回か深い挿入を繰り返すと、やがてこわばりがほぐれ、花芯のあたりが震えだすのが感じられた。

「さあ、愛しい人」アダムは彼女の耳もとでささやいた。「さあ。一緒においで」

そして、もう一度押し入った瞬間、彼女の口からせつない叫びがあがるのを耳にし、奥深くへ欲望を吐きだすと同時に、彼女の横顔に向かって自分自身のためいきが洩れるのを感じた。

フルールは彼自身にまとわりついている部分を震わせ、愛の余韻に身を委ねた。ぐったり力を抜いた彼の重みでベッドに押しつけられるのを感じて、安らぎに包まれた。広げた腿を彼の腿にもたせかける喜びに浸り、彼の手にヒップを包みこまれる感触と、奥深い部分で彼が脈打っている感触に、満ち足りたものを感じた。その部分は彼女自身のものであり、自分の身体を捧げるためにフルールが選んだ男のものでもあった。

彼に捧げようと決めたのだ。彼だけに。一度だけ、そして、永遠に。

アダムは身体を離し、上体を起こしてフルールから離れると、彼女を横向きにして抱きしめ、腕をまわした。二人の上に布団をかけた。

「フルール」ゆっくりと温かなキスをした。「亡霊は消えたかな」

「アダム」彼女は目を閉じていた。片手の指が彼の顔を軽くなでた。「きれいね。とってもきれいよ」

彼と同じく、彼女も眠ってはいなかった。彼はフルールを抱きしめ、片手を髪にすべらせ、言葉という手段を超えたもので思いを伝えあった。二人に与えられたのはたったの一夜。話をしている暇はない。あるいは、眠っている暇も。

抱きあって静かに横たわっているうちに、ふたたび愛しあうときがやってきた。

夜明けの少し前に、フルールはとろとろと眠りに落ちた。公爵は彼女の頭を自分の肩にもたれさせ、頭のてっぺんに頰を軽くすり寄せた。天井の闇を見つめた。居間のロウソクはとっくに燃えつきていた。

どこかに彼女のための家を見つけることができるはずだ——公爵は思った。ウィロビー館からあまり遠くないところに。あるいは、ロンドンの近くに。何日も、何週間も、彼女と過ごすことができる。ウィロビー館よりも、そちらが本当の家庭になるだろう。

正式な夫婦にはなれなくとも、夫婦同然の暮らしを送ることができる。シビルとは夫婦らしい時間を持ったことがない。夫婦の契りすら結んでいない。フルールへの忠誠を貫くことができる。たぶん、子供を持つこともできるだろう。あるいは、子供たちを。

できるはずだ。横を向き、彼女の頭のてっぺんにキスをした。彼女を説得することもできるはず。こちらの愛に負けないぐらい、彼女も自分を愛してくれている。彼女が言葉に出してそう言ったし、ほぼひと晩じゅう、態度でそれを示してくれた。

海辺のコテージにしようか。風に吹かれ、海をながめながら、二人で崖の上を散歩することができる。浜辺をゆっくり歩くこともできる。子供たちを連れていき、砂の上で走らせ、遊ばせてやろう。

ふたたびフルールの髪に頬をすり寄せた。パメラだって、浜辺で喜んで遊ぶだろう。連れていってやらなくては。ウィロビー館は海から十五キロぐらいしか離れていない。夏が終わる前に連れていこう。ダンカン・チェンバレンと子供たちも誘ってみよう。ほかの子も一緒なら、パメラが喜ぶことだろう。

パメラがフルールとわたしの子供たちと遊ぶことはけっしてない――わたしが夢に見る世界で、架空のコテージに住む、架空の子供たち。

その気があれば、挙式から一年もたたないうちにシビルとの結婚を解消することもできたはずだ。だが、彼にその気はなかった。名実ともに夫婦となるための権利をシビルが夫に行使させまいとしても、彼は結婚の誓いを守るつもりでいた。あの当時は、シビルへの愛がまだいくらか残っていたからだ。また、パメラのためにそう決めたのだった。パメラを婚外子にしないために。

半分だけの忠誠など、なんの忠誠にもなりはしない。シビルとパメラを選ぶか、フルールを選ぶか、ふたつにひとつだ。二重生活は許されない。とにかく、わたしにとっては。

公爵はフルールにまわした腕に力をこめ、天井を見つめつづけた。

「どうなさったの?」フルールが彼のほうに身体を向けた。

彼はゆっくりとキスをした。

「朝がくる前に話しておきたいことがある」

「はい」

部屋のなかにいても、夜明けの訪れがはっきりわかった。

「明日からふたたび、わたしは妻への忠誠を守っていくことにする。生涯、その誓いに忠実に生きていく強さが自分にあるよう願っている。多少の過ちはあるかもしれないが。パメラのために、そう願っている」

「ええ、わかります、アダム。わたしに対して責任があるなどとは思わないで。ひと晩だけだと、おたがいに同意したんですもの。それに、たとえあなたが望んだとしても、あなたの愛人になる気はありません」

公爵は彼女の唇に指を一本あてて、額にキスをした。「本当の話はこれからだ。フルール、ある意味で、きみこそが永遠にわたしの妻だ。シビル以上にわたしの妻だ。そして、肉体的には、永遠にきみへの忠誠を守るつもりだ。わたしのベッドにほかの女がくることはけっしてない」

フルールの唇はいまも彼の指にふさがれたままだった。

「わたしの結婚は名目だけの結婚なのだ。ずっとそうだった」

フルールの息を呑む音が聞こえた。「パメラは?」ささやくように言った。

「トマスの子だ。子供のできたシビルを捨てて出ていった。わたしはベルギーから戻ったばかりで、まだ彼女を愛していると思いこんでいた。というか、わたしが思い描いていた彼女を」

フルールは辛そうに息を吐きだした。

「誕生の瞬間から、パメラはわたしの子供になった。あの子のためなら命も捨てられる。きみと一緒になるために、いまの婚姻を無効にすることを真剣に考えたとしても、パメラのために思いとどまるだろう。パメラときみのどちらかを選べと言われたら、フルール――わたしはパメラを選ぶ」

「ええ。そうね」

フルールは頭のてっぺんを彼の胸に押しつけていた。

「わたしを恨むか？」

「いいえ」長い沈黙があった。「だからこそ、あなたを愛しているのよ、アダム。あなたの人生には、ご自分のための場所がほとんどない。ほかの人たちの幸福を願う思いで占められている。そんなこと、最初は知らなかったし、考えたこともなかったけど、しだいにはっきり見えてくるようになったわ」

「だが、この一夜は自分のための時間だった。自分勝手だし、道徳的に間違ったことだった、フルール。きみの聖職者のお友達ならそう言うだろうね」公爵は彼女に短いキスをした。「だが、話はもうやめよう。もう一度きみを愛したい。しかし、これだけは知っておいてほしかった――わたしは生涯きみへの忠誠を守り、つねにきみを妻だと思いつづけるだろう」

「永遠のひととき」指先で彼の唇に触れながら、フルールは言った。「言葉にできないぐらいすてきだった。寿命を十年延ばしてやろうと言われても、そのひとときと交換するつもりはないわ、アダム。それに、まだ少しだけ残ってる」
フルールは仰向けになると、ふたたび覆いかぶさってくる彼のほうへ腕を差しだした。

25

家が近くなるにつれて、馬車の窓から見る景色がなじみ深いものになっていった。二人は道中ずっと肩を寄せ、手を握りあい、ほとんど言葉を交わすこともなく、並んですわっていた。

「あと五、六キロ?」公爵がフルールに訊いた。

「ええ」

一瞬、彼の手がフルールの手をさらに強く握りしめた。

「ブロックルハーストの財産管理を誰が委託されているのか知らないが、その人物に連絡をとったほうがいい。二十五歳の誕生日がくる前に、少なくとも財産の一部を手にできるはずだ。そうすれば、暮らしに困ることはないだろう」

「はい」

「ホートンに調べさせるとしよう」

「ありがとうございます」

ふたたび沈黙が広がった。

「わたしは二度とここにくることができない、フルール。手紙を書くこともない」

「ええ、わかっています。こちらから手紙を差しあげることもないでしょう」

「何か用のあるときや、困ったときには、ホートンに連絡すると約束してくれないか。いいね？」

「よくよく困りはてた場合だけ」フルールは言った。「いえ、アダム。やっぱり、やめておきます」

公爵は彼女の指をなでた。「フルール、もし子供ができていたら……」

「そんなことないわ」

「もしそうなら」公爵は彼女の手を唇に持っていった。「もしできていたら、かならず知らせてくれ。きみの性格からすれば、わたしに黙っていようとするだろう。だが、知らせてもらいたい。わたしの子供でもあるのだから。血を分けた、ただ一人のわが子となるだろう。わたしが所有するほかの屋敷のひとつにきみを住まわせ、二人の面倒を見させてほしい」

「子供はできてないわ」

「だが、知らせてくれるね？」

「ええ」

公爵は二人の手をおろして自分の腿に置いた。

村まであと三キロもないところまできた。ヘロン邸までは六キロだ。フルールは静かに規則正しく呼吸することに神経を集中し、胸に湧きあがる狼狽を抑えつけた。

「例のコテージにすぐ越すつもりかね？」

「ええ」フルールは将来の計画に心を向けた。「今夜だけヘロン邸に泊まり、明日、村へ越します。ミリアムが準備をしてくれてれば、その翌日から授業を始めるつもりよ。きっと楽しい日々になるわ」

「そうだね。子供たちに音楽も教えるつもりかい、フルール？」

「歌をね、ええ。楽器がないから。でも、かまわないわ」

公爵はフルールに笑顔を向けた。「いい友達がきみの身近にいてくれて、わたしもうれしい」

「ミリアムのこと？　村にはほかの友達もいるのよ、アダム。顔見知りの人たちもいて、わたしがヘロン邸を離れて村で暮らすようになれば、みんな、すぐ友達になってくれるわ。わたしのことは心配しないで。幸せになります」

「ほんとだね？」公爵は横を向き、フルールの顔を見つめていた。二人の顔のあいだには五センチほどの距離しかない。

「ええ。しばらくは辛くてたまらないと思う。それはわかってるし、覚悟もしてる。でも、辛さはいずれ消えていく。嘆き暮らすつもりはないわ。ちゃんと生きていきます。わたしは楽園を垣間見ることができた。一生かかっても見られない人が多い楽園を。だから、これからは自分の人生に戻ることにします」

「わたしが屋敷をあとにしたとき、パメラは動揺していた。あの子に対してだけは、わたしもつねに利己的なわけではなかった。しかし、置き去りにすることが多すぎた。早く戻ってやらなくては」

「ええ。ぜひそうなさって。あの子はあなたの生き甲斐ですもの、アダム」

馬車は村へ通じる木の橋をガラガラと渡っていた。フルールは目を閉じ、公爵の肩に頬をのせた。フルールの手を包んだ彼の手にふたたび力がこもった。

「ああ、神さま」

「勇気を出して」公爵の頬がフルールの頭のてっぺんに寄せられた。「この苦しみを経験するか、経験しないかの選択を迫られたら、わたしは経験するほうを選ぶ。この苦しみがなければ、きみと結ばれることもなかっただろう」

「わたしは欲ばりなの」フルールは大きく息を吸った。「苦しみを捨てて、あなたを手に入れたい、アダム。苦しみに耐える強さがあるかどうか、わたしにはわからない」

彼に握られた手が痛いほどだった。「だったら、きみをどこかへ連れていこうか。折に触れて会うことのできる場所へ」

「年に一度？　年に二度？」フルールの目は閉じたままだった。「年に二度の逢瀬を待ちわびるの？」

「近くに住めば、もっと会えるようになる」

「ウィロビー館の近くのこぢんまりしたコテージ？」フルールは微笑していた。「そして、あなたが頻繁に訪ねてくれるのを待ちわびるのね。さよならを言わなくてもいい。たぶん、子供ができるわね。あなたとわたしの子供たち。浅黒い子かしら。それとも、赤毛？」フルールの声が細くなって消えた。

「きみがそう望むなら。そんな人生をきみに贈ろう」

「ううん。夢物語にすぎないわ、アダム。多少は惹かれる気持ちもあるけど。現実として受け入れることは、二人ともできないでしょうね」

馬車は街道を離れて、ヘロン邸へくねくねと続く長い馬車道に入った。

「向こうに着いたら、わたしと一緒に屋敷に入るのはやめてね。馬車でそのまま去ってちょうだい」

「わかった」

二人はそれきり何も言わず、黙ってすわっていた。フルールは彼の腕に抱きしめられたいと思う一方で、彼が何もしないでいてくれるよう願った。抱かれたら、もう我慢できなくなる。夢を現実にしてもいいと思うようになるだろう。

馬車道のカーブをもうひとつ曲がれば、門を通り抜け、屋敷へまっすぐ向かう道に出る。長くてあと二分。

「何も言えそうにないわ」フルールはささやいた。「黙ってお別れしましょう」

「愛している。生涯、永遠に、いついつまでも。愛している、フルール」

フルールはうなずき、ほんの一瞬、彼の肩に顔を埋めた。

「ええ」か細い声で言った。「ええ」

馬車が屋敷の前に止まると、人影がふたつ石段をおりてきた。見ると、ミリアムとダニエルだった。

「イザベラ!」ネッド・ドリスコルが馬車の扉を開き、ステップをおろすと同時に、ミリアムが叫んだ。「あなたが帰ったかどうかたしかめたくて、たったいま、馬を走らせてきたのよ。予定では、きのう帰るはずだったでしょ。ああ、ようこそ、公爵さま」ミリアムはあわてて膝を折ってお辞儀をした。

ブース牧師が手を差しだして、馬車からフルールを助けおろした。「イザベラ」彼女のあとからおりてくる公爵をじっと見ながら言った。「メイドを連れていかなかったのか。どうして?」

「ホブソンのお墓は見つかった?」ミリアムが訊いた。「気がすんだかしら、イザベラ。きのう、村に知らせがまわったのよ。あなたの容疑はすべて晴れた、あの死は不運な事故で、宝石が盗まれたというのは誤解だったって。おぞましい出来事はすべて終わったのよ。そうよね、ダニエル?」

「ミス・ブラッドショー」フルールの背後で静かな声がした。「わたしはこれで失礼する」

「お入りにならないんですか、公爵さま」ミリアムが訊いた。

フルールはふりむいた。わずか二歩ほどうしろに、友達二人がいる。フルールが両手を差しだすと、公爵がその手をとった。彼女の目をじっと見て、片方の手を唇に持っていった。

「お別れだ」

アダム。フルールは声には出さず、唇の動きだけで彼の名を呼んだ。

そして、彼は去っていった——馬車に乗りこみ、奥のほうにすわった。扉を閉めたネッドがフルールのほうを向いて微笑し、頭を軽く下げると、御者台に飛び乗り、御者のとなりに腰をおろした。

そして、公爵は去っていった。馬車道を走り、門を抜け、最初のカーブを曲がって。行ってしまった。

「まあ、ずいぶん急いでお帰りになったのね」ミリアムが陽気に言った。「イザベラ、自立心の強いおバカさん。一緒に行ってほしいって、わたしに頼んでくれればよかったのに。そしたら、二、三日、学校を休みにしたのに。でも、一緒に行くのをダニエルがことわったって聞いたときには、あなたはすでにいなくなってた。リッジウェイ公爵と二人で出かけたことを知ったときの、わたしたちの困惑を想像してみて」

「もうすんだことだ、ミリアム」ダニエルが言った。「これ以上叱責しても意味がない。よかったら、ぼくたちも一緒に屋敷に入ろう、イザベラ。何があったのかをすべて話せば、きみの心も軽くなるに違いない」

「ずいぶん疲れたでしょうね」ミリアムが前に進みでて、フルールの腕をとった。彼女に笑みを向け、それから兄にさっと視線を戻した。「イザベラのかばんを持って入ってくれない、ダニエル？　あとからすぐ行くけど、その前にイザベラとちょっと話がしたいの」

ミリアムは兄が家のなかに姿を消すまで待った。

「ああ、イザベラ」そっと言いながら、友の腕に触れ、軽く叩いた。「ああ、かわいそうな、かわいそうなイザベラ」

フルールは馬車道を凝視していて、まるで石と化したかのようだった。

少なくとも、することがたくさんあって、フルールは忙しかった。何日も、何週間ものあいだ、ほかのどんなことより、その忙しさに感謝していた。することがたくさんあった。

かつてミス・ガレンが住んでいたコテージに荷物を運びこみ、満足のいくように何度も整理しなおした。最初のうちは召使いを雇う余裕がなかったため、料理も含めて何もかも一人でやった。小さな庭の手入れに何時間もかけて、伸び放題の生垣やバラの茂みをもとどおりにきれいに整え、みごとな庭にした。

また、ミリアムの学校で二十二人の生徒の授業を受け持ち、複数の子供を教えるのがやりがいのあることだと知った。

となりに住む老夫婦のことを気遣って、ケーキを焼いたときには少し届けにいき、腰をおろして、夫婦の果てしない昔話に耳を傾けた。その話にはフルールの両親のことも多く含まれていた。

そして、友達がたくさんできて、おたがいに訪問しあうようになった。もちろん、いちばんの仲良しはミリアムで、自由な時間の多くをフルールと一緒に過ごして、楽しい話し相手になってくれ、しかもよけいな詮索はしなかった。きっと、すべてを察しているのだろう。

アダムが去ったあのときも、気を利かせてダニエルだけを屋敷のほうへ行かせ、同情と理解の言葉をかけてくれた。だが、好奇心を抱いているとしても、けっして態度には出さなかった。質問もしなかった。まさに真の友達だ。

また、身近にはダニエルもいた。フルールがすべてを告白し、その後、アダムとロックスフォードへ出かけるという世間的に許されない行動に出たにもかかわらず、ダニエルは彼女を切り捨てはしなかった。それから、何人もの村人や、近隣に住む上流の人々とも親しくなった。みんな、フルールがヘロン邸で親戚と暮らしていたあいだは近づこうとしなかったが、いまでは進んで友達づきあいをしたがっている。

マシューは戻ってこなかった。キャロラインとアミーリアも、ロンドンの社交シーズンが終わっても戻ってこなかった。友人たちと北のほうへ旅に出たという噂が村に入ってきた。マシューのほうは、何やら困った事態を避けるために新大陸へ逃げたと噂されている。こうした噂が本当なのかどうか、フルールにはわからない。こちらに戻らずにいてくれれば、三人がどこにいようとかまわない。キャロラインが戻ってくることを想像しただけでぞっとするし、マシューとふたたび顔を合わせるのは恐怖だった。

ヘロン邸の管理人と話をしたところ、ブロックルハースト卿の財産管理を委託されているロンドンの人間に連絡をとり、用件を伝えておくと約束してくれた。

その返事は思いがけない形でもたらされた。ある日の午後、フルールはこぢんまりした居間に腰をおろし、授業で疲れたあとのお茶をゆっくり飲みながら、あとで外に出て、またもや伸び放題になってきた生垣を刈りこむだけの元気があるだろうかと考えていた。玄関にノックの音が響いたので、ためいきとともに立ちあがった。そして、しばらくすると、ピーター・ホートンの姿を前にして、呆然としていた。胃袋が完璧な宙返りをしたような気分だった。

「ミス・ブラッドショー」丁重にお辞儀をして、ホートン氏が言った。

「ホートンさま」フルールは脇へどき、彼を招き入れた。

「あなたのために事務手続きをするよう命じられ、ロンドンへ行ってきました。手紙でお知らせするかわりに、ウィロビー館に帰る途中でここにお寄りしたほうがいいかと思いまして」

「まあ、そうでしたの。ありがとうございます」ウィロビー館から手紙が届いたところで、秘書からだとわかれば、少しもうれしくなかっただろう。「お茶でもいかがですか」

フルールは自分の椅子の端に腰をおろして、ホートン氏の――彼女をウィロビー館とアダムに結びつけてくれるこの脆《もろ》い絆の――姿と声にうっとりしながら、話に聴き入った。そして、ミス・フレミングの職業斡旋所で初めて会ったときのことを思いだしていた。

マシューはやはり国外へ逃亡したという。欺瞞が明るみに出て、罪を問うためのきびしい尋問が待っていることを、誰かがマシューにこっそり教えたに違いない。ホートン氏は男爵家の財産管理を委託されている人物と会い、有力者のコネも駆使して、遠い親戚の者がフルールの後見人となるように話をつけた。それはマシューの跡を継ぐ立場の男性で、フルールは一度しか会ったことがない。ホートン氏がそちらへも足を運んだところ、その人物は、ろくに面識もない二十三歳の女性の身を守ることにも、財産を守ることにも、まったく興味がない様子だった。

今後一年半にわたって、充分な額の生活費がフルールに支払われることになった。そのあとは、結婚していても、独身であっても、結婚のために用意されている持参金と母親の遺産が彼女のものになる。

ホートン氏が咳払いをした。「後見人はたしか、こう言っていました――ミス・ブラッドショーが煙突掃除の少年と明日結婚しようが、自分はちっともかまわない、と」一瞬、彼の目にいたずらっぽい輝きが浮かんだ。

この人にユーモアのセンスがあるなんて想像もしなかった――フルールはそう思い、口もとをほころばせた。

夕食を勧めても、お茶のおかわりを勧めても、ホートン氏は辞退した。暗くなる前にせめて十キロほど先へ行っておきたいので、と言った。

フルールは立ちあがり、両手を前で組んだ。あと数分でこの人は去る。それまでは毅然とした態度でいよう。彼のことはひとことも訊いてはならない。ひとことも。

ピーター・ホートンはふたたび咳払いをして、玄関ドアを開く前に足を止めた。「閣下ご自身がロンドンへいらっしゃるのは、もちろん、無理なことでした。かわりに、わたしを派遣なさったのです」

「ええ。感謝いたします、ホートンさま。そして、公爵さまにも」

「閣下は奥方さまとお嬢さまを連れて、冬のあいだイタリアへ出かける計画を立てておいでです」

「公爵さまが？」ようやくかさぶたに覆われはじめていた傷が、ふたたび口をあけてしまった。

「奥方さまの健康を気遣われまして。それに、閣下ご自身の健康のためもあるかと思います。このところ、あまりお具合がよくないのです」

鋭いナイフが傷口をえぐった。

「イタリアの気候がお二人のためになることでしょう」フルールは言った。

ホートン氏はドアに手を伸ばし、ノブをまわした。

「ロンドンで買物をするよう指示されておりました。そして、その品をこちらに配送させるようにと。一週間以内に届くと思います。個人的な贈り物というより、学校への寄付であることを、あなたに申しあげておくように言われました」

「どのような品でしょう？」

「一週間以内に届くと思います」ホートン氏は繰り返した。

そして、ふたたびお辞儀をし、別れの挨拶をして出ていった。

一人残されたフルールは、アダムとの小さな絆が村から去ろうとしていることを思って、胸を痛めた。そして、アダムがフルールへの深い愛ゆえに秘書をわざわざロンドンへ派遣してくれたことを知って。そして、贈り物をしてくれることを知って。名目上は学校への寄付。でも、本当はフルールへの贈り物だ。

もうじき——二、三カ月後には——彼がイングランドを離れてしまう。どうだっていいことだけど。会う機会は二度とないのだから。でも、イタリアだなんて！　イタリアは遠すぎる。

ときに、痛みが耐えがたくなることがある。

用事がたくさんあって、忙しく暮らしてはいるが、手や身体と同じく心も用事に熱中できればいいのにと思ってしまう。

彼のことを心から閉めだすことができなかった。信じられないほどの苦しみだった。二度と会えない。二度と連絡もこない。なのに、彼が愛してくれていることを生涯にわたって知りたいし、信じていたい。二十年後、もしわたしが生きていて、彼も生きていることを知ったなら、愛されていることを確信したい。でも、真実をたしかめることはけっしてできない。思い悩むことだろう——いまだって悩んでいる——まだ愛してくれている？　わたしを覚えてくれている？

ある意味では、彼の愛がすでに消え、どこかよそで誰かほかの女性と幸せにしていることを知ったほうが、楽かもしれない。少なくとも、それなら、もっと毅然とした態度で自分の人生を歩むことができる。

きっとそう。それなのに、夜ベッドに横になって、彼と旅した日々を、気軽に話をして親しみを深め、ときには完璧な安らぎと調和に包まれて、手を握りあったまま馬車の座席に無言ですわっていたことを思いだすと、彼がどこかよそで幸せに暮らしていて、自分のことなど忘れてしまったことを知っても平然と生きていけるかどうか、自信が持てなくなってしまう。そして、あの夜のことを、おたがいの身体で何度も愛をたしかめあったときのことを思いだすと、彼のそばにべつの女性がいることを知れば、それだけで耐えきれなくなりそうだ。

なのに、彼が実の子でもない少女のために責任を負い、結婚とはとうてい言えない結婚にがんじがらめにされて不幸な日々を送っているのかと思うと、胸が痛む。

自分たちを隔て、生涯それを強いるであろう障壁が紗《しゃ》のごとく薄いと同時に強靭であることを知るのも、胸の痛むことだった。

痛みが最高潮に達したのは、同じ日に起きたふたつの出来事のせいだった。フルールがコテージに越した一カ月後のことだった。

午後早く、学校から呼びだしがあって、ロンドンからはるばる配送されてきたピアノフォルテを受けとるようにと言われた。通りには興味津々の村人がたくさん集まり、子供たちもみんな出てきて、楽器を積んだ大きな荷車のまわりに群がっていた。

「ピアノフォルテ!」ミリアムがあえぎ、両手を胸にあてた。「あなたに届いたの、イザベラ? 注文したの?」

「学校に届いたのよ。贈り物なの」

「贈り物? 学校に?」ミリアムは目を丸くしてフルールを見た。「でも、誰から?」

「学校に運びこんでもらわなきゃ」フルールは言った。

ダニエルがどこからあらわれたのか、フルールにはわからなかったが、とにかくそばにきていた。

「こんな高価な品を教室に置いておくのはよくない。きみのコテージへ運んだほうがいい、イザベラ」

「でも、子供たちへの贈り物なのよ。わたしが音楽を教えられるようにって」

「だったら、一人か二人ずつコテージに呼んでレッスンすればいい」

「ええ、そうよ」ミリアムも同意した。「それがいちばんだわ、イザベラ。なんてすてきな、すてきな贈り物かしら」フルールの腕を握りしめたが、誰が贈ってくれたのかという質問は二度としなかった。

やがて、フルールはコテージの居間でピアノフォルテと箱いっぱいの楽譜を前にしていた。そろそろ授業が終わる時間だから、今日はもう手伝ってもらわなくても大丈夫だと、ミリアムが言ってくれたので、ようやく一人になり、スツールにすわって、震える指で鍵盤に触れた。

しかし、演奏はしなかった。艶やかな蓋を鍵盤にかぶせると、腕に顔を埋めてむせび泣いた。とうとう涙で目が痛くなった。アダムが去ってから初めて流す涙だった。

早朝に書斎と音楽室のドアをあけ、彼女が気づくまでそこにじっと立っていた彼の姿が思いだされた。あれは盗み聞きしているなどとフルールに誤解されないための配慮だった。自分が弾くピアノフォルテの音が聞こえてくるような気がした。あのころのわたしは演奏に没頭しつつも、となりの部屋で黙って聴いている彼の存在を意識していた。

自分は彼を憎み、恐れ、嫌悪感を抱いていると、長いあいだ思っていた。そして、彼に対する不思議な思慕の念に恐怖を抱いた。怖くてたまらなかった。

アダムはわたしにとって音楽がどんなに大切かを知っていて、この高価な品を贈ってくれた。でも、あの人がわたしの演奏を聴くことはけっしてない。わたしがあの人のために演奏することもけっしてない。

その夜、涙が枯れ果ててしまったあとで、月のものの訪れがあった。彼の子をみごもってはいなかったしるし。一週間以上遅れていたのに。

もちろん、妊娠を願ったのは、愚かな、愚かなことだった。この一週間、本当なら狼狽すべきだった。妊娠していれば、それこそ悲劇だっただろう。

しかし、心がつねに理性に支配されるわけではないことを、フルールは知った。布をあてたあとでベッドに横になると、アダムが去った日と同じく、沈んだ空虚な気分に包まれた。

平気だったでしょうに――心でつぶやいた。世間から非難されても、スキャンダルになっても、平気だったでしょうに。遅れていた八日のあいだに、大きな希望が生まれていたのに。希望を信じはじめていたのに。

「アダム」暗闇に向かってささやいた。「アダム、ここにあるのは静寂だけ。静寂には耐えられない。あなたの声が聞こえてこない」

自分で耳にすると、その言葉は滑稽な響きを帯びていた。横向きになり、枕に顔を埋めた。

ピーター・ホートンの訪問からしばらくして、フルールはヘロン邸でメイドをしているモリーに、コテージに移ってきて家事をひきうける気はないかと尋ねてみた。メイドの仕事だけでなく、家政婦と料理番もやれるというので、モリーは大喜びだった。だが、自分が遠くへ行ってしまうとテッド・ジャクソンが寂しがるだろうと、遠まわしにほのめかした。それから一カ月もしないうちに、ジャクソン夫妻がコテージに住みこんで働くようになった。家政婦だけでなく、下男兼庭師まで見つかったわけだ。

一人暮らしではなくなると、ブース牧師がときどき、妹を連れずに訪ねてくるようになった。刺繍をする彼女を見ていると心が和むと言うのだった。それに、ピアノフォルテの演奏にも喜んで耳を傾けた。

フルールは彼の訪問を歓迎し、彼を愛していると信じていたころをなつかしく思いだした。たびたび考えた――キャロラインとアミーリアがロンドンへ出かけなかったら、家を出ようとするわたしをマシューが止めなかったら、ホブソンが転倒し、わたしが彼を殺したと思いこんで逃亡しなかったら、いまの生活はどれだけ違ったものになっていたかしら。予定どおり牧師館へ移って、ミリアムとともに暮らし、ダニエルが結婚の特別許可証をもらってくるのを待っていただろう。

何カ月も前に彼と結婚していただろう。毎晩、二人で団欒《だんらん》の時間を持っていただろう。たぶん、子供ができていただろう。

そして、わたしは幸せになっていただろう。この何カ月かの経験がなかったら、ダニエルの視野の狭さに気づかないままだっただろうから。わたし自身も、おそらく、モラルというものを黒と白にはっきり色分けする生き方を続けていただろう。そして、アダムに出会うことも、身を焦がす情熱の恋を知ることもなかっただろう。

ダニエルが与えてくれるおだやかな愛に包まれ、幸せになっていただろう。ときどき、この何カ月かを消し去り、かつての暮らしに戻りたいと思うこともある。しかし、昔に戻ることも、心からそう願うこともできないのだと気がついた。幅広い経験をした者には、かつての狭い経験で満足することはもはやできない。

それに、いくら辛くても、いくら絶望に陥っても、アダムと出会わない人生なんて、彼を愛することのない人生なんて、送りたくなかった。

「ここにいて幸せかい、イザベラ?」ある夜、ダニエルが訊いた。

「ええ」フルールは微笑した。「わたしはとっても恵まれた人間よ、ダニエル。この家があり、学校があり、友達がいる。そして、マシューのせいでさんざん苦労したあとに、こうして安心して暮らせるようになった」

「きみはみんなから尊敬され、好かれている。いろいろあったようだから、ここで落ち着いて暮らしていくのはむずかしいかもしれないと思っていたが」

フルールは彼に笑顔を見せ、ふたたびうつむいて刺繍を始めた。

「あの忌まわしい夜の前の日々に戻れればいいのにと、ときどき思うことがある」フルールと同じ思いを、ダニエルが口にした。「しかし、もう戻れない。そうだろ？　二度と戻れない」

「そうね」

「以前のぼくは、自分が愛せるのは、自分の愛にふさわしい相手だけだと思っていた。人が悔い改めるなら、キリスト教的な愛を寄せ、欠点を許すことはできるが、重大な過ちを犯した相手を愛するとか、結婚するという自分の姿は想像できなかった。ぼくの心得違いだった」

フルールは刺繍をしながら笑みを浮かべた。

「高慢の罪を犯していた。相手の女性はぼくにふさわしい人間でなくてはと思っていた。だが、ぼくはもっとも弱い人間だ、イザベラ。きみを見て、辛い経験をしても恨みがましくなったり、とげとげしくなったりしていないことに、ただもう感嘆するばかりだ。きみは以前よりはるかに強くなり、自立心に富む女性になった」

「そう思いたいわ。人生は自分で切り開いていくもので、うまくいかないことがあっても、人のせいにしてはならないってことを、以前より理解できるようになった気がする」

「ぼくと結婚してくれないか」

求婚を予感させる言葉がさきほどから出ていたにもかかわらず、フルールは仰天した。刺繍針を持つ手を止めたまま、ダニエルを見あげた。

「ダニエル。だめよ。申しわけないけど、だめ」

「ぼくがきみの過去を知っていても？　きみに対する気持ちにまったく変わりはないと、ぼくの口から言うことができても？」

フルールは目を閉じた。

「ダニエル、無理だわ。無理なの」

「じゃあ、ぼくの思ってたとおりなんだね」ダニエルは立ちあがり、フルールの肩に手を置いて言った。「だけど、あの男との関わりはすべて断ち切ったんだろう？　きみのことだから、きっとそうだと思う。奥さんのいる人だし。残念だ、イザベラ。本当に残念だ。幸せになってほしい。きみのために祈ろう」

フルールが刺繍にじっと視線を落としているあいだに、ダニエルはそっと家を出ていった。そのあとの何週間か、彼が一人で訪ねてくることはなくなった。学校のほうへは頻繁に顔を出していた。

彼がふたたび一人でやってきたのは、授業がないある日の午後だった。手紙を持ってきた。

「ぼくだったら、封をあけずに返送すると思う」フルールに手紙を渡しながら、ダニエルは真剣な口調で言った。「きみの牧師として、そう助言したい、イザベラ。きみは弱い自分に対して果敢に戦いを挑み、あと一歩で勝利を収めるところまできている。ぼくに返送させてくれ。もしくは、読まずに破棄させてくれ」

フルールは彼の手から手紙を受けとり、リッジウェイ公爵家の紋章と、ホートン氏のものではない筆跡に視線を落とした。もう四カ月以上になる――いや、四年以上、四十年以上、四世紀以上たったような気がする。

「ありがとう、ダニエル」

「心を強く持ってくれ。誘惑に負けないでほしい」

フルールは黙ったまま、手紙をじっと見つめるだけだった。ダニエルは向きを変え、何も言わずに帰っていった。

フルールは公爵を憎んだ。ふたたび憎しみを抱くことがあろうとは思いもしなかった。しかし、憎いと思った。二度と会わない、手紙も書かない。そう言ったくせに。わたしはその言葉を信じていたのに。

彼に恋い焦がれてきた。もう一度姿を見なくては、言葉をかけてもらわなくては、生きていけないと思っていた。

そして、こうして手紙が届いた。いまだに癒えていない傷口が開いてしまった。また最初からやりなおしだ。きみの人生には二度と立ち入らないと言った彼の言葉が、これから先、信用できなくなってしまう。

ダニエルの言うとおりだ。封をあけずに返送すべきだ。わたしのほうが強い人間であることを彼に見せつけるために。あるいは、読まずに破棄すべきだ。ダニエルに渡して、返送するか、破棄するか、決めてもらおう。

居間へ行き、封をしたままの手紙をピアノフォルテの上の花瓶に立てかけた。そして、お気に入りの椅子に静かにすわり、両手を膝に置いて、それを見つめた。

26

「お帰りなさいませ、閣下」例によってしゃちほこばったお辞儀をしながら、ジャーヴィスが言った。

リッジウェイ公爵は執事の挨拶に会釈で応え、帽子と手袋を渡した。

「屋敷がひどく静かなようだが。みんなどこにいるんだ？」

「お客さまはすべてお帰りになりました。ほとんどの方が二日前にお発ちになりました」

「トマス卿は？」

「きのう出立されました、閣下」

「公爵夫人はどこだ？」

「ご自分のお部屋においでです、閣下」

公爵は執事から離れた。「シドニーを呼んでくれ。それから、風呂の用意をしてほしい」

大理石を敷きつめた廊下を大股で歩いて自分の部屋へ向かいながら、公爵は思った――ようやく馬車をおりることができて、心の底からホッとした。彼女のいない馬車のなかはひどく空虚で、ひどく静かだった。しかも、旅のあいだ、することがほとんどないため、考えてばかり、そして、思いだしてばかりだった。

どちらももうしたくなかった。さっと風呂に入り、清潔な服に着替えて、パメラの顔を見にいき、それから、シビルの部屋を訪ねよう。トマスはシビルを置いて去ったのだ。前のときと同じく、またわたしが悪者にされていることだろう。

哀れなシビル。公爵は妻のために心の底から悲しんだ。妻がどんな思いでいるかはよくわかる——悲嘆に暮れ、虚しさに包まれ、人生がふたたび幸せをもたらすなどとは信じられずにいるのだろう。ふたたび笑える日がくることを、頭でわかっていても心で理解するのはむずかしいことが、ときとしてあるものだ。

「湯はどうなっている？」化粧室のドアから姿を見せた従者に、公爵はぶしつけに言った。

「厨房からここに運ばれてくる途中です、閣下」シドニーは答えた。「ネッククロスをそんなふうにひっぱったら、ますますきつく締まって、ほどけなくなってしまいますよ。わたしがきちんとほどいてさしあげましょう」

「無礼なやつめ。この一週間、わたしが留守だったから、母鶏みたいに騒ぎ立てることもできずに、どうやって過ごしていた？」

「しごく平和でした。平和そのものでした。脇のほうが痛みますか」

「いや、痛くない」公爵は苛立たしげに言った。「おお、ようやくきたか」向きを変え、下男二人が湯気の立つ大きなバケツを運びこむのを見守った。

「湯浴みを終えられたら、とにかく、マッサージさせていただきます」シドニーが言った。

「おすわりになって、その結び目をわたしにほどかせてください。でないと、ナイフで切り裂くしかなくなりますよ」

公爵は腰をおろし、従順な子供のように顎をあげた。

早く風呂に入って着替えをすませ、上の階へ行きたくてうずうずしていた。早くパメラに会いたかった。そう、パメラに会いにいくのだ。ほかには誰もいない。上の階へ行って勉強部屋に腰をおろし、フルールが話すのに耳を傾け、すべての授業を楽しい冒険に変えるのを見ていたいという、以前のような衝動に駆られることは二度とない。これからは、パメラがいるだけだ。

しかし、娘に会いたいという思いとはべつに、早く上の階へ行きたくてたまらなかった。たぶん、フルールが本当にいなくなったことを自分に納得させたいのだろう。ある意味でフルールは幸運だと公爵は思った。わたしが一度も足を踏み入れたことのない場所で暮らしているのだから。そこには亡霊はいない。わたしのほうは、子供部屋、勉強部屋、音楽室、書斎、ロング・ギャラリーに出入りしなくてはならない——どこにいても彼女のことを思いだしてしまう。

しかし、考えたくなかった。考えないようにした。シドニーがネッククロスの結び目を腹立たしいほど楽々とほどいたあとで、公爵は落ち着かない様子で立ちあがり、いらいらしながらシャツのボタンをはずした。ボタンが一個とれてしまい、悪態をついて、そのボタンを洗面台に投げこんだ。

「誰かさんはゆうべ、石炭を詰めこんだマットレスの上で寝たらしい」シドニーが陽気な口調で誰にともなく言った。

「そして、誰かさんはこの屋敷からつまみだしてほしがっているようだ」公爵はそう言いながらシャツを脱ぎ捨て、ヘシアンブーツを脱ぐのをシドニーに手伝わせようとして、ふたたび腰をおろした。


リッジウェイ公爵夫人は夫人専用の居間にいた。部屋に近づくと、咳が聞こえてきた。公爵はドアをノックし、ドアをあけてお辞儀をしたメイドが部屋から出ていくのを待った。

シビルは部屋の向こう側にいて、柱頭の装飾部分を支えるほっそりした柱のあいだに立っていた。流れるようなデザインの白いナイトローブをまとい、髪を背中にゆるく垂らしている。ローブと同じぐらい白い顔だが、頬だけがあざやかに赤く染まっている。やつれた感じだ。きっと――妻のほうへ大股で近づきながら、公爵は思った――この前より体重が減っているに違いない。

「シビル」両手を差しだし、身をかがめて妻の頬にキスをした。「気分はどうだね？」

妻の手は氷のように冷たく、頬はひんやりしていた。

「元気よ。元気ですからご心配なく」

「咳が聞こえた。まだ止まらないのか」

シビルは笑って手をひっこめた。

「元気そうには見えないぞ。きみとパメラをロンドンへ連れていこう。腕のいい医者に診てもらうんだ。それから、一カ月か二カ月ほどバースへ行く。空気と景色が変われば、三人とも元気になれるだろう」

「あなたを憎むわ」甘い軽やかな声でシビルが言った。「もっと強い言葉があればいいのに。だって、憎しみ以上のものを感じてるんですもの。でも、ほかに表現する言葉が浮かんでこないの」

公爵は妻から顔を背けた。「あいつはきのう出ていったんだね？」

「ご存じのくせに。出ていくよう、あなたが命令なさったんでしょ」

公爵は片手で額を拭った。「きみはたぶん、連れていってくれとせがんだことだろう。なぜあいつが拒んだと思う、シビル？」

「わたしの評判を気遣ってくれてるからよ」

「では、あいつはきみの幸福より評判を優先させるというのか。そして、あいつ自身の評判を？　拒まれて、きみは納得したのか」

「一人にしてちょうだい」シビルは寝椅子まで行き、腰をおろした。「出てってくださいな。二度と戻ってこないで。あの女の魅力にすっかり惑わされてらっしゃることを願っていましたのよ。あの女のところにお戻りくださいな。そうすれば、二度とあなたに会わずにすみますもの」

公爵はためいきをつき、向きを変えて妻を見おろした。「六年前のわたしは、きみを苦しみから救うためなら自分の命を差しだしてもいいと思っていた。わたしなりに全力できみを支えてきたつもりだ。いまだって、苦悩するきみの姿は見たくない。きみはわたしの妻、わたしはきみの安全と幸福を守るために力のかぎりを尽くそうと心に誓った。きみが耐えきれないほど大きな苦しみのなかにいることは、わたしも知っている。だが、過去をふりかえったところでどうにもならない。二人で力を合わせて、残りの人生をせめて平和に過ごせるよう、努力することはできないだろうか」

シビルは夫のほうを見ようともせずに、ふたたび笑った。

「結婚生活は双方で作っていくものだ。わたしはきみの夫だぞ、シビル。きみも、わたしの幸福を守るために力のかぎりを尽くすと誓ったはずだ。そこに心を向けてはどうだろう？　わたしを喜ばせることに。喜ばせるのがむずかしい男ではないつもりだ。わずかな優しさを、わずかな親しみを見せてくれるだけで、わたしは満足できる」

今度は、シビルは笑いながら夫を見た。しかし、笑い声はしつこい咳に変わった。

公爵は妻の前に膝を突き、片手を妻の頭のうしろにあてて、自分のハンカチを差しだした。シビルはその手を払いのけた。

「月曜日に」咳がようやくやんだところで、公爵は言った。「ロンドンへ出発しよう。あと三日ある。きみのトランクに荷物を詰めるよう、アーミティジに言いなさい」

シビルはふたたび笑った。「お医者さまはけっこうよ、アダム。診てもらったところで、どうにもなりませんもの。診察なんて受けたくないわ」自分のハンカチを広げ、夫に笑顔を向けて、そこに点々とついた真っ赤なしみを見せた。

公爵はそれを凝視した。頭から血の気がひくのを感じ、うなだれて妻の膝に額をのせた。

「気づいてらしたでしょ。気づいていなかったのなら、どうしようもなく鈍い方ね。出てって、アダム。あなたにも、あなたが勧めるお医者さまにも、何もしてほしくないわ」

公爵は頭をあげ、妻の顔を見つめた。「シビル」ささやくような声で言った。「ああ、かわいそうに。なぜいままで黙ってたんだ？　ハートリー先生は知ってるのか。なぜ先生までわたしに黙っていたんだ？　きみ一人でこんなことに耐えていてはいけなかったのに」

「なぜ？　一緒に死んでくれるの？　それとも、最期のときに手を握っててくれるだけ？　いえ、けっこうよ。できれば一人でそのときを迎えたいわ」

彼の目の前でシビルは表情をゆがめ、あわてて顔を背けた。

公爵はすぐさま立ちあがると、妻に腕をまわして抱きよせた。じっと抱きしめ、あやすように揺らしながら、妻の頭のてっぺんにキスをした。

しかし、シビルは自制心をとりもどしたとたん、夫を押しのけた。「一人になりたいの。一人で死んでいきたい。トマスがここにいてわたしを抱いててくれないのなら、一人で死んでいくわ。いいえ！」公爵が片手を差しだした瞬間、シビルは急に夫のほうを向いた。「トマスを呼びもどすような寛大なことはなさらなくていいのよ。そう切りだすつもりだったんでしょ？　あなたの考えることぐらいお見通しよ、アダム」

公爵は何も言わなかった。

「トマスがくるはずのないことは、わたしだって知ってるわ。わたしが健康で、あなたが百万ポンドをつけてわたしを差しだしたところで、くるはずはない。わたしの最期を看取るためにあの人が戻ってくるとお思いになる？」

「シビル」公爵は妻のほうへ片手を伸ばした。

シビルは前にも増して苦々しい笑い声をあげた。「わたしが真実に気づいていないと思ってらっしゃるの？　前々から何も気づいていなかったとお思い？　だからって、あなたへの憎しみが薄れるわけではないけど。とても気高くて、とても理解のあるあなたが、わたしは憎くてたまらない。いつも自分が悪者になろうとするその態度が大嫌い。わたし、結核になってよかったと思ってるのよ。死んでいけることを喜んでるの」そう言って、夫に背を向けた。

「きみをこのまま死なせはしない。治療法はいくらでもある。もっと早く打ち明けてくれれば、あるいは、たぶんきみが口止めしたのだろうが、医者が話してくれていれば、何か手が打てたはずだ。暖かな気候も病気に効くと聞いている。どこか温暖なところへきみを連れていこう。スペインがいいかな。あるいは、イタリアでも。冬のあいだ、そちらで過ごそう。来年の夏には、きみも元気になっているだろう。シビル、希望を捨ててはだめだ。生きる気力をなくしてはだめだ」

「横になりたいわ。ベルの紐をひいてアーミティジを呼んでちょうだい、アダム。疲れてしまった」

公爵はすぐそのとおりにして、ふたたび妻のほうを向いた。「きみを看病して、ふたたび健康にしてみせる。たとえ、きみがいやだと言っても。また、きみに嫌われようとも、わたしはきみの命を守り、そばにいてもらうつもりだ。そして、パメラのそばにいてほしい。あの子のことを考えてくれ、シビル。あの子にはきみが必要だ。きみはあの子の崇拝の的なんだぞ」

「かわいそうな子。わたしがいなくなったら、本当の孤児になってしまうのね」

「わたしがついている。あの子の父親だ。それに、きみもいる。ホートンに命じて、冬をイタリアで過ごすための準備をさせよう」

そのとき、メイドが部屋に入ってきた。

「公爵夫人は体調がすぐれず、疲れている。ベッドに移るのを手助けしてやってくれないか、アーミティジ」

華奢で美しい妻がメイドの腕にぐったり寄りかかって、二人で化粧室へ姿を消すのを、公爵は見守った。妻を抱きあげてベッドまで運びたいという衝動を抑えこんだ。そんなことをしてもいやがられるだけだ。

帰宅から二日後、公爵はピーター・ホートンにロンドン行きを命じた。公爵家の弁護士とブロックルハースト卿の弁護士に会って、フルールのためにどんな方法がとれるかを協議させるためだった。また、ピアノフォルテを購入し、学校への寄付としてフルールのほうへ送るよう命じておいた。フルールにはピアノフォルテが必要だ——公爵は自分にそう言い聞かせた。

たった一度の贈り物。それで終わりにしよう。一度だけ贈り物をして、以後はいっさい連絡しない。

帰宅した翌日の午前中は、娘と犬を連れて長い散歩に出かけた。昼から馬でチェンバレンさんの家へ出かけよう、そうすれば、子供どうしで遊べるから、と娘に約束した。

「パパの馬に乗せてね」パメラは無邪気に言った。

「だめだめ」公爵は笑いながら答えた。「自分の馬で行きなさい、パメラ。乗馬はもう怖くないだろ？」

「でも、ハミルトン先生がいないから、反対側についてもらえない」

「助けはもう必要ない。一人で立派に乗りこなせるじゃないか。新しい家庭教師の先生を見つけなくては。イタリアへ一緒に行ってくれる人を」

「ほかの先生なんかいらない。ハミルトン先生がいい」

「あのね」身をかがめて犬を抱きあげ、屋敷のなかに連れて入り、階段をのぼりながら、公爵は言った。「ハミルトン先生は新しい生活を始めたんだ、パメラ。学校でたくさんの子を教えてるんだよ」

「先生、あたしのことが嫌いだったのね」プッとふくれて、パメラは言った。「嫌いなんだって、ずっとわかってた」

公爵は娘の頭に片手を置き、勢いよくなでた。「そんなことないのは、おまえもわかってるだろ、パメラ。先生はおまえのことが大好きだったんだ」

「じゃ、どうして行っちゃったの？　さよならも言ってくれなかった」

公爵はためいきをついた。階段のてっぺんで犬が彼の腕から飛びおりてドアのほうへ走り、子供部屋に駆けこんだおかげで、パメラの注意がそちらへそれてホッとした。パメラはキャーキャー笑って犬を追いかけた。

公爵は廏まで歩き、自分の馬に鞍をつけさせた。それから二、三時間、午餐のことなどすっかり忘れて夢中で馬を走らせた。屋敷の正面に広がる庭は避けて、キャンターで裏の芝地に出て、木立を駆け抜け、廃墟の前を通りすぎた。

将来の計画に注意を向けようとした。イングランドを離れる前に、シビルをロンドンへ連れていこう。最高の名医がどんな診断を下すか、回復の見込みについてどう言うかを聞くとしよう。それからイタリアへ行き、少なくとも冬のあいだ何カ月か滞在して、妻が毎日太陽を浴びられるようにしよう。

妻はまだ二十六。死ぬには若すぎる。

不思議なものだ――公爵は思った――人が何かを心の奥底で完璧に承知していて、しかも、まったくそれに気づかずにいるのだから。シビルが結核を患っていることを、わたしは知っていたのだろうか。あるいは、感づいていたのだろうか。すべての兆候がそろっていた。目の前にあった。だが、誰も何も言ってくれなかった。少なくとも医者が何か言うはずだと思いこんでいた。

トマスが以前、たぶん肺結核だろうと言ったことがあった。だが、わたしはそれを否定した。

もしかしたら、わたしの否定もシビルと似たようなものだったのかもしれない。トマスの本心ならずっと前からわかっていたと、きのうシビルは言った。だが、そのいっぽうで、何も気づいていなかったのだ。というか、その事実を自分の心にさえ否定していたのだ。

シビルはすでに血を吐いている。末期に入っているということだ。回復の見込みはないのだろうか。

いや、わたしが看病して、もう一度健康にしてみせる。

わたしの世話を、気遣いを、いまも喜んで捧げるつもりの愛情を、シビルが受けとってくれさえすれば。しかし、そうではない。

シビルは自分で自分を追いこんでしまった。トマスとの関係、未婚での妊娠、愛してもいないアダムとの結婚を強いられたこと――そのすべてがシビルを苦しめた。妻が耐えてきた苦悩を軽く見るつもりはない。わたし自身がそれに劣らぬ苦悩をくぐり抜けてきた以上、軽く見るなどということはできない。しかし、もっと強くなってくれてもよかったはずだ。

トマスに冷たく捨てられたことが、心の奥底でわかっていたのなら、せめて結婚生活がうまくいくよう努力してくれてもよかったはず。夫を愛するのは無理でも、パメラにありったけの愛情を注ぐことはできたはず。幸せをすべて奪い去られてしまったのなら、ほかの人間を幸せにすることに心を砕けばよかったのだ。

しかし、シビルは芯の強いタイプではなかった。幸せを与えられれば、生涯を通じて愛らしい女でいられただろう。ところが、与えられるのを当然とし、与える側に立ったことがないため、大切にしていたものをすべて奪い去られたあと、彼女の人生に残ったものは、苦々しさと、憎悪と、官能の歓びを必死に求める心だけになってしまった。

公爵は妻に深い哀れみを感じることしかできなかった。そして、妻の人生に新たに襲いかかったこの最悪の危機のなかで、妻を支えていこうと決心した。人生には与えるものが数多くあることを知らないまま、あの若さで死んでいくなんて、悲しすぎる。

もちろん、人が過去の痛みに背を向けて現在と未来に活力のすべてを注ぎこむのは、簡単ではない。けっして簡単にはできないことだ。

ふと気づくと、公爵は馬を屋敷の正面のほうへ向け、広い庭園に起伏を描きながら続く芝地をキャンターでゆっくり走っていた。やがて、ギャロップに移り、胸の思いをふり払うことができないまま、どんどんスピードをあげていった。

三キロほど走ったあとで、無意識のうちに左へ曲がり、ゲートを飛び越えて牧草地に入った。そして、手綱をひき、馬の首を軽く叩いてやった。うしろを向くと、彼のあとから余裕をもって楽々と飛越する彼女の姿が浮かんできた。公爵はうなだれ、目を閉じた。

そう、簡単ではない。彼女を求めて腕と全身が疼くなかで眠れぬ一夜を送ったこともある。彼女の髪の柔らかさと香り、絹のようになめらかな肌、豊かな乳房、ほっそりしたウェスト、丸みを帯びたヒップ、すんなりと長い脚、情熱に燃える唇、温かく濡れた女の秘部を、ふたたび思いだした。

そして、愛の行為の合間に無言で彼の腕に抱かれていた、眠そうな温かい彼女の身体を思いだした。ほのかなロウソクの明かりのなかで、フルールが彼に笑顔を向け、二人で必要もない言葉を交わしたものだった。そして、馬車のなかでは、手を握りあい、彼女の肩がこちらの肩の少し下にもたれかかっていた。

フルール。ああ。フルール。

シビルが死ねば――不意にそんな思いが浮かんだ――フルールと結婚できる。

あわてて首を横にふり、牧草地を抜ける長い散歩道のほうへ馬を向けた。死なせるものか。シビルはわたしの妻、病と不幸に苦しんでいる。ぜったい死なせたりしない。

フルールのことを考えるのはやめよう。考える権利はない。シビルという妻がいるのだから。

この前フルールと一緒に走ったコースをたどった。しかし、ゲートを抜けて庭園に戻ると、違う方向へ進み、やがて湖の南側の小道に出た。向かいの小島に休憩所が見える。

戸外で舞踏会が開かれた夜、フルールとワルツを踊った場所。

ちょうどここだった。この小道で。フルールはわたしを恐れていた。わたしに触れられるのを恐れていた。目をきつく閉じていた。やがて、音楽と雰囲気がわたしだけでなく彼女にも魔法をかけて、一緒に踊るために生まれてきたかのように、二人でワルツを踊っていた。

シンプルなブルーのドレスをまとい、火のように輝く金色の髪をした、美しい、美しいフルール。

二人で踊った場所をじっと見つめた。だが、音楽とランタンの光はなかった。フルールはいなかった。

太陽に照らされた小道があり、木々を渡る風の音と小鳥のさえずりが聞こえるだけだ。息を二回呑みこんで、馬を屋敷のほうへ向けた。

シビルはこの朝、ウォラストンへ出かけていた。妻の部屋へ行って、無事に戻っているかどうか、外出で疲れていないかどうか、たしかめなくては。今日は爽やかで暖かな日だ。シビルがわたしの腕にすがって短い散歩に出る気になるかもしれない。

だが、そんなことが起きたら、地獄も凍ってしまうかもしれない。

旅立ちは九月末の予定だった。フルールがウィロビー館を離れて三カ月以上たっていた。秋の季節の一部だけでもイングランドで迎えることができて、リッジウェイ公爵は喜んでいた。領地を頻繁にまわった。ときには徒歩で、ときには馬に乗って、ときには一人で。徒歩のときは、たまに娘と犬を連れて。木々が紅葉していく様子と、足もとに敷きつめられた色とりどりの落ち葉を楽しみながら。パメラは父親と一緒にパリパリした落ち葉の上を歩き、サクッと踏みつけるのが好きだった。

冬がきたら、こうした秋の景色が恋しくなることだろう。ナポレオン戦争のときの何カ月にも何年にもわたる長い軍事行動と、行軍中に故郷への郷愁に駆られたことが思いだされた。

しかし、旅立つ必要がある。シビルは行くのをいやがり、ぜったい行かないと頑固に言いはっている。しかし、公爵は、この件に関してだけは家長としての権限を行使して、強引に従わせるつもりだった。妻に生きる意志がないのなら、わたしがかわりに意志を持とう。わたし自身の力を妻に注ぎこみ、ふたたび元気にしてやろう。

シビルを外から見るかぎり、病人らしいところはなかった。滞在客が帰ったあとはふたたび退屈を持て余し、頻繁に外出するようになった。ときたまパメラを連れていったが、一人で出かけるほうが多かった。妻の疲労がひどくなるのを恐れて、公爵が客を呼ぶことはめったになかったが、客をもてなすときのシビルは輝くばかりに美しく、陽気だった。ある夜、ダンカン・チェンバレンはシビルに媚態を示されて、露骨に不愉快な表情になった。

しかし、高熱と咳のせいで妻が部屋から出られず、それが何日も続くこともたびたびあった。

公爵は毎日妻の部屋へ出向いて、具合はどうかと尋ね、会話にひきこもうとした。妻は拒みつづけた。

イタリアへは行きません。あなたが勧めるお医者さまの診察も受けません――公爵がその話題を持ちだすたびに、妻はそう答えた。

出発予定の前日、シビルは部屋にこもったきりだった。ピーター・ホートンが午前中の遅い時間に、シビルの部屋のほうへ郵便物を届けた。そこには、シビルがしばしば文通しているロンドンの友人からの手紙も含まれていた。

風の吹きすさぶ寒い日で、いまにも雨になりそうな気配だった。やはり気候温暖な土地へ移る潮時だ——公爵はそう思いながら、半分ほど荷物を詰めたトランクがいくつも置いてある、興奮でいっぱいの子供部屋を出て、いつものように妻の様子を見にいくために階段をおりた。午餐の席には妻は顔を出さなかった。

食事の前にお出かけになりました——メイドが公爵に告げた。短い散歩に出られただけだと思っていましたが、きっとわたしの勘違いですね。馬車で町へいらしたに違いありません。

公爵は眉をひそめた。彼自身が一時間ほど前に廏から戻ってきたばかりだ。シビルが馬車で出かけたなどとは、誰も言っていなかった。

だが、散歩をするような天候ではない。しかも、午餐は二時間も前のことだ。

「ご苦労」公爵は妻のメイドにそっけなくうなずいてみせた。

五分後、廏のほうで尋ねてみたが、馬車は出していないとのことだった。シビルが廏へ行った形跡もなかった。

「しかし、けさ、奥方さまがあっちのほうへ歩いていかれるのを見ました」ネッド・ドリスコルが湖のほうを指さした。「何時間も前のことですが」

「ありがとう」公爵は言った。

雨が降りはじめた。冷たい土砂降りで、服を着ていても身体が冷え、雨粒が首筋を陰気に伝い落ちた。公爵は急ぎ足で湖へ向かった。

ボートが一艘、水に浮かんでいるのが、すぐさま目に入った。転覆し、ゆらゆらと漂っている。小島に近い葦《あし》の茂みに何か黒っぽいものがひっかかっている。

数分後、べつのボートで湖に出た公爵は葦のあいだから妻の身体をひきあげて、ボートにのせた。ボートを漕いで岸に戻り、慎重に妻を抱きあげてから、歩いて屋敷へ向かった。ずぶ濡れになり、衣服がぐっしょり水を吸っていてさえ、妻の身体は羽根のように軽かった。白い華奢な片手がみぞおちのあたりにのっていた。

公爵の脚は鉛でできているかのようだった。喉と胸が痛くて、うまく呼吸できなかった。かつてはシビルを愛していた。その美貌と、軽やかな足どりと、甘い声を。若者の情熱のすべてをこめて彼女を愛した。そして、彼女と結婚し、死ぬまで愛し、慈しむことを誓った。それなのに、絶望から救ってやることができず、妻は自ら命を絶ってしまった。

厩の外に馬番が何人かいて、公爵が近づくのを見守っていた。何か異変があったことを察したようだ。公爵が妻を抱いて馬蹄形の外階段をのぼっていくと、ジャーヴィスと従僕が階段のてっぺんに立っていた。

「公爵夫人が事故にあった」公爵は言った。自分の声がしっかりしていることに驚いた。「アーミティジとレイコック夫人を妻の部屋に呼んでくれないか、ジャーヴィス」

「お怪我でも？」驚愕のあまり、執事は珍しくも堅苦しい態度を忘れていた。

「亡くなった」公爵は執事の横を通って大広間に入り、そこに立っていたホートンと弟の従者のそばを通りすぎた。従者は旅の埃と泥にまみれていた。

妻を寝室に運びこんで、ベッドに丁寧に横たえ、ぐったり投げだされていた手足をきちんとそろえ、濡れた衣服の乱れを直し、手を伸ばして命なき目を閉じてやり、濡れて泥だらけになった美しいシルバーブロンドの髪をなでた。そして、ベッドの横に膝を突き、妻の片手をとり、頬に押しあてて泣いた。

熱い未熟な愛が消えてしまったことを思って泣いた。こんな未熟な愛では、愛する相手に慰めも安らぎも与えられなかった。高い理想に燃えて妻にした女のために、夫だけを支えにして死の病と向きあうのを拒み、自ら命を絶ってしまった女のために泣いた。自分自身の過ちと裏切り行為を思って泣いた。自分の人間的な弱さを思って泣いた。

しばらく前からアーミティジとレイコック夫人がうしろに立っていたことに気づいて、ようやく立ちあがった。無言でふりむき、化粧室を通り抜けて楕円形の居間に入った。

書きもの机のところまで行った。封を切った手紙がのっていた。読まないほうがいい――心の奥で声がした。妻宛の手紙だ。しかし、妻はすでに死んでいる。

好奇心はまったくなかったが、手紙を手にとった。そして、ホートンや弟の従者から話を聞く前に、トマス・ケント卿が数日前に賭博場で喧嘩騒ぎを起こして死亡したことを知った。

27

いずれ手紙を開封するだろうということは、もちろん、フルール自身にもわかっていた。ダニエルに手紙を渡された瞬間から、はっきりわかっていた。どうして開封せずにいられるだろう？　手を伸ばしてあの人の人生にもう一度触れずにいることが、どうしてできるだろう？

そのくせ、腹が立ってならなかった。彼を恨んだ。四カ月半が過ぎても、苦しみはまったく消えない。昼間は彼に会いたいと思い、夜は彼に抱かれたいと思う。それをやめて、毅然たる態度で現在に生きることができるようになるには、まだ何カ月もかかりそうだ。

椅子から立ち、お茶を淹れてゆっくり飲みながら、花瓶に立てかけた手紙を見つめた。

そして、ついに、手紙を読むのを先延ばしにしてきたのは、腹を立てているからではなく、彼の言葉を目にしたらまた傷口が開いてしまうことを怖れているからでもなく、まったくべつの理由があることを認めるに至った。ほんの数分で読みおえてしまうことがわかっていたからだ。あとはもう何もない。永遠に続く空虚さと静寂が戻ってくるだけだ。

カップと受け皿を脇に置いて、手紙をとり、手にのせて重さをたしかめ、唇へ持っていき、頬に押しあてた。

でも、もしかしたら、あの屋敷にいるほかの誰かが手紙をよこしたのかもしれない。レイコック夫人かもしれない。そう思ったとたん、胃がざわめき、封を切る指が震えた。

便箋のいちばん下へ視線が飛んだ。〝アダム〟という署名。太い字で、くっきりと、彼自身が署名していた。フルールは下唇を嚙み、一瞬目を閉じた。それから、ふたたび椅子に腰をおろした。

〝最愛のフルールへ〟公爵が書いていた。〝わが一族に訪れたふたつの不幸をお知らせすべく、ペンをとりました。一カ月と少し前に、弟がロンドンで喧嘩騒ぎに巻きこまれて亡くなりました。そして、弟の死の知らせがウィロビー館に届いたその日、妻が事故により水死しました。一族の墓所に二人を並べて埋葬してやりました〟

フルールは手紙を膝に置いた。きつく目を閉じ、片手を口にあてた。アダム。ああ、かわいそうなアダム。

手紙はさらに続いていた。

〝明日、パメラを連れて大陸へ旅に出ます。娘は涙に暮れるばかりで、慰めようがありません。シビルを崇拝していましたから。冬のあいだ、そして、たぶん喪が明けるまでの一年間、わたしはパメラとともに国外で過ごすことになるでしょう。

一年たったら、ウィルトシャーへ伺うつもりです。いまはこれ以上何も申しあげないことにします。この一カ月が苦悩の日々であったことは、あなたにもご理解いただけることと思います。妻のために、一年は喪に服そうと思います、フルール。そして、もちろん、弟のためにも。

出発前に、こうしたことを知らせておきたかったのです。そして、以前ウィルトシャーへお邪魔したときに申しあげたことはすべて本心からの言葉であったことを、書き添えておきます〟

フルールはふたたび手紙を膝に置き、きれいに折りたたんだ。感情がほぼ麻痺したなかで、手が震えていることに気づいた。

亡くなった。奥さまが亡くなった。事故死だと書いてあるけど、亡くなったのは、トマス卿の死の知らせが届いたのと同じ日。そして、トマス卿はパメラの父親だった。奥さまはご自分で命を絶たれたのね。きっと湖に身を投げたんだわ。

ああ、気の毒なアダム。気の毒なアダム。どれだけご自分を責めたことかしら！

でも、奥さまは亡くなった。アダムは自由の身。一年間の喪が明けたら、ウィルトシャーにくるという。あと十一カ月。九月の末に。

いいえ、そんなことを考えちゃだめ。期待してはだめ。十一カ月は永遠にも等しい。そのあいだに何が起きるかわからない。どちらかが死ぬかもしれない。アダムが心変わりするかもしれない。旅先で誰かほかの人に出会うこともあるだろう。旅が楽しすぎて、帰国が何年も延びるかもしれない。父親がフルールを訪ねるのをパメラがいやがるかもしれない。

何があってもおかしくない。十一カ月前には、まだ彼に出会ってもいなかった。でも、ずっと昔から彼を知っていたような気がする。この先、永遠を超えるほど長いあいだ待ちつづけ、約束のときがきても彼があらわれない可能性だってある。

考えないようにしよう――立ちあがり、手紙を花瓶にふたたび丁寧に立てかけながら、フルールは決心した。考えないようにしよう。九月の末に彼がやってきたら、そのときに話を聞こう。こなくても、失望することはない。彼の訪れを期待するつもりはないのだから。

なのに、その夜も、そのあとに続く多くの夜も、彼の夢を見た。心をかき乱す奇妙な夢で、大きく広がる水面の彼方から彼が手を差しのべているが、遠すぎて姿がはっきり見えず、向こうが呼びかけても、声がよく聞こえない。そして、目をさますと、フルールの腕のなかはいつも空っぽで、ベッドの脇は冷たいままだった。

フルールは良き教師になるための努力を二倍にし、自由時間の多くを音楽のレッスンにあてた。そして、近所の人々を訪問した。とくに、日々の退屈を紛らすために来客を楽しみにしている年配の人々を。そして、招待を受ければすべて応じた。キャロラインがヘロン邸に戻ってきて（アミーリアは結婚してリンカーンシャーのほうで暮らすようになった）、催しで顔を合わせることがわかっているときでも、出かけていった。

そして、ミリアムとの友情を命綱のごとく大切にし、それにすがりついていた。

わたしの考えはひとつだけ正しかった――公爵のことに思いを向けるとき、フルールはかならずそう思った。十一カ月は永遠よりさらに長い。

「もうじきおうちに帰れるのね、パパ」レディ・パメラ・ケントは父親と向かいあって馬車の座席にすわり、愛犬の鼻筋と頭を一本の指でなでてやっていた。犬は気持ちよさそうに目を閉じている。

「もうじきだよ。うれしいかい？　この一年、すてきなところを二人でたくさん見てきたね。家に帰ったら退屈するかもしれないぞ」

「帰るのが待ちきれない。どうしてハミルトン先生に会いにいくの、パパ？　先生がまたあたしの家庭教師になってくれるの？」

「なってほしい？」

「うん」しばらく考えてから、パメラは答えた。「でも、先生がまたいなくなっちゃったらつまんない」急に不安そうな目になって、父親を見あげた。「パパ、どこへも行かないよね？おうちに帰ったあと、またロンドンへ出かけて、あたしを独りぼっちにするなんてことないよね？」

昔からの不安。母親の死後何週間も、パメラは毎晩のように悲鳴をあげて目をさましていた。見捨てられるという怯えがあったのだろう。リッジウェイ公爵はパメラに笑顔を見せて安心させようとした。旅に出る前から、くる日もくる日もほぼ四六時中、娘のそばについていてやらなくてはならなかった。夜になると彼のベッドへ連れていった。そうすれば、夜中にパメラが目をさましたときも、父親の声と腕がすぐそばにある。

「どこへも行かないよ。これからは、パメラ、パパの行くところへはかならずおまえも一緒に行くんだ」

「ティモシー・チェンバレンやほかの子たち、大きくなったかしら」

「たぶんね。いや、おまえの背が伸びたのは、ひょっとすると大陸の空気のおかげかもしれないな」

パメラは父親を見てクスッと笑った。

「ハミルトン先生をウィロビー館に連れて帰るとしたら、家庭教師ではなく、おまえの新しいママになってもらってはどうだろう？」

パメラは呆然として父親を見た。「でも、あたし、ママがいるのよ」

「そうだね」もっと前にこの話題を出すべきだったことは、公爵にもわかっていた。しかし、これまではぴったりの言葉も勇気も見つからなかった。いまだって、こんな言い方でいいのかどうか自信がない。「おまえにはママがいる、パメラ。そして、おまえが大きくなって自分の家庭を持つまで、ママはおまえにとってほかの誰よりも大切な人でありつづけるだろう。だが、おまえのそばにいることはもうできないから、ママがすることをかわりにやってくれる人が、ほかに誰かいてもいいんじゃないかな」

「ハミルトン先生？」パメラは疑わしげに言った。

「先生のことは好きだろ？」

パメラは躊躇した。「うん」と言った。「でも、先生はさよならも言わずに行ってしまったのよ、パパ」

「先生が悪いんじゃない。先生だって、できることなら、さよならを言いたかったと思う。だけど、悪い人から逃げててね、パメラ、誰にも別れを告げる暇がなかったんだ。先生はおまえのことが大好きなんだよ」

「でも、あたしのママになるのなら、パパの奥さんにならなきゃいけないでしょ。パパ、それでいいの？」

公爵は真剣な顔で娘を見た。「ぜひそうしたい」

「あたしのためにそんなことするのって、いやじゃない？」犬が身体を起こしてパメラの顔をなめようとしたので、パメラは横を向き、鼻にしわを寄せた。

「そんなことないよ。パパもそうしたいと思ってる。あのね、パパはハミルトン先生を愛してるんだ」

パメラはいつになく乱暴に犬を押しのけた。「パパはあたしを愛してるんでしょ！」

「もちろん」公爵は馬車の座席に身をすべらせて、娘のそばにすわり、膝に抱きあげた。

「パパの娘だもの。初めての子。パパの大事な子だ。それはいつまでも変わらないよ、パメラ。おまえはいつだって、パパの人生でいちばん大切な子だ。だけど、人はみな、何人でも愛することができるんだよ。おまえはママを愛してたし、パパを愛してる。そうだろ？」

「うん」パメラは納得しかねる口調で言った。「それから、チビのことも愛してる」

「そうだね。パパはおまえを愛してて、ハミルトン先生を愛してる。そして、先生がパパと結婚して子供ができたら、パパはその子たちのことも愛するだろう。そして、おまえはその子たちのお姉さんになる。おまえはいつだって特別な子なんだ」

「先生、一緒にきてくれるかしら。先生にチビを見せなきゃ。うんと大きくなったから、きっとびっくりするわね。それから、あたし、船に乗っても酔わなかったことを先生に話すわ。パパは言っちゃだめよ。あたしが話すんだから」

「はいはい」公爵は娘の頭のてっぺんに頰をつけた。「先生にはまだ結婚の申込みをしてないんだ。ことわられるかもしれない。先生はいまの暮らしがとても気に入ってるかもしれない。学校で教えて、小さなコテージに住んでるそうだ。だけど、とにかく申しこんでみるからね」公爵はクスッと笑った。「おまえは黙ってるんだよ。パパが申しこむんだから」

「はいはい」娘は答え、父親の膝からおりて、向かいの座席にのんびり寝そべった犬をかまいはじめた。

公爵はクッションにもたれて、娘と犬を見守った。ことわられる可能性は大いにある。それどころか、フルールはすでに結婚しているかもしれない。あのダニエルと。もしくは、近くに住む誰かほかの紳士と。過剰な期待を持ってはならない。

一年前――正確には十一カ月前、弟と妻の二重の死をめぐる悪夢の最悪の時期からようやく抜けだしたときは、フルールからいい返事がもらえることを確信していた。ただし、喪が明けるまでの一年間は彼女と距離を置くのが自分の義務だと思っていた。あの短い手紙を出すだけにしておいた。

しかし、十一カ月は永遠のように感じられた。そのあいだ、パメラと一緒に旅をしてまわり、さまざまな土地を訪れ、さまざまな人に出会った。イングランドを出てから一年以上たったような気がしていた。

彼女に言われた言葉はいまも覚えている。どうして忘れられるだろう？　そして、別れる前のただ一度の夜、愛を交わしたときの彼女の奔放な情熱も覚えている。空想のなかで、公爵はあの夜を何度も思い浮かべた。あのときは、彼女の愛もこちらの愛と同じく、永遠に、そして、永遠のときを超えて続くものだと信じられた。だが、いまはそこまで自信が持てない。

彼女の愛は、わたしの愛のように長く続いていたものではない。最初はわたしを憎み、嫌悪していた――仕方のないことだ。わたしのそばで彼女がくつろげるようになり、二人のあいだに親しみが生まれ、恋人どうしになったのは、ホブソンの墓を探し求めて旅をした最後の日々のことだった。

おたがいの腕に身を委ねる結果となったのは、あの状況では自然な成りゆきだったと言えよう。

ひょっとすると、彼女にとってはそれだけのことだったのかもしれない。あのときは純粋な気持ちだったにしても、別れたあと何日も何週間もたつうちに、思いが薄れていったかもしれない。彼女を訪ねたときに、困惑され、冷たくあしらわれることも覚悟しておかなくては。

目を閉じ、馬車の心地よい揺れに身をまかせることにした。彼女が毎日かたときもわたしのことを忘れずにいてくれた、などという期待は持たないほうがいい。寝てもさめてもわたしのことを夢に見ていた、という期待も持ってはならない。彼女のことを自分と同じように考えてはならない。

フルール。よそへ越していなければ、明日、彼女に会える。

ようやく。ああ、ようやく。彼女の手を握りしめ、別れを告げてこの馬車に飛び乗り、彼女のもとを去ってから一年と三カ月以上になるが、永遠よりも長く感じられた。はるかに長く。

フルールは年少の生徒たちに朗読を教え、ミリアムはほかの生徒を相手に地理の授業をしていた。

でも、この子たちの頭に入ってるかどうか疑問ね――フルールはそう思いながら、幼い少年に笑いかけ、その子の注意を授業にひきもどそうとした。教室には抑えた興奮が漂っていた。この子たちを興奮させるには、たいしたものは必要ない。午前中の授業が終わったら、お弁当を持ってハイキングに出かけることになっている。今日は九月の最終日。きびしい寒さが訪れる前にこうして外に出られる最後のチャンスだ。

フルールとミリアムが引率役。それから、ちょくちょく学校にきて聖書の授業をしてくれるダニエルと、数カ月前からミリアムにかなりの好意を示しているウェザロールド医師も参加する。もっとも、ミリアムのほうは例によって明るい率直な口調で、自分たちはただの友達だと断言しているが。しかし、そう言いながらミリアムが赤くなったことに気づいて、フルールは微笑ましく思った。

大人の付き添いなんて、ほんとはこんなに多くなくてもいいんだけど。でも、空気のきれいな戸外に出て、午後の時間を田園地帯で過ごすのは、大人にとっても楽しいことだ。

ドアに響くノックの音で、わずかに残っていた子供たちの注意力が完全に吹き飛んでしまった。フルールは自分が担当する生徒たちの視線が、そして、たぶん心のほうも、ミリアムを追ってドアのほうへ向くのを見て苦笑した。

「ハミルトン先生はいらっしゃいますか」礼儀正しく尋ねる少女の声がした。

フルールは椅子にすわったまま、ハッと向きを変えた。

「あら、そんな名前の人はここにはいませんよ」ミリアムが言った。「あなたは……？」

「パメラ！」フルールは椅子から飛びだし、両腕を差しだして大急ぎで教室を横切った。

「ここよ。まあ、ずいぶん背が伸びたのね。うれしいわ、また会えて」身をかがめて少女を抱きしめ、つぎの瞬間、浅黒い長身の人物に気づいた。その人は紋章入りの馬車を背にして、少女から少し離れて立っていた。

「大陸の空気のおかげで背が伸びたんだって、パパが言うのよ」パメラが言った。「チビも馬車のなかにいるわ、ハミルトン先生。すごく大きくなったから見てやってね。もうチビじゃないのよ。それから、フランスから船で海峡を渡ったとき、あたし、酔わなかったのよ。船酔いした女の人が何人もいたけど」

フルールはパメラの前にかがみこんだ。「まあ、偉かったわね。で、おうちに帰る途中なの？」たとえ自分の命がかかっているとしても、一メートルほど離れて立っている男性に視線を向けることは、フルールにはできそうになかった。

「そうなの。待ちきれない。でも、まずここに寄ろうってパパが言ったの。あたし、その理由は言わない。船に乗っても酔わなかったことだけ、あたしが言う約束になってたの」

フルールは笑った。そして、突然、背後がざわめいていることに気づいた。身体を起こしてうしろを向いた。

「この子はレディ・パメラ・ケントっていうのよ」少女の手をとり、教室に連れて入った。「ヨーロッパ大陸を一年間旅してまわり、帰ってきたところなの。パメラ、この人はブース先生よ。それから村の子たち」

パメラは周囲に笑顔を見せ、フルールに身を寄せた。ミリアムが膝を折ってお辞儀をしていた――レディ・パメラに。そして、その向こうの人物に。

「ようこそ、公爵さま。さあ、みんな、こちらの方にご挨拶なさい。リッジウェイ公爵さまよ」

そこで、フルールもついにぎこちなく向きを変え、彼と視線を合わせた。

その瞬間、衝撃を受けた。フルールが覚えている姿よりも背が高く、髪は黒く、目は暗くて鋭く、鼻はとがり、傷跡はくっきり目立っていた。記憶のなかではすべてが和らいでいたのに。思いもよらず、昔の恐怖がよみがえるのを感じた。

膝を折ってお辞儀をした。「公爵さま」小声で言った。

公爵はフルールに向かって、そして、教室の全員に向かって、軽く頭を下げた。「おはよう」爽やかに言った。「授業の邪魔をするのは心苦しいが、若い子がどういうものなのか、その心理がどう働くかを、わたしが知っているとすれば、目下、わたしはこの村でいちばんの人気者と言っていいだろう」

女の子はクスクス笑い、男の子は爆笑した。

授業を続けるのはもう無理なようだ。女の子たちはパメラの最新流行の服に憧れの目を向け、パメラのほうは照れながら興味津々でみんなを見ていた。男の子たちは畏敬の念をこめて公爵を見つめていた。公爵はミリアムと礼儀正しく言葉を交わしていた。やがて、ウェザロールド医師があらわれ、ダニエルもやってきた。パメラが懇願するように父親を見あげていた。

「いいでしょ、パパ？　ねえ、お願い、いいでしょ？」

「ピクニックの服装ではないが」公爵は笑顔で言っていた。

「あら、服ならほかにもあるわ。着替えればいいもん。ね、お願い、パパ。お願い。ハミルトン先生、行ってもいい？　いいでしょ？」

ミリアムがパメラにまっすぐな視線を向けていた。学校のピクニックに参加したら楽しいわよとパメラにほのめかしたのは、どうやらミリアムのようだ。もっとも、出かけたら数時間は帰ってこないつもりでいるのを、公爵も察しているに違いないが。

「〝イエス〟って言えるのはパパだけよ」フルールはかつての教え子の愛らしいひたむきな顔に向かって笑いかけた。「でも、とっても楽しく過ごせることはたしかだわ」

一分後、パメラは望みどおりに許可をもらい、馬車のほうへ駆けていった。

「チビも連れてくね」金切り声で言った。「いいでしょ、ハミルトン先生」

ミリアムが笑っていた。「お嬢さまのことは、わたしが責任をもってお世話します、公爵さま。兄とウェザロールド先生にも手伝ってもらいます。大人が三人いれば充分ですわ。あなたはこなくても大丈夫よ、イザベラ。ここに残って公爵さまのおもてなしをお願いね。数時間は待っていただくことになるから」

フルールは何か言おうとして口を開いたが、ふたたび閉じた。

子供たちはみな、金切り声しか出せなくなった様子だった。生徒全員と大人三人が出かけてしまうと、教室がひどく静かに感じられた。

「ミス・ブースは優しい人だね」フルールの肩の背後でリッジウェイ公爵が言った。「パメラは今後何週間も、この楽しかった日のことばかり話題にするだろう」

「ええ。わたしもパメラのために喜んでいます、公爵さま」

「公爵さま？」彼が静かな声で言った。

フルールはふりむいて、彼のネッククロスに視線を据えた。

「どこかほかへ行こうか。きみの家はどうかな？」

「ええ。すぐ近くです」

フルールは学校の戸締まりを厳重にしてから、公爵と並んで通りを歩き、コテージへ向かった。手を握りあうことも、言葉を交わすこともなく。

28

フルールは手にしていた本を置き、公爵が帽子と手袋をテーブルにのせるのを見守った。向きを変えて、居心地のいい正方形の居間へ案内した。隅に置かれたピアノフォルテのせいで、室内のほかの家具が小さく見える。

思っていたとおりだ。覚悟していたとおりになった。わたしに会っても、彼女はうれしそうな様子ではない。表情がこわばり、困惑している。

「おすわりになりません、公……？」彼女の手が椅子を指し示していた。途中で言葉を切り、頬を赤らめた。

うっとりするほど美しい。彼女が身をかがめてパメラを抱きしめるのを見たときには、公爵は息が止まりそうだった。彼の記憶よりもさらに美しかった。落ち着きがあり、以前より気品が増したように見受けられた。

自分の醜さが、傷跡が、ひどく気になった。顔を背けて傷跡を見られずにすませたいという衝動を、必死に抑えなくてはならなかった。

「お茶を運ばせますね」フルールが言った。「それから、何か食べるものも。お昼どきですもの。ご朝食のあとはずっと馬車のなかだったのでしょう？　おなかがすいてらっしゃるはずだわ」

「いや、大丈夫」公爵は静かに言った。「幸せに暮らしているのだね？　ずいぶん楽しい学校のようだ。このコテージは居心地がいいし、想像していたよりも広い」

「ええ」フルールは彼に笑顔を見せた。「幸せです。好きなことをして暮らし、親しい友人たちに囲まれていますもの」

「よかった。わたし自身の目で見届けるために、ここにこずにはいられなかった」

「ありがとうございます。お優しいのね。ずいぶん長く留守にしてらしたから、お屋敷に帰りたくてたまらないでしょうに」

「そうだ。早く帰りたい」

だが――公爵は思った――心の準備がまったくできていなかった。自分では準備をしたつもりだった。最悪の場合の覚悟もできていると思っていた。しかし、胸のなかで心臓が鉛のように重くなり、屋敷のことも、これから迎える冬のことも、そのあとの長い年月のことも考えられなくなっていた。

フルールがいなくてはだめだ。彼女がいなければ、ウィロビー館は家庭にならず、未来の日々は生きる価値をなくしてしまう。一年間、望みを持とうとしていたのに、結局望みはなかったことがわかった。

フルールは椅子にのっているクッションを必要もないのに膨らませてから、腰をおろした。

だが、彼のほうは椅子を勧められても立ったままだった。

そして、フルールは何か言おうとして頭のなかで言葉を探し、明るい表情を礼儀正しく浮かべていた。

まる一カ月――いえ、十一カ月のあいだ――あの人はこない、わたしのことなんて忘れてしまったはず、せっかちに口にした愛の言葉を後悔しているはず、と自分に言い聞かせてきた。それなのに、この一カ月間は、四六時中彼を待ちつづけ、そして、くるはずがないと何度も自分に言い聞かせた。

その彼がコテージの居間に立っている。背中で手を組み、浅黒い陰気な顔で。こんなところにはいたくないという表情で。

義務感から訪ねてきたのね。だって、くると約束したから。義務感でがんじがらめの人！

フルールはふたたび彼を憎み、百万キロの彼方へ消えてほしいと思った。

「ブロックルハーストやその家族から嫌がらせを受けたりしていないかね？」公爵がこわばった口調で尋ねた。

「いいえ。マシューからはなんの連絡もありません。もっとも、南米かインドのどこかにいるという噂を聞きましたけど。キャロラインがこちらに戻っていますが、冬のあいだは娘のところに滞在する予定のようです」

「ブース牧師や妹さんとは、いまも仲良くしているようだね。よかった」

「ええ」

パメラがピクニックに行ってしまわなければよかったのにと、フルールは心の底から思った。公爵があのままますぐ帰ってくれればよかったのに。そうすれば、わたしは残りの生涯を始めることができたのに。

パメラがほかの子と出かけるのを許可しなければよかった――公爵は思った。あのままますぐ帰る方法があればよかったのに。村の宿へ行くことにしようか。だが、そんなことを言いだせば、自分のもてなしが充分でなかったと彼女に思わせることになる。

「ピアノフォルテをありがとうございます」フルールが言った。「まだお礼も申しあげていませんでしたね。もちろん、教室に置くようにとお送りくださったのでしょうが、こちらに置くほうが安全だとミリアムとダニエルが言うものですから」

「きみ一人のための贈り物だったことは、わかっているね？」公爵は言った。

そして、頬を染めて握りしめた手に視線を落とす彼女を、じっと考えこむ表情で見守った。きつく握りしめるあまり、彼女の手の関節が白くなっていた。

公爵はその手が自分の肌に触れ、顔の傷跡を軽くなでたときのことを思いだした。きれいと彼女に言われたことを思いだした。愛していると言われたことを思いだした。心がつぶれてしまいそうな悲しみを思いだした。ピアノフォルテのところへゆっくり歩き、立ったまま鍵盤を見おろした。鍵盤をひとつ叩いてみた。

「音はいいのかな？」

「すばらしい楽器です。わたしにとって、もっとも大切な財産よ」

公爵は微笑し、ピアノフォルテの上に置かれた花瓶と、そこに立てかけてある手紙にちらっと視線を向けた。手を伸ばして手紙をとった。

「わたしがきみに出した手紙だ」

「ええ」フルールは赤くなって立ちあがり、手紙のほうへ手を伸ばした。

「一年近くこの場所に？」

「ええ」フルールは照れくさそうに笑った。「きっとそうね。わたし、あまりきれい好きじゃないから」

公爵は掃除と整頓の行き届いた部屋を見まわした。そして、不意に希望が湧きあがるのを感じた。

「なぜ？　なぜこの場所に置いたままになっていたんだ？」

フルールは肩をすくめた。「さあ……わかりません」答えになっていなかった。筋の通った説明などできなかった。バカな女だと思われるでしょうね。本当のことを知られたら、恥ずかしくてたまらない。フルールは手紙のほうへ手を伸ばしたまま、微笑した。「片づけてきます」

「フルール」

フルールは手をおろした。一年と少し前に、愛しています、これからもずっと愛しつづけます、と彼に告げた。本心をすなおに告げたことを、いまになって恥じる必要があるの？プライドって、何をおいても守るべきものなの？

「だって、わたしのもっとも大切な財産はピアノフォルテだけじゃないんですもの」公爵のチョッキのいちばん上のボタンに視線を据えたまま、フルールは言った。「その手紙もそうなんです。だから、一緒に置いておいたの」

「フルール」公爵が優しく言った。

「あなたのものはほかに何もなかった。そのふたつしかなかった」

ボタンが鮮明に見えればいいのにとフルールは思った。涙のたまった目を彼に見られずにすむよう願った。しかし、彼を愛していることを恥ずかしいとは思わなかった。愛しつづけると告げ、そうしてきた。

公爵が手紙を脇へ放り、フルールはそれが白くぼやけるのを見つめた。チョッキが近づいてくるのを見つめた。彼の手に顔をはさまれるのを感じた。

顎がこわばった。まるで石でできているような表情になった。しかし、まつげにきらめく涙がある。彼に告げた言葉がある。そして、受けとってから一年近くピアノフォルテの上に置いておいた手紙がある。

「愛しい人」アダムは両手でフルールの顔を包みこんだ。彼女に拒絶されたら、それはそれで仕方がない。しかし、彼女への忠誠を貫き、いまも命より彼女を愛していて、これからもずっと愛していくことだけは伝えておきたい。

フルールが上唇を嚙み、震える手を伸ばして彼のチョッキに触れようとし、その手をひっこめるのを、彼は見守った。

「愛している。この前そう言ってから一年と三カ月になるが、何ひとつ変わっていない。そして、これからも何ひとつ変わらない」

「まあ」フルールにはこれ以外の言葉は見つからず、たとえ見つかったとしても、声にならないだろうとわかっていた。ふたたび彼のほうへ手を差しだした。声と同じく、手の震えも止められそうになかった。

しかし、言葉を見つける必要はなかった。手の震えを止める必要もなかった。彼が顔を近づけてきて唇を重ね、その唇を開き、彼の手がフルールの頬を離れ、片方の腕が彼女の肩に、反対の腕がウエストにまわされた。フルールは彼の力にひきよせられた。震えていても、もうかまわなかった。

フルール。柔らかで温かで女らしい身体が、彼の腕のなかで羞恥心を忘れて弓なりにそり、重なりあった唇が開き、彼の舌を受け入れ、両腕が彼のうなじにまわされた。

フルール。アダムは希望という贅沢に身を委ねた。

「わたしも愛しています」彼の口もとでフルールがささやいた。目は閉じたまま。プライドなどを気にしている場合ではない。「あなたへの愛がほんの一瞬でも消えたことはなかったわ。それに、手紙はずっと花瓶に立てかけてあったわけじゃない。それは昼間だけ。夜は枕の下に敷いてたの」

「ピアノフォルテを敷きたくても、大きすぎて無理だったから？」アダムが思いもよらぬ冗談を言ったので、フルールは噴きだした。

彼も一緒になって笑いだし、フルールを抱きよせた。

「フルール」ようやく彼女の耳もとで言った。「一年ぶりの笑いというわけではないが、なんだかそんな気分だ」

フルールは顔をひき、初めて彼をまともに見た。「二度と会えないと思っていました。あの朝、あなたがわたしの手を強く握りしめ、馬車に飛び乗って走り去ったとき、会うことは二度とないだろうと思いました」

「だが」アダムは彼女に微笑みかけた。「会えなくとも、たいした悲劇ではなかったはずだ。わたしは見目麗しき男じゃないからね」

「そうかしら？」フルールは首を軽くかしげた。「わたしにとって、あなたは世界のすべてよ」

「傷跡のある暗い世界」

「美しい世界だわ。人柄がにじみでている顔。わたしが世界でいちばん愛している顔」

フルールが仰天したことに、アダムがいきなり身をかがめて彼女を抱きあげ、ソファにすわって自分の膝にのせた。

「わたしのポケットに何が入ってるか、あててごらん」

「さあ、何かしら」フルールは彼の首に腕をまわし、笑顔を見せた。「わたしのために買ってくださった、とても高価な宝石？」

「はずれ。もう一度」

「嗅ぎ煙草入れ?」

「わたしは嗅ぎ煙草はやらない。大はずれだ」

「麻のハンカチ?」

「反対のポケットにね」アダムはふたたび笑いだし、フルールも一緒に笑った。「さあ、何が入っているかな?」

「無理よ。わかるわけないでしょ」

「わかるはずだ。ようやくきみのもとを訪ねることになったら、何を用意してくると思う?」

フルールは首を横にふった。微笑が薄れた。

「特別許可証だよ」アダムも急に真剣な態度になった。「結婚の特別許可証だ、愛しい人。イエスの返事をもらったら、すぐさまきみをわたしのものにしたいから」

「アダム」傷跡のある彼の頬に手を触れて、フルールは言った。

「結婚してくれないか、フルール。ろくでもない男だということは自分でもわかっているし、きみはわたしに関して好ましからざる事柄をいろいろと知っている。だが、生涯にわたってひたむきな愛と献身をきみに捧げよう。そして、こんなことできみを誘惑できるかどうかわからないが、きみは公爵夫人となり、ウィロビー館の女主人となる。どうだろう、フルール?」

「アダム」フルールは彼の目から口の端へ向かって傷跡をなぞりながら言った。「じっくり考えてちょうだい。わたしについて何を知っているか、わたしがどんな女だったか、現在どんな女であるかを考えてほしいの」

「娼婦？」彼に言われて、衝撃のあまりフルールの視線が彼に飛び、顔に苦悶の赤みが射した。「きみに言っておきたいことがある、フルール。注意深く耳を傾けてほしい。シビルは結核を患っていた。おそらく、今年いっぱい持たなかっただろう。だが、一年間か、もしくは、何カ月間かの寿命はあったわけだ。わたしの支えと愛情を受け、そして、パメラの愛のすべてに包まれて過ごすこともできただろう。しかし、人生で残酷な失望を一度経験し、去年の夏にもふたたび失望に見舞われた。生きる気力をなくしてしまった。わたしが与えようとした安らぎを、妻は受け入れようとしなかった。パメラのことは、だいたいにおいてほったらかしだった。そして、トマスの死の知らせをわたしより先に受けて、ついに、わずかに残っていた人生を終わらせてしまったのだ」

「お気の毒な奥さま。胸が痛みます」

「わたしもそうだった。だが、わたしの話をよく聴いてくれ、フルール。一年以上前に、きみは悲惨な境遇に突き落とされた。家に戻れば、絞首刑か悪夢のような結婚という運命が待っていたし、身を隠したままなら餓死する運命だった。だが、きみは自己憐憫に浸っただろうか。いや。自分の力で闘い、生き延びるために必要なことをすべてやった。究極の選択までおこなった。娼婦になった。わたしは妻を哀れに思う。きみのことは言葉にできないぐらい立派だと思う」

フルールは息を呑んだ。

「きみの過去は気にならない。公爵夫人になってくれないか、フルール」

「パメラは？」

「ちょっと心配している。きみをあの子の母親にしたい一心で、わたしが自分を犠牲にして結婚を申しこむ気でいるんじゃないかって。わたし自身も結婚を望んでいるのだと、あの子に言って聞かせなくてはならなかった」アダムは微笑した。

「パメラはお母さまのことが大好きだったでしょ」

「そう。これからもずっとそうだろう。あの子がシビルのことを忘れないよう、こちらで気を配ってやらなくては、フルール。そして、記憶が真実をある程度ゆがめてくれることを期待しよう。シビルが美しくて寛大なだけでなく、つねに子供を大切にする母親として、パメラの記憶に刻みつけられることを願うとしよう。きみはあの子の母親にはけっしてなれないが、継母にはなれる。そして、わたし自身の経験から、パメラが両方を愛することは可能だと断言できる。わたしの記憶のなかには、実の母親の姿がかすかに残っていて、それを思い浮かべるたびに無条件の愛を感じたものだった。だが、継母のことも、つまりトマスの母親のことも大好きだった」

フルールは彼の肩に頭をつけた。

「結婚してくれるか？」

「はい」フルールは答え、目を閉じた。ほかに言葉が出てこなかった。心のなかいっぱいに広がり、胸が痛くなるほどの幸福を、どうすれば言葉にできるだろう？

アダムはフルールの頭に頬をのせて目を閉じた。そして、いまはもう、これ以上の言葉は必要ないと思った。愛を交わしたあの夜と同じだった。不完全な言葉を使うより、無言でいるほうが完璧に心が通じあう。

「告白しておきたいことがある」やがて、アダムは言った。「子供ができたという手紙が届くのを、わたしは恐れていた。だが、いっぽうではその手紙を待ちわび、届くよう願っていた。わたしの自分勝手な思いを知れば、きみはきっと苦しんだことだろうね」

「できていないとわかったとき、泣きました」

アダムは優しく笑い、フルールの顎に手をかけて上を向かせると、深く長いキスをした。

「一刻も早く子供を作ろう。今夜はどう？」

「今夜？」フルールは彼の首筋に顔を寄せて笑った。

「婚礼の夜に。早すぎる？」

「今夜？」

「きみが望むなら、しばらく待ってもいい。計画を立てたうえで式を挙げることもできる。きみが望むなら、貴族社会の半数に列席してもらってロンドンで挙式してもいい。国王陛下だって、お招きすればきてくださることだろう。だが、わたしとしては、今日のうちに結婚したい、フルール。結婚初夜をこのコテージで迎えることができる。パメラを寝かせるゲストルームはあるだろうか」

「ええ」一本の指で軽くアダムの唇に触れて、フルールは答えた。「あなたをここに迎える日を夢に見てきたのよ、アダム。あなたがいなくて、わたしの腕はとても空虚だったし、ベッドはとても冷たかった」

「今夜は空虚じゃないよ、愛する人。そして、ベッドは温かいだろう。そして、きみはもう夢を見る必要がない。すべてが現実になる」

「今夜は、枕の下にあなたの手紙を敷かなくてすむわね」

「ピアノフォルテも」アダムが言い、二人で笑って抱きあった。

「ああ、アダム。あなたがいなくて、とても孤独だった。孤独が永遠に続くような気がしていた」

彼がフルールの顔をふたたび上向きにし、笑みを交わした。

「もう大丈夫だ。二人とも、もはや孤独ではない。結婚と、子供たちと、ウィロビー館と、一緒に老いていく人生があるだけだ。愛が永遠に続いていくだけだ」アダムは顔を低くし、フルールの唇にそっとキスをした。「いや、永遠よりも長く」

訳者あとがき

本書『秘密の真珠に』は、深い孤独の中で惹かれあう男と女を主人公にした、せつない愛の物語。一九九一年の出版以来、メアリ・バログの愛読者の多くから〝お気に入りの作品〟のひとつに挙げられている長篇である。

女の名はフルール。ある事情から故郷を飛びだし、ロンドンへ逃げてきた。頼る人もいない大都会でわずかな所持金がたちまち底を突き、食べるものにも困って、さんざんためらったあげく、自分の身を売ろうと決心した。

ところが思いもよらず、幼い少女の家庭教師という職に就くことになり、自分の幸運が信じられない思いで、少女が住む田舎の屋敷へ向かう。彼女を迎えたのは、予想だにしなかった豪華な公爵家の大邸宅、気位の高い奥方、そして、わがままな少女。戸惑いつつも、屋敷での日々にようやく慣れてきたころ、屋敷の主がロンドンから戻ってきた。

男はリッジウェイ公爵アダム・ケント。顔に傷跡のある長身の男。イングランドでもっとも裕福な貴族だが、幸福な人生を送っているとは言いがたい。人には言えぬ大きな苦しみを抱えて生きていた。

顔を合わせたフルールは愕然とする。二人の間には、ある秘密があった……。

メアリ・バログの作品には、心に深い傷を負ったヒーローとヒロインがめぐり会い、相手に惹かれているのに近づくことをためらい、苦悩し、苦しみのなかでひそやかに愛を育てていくというストーリーが数多く見受けられる。本書はそれを代表するものと言っていいだろう。恐ろしい過去から逃げてきたフルール。世間に知られてはならない秘密を抱えた公爵。その二人の孤独な心が少しずつ寄り添っていくさまを、バログは独特のしっとりした文体で描きだしていく。

彼女のウェブサイト（http://www.marybalogh.com/）をのぞいてみると、ブログにこんな一節がある。

〝わたしはプロットにそれほど重きを置いていません。わたしにとって、プロットというのは、ふたつの孤独な魂を結びつけるための手段にすぎないのです。メアリ・バログの作品を手にとってくれた人たちに、愛を信じる心を伝えたい――それがわたしの願いです。わたしが描くのはロマンス小説ではありません。もちろん、官能小説でもありません。愛の物語なのです〟

そう、本書もまさに、三十年近くに及ぶ作家生活のなかでバログが描こうとしつづけてきた〝愛の物語〟なのだ。

最初の出版から十五年後の二〇〇五年、本書はカバーデザインを一新し、べつの社から再出版されることになった。一九九一年版の表紙には、舞踏会で公爵とワルツを踊るフルールが描かれているが、二〇〇五年版では、ピンクの地に艶《つや》やかな真珠というシンプルなデザインに変わった。バログはこちらの表紙のほうが気に入っているようだ。

再出版にさいして、著者としては多少手直ししたい気持ちがあったらしいが、題名も内容も何ひとつ変えないでほしいという多くのファンの熱望により、まったく同じ形で世に出すこととなった。それだけ、この作品に対する読者の思い入れが強いということだろう。

歳月が流れてもファンの心をとらえて放さない、悲しくも美しいメアリ・バログのこの名作を、どうかお楽しみいただきたい。

二〇一四年二月

ライムブックス

秘密《ひみつ》の真珠《しんじゅ》に

著　者　メアリ・バログ
訳　者　山本《やまもと》やよい

2014年3月20日　初版第一刷発行

発行人　成瀬雅人
発行所　株式会社原書房
〒160-0022東京都新宿区新宿1-25-13
電話・代表03-3354-0685　http://www.harashobo.co.jp
振替・00150-6-151594
ブックデザイン　川島進(スタジオ・ギブ)
印刷所　中央精版印刷株式会社

落丁・乱丁本はお取り替えいたします。
定価は、カバーに表示してあります。
 ISBN978-4-562-04455-9　Printed in Japan